L'INCENDIAIRE

DU MÊME AUTEUR

Brouillages, Gaïa, 2008 ; Babel noir n° 39.
L'Incendiaire, Gaïa, 2010.

Titre original :
Vargurinn

ISBN 978-2-330-01302-8

JÓN HALLUR STEFÁNSSON

L'INCENDIAIRE

roman traduit de l'islandais
par Éric Boury

BABEL NOIR

Cette histoire se passe dans le village islandais de Seyðisfjörður, dans les Fjords de l'Est.

La société qu'elle décrit est toutefois pure invention de l'auteur et ne correspond pas à la réalité.

Ce livre est dédié à Birgir Andrésson, qui m'a invité sur les lieux.

1

Cela commence par une petite étincelle qui chatoie dans l'ombre d'une pièce. Puis, c'est un brandon qui vacille, une flamme qui enfle jusqu'à ce que les murs s'embrasent, jusqu'à ce que le plancher, le plafond et toutes les pièces du bâtiment s'enflamment les unes après les autres. Ensuite, je me retrouve à l'extérieur et c'est la Conserverie de hareng qui brûle, la fumée est noire et épaisse comme celle que dégagerait un tas de pneus. Je comprends brusquement que cet état des choses relève de la normale, que le feu est en train de prendre le pouvoir. Des flammèches sont portées jusqu'à la vieille jetée vermoulue qui s'embrase instantanément et communique le feu aux hangars en surplomb. C'est maintenant le tour du Musée de l'Histoire des Techniques, lequel résiste plutôt bien, comme je m'en doutais. Les vieilles maisons en bois, bien qu'éloignées les unes des autres, s'enflamment chacune à leur tour, mais leurs occupants ne remarquent rien, ils restent assis dans leurs fauteuils en cuir qui se consument et regardent la télé ou bien ils lavent les assiettes incandescentes dans un bain de pétrole en feu. Et la rue Austurvegur est tout illuminée par les fenêtres ardentes des maisons qui la bordent, je vois un chat en feu s'approcher de la station-service qui s'enflamme l'instant d'après, une voiture étincelante sort de la rue Fossgata et s'arrête à la pompe. Il en sort un homme de feu qui insère sa carte dans le distributeur et commence à faire le plein, non du réservoir, mais de l'habitacle qui s'emplit à une vitesse hallucinante et quand il ouvre la portière, l'essence se déverse à l'extérieur et il rit. L'homme s'installe au volant, ouvre toutes les vitres et démarre en trombe vers le centre-ville. Il dépasse le vieil hôtel ; les éclaboussures d'essence qui sortent par le haut des portières dévalent la route comme un troupeau de serpents enflammés. Et le parking devant la salle des fêtes Herðubreið est rempli de gens rougeoyants qui avalent de la bière en fusion et rient à gorge déployée, laissant échapper de leur bouche des langues de feu. Un peu plus haut, la porte de la piscine est grande ouverte et on y aperçoit des nageurs en flammes qui barbotent, s'amusent et s'éclaboussent, plongés dans le bassin rempli d'essence chlorée. Sur le terrain de foot à côté de l'école, des gamins en flammes jouent sur le gazon qui brasille avec un ballon de feu.

Quand les grandes lettres qui forment le mot Seyðisfjörður s'embrasent sur le flanc de la montagne en surplomb, je comprends que chaque maison de cette ville brûle, mais juste à ce moment-là, on entend un son profond et familier qui impose aux lieux le silence, c'est le ferry Norræna qui entre au port. Il est, lui aussi, tout en flammes de la proue à la poupe. On entend un énorme craquement alors que, tout à coup, le navire étant chauffé à blanc jusqu'à la quille, l'acier incandescent chuinte au contact de la mer et un gigantesque nuage de vapeur s'élève, qui va se poser sur la ville et la plonge dans le noir en un clin d'œil. Il n'y a plus nulle part la moindre étincelle et la vapeur est si épaisse qu'on voit à peine jusqu'à la maison voisine. Un silence de mort s'est abattu, on n'entend plus que les sanglots de quelqu'un qui se tord dans son lit, l'estomac noué.

LUNDI

2

Il n'y avait plus qu'une odeur de brûlé, froide et âpre. Tôt le matin, Smári Jósepsson, brigadier-chef à Seyðisfjörður, inspira profondément à plusieurs reprises avant de franchir la porte du domicile du capitaine Þorsteinn Einarsson et de son épouse Hugrún, qui avait été ravagé par les flammes la nuit précédente. Il tenait à la main une puissante lampe torche. L'électricité avait évidemment disjoncté et le jour n'était pas encore levé. Il attendait l'arrivée imminente d'enquêteurs spécialisés venus de Reykjavík, mais avait décidé d'aller d'abord jeter un œil tout seul sur les lieux.

La puanteur d'une chair calcinée lui emplit les narines dès qu'il entra. Il sentit ses glandes salivaires réagir, relâcha les muscles de ses mâchoires et s'efforça d'éviter de trop respirer par le nez. Il avait lu quelque part que les odeurs n'étaient en réalité constituées que d'infimes particules. Cela lui revenait souvent à l'esprit et ne faisait qu'augmenter son malaise quand il était confronté à un parfum désagréable. Cette fois-ci, c'était en pensant à l'origine de ces relents qu'il était pris d'un haut-le-cœur, plutôt qu'à ce fumet qui lui rappelait terriblement celui de l'été et des barbecues.

Le cadavre du chat gisait juste au pied de la porte qui avait bien résisté au feu, même si le parquet s'était presque entièrement consumé. Il s'imaginait cette pauvre bête cherchant la sortie, avec des miaulements terrifiés, une fois que la maison s'était emplie de fumée. La vitre de la porte n'avait manifestement explosé qu'après que l'animal avait perdu conscience ; dans le cas contraire, le malheureux serait parvenu à s'échapper. Ce chat-là n'avait pas eu neuf vies.

À gauche de la porte était fichée une patère d'acier toute bleuie où pendait encore une veste en cuir ; les autres vêtements qui y avaient été accrochés avaient sans doute brûlé autour des branches d'acier désormais inutiles. La cloison derrière la patère était presque carbonisée : on apercevait au travers une pièce quasiment vide.

La vue sur le salon avait quelque chose de repoussant. Sans doute eût-il été préférable que les flammes le détruisent complètement, ainsi Smári aurait pénétré dans l'espace parfaitement noir qu'il s'était représenté. Or, pour une raison imprécise, tout ce qui pouvait se consumer n'avait pas pris feu. Le faisceau lumineux de la lampe-torche tomba sur la pendule fixée à l'un des murs, le verre du cadran était brisé, mais l'aiguille continuait d'avancer, tel un rappel brutal et déplacé du pouvoir suprême du temps. La peinture avait noirci un peu partout et s'était écaillée par endroits, laissant affleurer la pierre. On apercevait toutefois çà et là quelques pans de murs blancs que le feu avait épargnés. Au fond trônait la cheminée en pierres, intacte, en tous points conforme à ce qu'elle avait toujours été. Le tisonnier en cuivre était accroché au mur, juste à côté. C'était là le domaine du feu. Le foyer d'un feu apprivoisé, bien différent de celui qui, sauvage, s'était déchaîné à l'intérieur de cette maison.

Le sol était recouvert d'une boue de cendres et d'eau, résultat de l'intervention des pompiers, la veille au soir. L'espace d'un instant, Smári se demanda si les traces de pas qu'il laisserait par terre ne risquaient pas de compromettre l'enquête, mais il se contenta de hausser les épaules en guise de réponse. Il ne le pensait pas, l'ensemble des indices avait dû disparaître.

Les fauteuils et le canapé gris étaient encore à leur place, brûlés ; l'épais plateau en verre de la table gisait en plusieurs morceaux sur le sol, le meuble n'était qu'un squelette autour duquel régnait une solitude palpable. Des vestiges d'une vie désormais disparue, tout du moins, dans la forme qu'elle avait eue jusque-là.

La télévision n'était plus qu'une fenêtre noire, ouvrant sur un univers calciné. Smári s'étonna de constater que les livres sur l'étagère qui la surmontait n'avaient pas trop souffert, la plupart d'entre eux avaient gardé leur forme même s'ils avaient été brûlés sur la tranche et les bords, certains semblaient presque intacts. Apparemment, le poste de télé n'avait pas implosé, contrairement à ce que Smári avait plus ou moins espéré : cela aurait clairement expliqué l'origine du sinistre.

Le piano accolé au mur du fond avait conservé sa silhouette et, de loin, on pouvait le croire presque intact. Toutefois, en s'approchant, on constatait que chaque centimètre carré de la caisse était noirci, les touches blanches s'étaient racornies et la surface de certaines d'entre elles, écaillée. Smári essaya de s'imaginer l'instrument en flammes, mais y renonça bien vite.

Il retourna prudemment jusqu'à la porte de la cuisine, à côté du vestibule. Elle avait entièrement brûlé sur pied et, à travers, on voyait le sol carrelé qui avait été en grande partie épargné par le feu. Le soleil du matin éclairait la table ronde en plastique. On ne voyait nulle part trace de poussière ou de cendres et il n'y avait pas d'assiettes sales dans l'évier. Le plan incliné de couleur jaune était en fait la façade du lave-vaisselle encastré, laissé entrouvert. Smári se dirigea vers l'un des coins de la pièce et ouvrit un placard empli de céréales pour le petit-déjeuner. Le premier paquet contenait des corn-flakes de la même marque que celle qu'il achetait d'habitude. Il se demanda un instant si elles avaient pris un goût de fumée puis s'adressa la réflexion que probablement, personne n'aurait jamais la réponse.

La maison se trouvait à l'orée de la ville, au sommet de la rue la plus haute et les fenêtres des chambres donnaient sur la pente de la montagne. C'est là que le feu avait été le plus dévastateur, en tout cas, c'était l'impression de Smári.

Il avait été réveillé en sursaut par une sonnerie stridente la nuit précédente. Il ne lui avait fallu qu'un instant pour sortir de son sommeil et attraper le téléphone. Il était 2 h 22 du matin, il avait dormi trois heures.

— Smári à l'appareil.

— Bonjour, c'est Gylfi.

— Oui, bonjour. Merci pour l'autre soir, avait répondu Smári en refrénant un bâillement. À peine quarante-huit heures plus tôt, les deux hommes, bien avinés, avaient tiré ensemble les dernières fusées du feu d'artifice d'un mémorable réveillon du Jour de l'An chez Gylfi.

— Pareillement. Dis donc, tu ferais bien de venir faire un tour en haut de la ville, il y a le feu chez Þorsteinn Einarsson.

— J'arrive, avait répondu Smári, totalement réveillé. Les pompiers sont déjà là ?

— Ils arrivent juste, avait précisé Gylfi. Mais j'ai l'impression qu'ils sont complètement débordés. Ça souffle sacrément.

— Où es-tu ?

— Dans la voiture, devant la maison. Tu veux que je passe te prendre ?

— Inutile, je vais me débrouiller. Putain de merde, avait marmonné Smári à sa propre intention plutôt qu'à celle de son collègue. Il avait enfilé ses vêtements à la hâte.

La télévision n'était pas allumée et, au moment où il était sorti, il n'avait remarqué qu'un mince rai de lumière sous la porte de la chambre de Bóas. Parfait, s'était-il dit. Il était temps que le garçon reprenne un rythme normal après les vacances de Noël.

Il avait déjà démarré son 4×4 avant même de se demander s'il n'aurait pas été plus raisonnable de parcourir à pied ce bref bout de chemin. Comme il aurait pu se l'imaginer, un certain nombre de gens étaient rassemblés aux abords de la maison, des voisins avaient été alarmés par le vacarme des pompiers, les lumières s'allumaient aux fenêtres, par endroits des silhouettes humaines se détachaient en contre-jour, la lueur de l'incendie se reflétait dans les vitres de la maison voisine. Assis dans leur voiture, certains assistaient au spectacle. Smári avait résisté à son envie de klaxonner brutalement. Il s'était simplement garé à l'extrémité de la file et était descendu de son véhicule.

Gylfi était accouru à sa rencontre. Smári avait frappé avec force à la vitre latérale d'une Opel bleue garée juste à côté de la maison en flammes en indiquant avec ostentation au chauffeur qu'il devait déplacer son véhicule. À l'intérieur étaient assis quatre adolescents, le conducteur n'avait pas mis longtemps à démarrer et Smári l'avait vu faire demi-tour au bout de la rue où il s'était immobilisé sans éteindre ses phares. La curiosité des gens n'avait aucune limite.

— Heureusement que tu es là, avait annoncé Gylfi, le souffle court.

— Tu aurais dû m'appeler plus tôt, lui avait répondu Smári, d'un ton sec en le dépassant. Gylfi lui avait emboîté le pas. Quand les deux hommes étaient arrivés au niveau du camion des pompiers, les flammes jaillissaient de la maison, côté jardin. Une bande d'adolescents hurlait à tue-tête dans le vent, en les voyant Smári avait juré vigoureusement. Il avait eu l'impression de distinguer son fils parmi eux. Il allait entendre parler du pays !

— Va dire à ces crétins de rentrer chez eux, avait crié Smári à Gylfi. Dis-leur qu'ils risquent leur vie à rester dans les parages.

— Tu crois peut-être que je ne l'ai pas déjà fait ? avait rétorqué Gylfi avant de s'exécuter et de se diriger à toutes jambes vers les gamins.

On voyait quatre pompiers, l'un discutait sur son portable, le second se tenait à côté du camion et deux autres tenaient des lances à incendie dont ils dirigeaient le puissant jet vers la maison. Le crépitement du feu allié aux pulsations bruyantes de la pompe écrasait presque les hurlements du vent et il semblait incroyable que les flammes puissent résister à une telle quantité d'eau. Le chef de brigade avait crié quelques ordres à ses hommes, la pression avait diminué dans l'une des lances et le chef était venu aider celui qui la manipulait à la ramener, toute ramollie, jusqu'au camion. Le pompier avait grimpé avec elle dans la nacelle qui s'était élevée dans les airs. Dès qu'il avait installé l'embout, on avait remis la pression. Cette fois-ci, il orientait le jet directement vers les flammes qui s'échappaient du toit. Smári avait fait une tentative timide pour parler au chef de brigade tandis que celui-ci passait devant lui à toute vitesse. En se retournant, Smári avait vu un second camion arriver sur les lieux, tous phares allumés. C'étaient probablement les renforts envoyés par Egilsstaðir : il était surtout étonné de la rapidité avec laquelle ils avaient franchi la lande, le feu sévissait apparemment depuis plus longtemps qu'il l'avait cru.

Il piétinait là sans savoir précisément ce qu'il devait faire, quand Gylfi le rejoignit après un résultat plutôt maigre auprès des adolescents qui s'étaient, certes, éloignés de la maison, mais ne semblaient pas décidés à lever le camp. L'un deux avait longuement sifflé, sans doute afin d'attirer l'attention de ses copains sur l'arrivée des renforts. Smári avait trouvé ce comportement totalement déplacé étant donné les circonstances.

— Je peux faire quelque chose ? lui avait crié une voix dans l'oreille. Il s'était retourné brusquement. C'était le révérend Aðalsteinn, vêtu d'un long manteau et d'un bonnet en fourrure. Smári s'était retenu pour ne pas lui hurler en retour : Oui ! Rentrer chez vous et vous remettre au lit ! Cette hostilité aussi soudaine qu'inattendue à l'égard du pasteur l'emplissait de honte. Ce vieux hibou qui avait perdu sa maison dans un incendie l'année précédente voulait sans doute faire de son mieux pour se rendre utile.

— Þorsteinn est aux îles Canaries avec sa famille, lui avait-il répondu. Il faut évidemment l'appeler et l'informer dès demain matin. Vous seriez peut-être d'accord pour vous en occuper ?

Smári n'avait pas franchement envie d'être celui qui annoncerait la nouvelle à Þorsteinn, ni à Hugrún.

— Cela va de soi, avait répondu Aðalsteinn en s'accompagnant d'un hochement de tête avec cet air sérieux et mesuré qui portait tant sur les nerfs de Smári. Cela semblait être le signe distinctif des pasteurs. Celui qui avait précédé Aðalsteinn à son poste affichait lui aussi cette expression permanente. Un jour, il était arrivé avec ses gros sabots, le visage dégoulinant de cet air compatissant au moment où Smári aurait surtout eu besoin de tranquillité afin de reprendre des forces sans que quiconque vienne le déranger.

— Et si vous pouviez convaincre tous ces gens de rentrer chez eux, ça ne serait pas mal non plus.

Les flammes qui s'échappaient du toit avaient brièvement éclairé un homme qui contemplait l'incendie, posté au coin d'une fenêtre de la maison voisine, plongée dans l'obscurité. Il avait porté sa main à sa bouche et la lueur de son cigare avait illuminé ses lèvres et ses joues. Oui, celui qui était assis là à fumer était bien Sveinbjörn, le directeur de l'usine de parquet de la ville. Drôle de comportement dans de telles circonstances, s'était dit Smári.

Il s'était senti étourdi l'espace d'un instant. Cette foule de gens, ces adolescents qui sifflaient, ce pasteur endimanché et ce voisin qui fumait dans le noir : tout cela se confondait à l'intérieur de sa tête pour y former l'image d'une fête inversée qui faisait penser à un grand rassemblement populaire, à un traditionnel brasier du Nouvel An.

Après l'arrivée des renforts, les flammes n'avaient pas tardé à être étouffées et la fumée avait également fini par disparaître. Comme l'exigeaient les règles, on avait monté la garde devant la maison jusqu'au matin et Smári était venu très tôt sur les lieux pour évaluer la situation.

Il semblait que l'incendie était parti de la chambre conjugale où tous les matériaux combustibles avaient brûlé. Un trou béant dans le mur avec une grille d'acier déformée d'un côté et, de l'autre, une penderie tombée à terre, voilà tout ce qui restait du placard à vêtements. Du grand lit ne subsistait plus qu'un amas de ressorts. La fenêtre était brisée – normal, pensa Smári. Tout à coup, il se figea.

Une pierre gisait sur le plancher, il y avait une putain de pierre juste sous la fenêtre. Et tandis qu'il avançait sur le parquet réduit en cendres, il sentait des éclats de verre en dessous de sa botte droite. Certaines des fenêtres avaient explosé sous l'effet de la chaleur, celle-là avait en revanche été brisée depuis l'extérieur et la présence de cette pierre sur le sol ne semblait pas indiquer que c'était là l'œuvre des pompiers, qui possédaient des outils appropriés pour ce genre d'intervention.

Smári quitta la maison d'un pas lourd. Il fallait qu'il appelle immédiatement Reykjavík pour que la Criminelle s'occupe de cette affaire. Au-dehors, l'air lui parut exceptionnellement pur et limpide, il était délicieux de le respirer après cette odeur de brûlé âcre et piquante qui lui avait empli le nez tout le temps qu'il avait passé à l'intérieur.

3

— Salut, ma chérie.

Valdimar Eggertsson, inspecteur à la Criminelle, rechignait depuis longtemps à se conformer à l'habitude qui voulait qu'on consulte l'écran de son portable avant de répondre à un appel. Pendant un certain temps, cela l'avait agacé de connaître l'identité de son correspondant avant d'entendre sa voix. Désormais, il avait pourtant cessé de répondre à l'aveuglette et savait précisément pourquoi.

— Est-ce que tu m'aimes un tout petit peu ? interrogea Elma d'une voix triste.

— Bien sûr que oui, répondit Valdimar, saisi par la subite impression que quelqu'un lui écrasait la poitrine. Il inspira profondément. Quelle question !

— Dans ce cas, tu ne pourrais pas passer me voir ? Maintenant ? J'ai besoin de toi…

Pourquoi avait-il rejoint les rangs de la Criminelle et pourquoi n'avait-il pas démissionné ? Cette question lui venait à l'esprit à la moindre occasion. Il savait qu'Eggert, son père, la poserait probablement avec ce rictus provoquant et ce soupçon d'amertume, censés indiquer que son choix professionnel était déterminé par les rapports qu'ils entretenaient et que, si Valdimar était entré dans la police, c'était presque uniquement pour coincer son père.

À une certaine époque, Valdimar avait penché pour ce raisonnement, mais plus maintenant, il savait que la réponse n'était pas aussi simple que cela. Certes, son enfance au sein d'une famille déstructurée avait eu quelques conséquences, mais son besoin d'imposer une forme d'ordre au chaos du monde était plus profond et déterminant. Il lui aurait semblé navrant de laisser une lubie de jeunesse régir le cours de sa vie ; du reste, son sens aigu de la justice et son besoin d'ordre n'étaient pas seulement liés à sa profession : ils étaient les forces qui avaient façonné son existence. Par exemple, il se souvenait très clairement du moment où il avait décidé de ne jamais boire d'alcool. Cette résolution avait eu pour effet de l'isoler à l'adolescence, de le transformer en une sorte de phénomène de foire, s'était-il parfois dit à l'époque. Il voulait simplement contrôler sa pensée, terrifié à l'idée qu'il puisse perdre le fil de sa rumeur intime. L'autre pôle de sa vie psychique était un désir d'aventure inassouvi ou, tout du moins, le souhait de s'oublier dans l'instant présent sans passer son temps à jeter des regards en arrière. D'une certaine manière, il avait envie d'imposer le silence à la voix de la raison et de laisser ses sentiments le guider vers des terres inexplorées.

Mais pour cela, il se contrôlait trop. L'amour lui-même, le roi des sentiments, représentait pour lui un phénomène étrangement lointain. Le peu de femmes dont il avait fait la connaissance au fil du temps lui avaient toutes reproché son manque de passion et affirmé qu'elles ne savaient pas exactement à quoi s'en tenir avec lui. Et même s'il essayait de verbaliser ses sentiments, le résultat atteint était trop rationnel et froid ; à chaque fois, il parvenait à mettre en péril une relation qu'il aurait voulu consolider et les femmes prenaient la fuite.

D'ailleurs, qui les en aurait blâmées ? Ces phrases toutes faites qu'il glanait çà et là comme s'il déambulait parmi les rayonnages de l'épicerie des mots sonnaient creux, il essayait de les agencer du mieux qu'il pouvait. En réalité, c'était quand la relation était menacée que ses sentiments étaient les plus intenses. Mais une fois que les dés étaient jetés, il dissimulait tout ce qu'il pouvait ressentir. Deux de ses petites amies lui avaient balancé à la figure qu'elles s'en étaient trouvé un autre. Au lieu de devenir fou de douleur ou de colère, il s'était montré compréhensif, voire coopératif. Il était tellement bien préparé à être déçu qu'il se sentait presque soulagé de voir confirmé le fait qu'il n'avait rien à apporter.

Il avait le don de se mettre dans des situations sans issue. La dernière femme qu'il avait fréquentée était en instance de divorce et elle s'était ravisée. Ensuite, il avait rencontré Elma.

— C'est que j'ai tellement à faire aujourd'hui, répondit-il sur un ton navré alors que c'était un mensonge éhonté. Au commissariat régnait un calme plat, mais il détestait les hôpitaux sans parler du fait qu'il commençait à ressentir une puissante claustrophobie au contact de cette petite amie, la première qui se montrait aussi exigeante avec lui, la première qui semblait l'adorer. Ce sentiment-là le mettait plutôt mal à l'aise.

C'était par pur désœuvrement qu'un soir, quelques mois plus tôt, il était entré dans ce bar à moitié désert pour y prendre une Pilsner. Elma était une très belle femme qu'il avait regardée à plusieurs reprises du coin de l'œil, sans le moindre espoir, jusqu'au moment où elle avait fait le premier pas en venant s'asseoir à côté de lui.

— Ne vous inquiétez pas, je ne viens pas vous draguer.

C'était l'une des premières choses qu'elle lui avait dites. Il avait affiché un sourire narquois et vérifié qu'elle n'avait pas de bague au doigt, suite à sa malheureuse expérience. Il n'avait même pas remarqué qu'à son annulaire, elle portait la marque d'une alliance.

Elle lui avait avoué qu'elle écrivait des poèmes, mais qu'elle n'avait jamais rien publié et que ce n'était pas à l'ordre du jour. Il ne savait pas trop ce qu'il devait en penser, la poésie n'était pas vraiment son rayon. Elle n'avait pas tardé à lui confier que son petit ami s'était suicidé plus tôt dans l'année et qu'on lui avait récemment découvert un cancer du sein.

— Ah, quelle merde ! avait-il laissé échapper.

— Exact, quelle merde ! avait-elle répété avec un rire plein d'amertume. Il n'avait plus qu'à lui adresser quelques paroles réconfortantes et à disparaître, mais peut-être avait-il besoin de consoler quelqu'un ce soir-là.

Au cours de la nuit, elle avoua qu'en dépit de ce qu'elle lui avait dit, elle s'était assise à côté de lui justement pour le draguer.

— C'est une technique archiconnue, avait-elle poursuivi en riant tandis qu'elle lui enfonçait son index entre les côtes, alors qu'allongé sur le dos à côté d'elle, il se demandait dans quoi il avait atterri. *I prefer handsome men*, avait-elle ajouté, *but for you, I'll make an exception.*

Il s'était demandé pourquoi elle se piquait tout à coup de lui parler en anglais, mais n'avait trouvé aucune réponse satisfaisante.

— Allez, s'il te plaît, viens, reprit-elle tandis que Valdimar sentait à nouveau ce poids sur sa poitrine.

— Je viendrai si je peux, répondit-il avant de raccrocher.

— Valdimar, tu as entendu les infos de tout à l'heure à la radio ? interrogea Hafliði quelques minutes plus tard, alors qu'il se débattait avec la machine à expresso italien que le service venait d'acheter. Pour sa part, Valdimar ne s'était pas encore décidé à l'utiliser, il préférait siroter tasse après tasse d'un café recuit plus ou moins longtemps dans le versoir de la cafetière.

— Non. Que disaient-elles ?

— Il y était question de l'incendie d'une maison à Seyðisfjörður.

— Ah bon ?

— Et cette fois, c'est sûrement d'origine criminelle. Le commissariat de là-bas vient d'appeler.

Il s'était écoulé plus d'une année depuis le dernier incendie à Seyðisfjörður : une vieille maison en bois avait pratiquement été réduite en cendres. La Criminelle avait été appelée à la rescousse et, comme Valdimar était célibataire, on l'avait envoyé s'occuper de cette affaire en province. Le pasteur et son épouse étaient venus passer un week-end à Reykjavík quand le feu s'était déclaré à leur domicile. L'enquête n'avait donné aucun résultat, il n'y avait tout simplement pas grand-chose sur quoi enquêter et les ruines sur lesquelles la Scientifique s'était penchée avec soin n'avaient rien révélé. Tout ce que Valdimar avait récolté était un désagréable pressentiment.

Depuis lors, deux tentatives d'incendies avortées avaient eu lieu. Quelqu'un avait d'abord mis le feu à une poubelle aux abords de l'école maternelle. Un peu plus tard, on avait découvert à l'arrière du Musée de l'Histoire des Techniques quelques planches entassées sous lesquelles quelqu'un avait glissé de vieux journaux avant d'y mettre le feu, mais le bois étant humide, les flammes s'étaient éteintes d'elles-mêmes. Valdimar avait classé toutes les informations concernant ces événements dans un dossier nommé Seyðisfjörður sur son ordinateur en espérant qu'ils étaient sans rapport les uns avec les autres et ne marquaient pas le début d'une série d'incendies. La nouvelle qui venait d'arriver était de mauvais augure.

— Qu'est-ce qu'ils en ont dit ?

— En fait, le scénario est le même que l'an dernier. La maison était inoccupée, les propriétaires partis prendre le soleil aux îles Canaries. Leur retour de vacances promet d'être joyeux.

Hafliði remonta la manette argentée de la machine à expresso qui répondit avec un impressionnant chuintement. Un maigre filet sombre se mit à couler timidement du bec d'acier dans la tasse.

— Je suppose qu'il va falloir que je retourne à l'Est. J'y vais seul ?

— Oui, en tout cas, au début. Ils t'apporteront sûrement là-bas l'aide dont tu auras besoin et tu n'auras qu'à nous dire s'il faut qu'on t'envoie des renforts, répondit Hafliði tout en mélangeant le sucre brun à son café dont il avala une gorgée.

— Ouais.

— Il faut qu'on coince cette ordure avant qu'il ne blesse quelqu'un.

— Il va certainement se tenir à carreau pour une année puisqu'il a réussi ce coup-là.

— On verra bien.

Les incendies étaient les pires des affaires sur lesquelles enquêter. Les lieux étaient toujours partiellement voire complètement détruits quand ils n'avaient pas tout bonnement disparu. Les indices étaient masqués par ceux laissés par l'intervention des pompiers et n'avaient, par conséquent, aucune utilité. En outre, il était rarement possible d'établir un rapport entre l'auteur et les victimes. Du reste, nombre d'incendies criminels n'étaient jamais élucidés.

Ce que les enquêteurs avaient en main se résumait à quelques connaissances de base à propos des pyromanes. La plupart d'entre eux étaient des adolescents confrontés à des problèmes d'ordre psychologique ou social. Nombre d'entre eux avaient, dans le passé, tué ou torturé des animaux, des bestioles plus ou moins grosses. Valdimar avait entendu un enquêteur étranger affirmer que si des chats se mettaient à disparaître quelque part ou qu'on les retrouvait brûlés, il fallait s'attendre à ce qu'un pyromane adulte se manifeste prochainement. À l'époque, il avait essayé de poser des questions sur ce thème aux gens de Seyðisfjörður, mais cela ne l'avait conduit nulle part.

Il convenait également de garder à l'esprit qu'en dépit des similitudes, il n'était pas certain que cet incendie ait un rapport avec le précédent. Il ne devait pas se limiter à l'idée qu'il recherchait un adolescent.

Telles étaient les pensées qui lui agitaient la tête tandis qu'il se préparait à partir vers l'Est. Il s'efforçait de ne pas trop se dire combien il était soulagé de quitter la capitale. Désormais, il ne pouvait plus faire l'économie d'une visite à Elma.

Allongée sur son lit d'hôpital, elle avait ce teint pâle et ce visage émacié qu'il prenait bien garde à ne pas mentionner dans leurs conversations. Il s'installa sur le fauteuil à côté du lit d'où il écouta sa respiration peu profonde et irrégulière. Une infirmière entra et s'approcha du lit. Elle adressa un sourire amical à Valdimar et plaça la main d'Elma sur la couette. Le rythme de sa respiration s'apaisa l'espace d'un instant. L'infirmière ressortit. Valdimar pensa au contact physique, il se demanda pourquoi il ne l'avait pas encore touchée. Il approcha sa main de sa joue dont il perçut la chaleur sans même l'effleurer. Puis, en posant sa paume sur la peau, il s'étonna de constater combien elle était froide et humide. Comment ce prodige était-il possible ? Elle ouvrit les yeux et lui sourit.

— Je croyais que tu n'allais jamais venir. Je croyais t'avoir fait fuir.

— Je ne prends pas peur aussi facilement, répondit-il, fanfaron.

— Tu en es bien sûr ? Je crois au contraire que c'est très facile.

Il se dit tout à coup qu'elle avait parfaitement raison. Elma se trompa sur le sens de l'expression qu'affichait son visage.

— Je vais te libérer. Ne t'inquiète pas et ne prends donc pas cet air triste.

— Tu n'as pas besoin de me libérer. Mais je ne peux pas…

— Je ne te le demande pas non plus. Je suis plutôt assommée par les médicaments, répondit-elle. Je me sens presque bien. Ne vaut-il pas mieux en profiter tant que ça dure ?

— Si, c'est la seule chose à faire, convint-il en s'efforçant d'afficher un sourire. Ce que je voulais dire, c'est simplement que je ne pourrai pas venir te voir les prochains jours, on m'envoie en province.

— Et ce que je voulais te dire, moi, c'est que rien ne t'y oblige. Rien ne t'oblige à venir ici sauf si tu en as envie. Tu comprends ?

— Oui.

— Et ne reviens pas à moins d'en avoir envie. Tu comprends où je veux en venir ?

— Oui, je suppose que oui.

— Je ne veux surtout pas te forcer.

La voix d'Elma se faisait plus distante. Il ne pouvait s'empêcher de se demander si c'était là une sorte d'examen auquel elle le soumettait. En même temps, il avait honte de se montrer aussi suspicieux à son égard.

— Elma, reprit-il, arrête d'essayer de me faire fuir.

Elle afficha un petit sourire et jeta un œil vers la fenêtre. Valdimar suivit son regard. Les sommets bleu sombre des montagnes s'élevaient dans le ciel pâle et, l'espace d'un instant, il eut l'impression que l'horizon se résumait à la gueule béante d'une gigantesque bête.

4

— Ouais, ça déchire. Et vogue la galère. Tout est prêt ?

— Hmm…

— C'était un *oui* ?

— Oui, tout est prêt.

— Rock and roll. Que le whisky coule à flots, génial, enfin bref.

Les propos de Snorri étaient encore plus incompréhensibles qu'à l'habitude, une phrase sur deux restait en suspens ou bien c'était une citation sortie d'on ne sait où et le reste était constitué de formules toutes faites, plus ou moins à côté de la plaque.

— Il y a un problème ? Tu m'as l'air un peu abattu.

— Un problème ? Quand on parle du loup… En vérité, je vous le dis : grande est ma douleur.

— Ah bon ?

— Tu sais que je n'ai jamais été en taule. Et j'aimerais bien que ça continue comme ça.

— Euh… C'est-à-dire ?

— J'ai reçu de la visite hier. *Law and order*. Et j'ai pensé à toi.

— Tu veux dire… ?

— Oui, évidemment. *Dig a pony*. Avec mandat *und alles*. Et comme on dit : il n'y a pas de fumée… Mais bon, on est passé près. Coup de bol. Même si tu as oublié le bon Dieu, tu te rappelles ? La règle du jeu ?

— En fait, je ne comprends pas très bien où tu veux en venir. En tout cas, je n'ai rien dit à personne, si c'est ce que tu sous-entends.

— Mon petit gars, laisse-moi te soumettre à une épreuve sans gueuler comme un veau. Et rappelle-toi notre devise : *Trust no one*.

— Si tu n'as pas confiance en une personne, elle finit par te trahir. Tu ne devrais pas l'oublier.

— Celui qui me trahit le regrette toujours amèrement. Ne l'oublie pas non plus.

— Qu'est-ce qu'ils voulaient ?

— D'après toi ? Ils m'ont regardé de haut, ces connards, comme s'ils avaient un truc contre moi. Jusqu'alors, ils sont toujours repartis la queue entre les jambes, ces *little piggies*. Et je ne sais pas trop… tu es nouveau dans cette affaire alors évidemment, j'ai pensé à toi. Tu piges ?

— Je comprends, mais tu devrais quand même réfléchir un peu plus loin que ça. Tu crois vraiment que je pourrais te mettre dans la merde même si je le voulais ?

Il y eut un long silence au téléphone jusqu'à ce que Snorri apporte sa réponse à ces propos aussi mielleux qu'inquiétants.

— Je te déconseille de me parler comme ça. Tu prends des risques. Les soirées sont fraîches. Ne l'oublie pas. Les maisons brûlent, n'est-ce pas ? *Fais du feu dans la cheminée, maman, je reviens chez nous*, comme ils disent. En outre, c'est vraiment crétin de menacer ses amis. Si tu vois où je veux en venir. Et vogue la galère, mais on ignore vers où. Et aussi, qui sera à son bord.

— Ah, arrête un peu. Tout ce que je voulais te dire, c'est que…

Mais Snorri avait déjà raccroché, il était très doué pour mettre fin aux conversations de cette manière abrupte. Il ne fallait prêter aucune attention aux dires de ce gars-là, pourquoi se laisser décontenancer par cette paranoïa maladive ?

5

— Maman, on ne ferait pas mieux de rentrer à l'hôtel ? interrogea Drífa.

Elle n'était pas certaine que le lieu où ils séjournaient mérite le qualificatif d'hôtel, mais c'est tout de même ainsi qu'ils le désignaient. C'était un ensemble de petits appartements sur deux étages, formant un carré autour d'un patio au milieu duquel se trouvait une piscine. Ils donnaient soit sur le patio, avec ses palmiers et ses parterres de gazon, son bar et ses chaises longues, soit sur un paysage brunâtre et plutôt désert bordé par deux autoroutes.

Les adultes avaient été plutôt déçus par l'hébergement, qui n'était pas à la hauteur de ce qu'ils avaient imaginé en termes de qualité. Il doit y avoir erreur, avait commenté le père de Drífa. Cet endroit n'avait rien d'un trois étoiles contrairement à ce que prétendait la brochure. En outre, il n'y avait ni restaurants, ni bars dans les environs, ce qui les obligeait à prendre le bus ou un taxi pour se rendre à la plage ou au centre-ville. Le jus de chaussettes servi à l'hôtel était indéniablement mauvais et Hugrún, la mère de Drífa, avait pris l'habitude de descendre en ville dès le réveil pour s'y offrir un café digne de ce nom, avec une *tostada*, des tartines de baguettes grillées et beurrées. Drífa profitait en général de l'occasion pour la suivre et se plonger dans une société un peu plus bigarrée que celle, germano-islandaise, qui peuplait les abords de la piscine du club de vacances. Sa mère avait tenté de résister à la requête de sa fille le premier jour, mais elle avait finalement cédé.

Les deux femmes s'étaient installées à une agréable terrasse juste en bordure de la plage. Hugrún prenait son café et ses tartines, Drífa avait commandé une glace. Il était onze heures et la température augmentait. Comme le vent ne soufflait pas aussi fort que certains jours, Drífa décida d'aller se baigner dans la mer. Elle avait mis son bikini sous sa robe d'été et emporté avec elle une serviette de bain ainsi qu'un change. Elle descendit jusqu'à la plage de sable et avança dans les vagues tranquilles où flottaient çà et là quelques algues. Une fois que ses jambes se furent habituées à la fraîcheur de l'eau, elle s'y plongea entièrement puis ressortit en suffoquant. La seconde immersion fut plus facile et elle fit quelques brasses. Elle sentit ses cheveux s'emplir de sable et nagea un peu plus loin pour s'en débarrasser. Sous ces latitudes, la mer semblait dénuée de danger, on aurait dit que les forces naturelles avaient été domptées, les galets de la plage étaient moulus chaque année à l'aide de machines, lui avait affirmé quelqu'un. L'eau était peu profonde ; il fallait donc marcher assez longtemps si on voulait nager. Elle retourna vers la rive pour y faire quelques pas, en laissant les vagues lui lécher les pieds et quand elle eut à nouveau chaud, elle se replongea dans l'eau. Elle répéta la manœuvre à plusieurs reprises.

Quand elle se décida finalement à aller retrouver sa mère, la plage s'était remplie et elle ne voyait plus son sac. Paniquée, elle s'imagina qu'on le lui avait volé, mais quand elle l'aperçut finalement, elle constata que personne n'y avait touché. Elle enfila sa robe par en haut et détacha les lacets de son bikini qui tomba sur sa jambe toute en finesse. Un homme avec une barbe noire de deux jours et un enfant dans les bras ne la quittait pas des yeux malgré trois ou quatre rappels à l'ordre de sa femme. Ce genre d'individu n'a vraiment pas honte, pensa Drífa en reprenant le chemin du bar. Elle y alla presque au pas de course, elle craignait de s'être absentée trop longtemps et il fallait encore qu'elle enfile ses sous-vêtements.

Et ses craintes étaient justifiées. Sa mère était passée à la bière et discutait avec deux hommes des plus souriants, vêtus de blanc l'un comme l'autre. L'un était un type âgé d'une quarantaine d'années qui portait une espèce de casquette de marin sur la tête et l'autre, nettement plus jeune, avait les cheveux noués en queue-de-cheval. Il était torse nu sous sa salopette.

— *Esmoke ?* demanda celui qui portait la queue-de-cheval dès que Drífa s'approcha de la table. Il frappa son paquet plein contre le plat de sa main d'un geste exercé et quelques cigarettes en sortirent à demi qu'il tendit vers elle avec un sourire enjôleur, c'était le tentateur incarné. La scène semblait tirée de l'un de ces feuilletons espagnols que Drífa avait regardés d'un œil à chaque fois qu'elle séjournait aux Canaries. Sa mère laissa échapper un petit rire et tendit le bras pour attraper une cigarette, mais ramena sa main à elle dès qu'elle aperçut sa fille.

— Maman ! s'exclama Drífa qui vit sa mère rougir de colère, même si son visage restait inexpressif. Elle ne supportait pas qu'on l'appelle ainsi dans de telles circonstances, lesquelles étaient précisément celles qui nécessitaient le recours au mot “maman”.

— Ma chérie ! Tu es sortie de l'eau ? demanda Hugrún en déposant un léger baiser sur la joue de sa fille sans la présenter à ses nouveaux amis. Du reste, Drífa les ignorait parfaitement.

— C'est bientôt l'heure du repas à l'hôtel, non ? interrogea-t-elle.

— Oh, la cuisine de là-bas est tout bonnement immangeable ! Je me demande ce que ton père a eu en tête ! Hugrún s'adressa ensuite aux Espagnols : — *The food at our hotel, it's so bad ! It's not spanish, it's german ! Me and my daughter get sauerkraut for breakfast !* précisa-t-elle avec un éclat de rire.

C'était là un mensonge éhonté et double car, indirectement, elle avait laissé entendre qu'elle et sa fille voyageaient seules. Drífa préféra s'abstenir de la corriger, trop de provocation risquait de déclencher sa fureur.

— *That's not so good. Then you should stay in town and eat out*, observa le type à la casquette, ce à quoi Hugrún répondit avec un grand éclat de rire.

— *I do that all the time !* précisa-t-elle en décochant à l'homme un sourire radieux.

— *Do you not introduce us to your lovely daughter ?* demanda celui aux cheveux longs qui, sans attendre la réponse, prit la main de Drífa. *I'm Ignacio and this old guy is my good friend Ramón*, expliqua-t-il en désignant l'autre qui faisait semblant d'être vexé de l'âge que lui avait donné Ignacio. *Be careful, Ramón is a gypsy*, ajouta-t-il à l'intention de Drífa sur un ton de fausse confidence. Les deux hommes se mirent à sourire de toutes leurs dents pour une raison quelconque.

— *I know the best restaurant in la Playa del Inglés. Very good local food, I promise. Can we invite you to a wonderful almuerzo, great midday meal like we eat here when we have birthday ?* proposa Ignacio en levant les sourcils et en tendant sa paume ouverte vers Drífa qui adressait un regard suppliant à sa mère. Hugrún regarda par-dessus l'épaule de sa fille et afficha, bouche fermée, un mystérieux sourire.

Probablement était-elle vexée de voir ces deux hommes témoigner un tel intérêt à Drífa. Mais peut-être avait-elle simplement obtenu d'eux ce qu'elle désirait.

Drífa sauta sur l'occasion et lui demanda si elles ne feraient pas mieux de rentrer à l'hôtel.

— Si, ma chérie. Nous ne pouvons pas nous laisser retarder plus longtemps par ces beaux parleurs, fit observer Hugrún, pensive, avec un soupir, avant de faire signe au serveur. *Sorry guys, we have other plans*, dit-elle aux deux hommes qui prirent cette évolution des choses en gentlemen et exigèrent de régler leur addition.

Au fil de la journée, Drífa se surprit à regretter ce moment tranquille et pourtant empli d'une certaine tension en compagnie de ces deux dragueurs tout à fait disposés à se partager fraternellement la mère et la fille le temps de cette après-midi ensoleillée.

Elles ne dirent pas grand-chose dans le taxi qui les ramenait à l'hôtel. Drífa ne voulait pas faire la morale à sa mère à la manière d'une grand-mère qui radote. Hugrún regardait par la vitre du véhicule, pensive. Les palmiers, les feux tricolores et les hôtels défilaient à vive allure, le ciel se couvrait. Drífa pensa à Seyðisfjörður où le soleil demeurait invisible. Il ne lui avait cependant fallu que quelques jours pour s'adapter au quotidien familier des îles Canaries. Son village n'était plus qu'un rêve lointain, les montagnes qui dominaient le fjord et cachaient le soleil à cette époque de l'année lui semblaient sorties d'une histoire imaginaire. Il allait de soi que le soleil se levait et que le monde était empli de chaleur et de lumière, c'était cela le cours normal de l'existence.

À l'hôtel, rien n'avait bougé. Son père était assis sous un parasol devant leur appartement en face d'un verre de

Bloody Mary, ruisselant d'huile solaire parfumée à la noix de coco, dont Dríía ne supportait pas l'odeur doucereuse. La toison grise de sa poitrine brillait sous le soleil et la peau rougie, presque violacée de sa bedaine était tendue comme celle d'une femme enceinte.

— Ah, quand même, annonça-t-il d'un ton maussade. Silla et moi étions tellement affamés que nous allions partir manger sans vous.

— Je n'ai pas faim du tout ! Je n'ai jamais dit ça ! cria Sigurlaug par la porte entrouverte. Drífa afficha un sourire complice. En ce moment, il semblait que sa sœur cadette avait pour règle de protester à chaque fois qu'on parlait d'elle ou qu'on lui prêtait des propos, elle voulait être la seule à disposer de ce droit. Les lignes de son corps avaient commencé à s'arrondir. Il n'y avait pas si longtemps, elle avait été maigre comme un clou et craignait maintenant terriblement de devenir grosse. Drífa alla chercher sa grand-mère et son grand-père et toute la famille s'installa autour de trois tables placées côte à côte. Il y avait là les oncles de Drífa et leurs épouses avec une ribambelle de gamins.

Le portable de Þorsteinn se mit à sonner dans la poche de son short dès qu'il arriva à la table avec une assiette consciencieusement chargée de trois mets différents. Il poussa un profond soupir et décrocha.

— Oui. Ah… ? Bonjour, il y a un problème ?

Les écouteurs de son Ipod sur les oreilles, Silla lançait des regards en direction d'un gamin allemand coiffé à la mohican assis à la table voisine : il lui avait témoigné un intérêt indubitable et c'était réciproque. L'attention des autres était concentrée sur le père de famille. Lorsqu'il était attablé, il avait pour habitude de répondre au téléphone en marmonnant quelques monosyllabes entre deux bouchées, mais là, il était affalé sur sa chaise, muet, le portable collé à l'oreille. Ses sourcils montaient et descendaient, ses lèvres se pinçaient, son teint s'empourprait au point de devenir presque cramoisi. Il y avait un problème.

— Par conséquent, interrogea-t-il d'une voix rauque, tu m'appelles pour me dire que la maison est détruite ?

Silla laissa échapper un petit rire devant les clowneries du mohican. Drífa lui ôta d'un coup sec les écouteurs des oreilles et lui commanda de se taire. L'adolescente lança un regard vexé par-dessus son épaule, mais aperçut l'expression de sa sœur.

— Qu'est-ce qui se passe ? lui demanda-t-elle, brusquement inquiète.

6

— Oui, mon cher Þorsteinn, tu sais que je suis mieux placé que la plupart des gens pour comprendre ce que tu ressens, reprit le révérend Aðalsteinn. N'oublie pas que les biens terrestres qu'on peut racheter avec de l'argent n'ont en fin de compte aucune importance.

Pourquoi prononçait-il ces paroles ? Était-il réellement en train de donner des leçons à cet homme en lui rappelant que l'incendie d'une maison ne bénéficie pas d'un grand nombre de points sur l'échelle de la souffrance ? Le pasteur était quelque peu agacé par le ton de Þorsteinn, il se disait qu'il aurait pu se montrer un peu plus courageux. Du reste, Þorsteinn cessa ses jérémiades après ce bref sermon.

Aðalsteinn était assis dans son bureau, le combiné collé contre l'oreille gauche et un écouteur dans la droite. C'était une mauvaise habitude qu'il avait prise par désœuvrement peu après l'acquisition de cet Ipod, lequel était devenu l'un de ces petits gadgets qui vous rendent la vie supportable. Il prenait garde à ne pas écouter de musique trop charnelle lors de ses permanences téléphoniques : cela aurait risqué de perturber la conversation, surtout quand il devait endosser le rôle de celui qui est censé réconforter les âmes. À ces moments-là, il valait mieux s'en remettre à Bach qui convenait en toutes circonstances et il appréciait particulièrement les œuvres pour piano interprétées par le Canadien Glenn

Gould. Il y avait aussi les Beatles qu'Aðalsteinn tenait à considérer comme les Bach de notre époque. Il arrivait parfois que, lorsqu'il était réglé en mode aléatoire, le baladeur crée des situations cocasses et incongrues. Le pasteur souriait à chaque fois qu'il se rappelait cette conversation qu'il avait eue avec l'évêque et qui avait duré le temps de la chanson *To know him is to love him*, interprété par un groupe d'Américaines.

Cet engin farceur avait maintenant opté pour *Light my fire*, le vieux tube des Doors. Aðalsteinn ne s'en était pas rendu compte immédiatement, mais il avait subitement entendu le défunt Jim Morrison hurler à tue-tête le mot *fire*, dans le couplet qui suivait l'impeccable solo au synthé et il n'avait donc pas été question de sortir l'appareil de sa poche de chemise pour changer de morceau. Il s'en était fallu de peu qu'il n'éclate de rire ou qu'il ne laisse échapper un juron, mais il se retint. Il continua simplement à parler, même s'il savait bien que ses mots seraient une piètre consolation. Ce genre de hasards amusants pouvait amener les plus fervents des croyants à considérer le bon Dieu comme un plaisantin, un illusionniste facétieux qui se divertissait avec des broutilles comme ce choix peu approprié dans les chansons.

— S'il y a quoi que ce soit que je puisse faire avant votre retour… reprit-il tandis que le synthé des Doors concluait le morceau. Tu sais que je suis prêt à vous aider de toutes les manières.

— Oui, mais je ne vois pas comment, soupira Þorsteinn.

— Bon, passe mon bonjour à toute la famille et que Dieu soit avec vous, conclut le révérend Aðalsteinn autant par habitude que parce que la situation s'y prêtait. Du reste, entendre ces mots lui sortir de la bouche ne l'embarrassait nullement.

Pourtant, le pasteur ne se croyait plus guidé par la main de Dieu avec la même certitude absolue qui l'avait animé dans le passé. Il regrettait de ne plus sentir la foi lui emplir le cœur et, en même temps, pensait percer à jour ce phénomène comme étant une illusion de plus. Sa foi avait été comme un fauteuil confortable qui l'avait aidé à affronter les questions difficiles et les doutes, qui l'avaient renforcée, approfondie et transformée en un refuge fort utile lorsque les tempêtes s'abattaient. En tant que croyant, les affres de l'adolescence lui avaient été épargnées. Il n'avait pas été en proie au doute quant à ses projets d'avenir, la théologie s'était imposée à lui comme une évidence. Il n'avait pas eu d'histoires compliquées avec les femmes, il lui avait suffi de se chercher une épouse le moment venu et la faculté de théologie était le meilleur endroit pour la trouver. La vie pouvait devenir extrêmement simple au sein de ce monde complexe si on adoptait des positions claires et qu'on s'y tenait.

Pasteur, il avait été confronté aux paradoxes de l'existence, ayant dû réconforter des gens plongés dans des situations qu'il serait lui-même amené à connaître, il avait transmis ce qu'il pouvait, une réflexion apaisée et la force de sa foi et, même si cela lui fendait le cœur d'y repenser aujourd'hui, à chaque fois qu'il avait réussi à consoler les souffrances des âmes en peine, il avait ressenti une certaine fierté. Par égard pour les âmes en question, il ne pouvait envisager aujourd'hui de déclarer le manque de certitude qui l'affligeait, mieux valait agiter une mauvaise branche que pas de branche du tout – il avait un jour cité ce proverbe en chaire et ces sages paroles, comme tant d'autres, surgissaient maintenant de l'abîme du temps pour revenir le hanter.

Car le fauteuil s'était écroulé sous lui comme un meuble vermoulu dans un tremblement de terre au moment où son fils Baldur avait mis fin à ses jours.

Sa première réaction avait été de se tourner vers Dieu. Son âme était le théâtre de violents affrontements, mais il avançait dans la bonne direction, pensait-il à l'époque, il faisait ce qu'il fallait, d'une manière peut-être un peu trop consciente et en suivant des phases peut-être un peu trop réfléchies. Il mesurait l'ampleur de ce qu'il avait perdu, ce premier fils dans lequel il s'était projeté, le terreau de ses plus beaux espoirs. Il devait regarder cette chose en face. Avec l'aide de Dieu, se répétait-il, mais en même temps, il avait honte de constater qu'en tant que pasteur, il devait maintenir la présence de Dieu au sein de son existence à la force de ses bras.

Telle était la situation quand le domicile familial avait été ravagé par les flammes, quatre mois plus tard. À ce moment-là, on aurait dit que l'amer calice qu'il avait décidé de vider jusqu'à la lie s'était mis à déborder. Il avait d'abord vu dans l'événement l'expression de la cruauté divine, furieux de voir Dieu s'acharner ainsi sur sa personne, de le frapper à coups de pieds tandis qu'il gisait à terre. Il haïssait Dieu de tout son cœur, mais ne permettait pas à cette haine de remonter jusqu'à la surface pour s'y consumer car ce sentiment l'emplissait d'une honte extrême. Ainsi, quand il était enfin parvenu à maîtriser cette hostilité envers le Créateur sans jamais la laisser s'exprimer, l'amour qu'il éprouvait pour Dieu l'avait également déserté. Il ne restait plus que cette foi vide et dénuée de sens dont Aðalsteinn savait qu'elle n'était que l'enveloppe autour de son égoïsme qui lui commandait avant tout d'éviter les souffrances et de vivre tranquille : de se créer un nid le plus douillet possible. En tant que pasteur, il avait conscience de sa propre hypocrisie, mais se disait que, d'une certaine manière, sa position était légitime. Pourquoi devait-il continuer à brandir l'étendard de la foi, épuisé comme il l'était par les mauvais coups de la vie ? C'était une question de vie ou de mort et après s'être trouvé face à ce grand dilemme, Aðalsteinn avait compris qu'il désirait continuer à vivre.

Oui, même si cela paraissait étrange, il puisait ses forces dans son tout nouveau nihilisme. Puisqu'on ne pouvait pas s'en remettre à Dieu, il devait simplement s'en remettre à lui-même.

7

— Ce qui s'est passé hier soir est affreux, remarqua Stella en affichant un air contrit, approprié à sa réplique. J'avais une peur bleue que le vent ne tourne. Nous l'avons échappé belle, notre maison est juste à côté, à quelques mètres seulement.

Urður ne formula aucune objection bien qu'étant parfaitement certaine que jamais le feu n'aurait pu se propager à la maison voisine, même en l'absence des pompiers.

— Enfin, ton mari a dû te décrire tout cela dans les détails, poursuivit Stella. J'ai vu par la fenêtre de la cuisine qu'il ne manquait pas à l'appel.

— Il lui semblait en effet que c'était son devoir d'être sur les lieux, répondit sèchement Urður.

Les deux femmes s'étaient croisées à côté des frigos des produits laitiers à Samkaup, l'unique magasin d'alimentation du village, mais Urður n'était pas d'humeur à discuter avec Stella. Cette dernière était âgée d'environ trente-cinq ans, dix de moins qu'Urður, elle enseignait à l'école maternelle, n'était pas particulièrement grande et livrait une bataille constante contre les kilos superflus. Elle était, en toute occasion, tirée à quatre épingles. Cette fois-ci, elle portait un tailleur noir ajusté et une longue chaîne en or enroulée autour du cou. Ses lèvres étaient fraîchement maquillées et elle sentait le propre comme après son bain. Elle était pimpante, guillerette.

Club.

CLUB MONS
Grand Rue 33 - 7000 MONS

Vous avez été reçu par LaurenceH

L'INCENDIAIRE		(21)
9782330013028	8,70	8,70

NET A PAYER EN EURO : 8,70

PAIEMENT EN EURO

CASH : 10,00
CASH : 1,30

DETAIL TVA

CODE	TAUX	HT	TVA	TTC
21	6,00	8,21	0,49	8,70

Nombre d'articles : 1
Nombre de retours : 0

CAISSE : 1001 - 01 LE 19/10/2012
TICKET : 453143 A 9:17:36

6001 3500 1000 0453 1436

CLUB sa
TVA:BE0415.167.423 - RPM:BRUXELLES
Tel :065/31.71.01 - www.club.be

— Ils pensent que c'est un acte criminel, tu te rends compte, indiqua Stella en fronçant les sourcils.

— Quoi ?!

— Oui, Rósa, la femme de Gylfi, m'a dit qu'ils avaient retrouvé une grosse pierre dans la chambre à coucher. Ils ont fait venir un gars de la Criminelle de Reykjavík.

— Eh bien, il vaudrait mieux qu'ils enquêtent à fond sur cette histoire.

— Exactement, d'autant plus quand on pense que les incendiaires ne s'arrêtent pas une fois qu'ils ont commencé. Tant que la police n'aura pas coincé le coupable, le village sera constamment menacé.

— Rien ne dit qu'il s'agisse d'un incendiaire de ce genre, protesta Urður.

— De quel autre genre voudrais-tu qu'il soit ? Quel homme sain d'esprit irait mettre le feu à la maison de Þorsteinn ? Seul un individu méchamment détraqué peut se livrer à de tels actes.

— Oui, tu n'as pas tort. Mais je pense que nous devrions faire confiance à Dieu pour nous épargner d'autres catastrophes.

— Dieu n'a pas protégé Þorsteinn et les siens.

— Non, peut-être pas, mais il n'est pas certain qu'ils bénéficient auprès de lui d'un solde créditeur.

— D'un solde créditeur ! s'exclama Stella, consternée. Parce que, maintenant, il faudrait lécher les bottes du Bon Dieu pour qu'il daigne étendre sur nous son bras protecteur ?

— Ce n'est pas exactement ce que je voulais dire.

— Parce que, dans ce cas, le village va flamber tout entier, hein ! s'exclama Stella. Si cet incendiaire est envoyé par Dieu, presque personne n'est à l'abri.

— Enfin, je te défends de parler comme ça !

— Urður, ne prends pas ce que je dis au sérieux, tu sais comment je suis.

Urður lui adressa un sourire posé et un signe de tête en guise d'au revoir. Elle avait effectivement à propos de Stella son idée personnelle.

Elle se dépêcha de payer et quitta le magasin. Sortir de cet espace éclairé artificiellement pour retrouver la lumière du jour lui procurait une sensation étrange : elle avait l'impression d'effectuer un bond en arrière dans le temps, d'être arrachée au soir pour revenir au matin. Les choses les plus banales de l'existence avaient tendance à prendre un tour presque hallucinatoire depuis quelque temps. Ce phénomène avait une explication rationnelle, mais cela ne lui apportait aucune consolation. Elle espérait depuis si longtemps retrouver, dans une certaine mesure, un monde où toute chose serait à sa place.

Contrairement à la plupart des mères de famille du village, c'était généralement à pied qu'elle se rendait au magasin. Elle traversa le pont d'un pas décidé et remonta la rue en pente en se remémorant la soirée de la veille. Aðalsteinn était rentré tard après l'incendie. Il empestait l'alcool à plein nez, ce qui l'avait mise de mauvaise humeur, alors qu'elle était allongée dans le lit, raide comme une planche à repasser et qu'elle s'efforçait d'adopter une respiration profonde et régulière. Fort heureusement, il s'était endormi au bout de cinq minutes. Où avait-il trouvé de l'alcool à cette heure de la nuit ? Elle était presque certaine qu'il n'en avait pas emporté avec lui en quittant la maison, le pasteur n'avait quand même pas profité de l'occasion que lui offrait l'incendie pour aller se soûler dans la rue. Non, probablement pas, quelqu'un avait dû l'inviter chez lui, ce qu'elle trouvait tout autant déplacé. Mais bon, elle refusait de se laisser perturber par toutes ces choses-là.

Ils s'étaient rencontrés à la faculté de théologie où ils avaient ensemble achevé leurs études même si elle n'avait jamais été ordonnée pasteur. Leur premier fils était né au cours du dernier semestre qu'ils avaient passé à l'université et, après avoir réussi ses examens grâce à l'aide de quelques personnes bienveillantes, elle s'était dit que son enfant méritait toute son attention. Les résultats qu'elle avait obtenus n'avaient pas non plus été très encourageants et elle était complètement épuisée à la remise du diplôme, les nuits blanches avaient été aussi longues que nombreuses. Depuis quelque temps, elle se demandait si elle ne devait pas envisager de se faire ordonner pasteur, ce qui lui permettrait de remplacer Aðalsteinn en cas de nécessité. Il ne s'était pas radicalement opposé à l'idée, mais elle avait tout de même le sentiment qu'il ne prendrait pas les choses si bien que cela. Il y a beaucoup de pain sur la planche dans ce travail, affirmait-il parfois quand il devait se démener plus qu'à l'habitude et, à chaque fois, elle affichait un sourire complice en entendant cette blague éculée datant de l'époque de leurs études.

Il n'avait jamais été question qu'ils s'installent en province de façon définitive. Étant originaire de Sandgerði, elle avait l'habitude des petites communautés, mais Aðalsteinn, qui venait de Kópavogur, avait toujours voulu revenir à Reykjavík. Malheureusement, aucune charge de pasteur n'était vacante dans la région de la capitale et il fallait d'abord obtenir un poste ailleurs. On lui avait proposé un remplacement dans la Vallée de Bíldudalur, ce qu'il avait accepté sans hésitation. Elle, qui avait voulu être missionnaire dans les pays lointains afin d'aider les pauvres et d'apaiser les affligés, était tout à coup devenue femme de pasteur et mère au foyer. Mais elle s'en était satisfaite, réagir autrement aurait dénoté une certaine ingratitude. Tout cela devait faire partie du grand dessein divin, pensait-elle parfois, je joue mon rôle dans le grand tout et même s'il peut sembler dérisoire, il importe que je m'en acquitte avec conviction.

Le moment où Aðalsteinn vit un poste de pasteur lui passer sous le nez à la capitale fut pour lui un choc. L'autre candidat avait un an de moins que lui, ne bénéficiait d'aucun soutien au sein de l'Église, contrairement à lui et c'était, de surcroît, une femme. Même si les deux époux évitaient d'aborder le sujet, Urður avait parfaitement compris à quel point il avait été blessé de devoir s'effacer au profit d'une fille.

Mais il ne sortit pas plus fort de cette épreuve. Ce ne fut qu'après de nombreuses années d'errance d'une paroisse à une autre qu'il se décida enfin à poser sa candidature pour le poste de Seyðisfjörður, lequel était censé être un tremplin où il pourrait asseoir ses positions afin de réaliser ses rêves de jeunesse. Le but suprême était de devenir le pasteur de la cathédrale de Reykjavík et d'occuper l'une des maisons cossues qui bordaient la rue Tjarnargata, avait-il confié à sa femme, avec un certain sens de l'autodérision, une nuit de printemps après une fête célébrant la fin des examens de deuxième année. À la même occasion, elle lui avait parlé de sa vocation de missionnaire. Toujours était-il que, toutes ces années plus tard, ils en étaient encore à attendre sur le tremplin de Seyðisfjörður, piégés, comme sur un attrape-mouche.

La bougie qu'elle avait laissée à sa fenêtre en partant continuait de se consumer. Elle ouvrit la porte et entra.

8

Il était presque deux heures de l'après-midi quand Valdimar atterrit à Egilsstaðir. Le vent chargé de poudreuse lui enveloppa la tête au moment où il sortit de l'appareil et descendit la passerelle pour rejoindre à grandes enjambées le petit terminal de l'aéroport. On lui remit des clefs de voiture à l'accueil. Sur le parking, l'attendait un 4×4 de location surélevé, un engin gigantesque. Valdimar n'aimait pas beaucoup ce genre de char d'assaut, mais il désirait cependant être certain de pouvoir aller partout où il voulait.

Il ne connaissait pratiquement pas Egilsstaðir qu'il avait seulement traversée lors de son dernier passage et ne put s'empêcher de s'offrir un petit tour de la ville qui lui apparut comme un assemblage de deux ou trois quartiers.

Une fois qu'il fut parvenu à cette conclusion quelque peu méprisante, il prit la route en direction de la montagne et, quittant le temps calme qui régnait en ville, entra directement dans un nuage bas : sur la lande sévissait une tempête de neige aveuglante, on y voyait à peine à un mètre. Il éprouvait la plus grande difficulté à évaluer la largeur et la position de la route jusqu'au moment où il croisa un chasse-neige. N'étant pas habitué à manœuvrer un véhicule de cette taille, il fit une embardée. Après cela, il parvint la plupart du temps à distinguer les deux accotements. Puis lorsque le soleil perça tout à coup la tempête et l'aveugla un moment, il eut l'impression de conduire dans un nuage de gaz enflammé, ensuite, le temps se couvrit à nouveau, mais la neige cessa de tomber.

Quand le village fut en vue, il s'offrit une halte à un endroit où la route semblait s'élargir. Il descendit du 4×4 pour contempler depuis les hauteurs la version hivernale de Seyðisfjörður. La nature était grandiose, à n'en pas douter. De part et d'autre, les flancs des montagnes, tous blancs, et les sommets qui touchaient le ciel, libres de neige, noirâtres et inquiétants. Valdimar avait eu la présence d'esprit de mettre ses chaussures de marche, il avait une écharpe dans sa valise, mais ni bonnet ni gants et il s'adressa la réflexion qu'à cet instant précis, cela lui aurait bien servi. De la fumée s'échappait tranquillement de la cheminée d'une maison à l'orée de la ville, comme pour lui rappeler la raison de sa visite. Il avait autre chose à faire que de contempler les montagnes, il devait tirer au clair cette sombre affaire.

Il gara le 4×4 à côté du magasin d'alimentation, là où la rivière se jette dans le lagon et où la route se met à longer la côte, de part et d'autre. Il entra dans la boutique pour y acheter des gants. Les bonnets proposés étaient soit décorés de personnages de dessins animés soit leur coupe, que Valdimar associait à la Norvège, donnait à coup sûr un air ahuri. Il lui serait difficile d'être pris au sérieux s'il était accoutré comme un adolescent ou comme un zouave : il renonça donc à l'idée de s'acheter un couvre-chef. Il avait l'impression que la caissière était d'origine indienne et cela l'amusa de constater que le premier habitant du village qu'il croisait cette fois-ci avait une apparence à ce point exotique. La jeune fille s'exprimait dans un islandais impeccable.

Il décida de laisser son véhicule sur le parking et se mit en route à pied. Il connaissait ce village beaucoup mieux que la plupart des endroits d'Islande, il y avait séjourné deux semaines avec sa famille à l'âge de huit ans et y était revenu par deux fois en compagnie de son père et de sa sœur pour y passer deux ou trois jours. Karl, son père, s'était pris d'affection pour Seyðisfjörður depuis l'époque où, jeune homme, il était venu y travailler tout un été. Il racontait parfois qu'il avait été collègue avec Charles Manson, le fameux tueur en série. Valdimar n'avait jamais accordé trop d'attention à ses propos jusqu'au moment où il avait vu à la télé un documentaire mentionnant cette surprenante note de bas de page dans l'Histoire du village. Manson y avait effectivement passé deux ou trois mois peu de temps avant d'envoyer ses disciples assassiner des gens riches et innocents. Valdimar le considérait comme l'exemple parfait de l'impasse à laquelle conduisait la culture hippie et il lui semblait tout à fait parlant que son père ait fait sa connaissance, pour peu que ce soit.

Il repensait à tout cela tandis qu'il avançait dans la neige avec ses chaussures de marche. De l'autre côté de la rue, il y avait un hôtel et un restaurant dont il avait conservé un excellent souvenir. Il décida d'y prendre un café avant de continuer.

On entendait clairement que la serveuse, une jeune fille souriante aux cheveux blond filasse qui se mettait en quatre pour lui, était danoise. Valdimar la regardait se déplacer avec intérêt. Il se mit à penser à Elma et grimaça. Il commanda un cappuccino préparé dans l'imposante machine à expresso tout argentée – rutilante. La jeune fille disparut dans la pièce derrière le comptoir tandis qu'il buvait son café ; cela lui évitait d'avoir mauvaise conscience en fixant sa poitrine.

Il descendit vers le petit pont qui lui plaisait tant, s'arrêta au milieu et plongea son regard dans la rivière libre de glace. Cette fois-ci, il dut scruter l'eau un long moment avant d'apercevoir la guitare qui gisait encore au fond. En moins de temps qu'il ne faut pour le dire, il s'était à nouveau remis à réfléchir à l'histoire de cet instrument : qui l'avait jeté là, quand et pourquoi ?

Il allait rejoindre Smári Jósepsson, policier à Seyðisfjörður. En soi, on pouvait s'estimer heureux que la police dispose d'un local en cet endroit aussi peu peuplé, pensa Valdimar en arrivant au commissariat, un bâtiment de plain-pied dans une rue sans âme, qui bordait la mer. On y trouvait également une banque et la poste. Le côté de la rue qui donnait directement sur la mer n'était pas construit. Il ouvrit la porte sans frapper et entra.

Smári apparut immédiatement à la porte d'un bureau et salua Valdimar d'une poignée de main vigoureuse tout en lui adressant un sourire malicieux. Âgé d'une quarantaine d'années, il était, comme on dit, bien portant sans être franchement gras. Ses cheveux avaient commencé à se dégarnir sur le haut du crâne et la mèche qu'il entretenait avec soin au-dessus de son front, comme la dernière fois qu'il l'avait vu, semblait quelque peu ridicule à Valdimar, il se disait qu'il aurait mieux valu que son collègue soit tout simplement chauve. La nature est cruelle avec les hommes, pensa Valdimar tandis qu'il passait sa main à travers l'épaisse tignasse qu'il se connaissait depuis toujours.

— Eh bien, me revoilà donc ici, annonça-t-il.

— Oui, dommage que ce soit cela qui t'amène. Tu auras une idée complètement faussée de notre village. Nous n'avons pas grand-chose à faire ici au quotidien. Rares sont ceux qui enfreignent la loi et les affaires aussi sérieuses sont l'exception.

— Les gars de la Scientifique en ont-ils terminé ?

— Ils viennent de repartir, tu as dû les croiser sur la lande.

— Que signifie cette précipitation ? Ils ont pourtant l'habitude de prendre tout leur temps.

— Ils avaient peur d'être bloqués ici. De plus, ils étaient attendus à Reykjavík pour des choses urgentes.

Valdimar soupira de dédain.

— Qu'en disent-ils ? Sont-ils parvenus à une conclusion ?

— Il n'y a rien de formel, mais il leur a suffi d'entrer dans la maison. Incendie à l'essence, c'est ce qu'ils ont dit immédiatement. Enfin, ils ont quand même pris quelques échantillons pour vérifier. Tu veux aller voir ?

— Absolument.

Les deux hommes s'installèrent dans une voiture de police et remontèrent la rue. Une vague odeur de fumée encore piquante émanait de Smári et Valdimar se demanda s'il était possible qu'il ne se soit pas changé depuis le moment de l'incendie. Il chassa cette idée de son esprit.

Il était aisé de reconnaître la maison dès qu'on s'engageait dans la rue : deux fenêtres béantes et un mur noir de suie juste au-dessus. C'était une maison individuelle de plain-pied, plutôt imposante, et dont les formes carrées et simples des années 1980 et 1990 séduisaient nettement plus Valdimar que ce style à colonnades prétentieuses qui caractérisait désormais nombre de pavillons plus récents.

Ce qui s'offrit à la vue de Valdimar n'était pas aussi désastreux que la première fois qu'il était entré dans une maison incendiée à Seyðisfjörður. Celle-là, au moins, tenait encore debout et il était possible de la remettre en état. Celle du pasteur et de son épouse était un vieux bâtiment en bois, tellement dévasté par les flammes qu'il n'y avait pas eu d'autre solution que de le raser. Valdimar se souvint à quel point il avait plaint ces pauvres gens. Le regard tristement vide du révérend Aðalsteinn, qui s'efforçait de voir le bon côté des choses en se disant soulagé que personne n'ait été blessé. Il avait fait preuve d'un exceptionnel courage, tout le temps que Valdimar avait séjourné au village et il était même parvenu à trouver un nouveau domicile pour sa famille. Sa femme, Urður, semblait en revanche comme pétrifiée, manifestement en état de choc. Ils venaient juste de perdre leur fils aîné, qui avait mis fin à ses jours.

Les deux policiers s'attardèrent un moment face aux fenêtres béantes. On avait entassé des planches devant le garage. Un vieux 4×4 de marque Lada avec une remorque entra dans la rue et se gara dans l'accès à la maison, à côté du tas de bois. Deux hommes âgés d'une quarantaine d'années en descendirent, l'un portait une moustache soigneusement entretenue et l'autre avait une sacrée touffe de poils qui lui sortait des oreilles.

— Salut les frères ! lança Smári. Ils lui répondirent d'un hochement de tête. Malgré leur air un peu timide, ils paraissaient tout de même espiègles, comme s'ils s'attendaient à ce que les deux policiers leur servent une plaisanterie.

— Ce n'est pas gênant qu'ils condamnent les fenêtres tout à l'heure ? demanda Smári à Valdimar. On prévoit l'arrivée d'une forte tempête et la maison risque de se remplir de neige.

— Je ne crois pas que cela pose un problème, puisque la Scientifique en a terminé.

— Tu veux peut-être jeter un œil à l'intérieur ? demanda Smári.

— Non, c'est inutile. Tu n'as qu'à me montrer la fenêtre par laquelle tu penses que l'incendiaire est entré.

Ils marchèrent vers l'arrière de la maison.

— C'est là, précisa Smári, une fois qu'ils furent arrivés à un renfoncement dans le mur où apparaissait une petite ouverture noircie de la taille d'une demi-porte de garage. Du bruit leur parvint depuis l'intérieur et le policier des Fjords de l'Est fronça les sourcils. Les deux hommes jetèrent un œil.

Au centre de la pièce se trouvait une brouette emplie de bois calciné et de cendres. Un jeune homme se démenait pour retirer ce qui restait du parquet à l'aide d'une pelle. Il leva les yeux et sursauta, manifestement surpris de voir quelqu'un à la fenêtre.

— Que diable fabriques-tu ici ? interrogea Smári d'un ton réprobateur, posté à côté de Valdimar.

— Je bosse, pour gagner du fric, répondit le gamin avec une grimace. Ça te dérange ?

— Je te présente Bóas, mon fils, annonça Smári, embarrassé. Il a travaillé chez les frères, l'été dernier. Dis donc, tu n'es pas censé être à… ? reprit-il d'un ton acerbe, mais il s'interrompit au beau milieu de sa phrase.

— C'est les vacances de Noël, n'oublie pas, répondit le fils, déjà prêt à se remettre à arracher les lattes brûlées du parquet.

Valdimar regarda brièvement le gamin en se demandant d'où pouvait provenir l'amertume qui venait entacher son air adolescent. Ce n'est sûrement pas drôle d'être fils de policier, se dit-il, pour la première fois de sa vie.

— Mon petit Bóas, laisse donc ça pour l'instant. Vous deviez attendre notre feu vert avant d'entreprendre quoi que ce soit ici, précisa Smári. Laisse-nous, s'il te plaît.

— Pas de problème, répondit le garçon, agacé. Il lâcha sa pelle et disparut dans une autre pièce.

— De ce côté, il y avait une porte qui permettait d'accéder de la chambre au jardin et la grande fenêtre, là, partait du sol pour monter jusqu'au plafond. C'est elle qui a été brisée à l'aide de la pierre. On peut donc supposer que l'incendiaire est entré par la fenêtre cassée ou bien qu'il a ouvert la porte en passant son bras par le trou dans la vitre, il lui suffisait d'appuyer sur la poignée.

— Et si le coupable avait pris cette pierre et qu'il l'avait jetée dans le jardin ou remportée avec lui… commença Valdimar.

— Oui ?

— Eh bien, je me demande simplement si elle n'a pas été laissée là volontairement afin qu'il n'y ait aucun doute sur la nature criminelle du sinistre.

— C'est bien possible. Mais de toute façon il n'y aurait eu aucun doute. Ce qui a compliqué la tâche des pompiers était justement que le feu a pris presque partout en même temps et les gars de la Scientifique m'ont dit que tout portait à croire que quelqu'un avait arpenté les lieux en les aspergeant d'essence. Il s'est surtout concentré sur la chambre à coucher et le lit a été bien servi.

— Quelle saloperie !

— Oui, ce n'est pas drôle, convint Smári. Ils pensent qu'il a allumé le feu depuis cette porte. Et puisqu'il a laissé des traînées d'essence un peu partout, la maison s'est embrasée en quelques minutes.

— Qui a signalé l'incendie ?

— C'était… une voisine.

— Y a-t-il quoi que ce soit à en dire ? demanda Valdimar, étonné par l'hésitation de son collègue.

— Non, pas du tout. C'est ma sœur qui nous a appelés. Elle s'appelle Stella.

— Ah, je comprends. Elle habite dans le quartier ?

— Oui, dans la maison voisine, précisa Smári en la désignant d'un mouvement de tête.

Valdimar regarda dans la direction indiquée. La maison en question se trouvait à quelques mètres en contrebas, le côté sur lequel l'incendiaire avait œuvré était donc en dehors du champ de vision. Un mur à hauteur d'homme délimitait le jardin, une partie avait été abattue et traînée sur la neige gelée, probablement par les pompiers. En tout cas, il ne semblait pas qu'il ait été possible de voir ce qui se passait ici à moins de gravir la pente en surplomb, sur laquelle il n'y avait aucune construction.

— A-t-on trouvé des indices à l'extérieur ?

— Il neigeait au moment où cela s'est passé et les traces de pas n'ont pas tardé à être recouvertes. En outre, même si elles étaient encore visibles, les pompiers ont marché un peu partout. Il va sans dire que maintenant, on ne les voit plus.

— En effet, convint Valdimar tandis qu'il contemplait le jardin entièrement blanc. Et cette pierre ?

— Comment ça ?

— En ont-ils tiré quelque chose ?

— Tu veux parler d'empreintes digitales ou de ce genre de truc ?

— Non, pas forcément des empreintes digitales. Tu l'as conservée en lieu sûr ?

— Les gars de la Scientifique l'ont emportée avec eux à Reykjavík.

— Je vois. Et tu dis que les propriétaires sont encore en Espagne ?

— Je suppose qu'ils ont pris le chemin du retour. Cela m'étonnerait qu'ils aient envie de lézarder au soleil en ce moment.

Valdimar répondit d'un hochement de tête. Il alla faire quelques pas dans le jardin enneigé pour regarder l'encadrement calciné de la porte et de la fenêtre. C'était là, devant lui, que s'était trouvé l'incendiaire, équipé de sa pierre et de son bidon d'essence. Que s'était-il passé dans sa tête au moment où il avait craqué l'allumette ? Parviendraient-ils à le découvrir ?

9

Sveinbjörn, le directeur de la parqueterie, ne précisait jamais à Stella, sa femme, s'il rentrerait à la maison pour le déjeuner : il refusait qu'elle s'habitue à l'idée qu'il avait l'obligation de la prévenir dans ce domaine, et cela valait également pour tous les autres. Quand il arrivait, elle marmonnait que jamais elle ne savait quand s'attendre à le voir débarquer, mais lui préparait en moins de deux un petit en-cas. En ce moment, il était surpris de constater combien il aurait voulu pousser la porte de son domicile et entendre les habituelles jérémiades de son épouse avant qu'elle ne lui apporte ses tartines beurrées. Tout cela avait un côté familier et rassurant ; c'était malgré tout le signe d'une certaine stabilité dans l'existence.

Mais en ce moment, il avait face à lui tout le poids de cette même existence. Il avait avalé une soupe à la viande servie sur un plateau en plastique et Kolbrún était assise face à lui, dans toute sa majesté, avec les documents qu'elle allait lui exposer pendant cette entrevue. Kolbrún était tout à la fois : secrétaire, comptable et intendante… même si cette dernière attribution lui portait considérablement sur les nerfs. Elle répétait ne pas avoir été engagée pour ce genre de tâches, mais finissait toujours par s'acquitter de son devoir. Il avait eu une sacrée chance de tomber sur elle cinq ans plus tôt, quand il avait démarré l'activité de la parqueterie. Il était fort probable qu'il aurait fait faillite depuis belle lurette si elle n'avait pas tout supervisé.

Mais aujourd'hui, Kolbrún était loin d'afficher une mine radieuse. Il évitait depuis un certain temps d'aborder les problèmes, mais elle avait fini par frapper du poing sur la table en exigeant une entrevue d'urgence, laquelle était absolument justifiée, affirmait-elle.

— Alors, la situation serait-elle encore pire que d'habitude ? s'enquit Sveinbjörn avec un détachement calculé. Au lieu de lui répondre immédiatement, elle examina ses fiches tout en les disposant sur le plateau de la table. Kolbrún était imposante et douce ; en la regardant, il pensait invariablement à une géante. Sa corpulence lui allait plutôt bien, en dépit des bourrelets qu'il avait aperçus quelques minutes plus tôt, tandis qu'elle lui tournait le dos – son chemisier bleu marine et bordé d'or coupé dans un tissu très fin était un peu trop ajusté – et la courbe que décrivait son double menton jusqu'à la base de son cou rappelait d'une façon amusante celle de son nez. Elle était soigneusement maquillée, comme toujours, son fard à paupières violet des plus osés ne franchissait toutefois pas la limite. Elle savait qui elle était, ce qu'elle voulait et ce qu'elle faisait. Jamais Kolbrún ne posait le moindre problème, sauf évidemment quand tout allait à vau-l'eau.

— Eh oui, mon petit Sveinbjörn, le vent tourne sans crier gare, remarqua-t-elle. Il pinça machinalement ses lèvres en entendant son nom accolé à ce *mon petit*. Comme je le répète depuis longtemps, c'est un jeu dangereux que d'accorder à de gros clients un délai dans le règlement de dettes importantes. Et nous en sommes maintenant arrivés à ce contre quoi je t'avais mis en garde. La Halle des revêtements de sol, notre plus gros client islandais, a demandé à être placé sous tutelle judiciaire.

— Certes, certes, répondit Sveinbjörn, agacé, tandis qu'il tapotait le plateau de la table du bout des doigts.

— Je ne sais pas si Þorsteinn a eu vent de ça avant de renoncer à s'associer avec nous, mais l'instant ne pouvait pas être plus mal choisi. Au moment où nos espoirs tombent à l'eau en ce qui concerne l'argent frais qui nous aurait permis d'affronter cette situation difficile, cette bombe à retardement nous saute à la figure. La mise sous tutelle judiciaire n'est évidemment pas tout à fait une faillite, mais je ne suis pas sûre qu'ils parviendront à se redresser et cette entreprise n'a pas été gérée avec la prudence qui s'impose. Comme le savent tous les gens qui s'y intéressent. Nous devons donc nous arranger pour qu'ils fassent faillite ou bien qu'ils passent un accord avec nous quant au règlement d'une part minimale de leur dette. Quoi qu'il advienne, je ne m'attends pas à ce qu'on récupère plus de vingt pour cent de la totalité.

— Vingt pour cent ! Ce n'est pas la peine de jouer les Cassandre !

— Vingt pour cent est une estimation plutôt optimiste, il est tout aussi probable que nous n'ayons rien du tout, rétorqua sèchement Kolbrún.

— Je n'y crois pas vraiment, mais soit. Que veux-tu que nous fassions ? interrogea Sveinbjörn.

— Bon, annonça-t-elle, énergique, en lui plaçant l'une des feuilles sous le nez. J'ai noté ici la plupart des chiffres. Il y a d'abord les dettes à long terme dont nous ne devons pas nous inquiéter sauf en cas de non-paiement, ensuite viennent les factures et les dettes à court terme que nous aurions dû payer, mais nous ne l'avons pas fait. Tu connais tout cela aussi bien que moi et je n'ai pas besoin de te le détailler. Le problème se pose depuis longtemps, bien trop longtemps. Et si nous n'y remédions pas immédiatement, notre entreprise deviendra ingérable. Il y a là les dettes pendantes, le chiffre tout en haut est le seul qui compte, il représente l'ensemble de nos problèmes.

— Oui, oui, je suis d'accord, il a sacrément gonflé.

— Et ce n'est que le capital, sans les intérêts. Mais ce qui est encore plus terrible, c'est que nous avons placé beaucoup trop d'œufs dans un seul et même panier. Nous n'avons pas une seconde envisagé l'avenir en l'absence de la Halle des revêtements de sol. Par exemple, que comptes-tu faire de ce qui se trouve en ce moment à l'entrepôt ?

— Ce n'est pas parce qu'ils sont sous tutelle judiciaire qu'ils n'ont plus besoin de parquet…

— En effet, mais il va falloir que tu les mettes au pied du mur. Soit ils te paient en monnaie sonnante et trébuchante, soit tu ne leur livres rien. Tu comprends où je veux en venir ? En réalité, il vaudrait peut-être mieux tout simplement se passer d'eux, ainsi, les choses seraient claires. Et se mettre immédiatement en quête d'autres acheteurs.

— Aurais-tu pris la direction de l'entreprise ? s'agaça Sveinbjörn. Si je fais le malin avec eux alors qu'ils sont dans une situation critique, il est évident que nous ne figurerons pas au sommet de la liste de leurs priorités quand il s'agira de régler leurs vieilles dettes.

— Nous sommes de toute façon loin d'être prioritaires sur cette liste. Tu les as laissés nous mépriser et ils n'ont pas hésité. Ce qui importe maintenant n'est pas de se les mettre dans la poche, mais précisément de leur montrer qu'ils ne peuvent plus continuer à nous traiter de la sorte.

— Ah bon ? Y a-t-il autre chose que je puisse faire pour toi ? demanda Sveinbjörn sur un ton de froide colère.

— En fait, oui, vendre ta maison. Tu devrais en tirer un bon prix en ce moment. Et si tu la vends maintenant, tu ne risqueras pas de la perdre plus tard.

— Il n'en est pas question ! s'emporta-t-il tout à coup.

— Tu n'as qu'à t'arranger pour l'occuper jusqu'à l'automne. D'ici là, nous saurons où nous en sommes dans cette affaire : soit tu seras en faillite et, dans ce cas, autant avoir cet argent disponible ou alors, les choses auront pris une autre tournure et tu pourras la racheter ou en chercher une autre.

— Stella n'accepterait jamais une chose pareille, la maison est à son nom autant qu'au mien, protesta Sveinbjörn.

— Je vais lui en parler, elle est loin d'être idiote et ne restera pas sourde à mes arguments.

— Ne t'avise pas de faire ça, rétorqua Sveinbjörn d'un ton acerbe. Tu es parfaite au sein de l'entreprise, mais je refuse que tu te mettes à organiser ma vie en dehors.

— Le problème est que les deux sont liés. J'essaie simplement de nous préserver de la faillite.

— Ce n'est pas toi qui feras faillite et pas toi non plus qui perdras ta maison.

— J'ai quand même consacré toute mon énergie à bâtir cette usine et, je le rappelle, avec un salaire nettement en deçà de celui auquel je pourrais prétendre ailleurs pour un poste similaire. Je veux que nous sauvions cette entreprise, je refuse de la voir s'effondrer comme un château de cartes à cause d'erreurs commises par d'autres.

— C'est-à-dire les miennes !

— Oui, exactement, les tiennes, mais aussi celles des autres.

— Il est exclu que je vende la maison, je vais plutôt la mettre entièrement au nom de Stella par mesure de précaution. Merci de m'y avoir fait penser.

— Tu n'as pas envie de te battre pour te maintenir à flot ? Tu comptes tout bêtement abandonner comme n'importe quel pauvre type ?

— Je ne prends que les décisions qui me semblent nécessaires.

— Tu ne veux pas que je t'aide ? Tu refuses de regarder la situation en face ? Et d'y remédier autant que possible ?

— Je sais que tu ne me dis pas ça en mal, mais je dois prendre mes décisions moi-même.

— Et quelles décisions comptes-tu prendre ?

— On verra bien.

— Ce genre de dérobade n'est pas à ton honneur. Tu dois réagir immédiatement. Tu comprends ? Si tu comptes encore une fois te laisser pousser par le vent, je jette l'éponge. Je te remets ma démission !

— Eh bien, dis donc... observa-t-il avant de s'interrompre. Les yeux plongés dans le lointain, il sentait sur lui le regard brûlant de Kolbrún... Puisque tu t'en prends si durement à moi, reprit-il, permets-moi de te dire que je suis en pourparlers avec un partenaire qui compte investir une somme considérable dans l'entreprise.

— Ah bon ? répondit-elle, assommée, bien que son visage affichât encore un air suspicieux. Et ce n'est que maintenant que tu le dis ? Quel est le partenaire en question, si tu me permets ?

— Je ne peux pas te le dire pour l'instant.

— Ah, je vois, rétorqua-t-elle. Et à combien se monte la somme dont tu parles ?

— Elle est suffisante pour nous permettre de redresser la situation.

— Quelles seront les modalités de cette injection de fonds ? Allons-nous avoir un associé ? Ou s'agit-il d'un emprunt ? Si tel est le cas, ce serait bien d'en connaître les conditions.

— Ce n'est pas encore entièrement réglé.

— Il ne t'a pas effleuré l'esprit que je puisse prendre part à ces discussions ou, tout du moins, de m'en informer ?

Tu n'as pas pensé que je pourrais te prodiguer quelques conseils judicieux ? Tu as peut-être oublié subitement que je suis censée être la directrice financière de cette entreprise ?

Le plus surprenant était qu'effectivement, Sveinbjörn avait tout à fait oublié la dénomination du poste occupé par Kolbrún.

— Les discussions sont entrées dans une phase sensible, expliqua-t-il, honteux du cliché qu'il venait de débiter. Elles aboutiront d'ici quelques jours.

— Tu n'es quand même pas en train de me mentir, n'est-ce pas ?

— Tu perds la tête ou quoi ?

— Non, et toi ?

— Et moi, quoi ?

— Serais-tu devenu fou ? Je trouve ton comportement vraiment bizarre. Tout à coup, tu fais apparaître un nouveau partenaire comme sorti d'un chapeau de magicien. Le simple fait que quelqu'un souhaite investir dans notre entreprise étant donné la situation me semble des plus mystérieux. As-tu exposé les choses à ce partenaire ? Il aurait peut-être mieux valu que je le fasse ? Que se passera-t-il quand il comprendra ? Ne va-t-il pas reculer et nous laisser dans une situation encore pire que celle qui est la nôtre en ce moment ? Cela ne t'est pas venu à l'esprit ?

— Il n'y a aucun danger.

— Je ne croirai pas un mot de cette histoire de nouveau partenaire tant que des fonds n'auront pas été versés sur notre compte. Réfléchis bien avant d'agir et pense à la manière dont tu veux que les choses se passent. Moi, je suis partie, dit-elle en se levant, tu vas devoir te débrouiller sans moi pour aujourd'hui.

— Je croyais que tu avais démissionné.

Elle le fusilla du regard et quitta la cafétéria, furieuse.

10

— Pardonnez-moi de vous replonger dans cette histoire, mais nous nous demandons si l'incendie de votre maison l'année dernière n'était pas de nature criminelle.

— Si je me souviens bien, des gens ont été envoyés ici pour vérifier ce point précis et ils n'ont trouvé aucun indice qui aille dans ce sens.

La femme du pasteur se montrait plus revêche que Valdimar ne l'avait imaginé. Elle s'était littéralement raidie en le voyant et il ne parvenait pas à l'amadouer. Il lui serait difficile de découvrir de nouveaux éléments dans cette vieille enquête, mais il se disait que cela valait le coup d'essayer.

Elle l'avait fait entrer dans ce qu'elle appelait la bibliothèque, même s'il n'y avait là que peu de livres, et l'avait invité à s'asseoir tandis qu'elle préparait un café, il était hors de question qu'il refuse. Il était assis sur une chaise de salle à manger recouverte de cuir, très inconfortable, face à une table neuve, mais de style ancien, avec des pieds en forme de dragon et une plaque de verre posée sur un plateau en métal doré tout en entrelacs. Seules deux étagères de la bibliothèque noire contenaient des livres, sur la première, Valdimar crut voir des publications techniques et sur l'autre, c'étaient principalement de vieux ouvrages reliés en cuir brun. À côté de la table, on voyait la couverture d'un livre ouvert, un recueil de poèmes retourné. Sa curiosité naturelle poussa Valdimar à l'attraper pour regarder le titre ; il s'agissait des *Poèmes du livre de Job*, de Valdimar Briem. Il retourna le livre et se mit à lire :

Dans les ténèbres de minuit
S'avancent les assassins
Et les concupiscents
Jusqu'à la pénombre
Déguisés
Sous le sombre costume
De leur profanation
Pensant que nul ne les voit

Sous le masque
Du criminel
Il en est pourtant un qui voit
Celui auquel nulle chose n'échappe.
Il le tolère longtemps
Sans intervenir
Remiser n'est pas oublier,
Dieu a bonne mémoire.

Il n'eut pas le temps de reposer le livre avant qu'Urður ne sorte de la pénombre, sans bruit.

— J'étais plongé dans la poésie…, fit-il remarquer, gêné. Au lieu de lui répondre, elle s'installa au bout de la table devant la fenêtre, ce qui la forçait à tourner la tête pour le regarder en face, étant donné qu'il était assis à côté d'elle. Elle le fit au début, mais dès qu'il évoqua l'hypothèse selon laquelle l'incendie de leur maison pouvait avoir un lien avec la nouvelle affaire, elle resta les yeux fixés à la fenêtre, comme concentrée sur une étoile particulière qui aurait scintillé à l'intérieur de la bande de ciel bleu clair entre les bancs de nuages.

— Connaissez-vous Þorsteinn et Hugrún ?

— Pourquoi cette question ? demanda-t-elle après un bref silence.

— J'essaie simplement de comprendre toutes les facettes du problème.

— Oui, nous nous connaissons assez bien.

— Vous les fréquentez de façon régulière ?

— Non, plus maintenant, nous nous voyions beaucoup avant, répondit Urður.

— Ah bon, s'est-il passé quelque chose ?

— Eh bien, notre fils Baldur et leur fille Drífa se fréquentaient. Depuis la mort de Baldur, nous n'entretenons que peu de relations avec eux.

— Cela a dû être un choc terrible pour la jeune fille de perdre son ami de cette façon, laissa échapper Valdimar.

— En fait, elle a rompu avec lui peu de temps avant qu'il ne mette fin à ses jours.

— Je comprends. Et cela a sonné le glas de votre amitié.

— Non, notre amitié n'a pas pris fin, répondit bien vite Urður en avançant sa lèvre inférieure d'un air buté. Nous n'avons jamais reproché quoi que ce soit à Drífa, si c'est ce que vous suggérez. Ils étaient si jeunes qu'il fallait s'attendre à ce que leur relation ne dure pas, les gamins évoluent rapidement à cet âge, souvent dans des directions opposées. Nul ne peut la blâmer, vraiment pas. Aðalsteinn et moi redoutions d'ailleurs qu'elle n'aille se mettre ce genre d'idée dans la tête et nous avons donc essayé de garder de bonnes relations avec elle. Il est inutile que la mort de mon fils détruise sa vie encore plus.

— Je comprends, répondit Valdimar d'un ton posé. Il se tut quelques instants avant de poursuivre. Il s'efforçait de se plonger dans le deuil de cette femme, de s'en approcher en se fondant sur sa propre expérience, laquelle lui tenaillait encore le cœur tant et tant d'années après que sa mère s'était ôté la vie. Se l'était-il reproché ? Bien sûr qu'il se l'était reproché. Dites-moi, Baldur avait-il des tendances dépressives ? reprit-il.

— Non, c'était un enfant au caractère joyeux. Croyez-vous réellement que cela soit important ? interrogea-t-elle quelque peu sèchement.

— Non, je suppose que non. Je trouve simplement que le lien ainsi établi entre ces deux incendies forme une étrange coïncidence. Pardonnez-moi de vous bousculer ainsi.

— Vous savez, cela ne m'aurait pas dérangé à l'époque si les gens m'avaient posé un peu plus de questions. Il est peut-être trop tard maintenant, signifia-t-elle, maussade, avant de s'interrompre. Elle leva les yeux, le dévisagea puis continua. Les gens s'imaginent être polis en érigeant autour de vous un mur de silence. Baldur avait peut-être une certaine tendance à prendre la vie un peu trop au sérieux, comme pas mal d'adolescents, mais il traversait surtout un terrible chagrin d'amour, le pauvre garçon. Si vous voulez savoir le fond de ma pensée, je pense qu'il s'est suicidé afin de prouver à Drífa combien les sentiments qu'il éprouvait pour elle étaient réels et profonds. Il voulait laver son honneur par sa mort, mais n'est parvenu qu'à salir son souvenir dans l'esprit de bien des gens. La vie veut parfois que ceux qui devraient s'en tirer sans trop de dommages s'en tirent le plus mal. Naturellement, j'ai l'impression d'avoir failli en tant que mère, mon rôle était de le protéger contre tous les maux. J'ai échoué. J'ai été faible au moment décisif car j'ignorais l'importance de l'enjeu. Baldur nous a repoussés, nous, ses parents. Il n'y avait que son ami Bóas qui parvenait à lui parler. Ils restaient tous les deux dans sa chambre pendant de longues heures. J'en étais heureuse, au moins, il n'était pas seul pour affronter ces épreuves.

— Bóas… ?

— Le fils de Smári. Vous pouvez l'interroger, cela ne devrait pas poser de problème. Personnellement, j'aimerais bien savoir ce qu'il en dit.

— Eh bien, il me sera difficile de vous communiquer ce genre d'informations.

— Évidemment. C'est juste que c'est tellement étrange, fit-elle, comme perdue dans le lointain. Bóas était presque devenu le troisième fils de la maison, il venait chez nous chaque jour. Il dînait si souvent avec nous que j'avais pris l'habitude de le compter quand je faisais les emplettes, pensez donc. Je crois bien qu'il n'appréciait pas beaucoup la cuisine de son père. Il venait déjà un peu moins souvent quand Baldur et Drífa ont commencé à se fréquenter. Mais aujourd'hui, il a complètement disparu de notre existence, c'est à peine si je l'ai croisé depuis l'enterrement. Même pas dans la rue. Je pense souvent à lui, ne manquez pas de le lui dire, au cas où vous l'interrogeriez.

— C'est promis.

Debout à la porte, Valdimar eut l'impression qu'elle avait envie d'ajouter quelque chose et il s'attarda un peu.

— C'est tellement bizarre… Vous venez ici en parfait étranger et me demandez si Baldur était dépressif. Peut-être cette question est-elle évidente, mais vous êtes le premier à me la poser de façon directe. Cela m'amène à vous confier certaines choses que je n'ai dites à personne d'autre. Je voudrais vous demander de faire preuve de discrétion. Je ne voudrais surtout pas que Drífa apprenne ce que j'ai dit de la raison qui avait poussé Baldur à commettre cet acte.

— Cela ne concerne personne. Je vous promets de ne pas en parler.

Valdimar prit plaisir à redescendre à pied jusqu'au commissariat, le craquement de la neige sous ses pas soulignait la quiétude des lieux. Chez lui, à Reykjavík, il se surprenait parfois à prendre sa voiture pour aller à la *sjoppa** du coin. Dans cette petite ville, pour une raison imprécise, il lui déplaisait de prendre le gros 4×4 qu'il avait à sa disposition pour se rendre d'une maison à l'autre.

Il repensa à Urður que le destin avait malmenée, peut-être assisté par un criminel masqué semblable à celui du poème que lisait la femme du pasteur. Valdimar avait trouvé sa réaction d'une étonnante placidité quand il avait mentionné la possibilité que l'incendie de sa maison ait été criminel. Probablement l'événement n'était-il qu'un simple détail dans son esprit. La disparition de son fils jetait sans nul doute une ombre sur tout le reste.

La mort l'avait privée de tant d'espérances, de tant de moments qu'elle avait eu hâte de vivre. Lui-même, il connaissait tout cela. En plus de la douceur des souvenirs qui se transformait en douleur, elle devait digérer ces espoirs déçus, ces vestiges cuisants d'un avenir effacé en un clin d'œil, comme ce rêve de vol qui habite encore le nid au moment où le prédateur vient en arracher les œufs.

* Une *sjoppa* (anglais : *shop*) est une particularité islandaise qui n'a pas son équivalent exact en France et n'a rien à voir avec nos bureaux de tabac. C'est un petit magasin qui vend des cigarettes (lesquelles sont cachées derrière un rideau), des friandises, des sodas, des magazines, des journaux ainsi que, parfois, des hamburgers, glaces, soupes chaudes, sandwiches, hot-dogs. *(Toutes les notes sont du traducteur.)*

11

Après le départ du policier, Urður se dirigea calmement vers la salle de bains, d'un pas posé et mesuré jusqu'à ce qu'elle eût franchi le seuil. Ce ne fut qu'à ce moment-là qu'elle sentit réellement la nausée l'envahir, elle dut presque se précipiter sur la cuvette des toilettes afin de ne pas vomir sur le sol. L'odeur piquante du détergent parfumé aux aiguilles de pin s'immisça dans ses narines. Elle avait l'impression qu'on lui enfonçait une fourchette incandescente jusqu'aux sinus.

Elle parvint à surmonter sa nausée. Avant de se relever, elle essuya les quelques gouttes de vomi qui avaient souillé la cuvette à l'aide de papier toilette humide. Puis elle mit en route l'aération afin de chasser l'odeur avant de quitter la pièce. Elle pouvait s'attendre à ce que son époux arrive à tout moment et pourquoi irait-elle courir le risque de lui causer d'inutiles inquiétudes ? Elle alla à la cuisine pour avaler un verre d'eau. Le liquide limpide agissait comme un baume sur son âme lacérée, il venait lui rappeler toute la valeur et l'importance des choses simples, le meilleur cadeau de Dieu.

La douleur du deuil s'était tellement bien installée dans l'esprit d'Urður qu'elle avait craint à un certain moment d'en être devenue dépendante. Elle éloignait d'elle chaque pensée susceptible de la réconforter, tel un calice empoisonné, chaque moment où s'invitait un soupçon de joie engendrait en elle un cuisant remords. Elle se savait bloquée au début du processus de deuil, savait que, pour s'en sortir, elle devait renoncer à se contenir ainsi, qu'elle devait s'autoriser à plonger dans ce puits sans fond qui la cernait au lieu de s'accrocher de toutes ses forces à la margelle. Ce n'était que lorsqu'elle aurait touché le fond qu'elle pourrait remonter à la surface. Mais l'intelligence et les sentiments ne vont pas toujours de pair. Elle avait parfois l'impression que sa douleur était la seule chose qui la reliait à la vie et aux autres. Du reste, quelle raison avait-elle de vivre ? Son fils Ragnar ne lui opposait qu'indifférence, la prévenance qu'elle avait à son égard devait être pour lui étouffante et elle s'était plus d'une fois adressé la réflexion qu'il serait simplement soulagé d'être débarrassé d'elle. Il lui semblait également qu'Aðalsteinn éprouvait presque une forme de dégoût à son égard : elle l'empêchait de laisser derrière lui ce choc qui n'était qu'une étape sur le chemin qui menait à une maturité accrue et au bonheur. Elle ne faisait que leur barrer la route, pensait-elle souvent tandis qu'elle laissait se déverser sur elle cette noirceur, comme un acide qui vous aveugle.

Elle avait décidé de se reprendre, de se délester du joug qu'on avait abattu sur elle, dont elle s'était chargée elle-même. Il fallait si peu de choses pour qu'elle retombe dans le même travers. La nausée l'avait envahie dès que le policier avait engagé la conversation sur les semaines qui avaient précédé le décès de son fils. Pourtant, elle pensait constamment à cette époque. Il arrivait encore qu'elle se réveille en sursaut au milieu de la nuit et qu'elle se demande si Baldur veillait toujours dans sa chambre, si elle verrait une lueur briller au fond de ses yeux ouverts quand elle tournerait très doucement la poignée de sa porte pour l'entrebâiller. Et si cette lueur s'éteindrait au moment où elle murmurerait son prénom, s'il ferait semblait de dormir afin de ne pas lui donner l'occasion de venir le consoler, de le protéger contre le danger qui s'était installé dans son âme. C'était un dimanche : Dría était sortie en pleurs de la chambre de Baldur après avoir rompu avec lui. Il était resté figé, assommé. Urður lui avait dit qu'il s'en remettrait bien vite, elle n'avait pas pris sa mélancolie au sérieux, n'avait pas pris la mesure de ses sentiments. Les tristesses de jeunesse sont telles les neiges d'avril, avait-elle pensé, comme le dit le poème. Pourtant, sa tristesse à lui n'avait pas fondu au soleil, elle s'était transformée en givre, une gangue glacée qui avait recouvert l'ensemble de leur existence.

Une nuit, elle avait rêvé qu'elle entrait à tire-d'aile dans le fjord. Elle était un oiseau immense, l'envergure de ses ailes était telle qu'elles touchaient presque les deux parois rocheuses au moment où l'espace qui les séparait se rétrécissait. Puis, elle s'était approchée du village, elle ne pouvait plus déployer tout à fait ses ailes. Elle avait dû parcourir la distance restante en les rabattant le long de son corps d'oiseau, morte de peur à l'idée de s'abîmer dans la mer, d'y couler sans espoir d'en ressortir. Dans son rêve, elle savait qu'elle allait se prendre les ailes dans l'épave de l'*El Grillo*, qui reposait dans sa tombe humide et froide au milieu du fjord, comme afin de rappeler de façon funeste que tous les bateaux n'arrivent pas à bon port. Elle était parvenue à se maintenir en l'air et, dès qu'elle avait atterri sur le rivage, subitement transformée en un minuscule passereau, les montagnes du fjord s'étaient refermées au-dessus de sa tête, le ciel avait disparu et elle avait compris qu'elle resterait piégée ici pour l'éternité. Cette certitude était pour elle la confirmation d'un mauvais pressentiment.

Une fois qu'elle s'était débarrassée de ce cauchemar, elle s'était dit qu'elle détestait les montagnes qui entouraient le village de chaque côté. Elle les avait probablement haïes dès son arrivée ici, mais jamais autant que maintenant. Elle haïssait ces sommets qui occultaient le soleil, privant les hommes du moindre rayon tout au long de l'hiver, en tout cas, c'était son impression. Elle avait tellement besoin de soleil, elle avait besoin de le sentir lui réchauffer le corps autant que l'âme. Après la mort de Baldur, il lui semblait ne plus être capable de survivre à une journée sans soleil.

Elle avait rapidement émis l'idée qu'ils déménagent à Reykjavík, mais Aðalsteinn ne s'était pas montré enthousiaste ; il lui avait demandé si elle croyait réellement qu'il était en état de se porter candidat à une charge de pasteur dans la région de la capitale. Ce village était leur base arrière, avait-il dit. Leur fils y était enterré, voulait-elle l'abandonner ici, seul ? Elle n'avait rien objecté, ignorant la réponse à cette dernière question. Mais elle doutait fort que Baldur occupât les pensées de son époux autant que les siennes. Lorsque le soleil printanier venait éclairer le couloir, elle le revoyait face à elle, titubant sur ses petites jambes alors qu'il venait d'apprendre à marcher. Épuisée, elle s'allongeait, fermait les yeux et sentait l'odeur de la banquette où le petit garçon s'endormait quand il avait dix ans, fatigué de sa longue journée, les cheveux encore mouillés après le bain, et qui sentaient bon comme un chandail de laine humide. Pouvait-elle renoncer à tout cela ? Avait-elle le choix ?

Le feu avait englouti le lieu des souvenirs, il l'avait effacé de la surface du globe. La maison avait été rasée, rien n'avait pu être sauvé. En éprouvait-elle des regrets ? Elle était incapable de répondre à cette question. En contemplant les ruines calcinées de ce qu'elle avait appelé son foyer sur ce coin de terre, elle avait pensé que son existence arrivait à un tournant. Mais finalement, il ne s'agissait que d'un nouveau chapitre. La vie entre ces mâchoires montagneuses continua simplement son cours à l'intérieur d'une autre maison, entre de nouveaux murs. L'idée détestable selon laquelle Dieu allait lui infliger d'éternelles et constantes souffrances parce qu'elle commettait le péché de vivre dans le passé plutôt que de prendre une part active à la création s'était peu à peu enracinée dans son esprit. Elle avait perçu l'incendie comme une forme de catharsis pour Aðalsteinn et Ragnar, une façon de les libérer de souvenirs dont ils étaient esclaves bien que, pour sa part, elle n'ait pour l'instant pas assez de clarté dans l'âme pour accueillir cette bénédiction. Avait-elle remercié Dieu d'avoir réduit sa maison en cendres ? Non, elle ne s'était pas endurcie à ce point.

Elle venait d'allumer la radio pour écouter le bulletin de six heures au moment où elle entendit Aðalsteinn frapper ses pieds pour les débarrasser de la neige dans le vestibule. Comme chaque jour depuis Noël et ce, jusqu'à l'Épiphanie, un grand cierge blanc brûlait dans chaque pièce et un chandelier à cinq branches trônait sur la table de salle à manger. Ces chandelles étaient chaudes et claires dans son esprit, elle les comparait avec la foi qui illuminait le cœur, le sien, celui d'Aðalsteinn – et aussi celui de leur fils : elle était convaincue que la lumière divine brillait quelque part dans le cœur de Ragnar. En dépit de la dureté qu'affichait ce garçon, elle savait qu'au fond de lui, il était encore petit, même s'il ne fallait pas grand-chose pour qu'il se dérobe en hurlant dès que quelqu'un l'apostrophait. Voilà pourquoi il s'était confectionné cette carapace peu avenante, c'était afin de se protéger. En réalité, son comportement n'était pas très éloigné de celui de sa mère, même s'il revêtait une autre forme.

— Bonjour ma chérie, lui dit Aðalsteinn quand il la vit paraître à la porte du vestibule. Elle lui tendit la joue pour avoir un baiser. Les lèvres de son mari entrèrent en contact avec sa bouche et, l'espace d'un instant, elle se sentit à nouveau prise de nausée. En même temps, elle était submergée par la mauvaise conscience, un tel nombre de choses devaient changer dans leur vie, ou plutôt dans la sienne, car Aðalsteinn semblait avoir trouvé la paix à laquelle elle aspirait tant. Elle se souvint brusquement d'Eiríkur, leur camarade d'université aujourd'hui devenu pasteur dans un quartier arboré de Reykjavík, signe que l'existence lui avait souri. Elle ne l'avait pas beaucoup apprécié à l'époque. Il était marié et passait son temps à se vanter des exploits qu'il accomplissait au lit avec sa femme, comme si cela regardait les autres étudiants. Mais ce n'est qu'au moment où elle s'était mise en couple avec Aðalsteinn qu'il était véritablement devenu insupportable : il avait au fond des yeux une lueur lubrique à chaque fois qu'il s'adressait à eux, chaque petite remarque venant de lui pouvait cacher des allusions sexuelles qu'on devinait surtout à l'expression de son visage, à son sourire narquois, à son regard. Il se comportait comme s'ils appartenaient tous les trois à une sorte de club particulier et le fait qu'Aðalsteinn ne proteste pas agaçait considérablement Urður. Eiríkur passait à son temps à se plaindre du manque de sommeil, il lui suffisait de bâiller pendant un cours et voilà qu'il promenait paresseusement son regard jusque vers Aðalsteinn qui souriait d'un air entendu comme s'il se savait coupable de la même chose. Pour sa part, Eiríkur n'hésitait pas à dire combien de fois il avait pris du plaisir au cours de telle ou telle nuit – au nom de Dieu le Père, le Fils et le Saint-Esprit – assurait-il et elle était certaine que le chiffre annoncé était un mensonge. Ou encore il lançait des conversations ridicules, se souvenait-elle, par exemple, en se demandant s'il plaisait à Dieu qu'il prenne sa femme, comme il disait, à revers. Elle se rappelait la façon qu'il avait de s'humecter les lèvres du bout de la langue quand il s'apprêtait à faire une déclaration ambiguë ; elle avait appris à le surveiller, et saisissait parfois l'occasion pour orienter la discussion vers un sujet aussi sérieux que possible afin de lui compliquer la tâche. Ce n'est pas qu'elle ait été frigide ou sainte nitouche à cette époque, mais simplement qu'elle préférait garder ce pan de son existence pour elle-même. Elle ne voulait pas faire de sa vie sexuelle quelque chose de petit et de méprisable en allant la crier sur tous les toits.

Pourquoi pensait-elle à cet homme en ce moment ? Il avait disparu de leur vie depuis des années et il n'avait plus aucune espèce d'importance pour elle. Si, c'était le contact des lèvres d'Aðalsteinn avec les siennes. Elle le regarda droit dans les yeux et l'embrassa.

— Tu ne veux pas qu'on aille faire un tour au lit, mon chéri ? lui demanda-t-elle avec douceur. Aðalsteinn la dévisagea, surpris. Elle avait prononcé cette phrase plus par décision intellectuelle que par désir, presque en opposition avec elle-même, mais maintenant qu'elle avait franchi ce pas, elle sentait sa chair s'éveiller.

— Eh bien, dis donc, répondit Aðalsteinn avec un air polisson qui lui rappela les jours d'autrefois. Au fait, où est Ragnar ?

— Il vient de partir à la salle de sport, répondit-elle. Le repas est au four, je lui ai dit qu'il serait prêt à son retour.

Elle oublia d'éteindre la radio dans la cuisine et le son lointain des nouvelles parvenait jusqu'au couloir, accompagnant leur étreinte dans la chambre à coucher. Elle s'amusa à imaginer, comme elle le faisait parfois dans le passé, que cette union divine de la chair pouvait être porteuse d'une forme de rédemption, pas seulement pour eux deux, mais pour tous ceux auxquels elle pensait, que la main miséricordieuse de Dieu se poserait sur tous ceux qui leur traversaient l'esprit pendant l'acte, qu'avec leurs pensées emplies d'amour, ils pourraient apporter leur petite contribution à l'œuvre du Créateur. Elle se concentra sur les gens dont il était question aux informations et s'efforça de transmettre la grâce de cette étreinte à tous ceux qui souffraient ou devaient traverser de terribles épreuves. Elle pensa aussi à tous ces êtres malfaisants qui, par leurs actions, provoquaient le malheur et la douleur des autres. À eux aussi, elle essaya de transmettre la grâce, mais elle comprit qu'elle n'y parviendrait pas, il lui manquait la maturité spirituelle, même si ces êtres-là étaient justement ceux qui en avaient le plus besoin. Alors qu'Aðalsteinn s'approchait du plaisir, elle repoussa le pasteur essoufflé puis s'allongea sur le ventre avant de se mettre à quatre pattes afin qu'il la pénètre à revers et le plus profondément possible. Elle était certaine que cela plaisait à Dieu.

12

— La lande est impraticable, annonça sèchement Þorsteinn, sans s'adresser à quiconque en particulier. Enfin, pour ainsi dire, ajouta-t-il.

— Nous risquons donc de nous retrouver coincés en pleine montagne, observa Hugrún, maussade, comme si ces mauvaises conditions de circulation lui étaient personnellement destinées.

La journée avait été longue, même si le voyage de retour s'était bien déroulé. Ils avaient fait escale à Londres, puis atterri à Keflavík pour l'heure du dîner. Drífa et Silla avaient catégoriquement refusé de rester aux Canaries en compagnie de leurs oncles maternels et de leur famille. Quant à leur grand-mère, elle avait exigé de rentrer en Islande afin d'apporter son soutien à la famille.

Sous la pluie qui s'abattait sur la route de Reykjavík, les Canaries devenaient aussi irréelles que l'étaient les chambres de leur maison, froides et dévastées par le feu, à Seyðisfjörður. La chance leur souriait, si on peut dire. Les vols vers les Fjords de l'Est avaient été annulés toute la matinée, mais le ciel s'était dégagé et ils avaient réussi à attraper celui de la soirée en direction d'Egilsstaðir.

Þorsteinn mit un temps interminable à aller chercher le 4×4 garé sur le parking devant l'aéroport, mais à son retour, il avait déjà fixé les chaînes autour des pneus. Il avait mentionné la difficulté des conditions de circulation et ils restèrent silencieux tout au long du trajet. Au bout de quelques instants, il alluma la radio et ils purent entendre l'interview d'un vieil homme, acteur et clown à la fois, qu'on emmenait pour une promenade en voiture dans Reykjavík. Le clown faisait l'idiot avec le présentateur et, par moments, se rappelait le passé. Sa voix profonde et taquine emplissait tout ce silence pesant. Alors qu'il était enfant, il avait, un temps, perdu la parole après le décès de son père, mort dans un accident, c'est ce qu'il racontait au moment où l'émission fut brouillée par les grésillements de la haute montagne.

Ils arrivèrent enfin en vue du village, une petite tache constituée de maisons et de lumières et le fjord qui formait une faille noire dans un monde blanc bleuté de neige et de clair de lune. Le temps était calme et clair, mais les amas de neige sur la route ne trompaient pas : peu de temps auparavant, on n'y voyait pas à deux mètres.

Þorsteinn s'arrêta au carrefour près du pont et laissa le 4×4 ronronner au ralenti quelques instants comme s'il n'était pas certain de l'endroit où il devait aller.

— Qu'est-ce que tu attends ? s'agaça Hugrún. Allons-nous nous mettre à l'abri, oui ou non ?

Son frère, resté aux Canaries avec sa famille, lui avait remis les clefs de son domicile.

— On ne pourrait pas aller voir la maison ? demanda Silla d'une voix grêle. Drífa ne se souvenait pas avoir entendu sa sœur prononcer un mot au cours des dernières heures.

— D'accord avec elle ! s'empressa-t-elle d'ajouter. Il était hors de question d'aller ailleurs que là où se portaient leurs pensées.

Hugrún soupira, Þorsteinn embraya et s'engagea sans un mot dans la rue en pente.

— Mais personne ne sort de la voiture, précisa-t-il tandis qu'il prenait le virage.

C'était encore plus dur que ce que Drífa avait imaginé. Silla fondit en larmes dès qu'elle aperçut la maison, la seule à être plongée dans l'ombre parmi celles de la rue illuminée. Leur grand-mère les serra toutes les deux dans ses bras et Drífa s'efforça de retenir ses larmes.

Un large ruban jaune avait été placé sur la barrière du jardin. Drífa remarqua qu'on avait barricadé les fenêtres à l'aide de planches, ce à quoi elle ne s'était pas attendue. Sur une partie du toit, des plaques de tôle ondulée brute avaient été clouées. Þorsteinn gara la voiture devant le garage, abaissa les vitres et éteignit le moteur. On distinguait au-dessus de la fenêtre du salon une bande noire de suie qui montait jusqu'à la gouttière. La porte n'avait pas bougé, elle était noire, comme avant, mais la poignée semblait d'une couleur bizarre et la vitre de la petite fenêtre était brisée.

Brusquement, Drífa perdit son sang-froid, elle se libéra de l'étreinte de sa grand-mère et sortit de la voiture.

— Drífa, reviens ici ! cria son père tout en ouvrant sa portière. Elle s'arrêta net et se retourna. Silla pleurait à chaudes larmes sur la banquette arrière.

— Espèce de saloperie, hurla-t-elle en direction du village, tu as tué Gosi, tueur de chats !

Des rideaux s'agitèrent à la fenêtre de la maison voisine. C'était Sveinbjörn ou Stella.

Mais Drífa ne voyait plus rien à cause des larmes de colère qui lui emplissaient les yeux au moment où elle sentit une main l'attraper par le bras et la tirer d'un coup sec à l'intérieur de la voiture. Sur le siège du passager, sa mère laissa échapper un son qui ressemblait à un éclat de rire.

— Ah quand même ! observa-t-elle.

— Ne nous donnons pas en spectacle, ordonna son père alors qu'il s'installait au volant. Puis il démarra la voiture, remonta les vitres et quitta la rue avec lenteur et dignité.

13

— Le sale gamin !

En rentrant chez lui dans la soirée après une halte au bar, Smári se rendit compte qu'il n'avait pas vu Bóas depuis la journée du samedi. Son fils n'était pas à la maison. Il jeta un œil dans la cuisine et constata que le garçon avait mangé quelque chose, probablement une pizza du congélateur, à moins que les emballages posés sur la table ne datent de la veille. Le four à micro-ondes était grand ouvert, l'évier plein d'assiettes sales et de verres. Smári grimaça et plaça le tout dans le lave-vaisselle. Il prit une bière fraîche dans le pack qu'il conservait dans le bac à légumes.

Il jeta un regard machinal au bocal dans lequel il plaçait l'argent pour les repas, sur l'étagère au-dessus du réfrigérateur. Il venait de le remplir et sursauta en constatant qu'il ne restait que quelques pièces au fond. Il pensa d'abord qu'un cambrioleur s'était introduit chez lui, la chose était aisée puisqu'il fermait rarement la maison à clef. Mais ses yeux se posèrent sur un petit morceau de papier plié entre les pièces, il l'attrapa pour le déplier. *"J'emprunte 22 500 B."*

Une colère subite monta en lui. Ce fichu gamin s'imaginait-il qu'il pouvait ainsi se moquer de lui ? Il alla au salon et se servit un petit verre de whisky pour accompagner la bière. Heureusement, la bouteille était presque vide, ainsi, il n'en boirait pas plus. C'était lundi, peut-être buvait-il trop depuis quelque temps, mais que changeaient quelques gouttes de plus ou de moins ? Et en ce moment, il lui fallait bien ça. Avant même de s'en rendre compte, il était plongé dans de profondes pensées, assis sur le canapé. Il s'imagina que Bóas était impliqué dans une sombre affaire, de la revente de drogue ou pire encore. C'était un vrai cauchemar pour un policier d'un petit village de voir l'un de ses proches enfreindre la loi. Il s'enfonça dans ces conjectures et prit des décisions imaginaires qui le menaient invariablement à trahir sa profession afin d'éviter à son fils de moisir en prison à côté de Reykjavík. Le plus honteux était qu'il appréciait d'enfreindre mentalement toutes les règles possibles afin de protéger sa progéniture. Par moments, il s'efforçait de prendre de la distance pour s'observer et parvenait à la conclusion qu'il prendrait probablement ces décisions en cas de nécessité, même si cela devait le conduire à se retrouver interné à la prison de Litla-Hraun où il s'imaginait accueillir son fils. Il débordait tout simplement d'un amour paternel et d'un sens du sacrifice aussi inassouvis l'un que l'autre. Le plus triste était qu'il ne parvenait pas à exprimer ces sentiments positifs dans ses relations avec le garçon quand il l'avait face à lui. Fallait-il réellement que Bóas s'adonne au crime pour qu'il puisse lui montrer sa tendresse ?

Il en était à ce point de l'existence au moment où il entendit la porte d'entrée s'ouvrir. Il se leva d'un bond puis se dirigea calmement vers le couloir où il parvint tout juste à attraper Bóas avant que ce dernier n'aille se faufiler dans sa chambre. Le gamin avait la sale habitude de s'enfermer à clef et de ne pas répondre quand on frappait ou qu'on l'appelait. Quand Smári s'en plaignait, Bóas répondait simplement qu'il écoutait de la musique au casque, très fort, mais Smári ne pouvait s'enlever de l'idée qu'en réalité, il était tranquillement assis sur son clic-clac, avec une expression vide, les bras croisés, dans l'attente que son père renonce. En outre, il fermait également la porte à clef quand il n'était pas à la maison et il était donc impossible de lui parler ou même de savoir s'il était sur les lieux.

— Dis donc, Bóas, je voudrais qu'on parle un peu, annonça-t-il en s'asseyant à la table de salle à manger juste à côté de l'escalier. Au fond du salon, on apercevait le visage gigantesque d'une femme avec un sourire engageant sur un écran 32 pouces. Dans cette maison, la télévision était presque constamment en marche, mais le son rarement allumé, il y était habitué depuis des années et Bóas avait, lui aussi, pris cette habitude.

— Où étais-tu ? demanda-t-il à son fils qui s'était installé face à lui à la place qu'il occupait habituellement les rares fois où ils prenaient leur repas dans la salle à manger, pour les anniversaires et ce genre d'occasions. Il y avait quelque chose d'étrange là-dedans, on aurait dit qu'ils mettaient en scène leur propre existence. Pourtant, c'était quand même mieux que de discuter avec le gamin à la porte de sa chambre.

— Où étais-tu ? répéta-t-il.

— Dehors, répondit Bóas.

— Évidemment que tu étais dehors, mais où ? s'agaça Smári.

— Qu'est-ce que ça change, j'étais dehors, point. Depuis quand tu t'intéresses à l'endroit où je vais ?

— Sais-tu quelle heure il est ? demanda Smári, qui ne le savait pas lui-même. La réponse ne se fit pas attendre.

— Oui, onze heures, ça te pose un problème ? répondit Bóas d'un air buté. Smári décida de riposter.

— Ce qui signifie qu'il est trop tard, tu devrais déjà être au lit.

— Au lit ? Non, mais ça va pas ? C'est les vacances de Noël et je peux dormir aussi longtemps que je veux demain matin.

Ce détail avait une fois de plus échappé à Smári qui devait travailler le lendemain et se sentait légèrement éméché. Il changea bien vite de sujet.

— Pourquoi as-tu pris l'argent du bocal ? interrogea-t-il en fusillant du regard son fils qui baissa les yeux.

— C'est juste un emprunt.

— Pour faire quoi ?

— Je devais rembourser une petite dette.

— Une petite dette ? Parce que, pour toi, 20 000 couronnes représentent une *petite* dette ?

— Ce n'est pas la peine de t'énerver comme ça. Je ne l'ai quand même pas volé, ce fric.

— À qui devais-tu cet argent ?

— Qu'est-ce que c'est que cet interrogatoire ? On ne peut plus avoir de vie privée sans que tu viennes y fourrer ton nez ou quoi ? Je pensais être payé aujourd'hui, mais ce sera sûrement demain, voilà. L'affaire est close.

Bóas travaillait le week-end au supermarché Bónus d'Egilsstaðir. Cela lui posait quelques problèmes puisqu'il n'avait pas le permis de conduire, mais il parvenait généralement à trouver quelqu'un pour l'emmener et le ramener. Cet emploi lui assurait une indépendance financière dont il s'était apparemment mis à faire mauvais usage. Smári n'avait pas une once de confiance en lui, mais il décida d'arrêter de le torturer pour cette fois. Il allait simplement garder les yeux ouverts et il ne tarderait pas à découvrir ce qui se passait.

Allez, affaire suivante, pensa Smári, maudissant de devoir à chaque fois endosser le rôle de celui qui réprimandait son fils. Pourquoi ne pouvait-il pas se comporter normalement ?

— Que faisais-tu devant chez Þorsteinn au milieu de la nuit ?

— Moi ? Qu'est-ce que c'est que ces conneries ?

— Tu n'étais pas venu pour voir l'incendie ?

— Non, j'étais… commença Bóas, nerveux, avant de s'interrompre.

— Tu étais… où ça ? renvoya son père.

— À la maison, en train de lire ou peut-être de dormir, reprit le fils, d'un ton plus calme.

Cela, Smári ne pouvait pas le lui reprocher. La tête blonde sous la casquette noire qu'il avait aperçue sur les lieux pouvait parfaitement être celle d'un autre gamin. Il avait cherché son fils du regard et peut-être mal interprété ce qu'il avait vu.

— Vous savez qui a mis le feu ? demanda Bóas d'un air détaché.

— Ce ne sont pas tes affaires, je n'ai pas le droit de te parler d'une enquête en cours, répondit Smári, d'un ton qui lui sembla un peu bourru en entendant les mots lui sortir de la bouche et il ajouta : nous finirons par le découvrir, ne t'inquiète pas.

— Et vous êtes sur une piste ? demanda Bóas. Smári afficha un sourire.

— Les pistes et les indices, je crois qu'on les trouve surtout chez Derrick, précisa Smári.

— Chez Derrick ? renvoya le gamin, déconcerté.

— Une vieille série policière qui passait à la télé, expliqua Smári. Ce n'est pas facile d'enquêter sur ce genre de saloperie, concéda-t-il. Peut-être es-tu capable de m'en apprendre plus, ajouta-t-il en regardant son fils d'un air pensif.

— Moi ? rétorqua Bóas qui, pour la première fois, défiait son père d'un regard fixe. Tu déraillles ou quoi ? Tu ne crois quand même pas que j'ai mis le feu à cette baraque ?

— Non, je l'espère bien, répondit Smári. Ce que je voulais dire, c'est juste que la plupart des incendiaires sont des garçons de ton âge ou un peu plus âgés. Des jeunes pas très sociables, souvent issus de familles à problèmes. Peut-être pourrais-tu m'indiquer ceux qui te semblent les plus susceptibles de se livrer à ce genre de chose.

— Je ne suis pas une balance, rétorqua sèchement Bóas tout en se levant. Bonne nuit.

Smári se mit également debout.

— Qu'est-ce que c'est que ces conneries ? tonna-t-il. Je te parle d'un individu confronté à de très gros problèmes. Et ce n'est pas en restant les bras croisés qu'on l'aidera. D'ailleurs, je ne comprends pas ta position envers la police. J'ai l'impression que tu nous considères comme l'ennemi numéro un à la place de ceux qui mettent en péril la vie des autres !

— Je ne peux quand même pas te donner le nom de tel et tel de mes copains d'école en te disant : celui-là et celui-là sont suspects. De quoi j'aurai l'air s'ils sont tous innocents ? Et si tu t'en prends à eux et qu'ils me demandent si c'est moi qui ai donné leur nom ? Dans ce cas, il vaut mieux que je puisse leur répondre que tu m'as posé des questions et que j'ai répondu d'aller te faire foutre.

Smári serra le poing en entendant le mot, tandis que Bóas se précipitait dans sa chambre dont il claqua la porte. Le père suivit son fils d'un regard noir. Il lui fallait un autre whisky après cette conversation. Fort heureusement, il avait une bouteille encore intacte de Glenfiddich dans le placard sous la télé. La même femme continuait d'occuper la largeur de l'écran, mais son sourire était devenu froid et cynique, comme si elle l'éconduisait après une maladroite tentative d'approche.

14

Urður était depuis longtemps endormie quand, au milieu de la nuit, elle se réveilla en sursaut, le cœur battant. Elle n'avait aucune envie de se rappeler son rêve. Pourquoi aller se lancer à la poursuite de cauchemars ? Mais à l'intérieur de sa conscience subsistaient quelques lambeaux, tels de longs poils collés sur un carreau de faïence, et qui y dessinaient comme une fissure.

Elle tendit le bras en direction du verre d'eau qu'elle posait habituellement sur sa table de nuit, mais ne le trouva pas. Elle avait oublié de le monter dans sa chambre, il devait être resté sur la commode, au pied de l'escalier. Pour lutter contre la sécheresse buccale, elle devait boire quelques gorgées, plusieurs fois par nuit. Elle sortit du lit et traversa le sol illuminé par le clair de lune, pieds nus, vêtue de sa longue chemise de nuit blanche. Elle devait ressembler à un fantôme, pensa-t-elle tandis qu'elle descendait l'escalier moquetté sans allumer la lumière. Aðalsteinn ne manquerait pas de sursauter s'il la croisait maintenant. Elle s'adressa la même réflexion sur son fils Ragnar et afficha un sourire fatigué.

En dépit de son rêve et des pensées douloureuses qui l'agitaient au sujet de Ragnar, elle ressentait un étrange bien-être. En entrant dans la cuisine pour prendre un verre d'eau fraîche, elle eut l'impression que, d'une manière assez surprenante, le monde se trouvait au plus près du royaume de Dieu, où régnaient la justice et l'égalité. Elle resta un moment face à l'évier d'où elle contempla cet univers argenté ; la lune, la neige, les maisons, pour la plupart plongées dans l'obscurité.

Elle décela un petit mouvement sur la neige baignée par le clair de lune, ou plutôt, comme une étincelle, une lumière qui s'était allumée avant de s'éteindre aussitôt. Elle leva les yeux vers la pendule, il était presque cinq heures. Elle fut brusquement saisie d'une curiosité mêlée d'angoisse, ce qu'elle avait aperçu se trouvait juste à côté de la maison incendiée. Elle alla jusqu'à la commode pour prendre dans l'un des tiroirs les petites jumelles qu'Aðalsteinn emportait avec lui quand il partait chasser le renne. Son cœur bondissait à l'intérieur de sa poitrine quand elle orienta les jumelles en direction de la maison tout en les réglant. Elle ne distingua d'abord rien et s'apprêta à les reposer. À ce moment-là, elle vit une silhouette entrer par la porte du garage accolé à la maison. Il lui était impossible de distinguer les traits de l'individu et on ne pouvait même pas être certain de son sexe. Toutefois, Urður avait l'impression de savoir qui était là, il y avait dans sa corpulence et ses mouvements quelque chose de familier.

L'individu tenait à sa main un sac en plastique. Un frisson remonta le long de sa colonne vertébrale quand elle se rappela que c'était à cet endroit que Þorsteinn stockait l'essence pour sa motoneige – elle se rappelait vaguement ce détail de l'époque lointaine et pourtant encore proche où son fils Baldur et Drífa, la fille de Þorsteinn, étaient ensemble, cette époque où tout allait pour le mieux et où elle et son époux étaient allés se promener dans les montagnes en compagnie de Þorsteinn et Hugrún. Elle avait même eu le droit de conduire l'engin et, avec Aðalsteinn, ils avaient caressé l'idée d'en acheter un. Afin de se rapprocher de la nature et de pouvoir se lancer dans de véritables expéditions dans les montagnes en compagnie du commandant et de sa femme.

La silhouette avait disparu au coin de la maison, néanmoins Urður était presque certaine de son identité. Elle n'avait aucun moyen de savoir si le sac en plastique contenait de l'essence, mais avait la forte impression que c'était le cas. Ses soupçons sur l'identité de l'individu se confirmèrent au moment où une lumière s'alluma à la fenêtre d'une maison voisine. Le très probable vol d'essence dont elle venait d'être le témoin avait anéanti sa bonne humeur. Des pensées sombres lui traversèrent l'esprit et elle s'adressa la réflexion que sa théorie, ou plutôt cette conviction que le monde approchait d'un état de justice était particulièrement risible. Elle s'emplit la bouche d'eau froide qu'elle recracha aussitôt, le liquide avait un goût de cendre.

MARDI

15

Il était bientôt neuf heures et dans la salle de musculation presque déserte, Sveinbjörn ajouta deux haltères de dix kilos à l'extrémité de la barre, ce qui en représentait vingt de plus que d'habitude. Il ressentait le besoin d'atteindre ses limites physiques, de se dépasser, de voir s'il allait craquer. Le désir sexuel de se perdre en une chair fraîche le tenaillait, l'envie de fuir tout ce stress, ces complications et cette folie le laminait. Il voulait trouver un exutoire, un réceptacle qui viendrait accueillir son désir et remplacer celui de cette femme qui l'avait abandonné, seul à bord, cette femme qui s'était débarrassée de lui.

Il s'installa de façon à ce que ses épaules touchent presque la barre d'acier qu'il levait et abaissait à la verticale, mais qui reposait maintenant dans les crans. Il avança ses jambes afin que son corps soit légèrement incliné, puis leva la barre et se laissa couler jusqu'à atteindre une position pour ainsi dire assise avant de se redresser. Un mouvement vers le haut, un mouvement vers le bas. On soulève, on abaisse. Pourquoi se sentait-il tellement mal à chaque fois qu'il pensait à elle, peut-être était-il encore attiré par cette chienne ? Non, que le diable l'emporte. Il avait bien pris garde à ne pas tomber amoureux d'elle, il avait assez de choses auxquelles penser pour ne pas s'encombrer l'esprit avec des histoires arrivées à leur terme.

On soulève, on abaisse. Il avait l'impression qu'elle s'était servie de lui, qu'elle l'avait pressé comme un citron pour en extraire le jus où elle s'était baignée avant de le jeter à la poubelle, comme une capote usagée. La froideur qu'elle avait affichée au moment de la rupture lui restait en travers de la gorge ; il ne parvenait pas à s'ôter de l'esprit qu'il avait été le seul à éprouver du désir et qu'elle avait retiré tout autre chose de leur relation. Souillé, voilà le mot qui lui semblait le mieux décrire sa situation. Souillé, sale, vide et anéanti d'un point de vue émotionnel, sans parler de cette mauvaise conscience qui venait couronner tout le reste. Il lui avait fait confiance, maintenant, il regrettait, il regrettait d'être allé trop vite. Il avait seulement voulu briser la muraille de glace qu'il avait eue face à lui lors de leur dernière rencontre, lorsqu'il avait tenté de plaider sa cause.

Il aurait dû rompre avant elle, il ne supportait pas qu'on l'éconduise. Il était envahi de sentiments négatifs et même ce désir qu'il éprouvait était mêlé à une envie de vomir. Il voulait le faire taire, se libérer de cette tension accumulée sur un autre terrain.

Voilà pourquoi il avait ajouté vingt kilos à la barre d'acier. Il se plaisait à mesurer l'effort que cela exigeait de sa part, à sentir combien cela lui tirait sur les cuisses, et aussi sur les épaules, en dépit de la présence du coussin de protection placé sur la barre afin que l'acier ne s'enfonce pas dans les muscles. Elle n'aurait pas dû agir ainsi avec lui, il aurait suffi d'un petit mot pour qu'il se retire, elle le savait parfaitement. Mais elle avait opté pour la froideur, l'indifférence, la cruauté, comme si elle avait voulu le punir d'avoir succombé, à elle et à ses charmes bon marché. Elle avait évité de croiser son regard ou de le toucher, à en juger par l'expression de son visage on aurait dit qu'elle ramassait dans une pelle un rat agonisant avant de le jeter à la poubelle. Un mouvement vers le haut, un mouvement vers le bas. Il remit finalement la barre d'acier à sa place. Cette salope. Elle s'en était sûrement trouvé un autre, ça, il en était sûr.

Tandis qu'il était là, avec une douleur exquise dans les épaules et les cuisses prises de tremblements, elle apparut brusquement dans le miroir face à lui, vêtue de sa combinaison noire ourlée de violet, celle qu'elle mettait en été pour faire son jogging et qu'il lui avait plus d'une fois ôtée alors qu'elle était brûlante de sueur, pressée. Dès qu'elle se retourna, il remarqua son visage écarlate.

— Bonjour, dit-il après un instant d'hésitation.

— Salut, mon chéri, répondit-elle, d'une voix si avenante qu'il tressauta. Il ne décelait nulle trace de la froideur à laquelle il s'était attendu. Elle était souriante, désirable, sûre d'elle. Alors, tu ne me dis pas la même chose que tous les autres ?

— Hein ? Comment ça, quels autres ? s'étonna-t-il. Il s'imaginait qu'elle parlait des autres hommes, de la réaction semblable qu'ils affichaient tous quand elle les quittait.

— Tu n'as peut-être pas remarqué que quelqu'un a mis le feu à notre maison ? interrogea Hugrún, avec un air étrangement détaché, comme si elle parlait d'une petite bêtise qui avait mal tourné.

— Euh… Je suis désolé… marmonna Sveinbjörn. Sincèrement désolé.

— Tu en es bien sûr ? insista Hugrún, d'un ton toujours suave, mais teinté de dureté.

— Co…, comment ? rétorqua-t-il. Évidemment que j'en suis sûr. Ce qui est arrivé est affreux, vous aviez une si jolie maison, ajouta-t-il tandis qu'à son esprit se présentait sans crier gare l'image du grand lit moelleux de la chambre conjugale.

— Je te pose la question parce que la dernière fois que nous nous sommes vus, tu m'as dit que j'allais regretter amèrement d'être aussi ignoble avec toi. Le moment des regrets serait-il arrivé pour moi ? interrogea-t-elle d'un air suspicieux qui glaça Sveinbjörn quand il comprit enfin qu'elle était folle de rage. Aurais-je été *à ce point* ignoble avec toi ?

— Ma chère Hugrún, répondit-il d'une voix basse et tremblante tout en s'interdisant de balayer les lieux du regard. Pourquoi diable n'était-il pas venu ici, disons, une heure plus tôt ? Heureusement, ils étaient presque seuls dans la salle de musculation. Je ne savais même pas que tu étais rentrée en Islande, poursuivit-il. Je ne vois pas du tout où tu veux en venir et pardonne-moi ce que j'ai dit l'autre jour, je ne le pensais pas. Je suis désolé pour vous et les mots me manquent, tu dois quand même savoir que…

— Ne t'inquiète pas, tout ira bien pour moi, coupa Hugrún avec un large sourire carnassier. Peut-être ne serai-je pas la seule à avoir des regrets.

Sur quoi, elle disparut brusquement dans les vestiaires. Sveinbjörn inspira profondément, plusieurs fois. Debout à côté des haltères, il s'efforçait d'imposer le silence à sa souffrance. La tête lui tournait. Il avait la nette impression d'avoir commis une grave erreur, une très grave erreur. Il n'avait plus aucune envie de faire de la musculation, c'était évident. Malgré cela, il s'attarda quelques instants à côté du mur comme un chien battu avant de se traîner piteusement vers la douche, les membres lourds et las, profondément frustré.

Ce n'était sûrement pas le fait du hasard, pensa-t-il sous le jet brûlant, si elle avait choisi ce lieu-là pour venir ainsi s'en prendre à lui. Cette petite salle de sport était en réalité "leur endroit" – c'était là qu'ils avaient lié connaissance d'une façon que, pour sa part, il n'avait jamais envisagée. Au fil du temps, il avait remarqué qu'il s'interdisait de désirer les épouses de ses amis et voisins – alors qu'il regardait avec concupiscence la plupart des femmes qui avaient du charme, c'était pour ainsi dire inné chez lui. Mais s'agissant de personnes qu'il connaissait de près, s'érigeait en lui comme une muraille de dégoût face à une situation qui, autrement, aurait éveillé un petit diable tentateur. Il avait profondément ressenti cette chose-là avec Hugrún au début de leur relation. Il était également conscient de l'imbécillité achevée qu'il y avait à conter fleurette à l'épouse de son voisin. Et pourtant, elle était si bien faite de sa personne et il aimait tellement la regarder bouger qu'il n'avait pas pu se retenir alors qu'ils faisaient du sport tous les deux. Elle avait des fesses irrésistiblement fermes. Et évidemment, elle avait remarqué son manège, parfois, il s'était imaginé qu'elle tentait de le séduire, de l'exciter avec son pantalon ajusté et d'un noir brillant qui dessinait si joliment ses cuisses. En tout cas, elle n'ignorait pas l'intérêt qu'il lui portait, il se rappelait surtout la manière qu'elle avait de jeter un œil par-dessus son épaule en affichant un sourire mystérieux alors qu'elle le prenait en flagrant délit d'observation. Cependant, l'idée qu'elle ait pu tenter de l'attirer à elle lui semblait exclue, il ne parvenait pas à s'en convaincre.

Il s'efforça de ne pas jeter de regards fuyants alentour au moment où il retourna dans le hall d'entrée pour y enfiler ses chaussures avant de regagner son 4×4 jaune, à grandes enjambées.

Vingt minutes plus tard, il parvint, à force de supplications, à obtenir une augmentation momentanée de son autorisation de découvert, toutefois limitée à 500000 couronnes, ce qui suffirait à régler les dettes qu'il avait promis de payer au plus tard hier. Pour ce qui était d'aujourd'hui, c'était une autre affaire, quant à la journée de demain, elle n'était encore qu'un rêve lointain… ou, dans le pire des cas, un cauchemar.

À peine avait-il raccroché que son fils Oddur arriva avec ses gros sabots.

— Tu as de l'argent ? demanda-t-il sans ambages.

— Combien de fois devrai-je te demander de frapper avant d'entrer, mon garçon ? Tu peux aussi m'appeler si tu as besoin de quelque chose.

— Pas quand j'ai plus de crédit sur mon portable, s'agaça Oddur en agitant sa grosse tête, comme il le faisait à chaque fois qu'on le réprimandait. Ses cheveux noirs et luisants de graisse se balançaient de droite à gauche. Alors, tu as de l'argent ? répéta-t-il.

— En fait, non, répondit Sveinbjörn, ce qui était conforme à la réalité : l'autorisation de découvert sur son compte personnel était également épuisée, il ne fonctionnait plus maintenant que grâce aux cartes bancaires, ce qui lui permettait de se maintenir juste en dessous du taux légal d'endettement. Heureusement, cette situation touche à sa fin, pensa-t-il. Combien tu veux ?

— Ben, 10000, enfin, en gros.

— Pour quoi faire ?

— Bah, m'acheter des gâteaux à la station essence, enfin, ce genre de trucs.

— Ça fait cher le gâteau sec, nota Sveinbjörn. Ça ne pourrait pas attendre quelques jours ?

— Pour les gâteaux ?

— Tu n'as qu'à en demander à ta mère.

— Je veux aussi acheter des corn-flakes. Et louer quelques vidéos.

— Ouais, ouais, répondit Sveinbjörn tout en évitant de fixer son regard sur la bedaine de son fils. Il aurait été nécessaire qu'il fasse du sport afin de se maintenir en forme, tout comme Sveinbjörn, mais ce maudit gamin s'en fichait complètement. Il lui avait pourtant acheté une carte annuelle à la salle de sport, mais savait très bien qu'il n'y mettait jamais les pieds. Au lieu de cela, il passait des heures enfermé dans sa chambre à regarder des navets, à manger des saloperies et à boire des sodas, jamais sans sucre.

— Je vais essayer de transférer un peu de fric sur ta carte tout à l'heure, annonça-t-il.

— OK, répondit Oddur sur le ton morne qui lui était habituel.

Ce gamin était tellement apathique qu'il était difficile de déceler ses sentiments dans le ton de sa voix. Sveinbjörn ressentait toujours cette même gêne quand il se retrouvait face à lui. Il prit la résolution – ce n'était pas la première fois – de remédier au problème et de renforcer les liens avec ce pauvre Oddur. L'enfer est pavé de bonnes intentions, pensa-t-il et il chassa bien vite cette idée de sa tête par un sourire cynique et approprié. Il traversait simplement une passe difficile, il fallait que quelques petites choses se mettent en place afin de créer les conditions qui lui permettraient de s'occuper de tout ce qu'il avait laissé à l'abandon dans son existence.

16

Dès que Þorsteinn et sa famille furent installés chez son beau-frère, Smári avait téléphoné afin de passer les voir, accompagné de Valdimar. Apparemment, ils ne s'étaient pas très bien compris quant à l'heure du rendez-vous. La gamine apeurée et aux jambes frêles qui était venue leur ouvrir s'était montrée embarrassée quand ils avaient demandé à parler à son père. Valdimar, qui avait coupé l'herbe sous le pied de son collègue du cru sans même réfléchir, avait remarqué chez Smári un certain soulagement.

— Pourrais-tu nous conduire à ton père ? demanda-t-il en s'efforçant de prendre une voix douce afin de ne pas l'effaroucher. L'effet produit fut diamétralement opposé, elle s'était refermée sur elle-même comme si elle s'était trouvée face à un pervers notoire. Valdimar pinça ses lèvres et adressa un regard sévère à la petite qui se réfugia à l'intérieur de la maison. Smári s'apprêtait à se déchausser, mais Valdimar l'en dissuada d'un geste tout en s'engageant lui-même à l'intérieur, ses chaussures de montagne aux pieds, à la suite de la gamine.

Ils traversèrent une entrée spacieuse puis pénétrèrent dans un couloir et passèrent devant un renfoncement où une adolescente aux lèvres pulpeuses et aux cheveux coiffés en pétard était assise avec un casque sur les oreilles, occupée à mâcher du chewing-gum. Elle détacha son regard de l'écran plat et écarquilla les yeux en les apercevant. Ils arrivèrent enfin dans l'immense salon où l'un des murs s'ouvrait sur une véranda. Le toit en verre était couvert de neige, laquelle montait également le long d'un mur. La fillette timide ouvrit la porte et appela sur la terrasse.

— Papa, il y a quelqu'un qui veut te voir.

Sur quoi, elle disparut sans attendre de réponse. Valdimar lança à Smári un regard interrogateur, mais l'homme de Seyðisfjörður haussa simplement les épaules. Valdimar franchit sans hésitation la porte de la véranda et Smári le suivit.

Le bassin d'eau chaude installé sur la terrasse était à une tout autre échelle que ceux que Valdimar avait jusque-là eu l'occasion de voir. Ce n'était pas une question de taille, il devait mesurer trois mètres en diagonale, mais le policier fut frappé par son caractère luxueux. La première chose qu'il vit était un écran plat sur lequel un journaliste de la chaîne Sky s'exprimait avec un air contrit depuis un territoire en guerre ou les lieux d'une catastrophe. Le son provenait de deux haut-parleurs intégrés orientés vers le rebord comme les phares d'une voiture de sport. L'eau du bassin bouillonnait abondamment comme si on y avait fait la lessive et sur le bord le plus proche, on voyait un crâne dégarni et rougi par le soleil, entouré d'une épaisse couronne de cheveux blond filasse. L'homme se détacha de la réalité internationale pour se tourner vers eux.

— Bonjour, je devrais peut-être vous souhaiter la bonne année, déclara Smári, nerveux. Mais évidemment, elle ne débute pas très bien pour vous.

L'homme ne répondit pas à la salutation.

— Vous êtes de Reykjavík ? demanda-t-il à Valdimar.

— Oui, je m'appelle Valdimar Eggertsson.

L'homme avança son bras vers un bouton pour éteindre les bulles puis tendit la main à Valdimar.

— Moi, c'est Þorsteinn.

Valdimar lui serra la main et se garda d'essuyer la sienne le long de son pantalon. Il ne supportait pas d'avoir les mains mouillées, même si, dans le cas présent, cela ne relevait pas d'une question de propreté. L'homme se rassit dans l'eau et éteignit la télévision sans accorder un regard à Smári.

— Alors, avez-vous du nouveau ? interrogea Þorsteinn.

C'était un homme imposant. Il avait de larges épaules, des bras puissants et des mains épaisses. Son torse était musclé et tout son corps couvert de poils, avec une bedaine bien présente, sans être envahissante. Il portait un short de bain rouge orné de bandes orange sur le côté et sa peau s'était colorée d'une teinte cuivrée après son séjour au soleil.

— Pas encore, répondit Smári. Valdimar n'avait aucune envie de rester planté là comme un humble courtisan face à ce roitelet de village au teint hâlé qui les toisait du haut de son trône high-tech.

— Veuillez nous excuser, j'ignorais que vous étiez au bain. Nous allons vous attendre à l'intérieur, dit-il tout en quittant la véranda à grandes enjambées, suivi de Smári. La gamine frêle et l'adolescente aux cheveux ébouriffés étaient toujours dans le renfoncement, face à l'ordinateur et elles baissèrent les yeux, terrifiées par le regard de Valdimar.

Ce dernier se dirigea jusqu'à la porte où il se posta. Smári s'approcha de la chaise à côté du téléphone, près de la porte de l'entrée, mais s'abstint de s'asseoir. Les deux hommes restèrent là, silencieux, un long moment. Valdimar, muet comme la tombe et les bras croisés. Smári, piétinant, mal à l'aise, en attendant l'arrivée de Þorsteinn qui avait enfilé un pantalon gris, une chemise blanche comme neige coupée dans un tissu luxueux et mis une cravate bleu ciel. Il avait tout l'air d'un candidat sur une affiche électorale. Était-ce ainsi que s'habillaient désormais les commandants quand ils étaient à terre ? Valdimar peinait à le croire... puis il lui revint que ce commandant-là avait peut-être bien perdu l'ensemble de sa garde-robe dans l'incendie, à l'exception de ses vêtements d'été et de son costume. Þorsteinn les invita au salon, les deux policiers s'installèrent sur le canapé au-dessus duquel était accroché un paysage, leur hôte opta pour le fauteuil, face à eux.

— Cela a dû être pour vous un sacré choc de voir ainsi partir en fumée tout ce que vous possédiez, commença Valdimar. Þorsteinn n'entendait manifestement pas s'engager sur ce terrain-là.

— Vous dites qu'il s'agit d'un acte criminel, répondit-il d'un ton sec, presque hostile.

— Eh bien, c'est le cas, confirma Valdimar, c'est navrant, mais c'est ainsi.

— Vous n'avez pas arrêté le coupable ?

— Non, pas pour l'instant.

— Et vous n'avez aucune idée ?

— En réalité, non. On peut envisager deux cas de figure dans ce genre d'affaires. Soit l'incendie a été allumé par un individu détraqué, un pyromane qui frappe au hasard et vous ne pouvez en rien nous aider dans l'enquête dans ce cas, votre maison était, disons, simplement vulnérable parce qu'inoccupée. L'autre possibilité est que l'incendie ait eu un mobile précis, une vengeance contre l'un des occupants ou une autre raison, par exemple, financière, afin de percevoir les indemnités des assurances ou ce genre de chose.

Valdimar eut l'impression que Þorsteinn allait exploser de consternation, aussi il s'empressa d'ajouter :

— Je ne dis pas que cela ait été le cas ici, ni que nous soupçonnions quoi que ce soit de la sorte, ce ne sont là que des considérations d'ordre général.

— Nous avons obtenu une copie de votre contrat d'assurance, glissa Smári. Valdimar lui adressa un regard noir.

— Oui, oui, nous sommes assez bien assurés. Si cela semble suspect, eh bien soit, observa Þorsteinn, offensé. Mais vous feriez peut-être mieux d'orienter vos recherches dans une autre direction, ajouta-t-il, sur un ton quelque peu condescendant.

— Ah bon ? s'étonna Valdimar, vous pensez donc que quelqu'un aurait des raisons d'avoir mis le feu à votre maison ?

Þorsteinn afficha une expression où la colère le disputait à la crainte. Valdimar tenta d'établir un contact oculaire avec lui, mais le commandant s'était subitement mis à regarder par la fenêtre. Le policier remarqua que sa chemise blanche s'était tachée de sueur aux aisselles.

Þorsteinn se tourna vers les deux policiers, fixa Smári d'un regard sévère puis s'adressa à Valdimar.

— Pourrais-je m'entretenir quelques instants avec vous en privé ?

Les deux policiers dévisagèrent le commandant.

— Eh bien, je ne sais pas, répondit Valdimar, perplexe.

— Parfait, je vais partir, ce n'est pas un problème, annonça Smári.

Valdimar le regarda, déconcerté. Que signifiait tout cela ?

— Je ne peux pas vous promettre que notre conversation restera privée, prévint Valdimar.

— Vous en déciderez vous-même, répondit Þorsteinn.

Smári se leva d'un bond et quitta la pièce. Þorsteinn alla fermer la porte du salon avant de se rasseoir sur son fauteuil en joignant les mains. Ce colosse tremblait presque au moment où il prit la parole.

— Je crois que Sveinbjörn Jónsson, mon voisin, pourrait être le coupable. Il est possible qu'il ait voulu se venger de moi car je lui avais promis d'investir de grosses sommes dans son entreprise et j'ai changé d'avis au dernier moment, débita-t-il. Valdimar attendit la suite, mais il semblait que Þorsteinn en avait terminé.

— Pouvez-vous me fournir quelques précisions là-dessus ? De quel genre d'entreprise s'agit-il, comment l'idée vous est-elle venue d'y investir et pourquoi avez-vous reculé au dernier moment ? interrogea Valdimar.

— Eh bien, c'est une usine de parquet, une activité pionnière, ce n'est que la deuxième fois qu'on essaie de mettre sur pied ce genre d'entreprise en Islande, ce qui est une bonne chose, sous bien des rapports. La femme de Sveinbjörn est originaire d'ici, elle est très amie avec la mienne et, au moment où il a fondé son entreprise, il a décidé de l'installer ici, expliqua Þorsteinn. Une très bonne chose, à mon avis. Mais les affaires ont été fluctuantes, l'usine est dans une situation délicate et, comme je suis plutôt à l'aise d'un point de vue financier, il a été question que j'achète des parts de la société. Pourtant, au dernier moment, juste avant Noël, je me suis ravisé. À la réflexion, je me suis dit que l'investissement était trop risqué et je lui ai demandé de chercher des fonds ailleurs. Sveinbjörn a très mal pris la chose et ma femme m'a confié qu'il l'avait menacée, il lui aurait dit que nous allions regretter de nous être comportés ainsi à son égard. Je crois qu'il court droit à la faillite et qu'il ne va pas très bien en ce moment. En résumé, il ne me semble pas impossible qu'il ait perdu son sang-froid et qu'il ait décidé de se venger de nous de cette façon odieuse.

— À quand remontent ces menaces contre votre épouse ?

— Peu de temps avant notre départ pour les Canaries, je suppose.

— Et pourquoi ne s'est-il pas directement adressé à vous ?

— Je l'ignore, je viens d'apprendre ce détail. Je crois qu'il a croisé ma femme par hasard.

— Mais qu'en est-il de vous, il ne vous a rien dit de tel ?

— J'ai mis fin à toute relation avec Sveinbjörn dès qu'il n'a plus été question de notre collaboration. La manière dont il a accueilli ma décision m'a dissuadé d'écouter ses arguments. Évidemment, je ne veux pas me montrer catégorique, mais je le crois parfaitement capable d'avoir agi ainsi. Surtout parce que…

— Parce que quoi ?

— Nous sommes voisins, nos maisons sont situées côte à côte et une personne présente sur les lieux le soir de l'incendie l'a vu fumer tranquillement à sa fenêtre tandis qu'il regardait ma maison brûler, précisa Þorsteinn d'un ton amer. Il y eut un bref silence.

— Oui, je comprends. Je vais interroger cet homme, mais… dites-moi, pourquoi ne vouliez-vous pas que Smári assiste à notre entretien ?

— Ah, c'est vrai, vous ne pouvez pas savoir.

— Quoi donc ?

— Sveinbjörn est le beau-frère de Smári, il est marié à sa sœur, Stella. Cela ne disqualifie-t-il pas Smári en ce qui concerne cette enquête ? interrogea Þorsteinn.

— Nous verrons bien, répondit laconiquement Valdimar qui n'était pas précisément ravi de voir des conflits d'intérêt venir compliquer les choses.

17

Urður s'asseyait toujours à la même place et sur le même banc, que l'église soit complètement vide ou bondée, pendant la messe. Elle avait parfois l'impression que cette place l'avait choisie plutôt que le contraire. Aðalsteinn lui avait demandé de s'installer devant pour son premier office ; elle avait accepté, mais le moment venu, elle s'était reculée de quelques rangs avec ses deux fils, au centre d'un banc sur le côté droit, à *sa* place. Dans son souvenir, elle pensait avoir vu un rayon de soleil se poser à cet endroit précis, en tout cas, elle avait l'impression que la main de Dieu lui avait indiqué où elle devait s'asseoir. Elle y avait connu des heures douces et généreuses, d'autres contraires et difficiles. Jamais elle ne prenait de décision importante sans aller méditer quelques instants à cet endroit. C'était son lieu sacré sur la terre, une sorte de refuge d'où il lui semblait entrer en contact avec les fondements mêmes de son existence. Et avec Dieu.

Elle avait commencé sa journée en travaillant sur la traduction qu'elle aurait déjà dû remettre à son éditeur, mais elle avait éprouvé des difficultés à se connecter aux mots et à l'histoire qu'ils formaient. Tout s'était mis à tourner dans sa tête, elle avait été saisie par le besoin de ressentir ce lien avec la terre. Alors elle était venue ici, en ce lieu sacré pour elle. Plongée dans ses réflexions, elle s'efforçait d'être reconnaissante de ce que lui avait apporté la vie. De son destin.

Dans un petit village, il était difficile de venir d'ailleurs et, en dépit de toutes ces années passées ici, Urður continuait d'être celle qui venait d'ailleurs. Elle savait pourtant que c'était à elle et à nul autre qu'incombait la faute. D'autres, installés ici longtemps après elle, avaient réussi à s'intégrer à la vie du village, ils avaient trouvé leur place au sein de cette société, cela valait même pour les étrangers. Urður pensait que certains villageois devaient la trouver quelque peu condescendante, mais ce n'était pas vrai, elle n'ouvrait tout bonnement pas son cœur au premier venu – peut-être par peur de le voir dévasté. Elle se montrait donc avenante avec chacun, bien que soucieuse de conserver une certaine distance : par exemple, il n'y avait personne ici auprès de qui elle aurait pu pleurer et désormais, même Aðalsteinn n'était pas en mesure de lui apporter le réconfort qu'il procurait aux inconnus. Elle se rappela le moment où ils s'étaient dit au revoir, dans la matinée. Il avait quitté la maison vers neuf heures, comme à son habitude. Elle lui avait arrangé son col, il était impeccable, comme toujours.

— Au revoir, ma chérie, lui avait-il dit en posant sa joue rasée de près contre la sienne et en embrassant mollement l'air à proximité de son oreille avant de sortir en claquant la porte. Elle ressentait toujours une forme de claustrophobie quand elle entendait ce lourd claquement. Dans son ancienne maison, il fallait tirer sur la poignée afin de fermer la porte d'entrée et on n'entendait alors qu'un petit clic… Ce bruit-là lui manquait, alors qu'il lui avait semblé assourdissant à l'époque. Après que le deuil et la douleur étaient venus frapper à sa porte.

L'éducation qu'avait reçue Urður l'empêchait d'exposer son chagrin sur la place publique. Elle était le dernier enfant d'un couple très croyant de Sandgerði : sa mère approchait dangereusement les cinquante ans quand, d'une manière inattendue, son ventre s'était de nouveau arrondi. Alors qu'elle avait dix ans, son frère, âgé de quinze, avait péri noyé. Elle n'avait jamais oublié ce moment où sa mère avait déposé un baiser sur la joue de son fils sans verser une seule larme pendant la mise en bière. “Il s'en est fallu de peu que je m'effondre en sanglots”, avait confié la vieille femme au téléphone à sa sœur installée en Amérique, le lendemain. Urður s'était rappelé ces paroles le jour où elle avait, elle-même, été confrontée à la perte d'un enfant. Elle non plus n'avait pas pleuré au moment où son fils avait été mis en bière. Ce n'était pas qu'elle avait retenu ses larmes, mais plutôt qu'elle se sentait figée, glacée au sein d'un cauchemar dont, au fond d'elle-même, elle espérait s'éveiller.

Elle avait ainsi gâché définitivement toute occasion de s'intégrer de façon normale à son environnement. Entre elle et les autres s'était élevé comme un mur invisible, constitué de compassion et de la peur superstitieuse qu'éprouvent les gens face au malheur – lequel est, comme chacun sait, contagieux. Elle n'avait pas assez donné au moment où elle l'aurait pu et maintenant, il était trop tard. Même si elle avait été atteinte de la lèpre ou du sida, elle n'aurait probablement pas été aussi isolée. Il était allé de soi qu'elle quitte l'enseignement à l'école primaire, ce travail était trop fatigant pour elle, même si, jusqu'alors, il lui avait procuré de grandes joies, une sorte de plénitude. On manquait toujours d'enseignants, constamment, et le directeur lui avait maintes fois demandé quand elle comptait revenir, mais elle savait qu'elle n'enseignerait plus jamais. À présent, les traductions lui convenaient mieux, c'était une activité solitaire et elle avait grand besoin de solitude, elle avait besoin de pouvoir organiser son temps elle-même.

Aðalsteinn ne s'était pas emmuré ainsi. Certes, Urður supposait que son psychisme était agité par bien des bouleversements et des règlements de compte depuis quelques mois. Cela n'avait toutefois pas altéré sa faculté à entretenir des relations avec autrui avec une certaine légèreté qu'Urður considérait parfois comme de la superficialité. Ou alors – elle osait à peine se formuler le terme – de l'hypocrisie. Même l'incendie de leur maison n'était pas parvenu à le désarçonner durablement, bien qu'il eût certes regretté d'avoir perdu tout ce qu'il possédait.

Elle avait eu la certitude qu'ils saisiraient cette occasion pour quitter ce village auquel rien ne les attachait vraiment. Mais il avait réagi en pleutre quand elle le lui avait suggéré, il ne voulait pas abandonner son travail sans en avoir trouvé un autre, aucune charge de pasteur n'était vacante, il fallait attendre que se présente une occasion. Il avait manifestement renoncé à tous ses rêves d'avenir.

Elle se rappela soudain avoir oublié d'étendre le linge, les vêtements noirs de son fils Ragnar étaient restés, essorés, dans la machine depuis la veille. Il allait sûrement falloir qu'elle les repasse, ce qu'elle avait en horreur. Elle avait l'impression que toutes ces frusques noires regorgeaient de pensées impies et écumaient de cette infâme musique dans laquelle son fils noyait son âme. Certains T-shirts arboraient même fièrement cette impiété. Urður en détestait particulièrement deux, identiques, qui portaient une inscription blanche sur fond noir : *Satan is my lord and master*. Au départ, Ragnar n'en avait eu qu'un exemplaire qu'elle avait simplement refusé de laver : elle l'avait jeté à la poubelle comme n'importe quelle guenille en espérant qu'il n'en remarquerait pas la disparition ; il ne manquait tout de même pas de vêtements. Mais il s'en était rendu compte et, un mois plus tard, il avait un autre T-shirt du même modèle, ce qui en faisait deux. Urður n'avait toutefois pas entièrement baissé les bras : après cet événement, elle avait décidé de laver les vêtements du gamin séparément. C'était sa victoire secrète, se disait-elle tandis qu'elle quittait l'église. Ce moment de méditation s'était écoulé sans qu'elle parvienne à trouver la paix intérieure à laquelle elle aspirait tant. Il fallait également qu'elle réveille Ragnar afin qu'il ne perde pas dans son sommeil le peu de bon sens qui lui restait peut-être encore.

À son avis, Aðalsteinn avait pris cette histoire de musique et de vêtements avec une trop grande légèreté, il s'était contenté d'affirmer qu'il s'agissait d'une question d'âge et que s'opposer à leur fils ne ferait qu'envenimer la situation. Quant à elle, elle essuyait à la fois une humiliation personnelle et publique. Elle avait essayé de faire entendre au gamin qu'en portant ce genre de vêtements, il remettait publiquement en cause ses parents. Il lui avait répondu calmement qu'elle devait accepter de ne plus être celle qui décidait de la manière dont il s'habillait. Elle avait bien eu envie de lui rétorquer que, dans ce cas, il pouvait faire sa lessive lui-même, mais n'en avait pas eu le courage, surtout parce qu'elle savait qu'alors, il les porterait, même sales.

En rentrant chez elle, elle alla droit à la buanderie. Le linge étendu sur les fils était sec, comme elle l'avait prévu – on n'était jamais sûr à cette époque de l'année, l'air était parfois si froid et humide qu'il fallait un temps interminable. Aðalsteinn avait émis l'idée d'acheter un sèche-linge, mais Urður lui avait adressé un regard noir et il avait fini par baisser les yeux. Elle reniflait maintenant le pull gris foncé en polaire pendu sur le fil le plus proche d'elle, il ne s'en dégageait aucune odeur.

18

L'usine de parquet, située à l'orée du village, se trouvait dans un hangar assez vaste. Les côtés étaient constitués de plaques d'aluminium ondulé vert entre lesquelles d'autres, transparentes, faisaient office de fenêtres. L'avant du bâtiment était en ciment peint en blanc avec, au milieu, une porte en bois qui faisait plutôt penser à une agence bancaire de Reykjavík qu'à une entreprise industrielle de province. Le parking n'avait pas été déneigé, mais Smári fit habilement glisser la voiture de service entre les congères, puis descendit avec Valdimar.

Les deux policiers entrèrent dans un hall carrelé. Ils ouvrirent la porte à gauche sur laquelle figurait l'écriteau "Accueil" et pénétrèrent dans une pièce spacieuse dénuée de comptoir, mais meublée de deux bureaux, chacun équipé d'un écran plat connecté à un ordinateur portable. Une grosse imprimante était installée entre les deux. Près de la fenêtre était assise une femme brune et opulente, âgée d'une quarantaine d'années, qui portait des lunettes à montures fuchsia.

— Salut Smári, lança-t-elle. Le policier renvoya la salutation sans prendre la peine de présenter son collègue. La femme adressa un hochement de tête à Valdimar qui fit de même.

— Que puis-je pour vous ? demanda-t-elle.

— Nous aurions voulu discuter un peu avec Sveinbjörn, répondit Valdimar d'un ton guilleret. Ils n'avaient pas précisé qu'ils étaient en service, comme s'ils tentaient de brouiller les pistes. En réalité, les insinuations de Þorsteinn n'avaient pas franchement convaincu Valdimar, mais il se devait évidemment de procéder à quelques vérifications.

— Sveinbjörn est à l'atelier, vous n'avez qu'à le rejoindre. Tu connais les lieux, non ? dit-elle à Smári qui acquiesça et fit volte-face. Valdimar s'attarda quelques instants. La femme se leva pour s'avancer vers l'imprimante. Elle portait un jean noir ajusté et un pull-over de la même couleur, tricoté en grosse laine, ornée de boucles dorées aux épaules. Valdimar continua de l'observer jusqu'au moment où elle se retourna. Elle lui lança un regard amusé avant de rejoindre sa chaise. Il sentit son visage s'empourprer.

Smári l'attendait en tenant ouverte la porte de l'atelier. Valdimar s'était plus ou moins attendu à ce que l'intérieur du bâtiment n'abrite qu'une grande chaîne de fabrication, ce qui n'était manifestement pas le cas. L'air grondait de lourds martèlements, accompagnés du couinement de scies électriques ou d'autres appareils. L'odeur du bois n'était pas aussi présente qu'il l'aurait cru. Les deux hommes se trouvaient dans un grand espace froid. De part et d'autre étaient entassés de hauts tas de bois. L'un des murs était percé d'une grande porte à côté de laquelle on voyait un petit élévateur jaune, flambant neuf. Smári prit cette direction pour s'engager dans l'une des allées entre les tas de bois.

— Tout ça n'est pas encore sec, les séchoirs sont là-bas, précisa-t-il, un doigt pointé vers l'autre extrémité du hangar. Valdimar répondit d'un signe de la tête, il n'entendait rien à l'activité de cette entreprise et n'avait nulle intention de remédier à son ignorance. Ils se dirigèrent vers une autre porte qui ouvrait sur ce qui devait être l'atelier proprement dit. Une dizaine d'employés s'affairaient sur une chaîne, équipés de toutes sortes d'outils et d'appareils. Tous étaient en bleu de travail. Deux hommes étaient inoccupés devant l'une des machines sous laquelle un troisième s'était mis à quatre pattes. Après une brève hésitation, Smári fit signe à Valdimar de le suivre. Au moment où ils rejoignirent le groupe, celui qui s'était occupé de la machine se releva.

— Quelle saloperie ! Il faut qu'on appelle le fabricant, décréta-t-il. Il aperçut Smári qu'il salua d'un signe de la tête. Mon petit Smári, je n'ai vraiment pas le temps de te faire la causette, dit-il en forçant sa voix afin d'être entendu malgré le vacarme. Nous avons un petit problème.

Sveinbjörn était un homme plutôt grand et mince aux mouvements fluides. Il avait le front haut, les tempes dégarnies, un début de calvitie et ses cheveux blonds étaient coupés en brosse. Ses lèvres dessinaient une courbe sensuelle et affichaient un sourire narquois. Il semblait que ses yeux étaient perpétuellement animés d'un regard taquin, même si, pour l'heure, il avait une mine quelque peu inquiète. Embarrassé, Smári toussota, mais Sveinbjörn ne le remarqua pas et s'apprêta à s'en aller. Valdimar l'attrapa par le bras.

— Permettez-moi de me présenter, Valdimar, Police Criminelle, lui cria-t-il dans l'oreille. Le directeur de la parqueterie sursauta et lança à Smári un regard interrogateur.

— Nous souhaiterions vous poser quelques questions, précisa Valdimar.

— Quelques questions… ? Ah, je vois, eh bien, dans ce cas, autant aller à la salle de réunion, débita-t-il.

Puis, s'adressant à ses deux employés, il ajouta :

— Je vais les appeler pour voir ce qu'ils en disent.

Sans demander plus de précisions, il retira son bleu de travail qu'il balança sur l'une des patères puis les précéda à grandes enjambées jusqu'à l'accueil. Il s'engagea dans un couloir qui menait à une salle meublée d'une table ovale autour de laquelle étaient disposées quelques chaises. La clarté déclinante du jour était occultée par deux rideaux à chacune des fenêtres. Le directeur alluma le plafonnier qui dispensa sa lumière tamisée. Sveinbjörn les invita à s'asseoir et s'installa à l'une des extrémités de la table, peut-être afin de se donner la contenance du chef d'entreprise, même s'il ne s'agissait pas d'une réunion de travail.

— Que vous arrive-t-il ? interrogea Sveinbjörn. N'êtes-vous pas occupés à poursuivre les pyromanes et autres bandits de grande envergure ?

— En effet, c'est exactement ce que nous faisons, répondit Valdimar, d'un air grave. Une personne nous a affirmé que vous étiez peut-être l'auteur de l'incendie de samedi dernier.

— Hein ? Que j'étais peut-être… ? Qu'est-ce que c'est que ces conneries ? Qui vous a raconté ça ? Comment… pouvez-vous imaginer un truc pareil ? Vous n'avez quand même pas l'intention de vous laisser ridiculiser comme ça ?

Au fil des exclamations, le sang montait aux joues de Sveinbjörn. Son regard se figea et se fit glacial.

— Smári, jamais je n'aurais imaginé une telle chose venant de toi !

— Pardonnez-moi ! coupa sèchement Valdimar. Tenons-nous en aux faits, nous ne faisons pas ça pour nous amuser.

Il adressa à Sveinbjörn son regard le plus froid, mais ne décela plus aucune trace de l'inquiétude qui l'avait agité l'instant d'avant. Soit cet homme était innocent, soit il était persuadé qu'il ne serait pas découvert.

— C'est une totale absurdité, observa Sveinbjörn, plus calme, avant de laisser échapper un grand éclat de rire qu'il tut brusquement. Au fait, l'affirmation dont vous parlez ne viendrait-elle pas d'Hugrún ? demanda-t-il à Valdimar. Parce que, si c'est elle qui vous a raconté ça, je peux vous dire que cette femme n'est pas franchement équilibrée.

Smári s'apprêtait à lui répondre, mais son collègue l'en dissuada d'un geste de la main.

— Ah bon ? s'enquit Valdimar d'un ton neutre.

Assis, le visage sévère, dans son fauteuil de directeur, Sveinbjörn leva un instant les yeux au plafond.

— Hugrún a parfois de drôles d'idées, précisa-t-il. Je l'ai croisée ce matin et elle m'a noyé sous un flot de paroles aussi bizarres qu'incompréhensibles. Elle m'accusait de me venger de je-ne-sais-quoi.

— Se pourrait-il qu'il se soit agi d'une question d'argent ? demanda sèchement Valdimar. Smári gigotait, mal à l'aise, sur sa chaise.

— D'une question d'argent ? renvoya machinalement Sveinbjörn qui, reprenant maintenant tout son sang-froid, se coulait à nouveau dans son rôle de directeur. Eh bien, je crois comprendre où vous voulez en venir. J'avoue que j'ai l'impression de ne pas avoir été très bien traité par Þorsteinn, mais c'est son problème. Disons simplement qu'il a pris une décision économique face à laquelle j'ai dû m'incliner. Jamais il ne me viendrait à l'esprit d'aller me venger d'une chose pareille, encore moins d'une manière aussi indigne qu'en incendiant sa maison.

— Étiez-vous à votre domicile dans la soirée de samedi ? demanda Valdimar.

— Oui.

— Et vous ne vous êtes pas absenté ?

— Si ma mémoire est bonne, non.

— Votre maison se trouve à côté de celle de Þorsteinn, vous n'avez rien remarqué de suspect ?

— Absolument pas.

— Pas non plus entendu de vitres se briser ou ce genre de chose ?

— Je regrette, non. Je n'ai entendu les vitres exploser qu'une fois que le feu s'était déclaré.

— Et vous avez observé l'incendie depuis votre fenêtre ?

— En effet.

— Vous avez pris plaisir au spectacle et fumé une cigarette en toute tranquillité, n'est-ce pas ?

— C'est vrai, je me suis allumé un cigarillo. J'étais un peu inquiet, on le serait à moins, j'avais besoin de ça pour me calmer. Si jamais le vent avait tourné…

— À quel moment avez-vous vu les flammes ?

— Seulement à l'arrivée des pompiers.

— Ne peut-on pas imaginer que vous ayez été parmi les premiers à voir l'incendie, sachant que vous vous trouviez dans votre salon ?

— En fait, j'ai passé la majeure partie de la soirée devant la télé, répondit Sveinbjörn.

— Stella peut-elle le confirmer ? glissa Smári qui essuya un regard noir de Valdimar.

— Eh bien, elle n'est pas franchement friande de films, répondit Sveinbjörn, je suppose qu'elle lisait des revues dans la chambre.

— Y avait-il quelqu'un d'autre qui regardait la télévision avec vous ce soir-là ?

— Chacun de nos enfants possède un poste dans sa chambre, précisa Sveinbjörn. Cela leur permet de choisir le programme. En fait, je ne me souviens même pas s'ils étaient à la maison.

Valdimar répondit d'un hochement de tête.

— Bon, je dois vous avouer que j'avais un petit coup dans le nez, c'était quand même samedi soir. En outre, nous possédons un home cinéma avec un son impeccable et il n'y avait aucune chance que j'entende quoi que ce soit de ce qui se passait à l'extérieur.

— Et vous êtes certain de ne pas avoir quitté votre salle télé entre deux films pour aller mettre le feu chez votre voisin ? insista Valdimar. Après avoir suffisamment bu pour vous donner du courage ?

— Je ne comprends pas comment vous osez me mettre une chose pareille sur le dos, répondit Sveinbjörn. Vous parlez comme si c'était un crime de regarder la télé en buvant un verre ou deux.

— C'était une simple question, répondit Valdimar, qui n'était pas exempt des préjugés que Sveinbjörn venait d'énoncer. Ce fut en vain qu'il s'efforça d'en apprendre un peu plus de la bouche de son interlocuteur. Il ne parvint même pas à l'agacer.

En retournant à la voiture, Valdimar jeta un coup d'œil machinal à la fenêtre éclairée du bureau, mais la femme à la silhouette séduisante n'était plus assise à sa place. Il soupira d'un air las et secoua la tête tout en ouvrant la portière du véhicule.

19

— Comment vas-tu, ma petite ? interrogea Aðalsteinn. Il avait suggéré à Drífa de passer le voir dans l'après-midi à son bureau de la maison paroissiale car il était inquiet pour elle.

— Je suis encore abasourdie, répondit la jeune fille qui avait précisément l'air à moitié assommée, assise face à lui dans l'un des fauteuils bleus du coin où il recevait les âmes en peine. À la fenêtre, le ciel menaçant était penché sur les pentes du fjord, blanches et striées de noir. Je suis aussi en colère. Je déteste le sale type qui a fait ça.

— Méfie-toi de la haine, conseilla-t-il en se penchant vers elle pour lui prendre très doucement les mains, du bout des doigts. Tu sais que si on laisse le mal s'immiscer dans notre âme, il contamine tout, comme une pomme pourrie.

— Je n'arrive pas à pardonner ça.

— C'est une réaction parfaitement compréhensible, mais les sentiments négatifs ont sur nous une très mauvaise influence. Essaie d'imaginer toute la souffrance et les pensées destructrices qui se trouvent derrière cet incendie.

— Ne vous attendez pas à ce que je plaigne celui qui a mis le feu à ma maison et tué mon chat, déclara-t-elle.

— Remercions Dieu qu'aucune vie humaine n'ait été détruite. Même si la vie d'un chat n'est pas dénuée de valeur, celle d'un homme est, tout compte fait, nettement plus importante, observa Aðalsteinn d'un ton doux, un brin moralisateur. Il ressentit un soulagement mêlé de mauvaise conscience en voyant les yeux de Drífa s'emplir de larmes.

— Ce n'est pas la peine de me rappeler Baldur, je pense à lui chaque jour, assura-t-elle.

Aðalsteinn sentit une vague de chaleur lui envahir la poitrine.

— Tu ne dois pas non plus rester plongée dans le deuil. Il peut être aussi néfaste que la haine. Tu es jeune ; il faut que tu profites de la vie que Dieu t'a donnée, c'est la meilleure manière d'honorer sa mémoire.

— Oui.

— Nous sommes ce que nous pensons, poursuivit-il. Nous avons peut-être l'impression d'avoir le droit de laisser éclore en nous n'importe quels sentiments. Mais nos pensées nous influencent et produisent un effet sur ceux que nous côtoyons. En fin de compte, nous ne sommes pas seulement responsables de nous-mêmes, mais également de ceux qui nous entourent, nos parents, nos frères et sœurs, nos amis et les membres de notre famille, tous ces liens qu'il nous faut cultiver et chérir afin qu'ils ne se rompent ni ne s'altèrent. Chaque petit filament qui nous relie les uns aux autres a son importance, sa nécessité, surtout dans les moments difficiles.

— Je ne suis pas d'accord. Si on essaie de porter la responsabilité du monde entier, on finit par s'épuiser. Je ne veux pas avancer dans la vie en portant toute ma famille sur les épaules. Chacun doit prendre ses propres responsabilités.

— Le fameux *Chacun pour soi* est peut-être la règle la plus simple en ce qui concerne les relations humaines, mais elle n'est pas pour autant la meilleure, objecta Aðalsteinn, d'un ton à la fois doux et ferme.

— Mon psychologue me dit que je dois apprendre à laisser aux autres le soin de s'occuper d'eux et que sinon, les choses peuvent mal tourner. Il affirme que ce n'est pas rendre service aux autres ni à moi-même que d'endosser la responsabilité des actes d'autrui.

— Oui, c'est peut-être vrai en soi, concéda le pasteur. Tant qu'on prend bien garde à ne pas rompre les liens avec les autres et qu'on s'emploie à les cultiver comme autant de petites pousses.

— Mais si on se sent étouffer dans l'enchevêtrement de toutes ces pousses ?

— Il faut alors s'efforcer de démêler l'écheveau sans abîmer la plante.

— Et si la plante préfère périr plutôt que d'abandonner la lutte ?

Au lieu de répondre à cette dernière objection, le pasteur revint en arrière dans la conversation.

— Tu me dis que tu consultes un psychologue.

— Oui, répondit timidement la jeune fille.

— Est-ce à cause de… ce qui s'est passé avec Baldur ?

— Entre autres choses, oui.

— Tu sais que ni moi ni Urður ne te reprochons quoi que ce soit, du reste, c'est plutôt à nous, que nous devrions adresser des reproches.

— Tout le monde se reproche quelque chose, c'est le problème. Que ce soit vous ou moi, ça ne vaut pas mieux. Je crois qu'il faudrait aussi que vous acceptiez que la dernière action de Baldur était loin d'être la seule à… poser problème.

— Et c'est chez le psychologue que tu as découvert ça ? demanda Aðalsteinn, agacé.

— En partie. Je n'étais pas sans ignorer certaines choses, mais elles ont perdu leur importance à sa mort.

— L'auraient-elles subitement reprise ?

— Pas vraiment, mais il vaut toujours mieux cerner les problèmes que de les fuir.

— Tu comprendras ma curiosité.

— Oui, je ne sais pas exactement… répondit Drífa, hésitante, avant de s'interrompre.

— Non, convint le pasteur afin de la tirer d'embarras, mais d'une voix plus sombre qu'il ne l'aurait voulu. Il sentait son cœur se serrer.

— Eh bien, c'est très difficile de discuter de ça, surtout avec vous…

— Oui, je le comprends parfaitement, ne t'inquiète pas, coupa-t-il.

— Je vais quand même vous confier un petit truc, poursuivit-elle tandis qu'elle se levait du fauteuil.

Elle se tourna vers la fenêtre. Il reconnut brusquement le pull-over qu'elle portait. C'était Urður qui le lui avait tricoté en cadeau d'anniversaire juste avant sa rupture avec Baldur. Le jeune homme l'avait pris plus mal que quiconque aurait pu l'imaginer, lui qui était toujours d'humeur joyeuse et avenant avec tout un chacun… tous ces clichés auxquels le pasteur Aðalsteinn avait pour habitude de recourir pendant les enterrements correspondaient parfaitement à son fils, ce beau jeune homme parti dans les montagnes surplombant le village au volant de la voiture qu'il venait d'acheter. Là, il avait collé l'une des extrémités du tuyau du sèche-linge de sa mère au pot d'échappement, installé l'autre bout à une vitre entrouverte qu'il avait colmatée à l'aide d'éponges afin d'empêcher l'air pur d'entrer. À chaque fois qu'Aðalsteinn repensait à ces moments où le jeune homme avait préparé tout cela, la douleur intense qu'il ressentait lui donnait la nausée. Afin de pouvoir supporter le quotidien, d'acheter du lait, d'écrire son sermon sur la nuit hivernale de l'âme, il devait éloigner de son esprit l'image de cet adhésif argenté tout entortillé autour du tuyau d'échappement rouillé.

Ces pensées venaient à nouveau le solliciter à la vue de ce tricot vert clair avec deux croix rouges dans le dos. L'espace d'un instant, son besoin d'apaiser les souffrances de son prochain, de se plonger dans la douleur des autres lui donna envie de vomir…

— Il faut que je vous dise un petit truc pas très agréable à entendre, reprit Drífa.

— Eh bien… croassa Aðalsteinn qui se racla la gorge pour s'éclaircir la voix.

— Si j'ai quitté Baldur…

— Oui ?

— C'est parce qu'il m'a trahie, affreusement trahie.

— Quoi ? Je ne te crois pas ! s'exclama Aðalsteinn.

— C'est pourtant vrai, répondit Drífa avant de fondre en larmes.

Aðalsteinn aurait voulu se lever de son fauteuil pour aller poser une main réconfortante sur l'épaule de la jeune fille, mais ses membres étaient si lourds qu'il ne pouvait ni se mettre debout, ni lever les bras. Elle se retourna un moment vers lui. Il restait assis, laminé, le regard fuyant. Elle se leva et quitta la pièce en reculant.

— Je ne te… soupira le pasteur, mais il était trop tard.

20

Drífa s'éloigna de la maison à pas pressés. Peut-être aurait-elle dû rester pour tout lui raconter ? Peut-être… En tout cas, elle était certaine que son psychologue serait satisfait. Elle était plus ou moins parvenue à fissurer cette image pieuse qu'il fallait briser et pas seulement pour elle. Le pauvre Raggi était manifestement en train de perdre pied à cause de l'idolâtrie dont le foyer familial était le théâtre. Il avait toujours été un petit garçon timide qui s'était tenu à l'ombre de son frère du temps de son vivant et, encore plus, maintenant que ce dernier était mort. Sa réaction avait certes été quelque peu extrême, mais Drífa le comprenait parfaitement, même s'il lui était désormais plus difficile de communiquer avec lui.

Elle fit un geste de la main, secoua la tête et afficha un sourire douloureux afin de décliner l'invitation de sa voisine qui avançait au ralenti sur la chaussée, dans sa Jeep dorée juste à côté d'elle et proposait de la déposer. La femme haussa les sourcils d'un air interrogateur. Drífa avait besoin d'être seule. Ne se sentirait-elle jamais en paix face aux parents de Baldur ? Urður était comme ça, elle ne voulait que son bien, mais sa gentillesse était pesante. Quant à Aðalsteinn, il était expert pour amener les autres à éprouver de la mauvaise conscience du simple fait qu'ils étaient eux-mêmes. Peut-être était-ce la dernière fois qu'elle lui permettrait de lui parler ainsi en privé. Il avait sur elle un ascendant dont elle devait se libérer. Drífa désirait absolument se soustraire aux griffes de la culpabilité, même s'il allait lui falloir du temps pour se débarrasser de cette fichue souffrance. Et même si elle était évidemment triste, encore assommée après l'incendie de la maison, elle commençait à entrevoir le bon côté des choses : le décor de son histoire avec Baldur avait désormais pratiquement disparu. Ce lit où ils s'étaient caressé les cheveux, où ils s'étaient enlacés ; ce miroir face auquel elle s'était assise afin de se maquiller et de se faire belle pour lui, cette photographie qu'elle avait imprimée depuis son ordinateur après l'inhumation pour la glisser dans un cadre et qu'ensuite elle n'avait pas eu le cœur de retirer. Chaque jour recelait une foule de détails qui venaient gâcher toute forme de joie.

Elle préférait ne pas rentrer tout de suite à ce qui était son domicile provisoire. Elle ne voulait pas croiser qui que ce soit ; elle aurait voulu n'être nulle part. Chaque personne qu'elle rencontrerait lui parlerait de ce qui s'était passé en lui témoignant sa sympathie. Elle n'avait pas la force d'affronter tout cela, elle n'avait même pas envie de pleurer devant ses amies.

Elle jeta un bref regard sur le côté par la fenêtre du café-restaurant Alda et pressa le pas en le dépassant. L'une de ses camarades d'école était de service en ce moment, mais elle ne l'aperçut pas à l'arrière du comptoir, elle crut voir deux ou trois clients à l'intérieur : c'était pour elle un périmètre interdit.

Elle traversa bien vite le pont sans même tourner la tête dans la direction de la coopérative Samkaup : si elle y entrait, elle serait totalement à découvert et elle n'avait aucune envie de croiser des regards curieux, de donner ainsi aux gens l'occasion d'engager la conversation ou encore d'être forcée de baisser les yeux, comme une fugitive. La chance était avec elle et personne ne vint l'importuner.

Elle était presque arrivée à l'École de Musique quand le vent forcit subitement, puis ce fut une averse de grêle ; les grêlons étaient énormes et les bourrasques si violentes que ses joues la brûlaient. Sur le versant nord du fjord, le ciel était pourtant limpide, cette météo était déconcertante. Drífa se souvint tout à coup qu'elle avait conservé la clef de l'École de Musique depuis le moment où elle s'était entraînée intensivement pour le concert de Noël.

Elle courut jusqu'au bâtiment, soulagée d'avoir trouvé un abri. Quelle journée, pensa-t-elle tout en prenant place devant le piano. Et il n'était que trois heures de l'après-midi. Elle prit une profonde inspiration, fit craquer ses doigts avant d'entreprendre une sonate de Scarlatti.

Concentrée sur l'œuvre et sur la partition, elle prenait plaisir à commander ses doigts sans les regarder. Si seulement il en était allé ainsi dans la vie, si seulement on avait pu se contenter de jouer sur partition au lieu de passer son temps à tâtonner, à résoudre une foule de problèmes, confronté à toutes sortes d'altérations du rythme, de la couleur des notes et à d'étranges syncopes dans les lignes mélodiques tandis qu'on s'efforçait de faire bonne figure en feignant que tout allait pour le mieux.

Son père et sa mère s'étaient violemment disputés dans la matinée alors qu'elle et sa sœur étaient encore couchées. Maintenant, elle regrettait presque de ne pas avoir pris le temps de les écouter depuis son lit avant de les rejoindre pour les faire taire par sa présence et sa tête des mauvais jours.

Son père s'était réfugié dans le jacuzzi sur la terrasse au moment où elle était arrivée dans la cuisine. Sa mère était assise à la table, manifestement vidée, épuisée et absente.

— Maman, il y a quelque chose qui ne va pas ? lui avait-elle demandé.

— Notre maison… avait répondu sa mère, nous avons tout perdu.

Drífa vint s'asseoir auprès d'elle et la prit dans ses bras. Le corps d'Hugrún était crispé et lourd, elle semblait avoir pris au moins dix kilos. La jeune femme appréciait la compagnie de sa mère, mais le moment fut de courte durée.

— Mon cerveau ne fonctionne pas comme celui de tout le monde, déclara Hugrún. Drífa eut l'impression que son cœur manquait une mesure. Et maintenant, il va falloir que j'arrête d'être une femme.

— Maman, qu'est-ce que c'est que ces bêtises ! Tu as l'air en forme, protesta Drífa, bien que convaincue du contraire.

— Tu trouves vraiment ? interrogea la mère, reprenant brièvement son entrain habituel avant de replonger dans sa mélancolie. Non, je ne te crois pas !

— Enfin maman, qu'est-ce qu'il y a ?

— Ce qu'il y a ? Tout s'effondre autour de moi. Je ne suis personne. Je ne suis plus moi-même.

— Maman, ne dis pas ça. Nous restons nous-mêmes bien que… commença-t-elle pour la réconforter. Elle n'acheva toutefois pas sa phrase : jamais elle n'avait vu sa mère dans un tel état.

— Pas moi. Quand je me retrouve seule, j'ai l'impression de n'être personne. Je n'ai aucune personnalité. J'ai l'impression de m'évaporer et de disparaître. Si je reste seule quelques instants, je ne me sens plus exister. Tout ce que je crois être s'est évaporé.

— Tu sais, maman, s'il y a quelqu'un qui a de la personnalité, c'est bien toi, objecta Drífa.

— C'est bien le problème avec moi, reprit Hugrún comme si elle n'avait pas entendu la remarque de sa fille.

J'ignore ce que je dois ressentir, j'ai l'impression de devoir décider de l'humeur que je dois adopter. Ou peut-être qu'il me faut quelqu'un d'autre pour en décider à ma place. Et avec ton père qui est toujours en mer, comment cela peut-il fonctionner ?

— Allons maman, reprends-toi. Papa t'aurait-il querellée ? Pour quelle raison ? Le moment est vraiment mal choisi.

— Le pauvre, il a bien des raisons de m'en vouloir. Et encore, il ignore le pire.

— Maman, arrête tes conneries, pria Drífa, angoissée.

Elle se sentait prise d'une envie presque incontrôlable de quitter la cuisine à toutes jambes, mais sa peur de voir une personne étrangère y entrer avant que sa mère n'ait repris ses esprits était plus forte.

— Le pire, c'est que je ne regrette même pas. Voilà le pire. Je me dis que si c'était à refaire, je ne changerais rien. Simplement parce que je ne sais pas comment je dois me comporter.

— Maman, pour l'amour de Dieu, reprends tes esprits ! répéta Drífa qui avait l'impression que des rats déchiraient ses vêtements de leurs griffes pour s'introduire à l'intérieur de son ventre. Je crois que Silla est réveillée !

— Alors dis-moi comment je dois me comporter, répondit Hugrún. Tout ira bien si on me donne des consignes précises. Dans ce cas, je me sentirai mieux.

— Tu n'as qu'à être comme d'habitude : forte, conseilla Drífa.

Elle avait envie d'ajouter qu'il fallait qu'elle se montre détestable, égoïste, insupportable, c'est-à-dire qu'elle soit elle-même, mais elle se contenta de lui dire :

— Tu n'as qu'à continuer à jouer cette pièce de théâtre, comme nous autres.

Sa mère lui lança un regard étonné et perdu, comme si elle revenait brusquement à elle.

— Cette pièce de théâtre ? Cela te ferait plaisir ?

— Oui, énormément.

— Bon, je ferai de mon mieux, consentit Hugrún en la dévisageant avant d'éclater de rire. Rendez-vous compte ! Recevoir de sa fille d'aussi bons conseils ! Jouer la pièce de théâtre comme vous autres. Voilà enfin une chose dont je me sens capable.

Drífa avait souri avec elle, soulagée de voir cette joie inattendue chasser toutes les idées noires. En ce moment, les mots que sa mère avait prononcés lui revenaient à l'esprit, ils semaient le chaos et invitaient une lourde pesanteur dans la quarante-septième sonate de Scarlatti.

21

Les guirlandes de Noël qui ornaient les devantures de Hafnarvegur, la rue du Port, étaient l'unique source de lumière. D'une certaine manière, Smári trouvait qu'elles contribuaient à renforcer l'atmosphère désolée de cette rue bordée de bâtiments administratifs qui longeait la digue. Les pièces désertes et plongées dans l'ombre avaient, du coup, quelque chose de fantomatique, même si les décorations étaient censées produire un tout autre effet. Le petit commissariat était le seul endroit chaleureux de ce désert froid, se dit Smári tandis qu'il garait son véhicule après avoir effectué son inutile ronde qui consistait à parcourir le village en long et en large.

Il remarqua du mouvement à l'étage où Valdimar s'était installé un bureau. Il était sans doute occupé à rédiger un rapport puisqu'il consignait tout. Smári s'interrogeait sur son contenu et se demandait s'il l'autoriserait à le consulter. Drôle de situation.

Les zones d'ombre étaient fort nombreuses. Même son travail qui avait toujours représenté pour lui un ancrage dans l'existence prenait une tournure inquiétante. De graves accusations avaient été portées contre Sveinbjörn, son beau-frère, et il ignorait comment sa sœur prendrait la chose. Stella n'était pas du genre à négliger les rumeurs, comment réagirait-elle si sa famille se retrouvait brusquement en ligne de mire des ragots du village ? Et si les accusations proférées par Þorsteinn étaient fondées ? Smári espérait bien que tel n'était pas le cas. Il ne pouvait toutefois pas ignorer le fait que Sveinbjörn s'était bizarrement comporté quand ils étaient passés le voir. Son beau-frère avait d'abord eu l'air d'un agneau qu'on mène à l'abattoir, puis il avait repris une incroyable assurance. Que craignait-il ? Smári devait-il confier à Valdimar ce qu'il avait ressenti pendant leur entrevue ? Il était incapable de répondre à cette question et cela l'inquiétait.

Pour couronner le tout, il devait faire face au message ambigu et troublant que lui avait adressé Sveinbjörn, ce regard qu'il lui avait lancé après que Valdimar eut franchi la porte de l'usine. Smári avait compris que Sveinbjörn le priait de ne rien dire à Stella de ce qui s'était passé.

C'était là que le bât blessait. Smári supposait que la moitié du village savait que le policier venu de Reykjavík pour coincer l'incendiaire avait interrogé Sveinbjörn et on pouvait facilement s'imaginer que la rumeur allait bon train. Que Sveinbjörn avait-il raconté à Kolbrún ? Elle avait dû lui demander pourquoi la police était venue. En outre, on ne pouvait pas être sûr que Þorsteinn n'irait pas crier la chose sur tous les toits. Quant à Hugrún, elle n'hésiterait pas à le faire.

Si Sveinbjörn gardait le silence, Stella risquait de se retrouver dans la situation qu'il avait connue quand Lilja, son épouse, était partie et que tous les habitants du village étaient au courant de ce qui s'était passé. Le sentiment qu'il avait alors éprouvé était terrible, il avait eu l'impression d'être à son insu victime d'une maladie cutanée répugnante qui se voyait comme le nez au milieu de la figure.

Il descendit de son véhicule. Des flocons de neige s'infiltrèrent dans le col de son uniforme : la bise soufflait violemment. Il était à peine cinq heures et il faisait nuit depuis longtemps, depuis le début de la journée, lui semblait-il. Le jour s'était-il levé à quelque moment que ce soit? La neige qui tombait dru formait des halos autour des têtes jaunes des lampadaires qui bordaient la rue. Il avança d'un pas pesant sur le trottoir jusqu'à la porte. Dès qu'il entra, Gylfi ferma sa partie de solitaire sur l'ordinateur, Smári le remarqua à son air coupable, mais il s'en fichait éperdument. Il salua son collègue d'un signe de la tête, se dirigea vers son bureau, referma la porte et s'installa à son poste de travail. Il remua machinalement la souris afin de réveiller l'écran. S'il existait en ce monde un endroit où il pouvait se réfugier, c'était bien ici. Comme s'il avait envoyé un message mental à travers l'obscurité qui régnait au dehors, le téléphone sonna et il décrocha.

— Ici le commissariat, Smári à l'appareil.

— Salut, toi.

C'était sa sœur. Il sentit son cœur se serrer dans sa poitrine.

— Salut, Stella. J'allais justement t'appeler.

— Ah bon, répondit-elle avant d'en venir directement au fait. Tu sais quoi? Je m'inquiète beaucoup pour notre petit Bóas.

— Bóas? Et pourquoi donc? Qu'est-ce qui lui arrive?

— Apparemment, tu n'es vraiment pas au parfum, mon petit Smári, annonça-t-elle, d'un ton guilleret. Tout le village pense que c'est lui qui a fait ça.

— Fait quoi? interrogea Smári, déconcerté. Il se sentit brusquement pris de vertige, un goût métallique lui monta à la bouche. De quoi est-ce que tu parles?

— De la même chose que tout un chacun, qu'est-ce que tu crois? La rumeur dit qu'il a mis le feu à la maison de Þorsteinn. Elle se répand dans le village comme une traînée de poudre.

— Hein ? Et pourquoi diable serait-il allé faire ça ? demanda Smári, abasourdi tandis que son cœur bondissait dans sa poitrine.

— L'histoire ne précise pas les détails. Mais il s'est apparemment livré à de grandes déclarations quant à la ferme intention qu'il avait de mettre le village sens dessus dessous. Ma pauvre petite Sigrún est dans tous ses états. Elle a entendu dire qu'il avait proféré toutes sortes de menaces qui en ont effrayé plus d'un. Et maintenant, les gens s'imaginent avoir trouvé le coupable. Je l'ai invité à manger à la maison, je suppose que tu es occupé, non ? Enfin, maintenant, je me demande comme je vais pouvoir regarder ce pauvre garçon en face.

— Écoute-moi un peu, répondit Smári qui avait retenu sa respiration tout le temps que sa sœur s'exprimait. Stella, ce que disent les gens en ville est un ramassis de conneries. Toi et moi connaissons assez Bóas pour savoir qu'il ne ferait jamais ce genre de chose.

— Es-tu certain de le connaître si bien que ça ? répliqua Stella. Ne te méprends pas sur mes paroles, je n'affirme pas qu'il ait fait quoi que ce soit, je ne fais que te rapporter ce qui se dit partout en ville. La rumeur vient des adolescents, comprends-tu, voilà pourquoi la situation est sérieuse à ce point. Tu imagines sans peine ce qu'il ressent, peu importe que cette accusation soit fondée ou non.

— D'où tiens-tu cette information ? Que t'a-t-on dit précisément ?

— C'est Sigrún qui m'a raconté ça et je viens de te rapporter ses propos mot pour mot.

— Laisse-moi lui parler.

— À Sigrún ? Non, je doute qu'elle te dise quoi que ce soit. Moi-même, j'ai dû lui tirer les vers du nez.

— Tu n'as qu'à me la passer.

— Pour l'amour de Dieu, Smári, laisse-la tranquille avec cette histoire.

— Je dois lui parler, à la fois en tant que policier et en tant que père de Bóas. Il faut que je sache ce qui se passe dans cette ville, que je sache si je vais devoir interroger mon propre fils et à quel sujet.

Stella souffla dans le combiné, déclenchant un concert de grésillements, puis elle alla chercher sa fille.

— Allô ? fit la gamine d'une voix frêle et angoissée. Smári essaya de la tranquilliser.

— Bonjour, ma chérie. Je voulais te demander quelques précisions sur ce que ta mère vient de me dire.

— Euh… Ah oui ? hésita-t-elle, comme si elle tombait des nues.

— Elle vient de me raconter que, d'après toi, beaucoup de gens pensent que Bóas est l'incendiaire.

— Ben… Il y en a qui disent que le coupable est un adolescent…

— Oui, encouragea Smári.

— Tout le monde se demande qui ça pourrait être et certains pensent à Bóas. Parce qu'il a dit qu'il préparait un gros coup… C'est à cause de ça, voilà. Mais Bóas est quelqu'un de bien. Je veux dire, personne n'a rien contre lui, expliqua-t-elle, d'un ton presque trop convaincant.

— Et les adolescents d'ici sont au courant ?

— Ben… En tout cas, certains. Mais tout le monde n'est pas d'accord, tu comprends ?

— Y a-t-il d'autres gens qui le savent ?

— Ben, je ne suis pas sûre…

Smári comprit qu'il n'obtiendrait rien de plus pour le moment.

— Peux-tu me repasser ta mère ?

— OK, répondit la gamine. Il y eut un bref silence.

— Tu ne trouves pas ça terrifiant ? interrogea Stella l'instant d'après.

— Si, évidemment. Mais les choses vont se tasser, ne t'inquiète pas. Je dois te parler d'une autre chose, assez contrariante.

— Ah bon ? s'inquiéta Stella. Elle prit une profonde inspiration tandis que Smári s'efforçait de mettre en mots ce qu'à son avis, il avait le devoir de confier à sa sœur.

— As-tu eu des nouvelles de Sveinbjörn aujourd'hui ?

— De Sveinbjörn ? Pourquoi cette question ?

— Þorsteinn l'accuse d'avoir mis le feu chez lui.

Smári entendit Stella suffoquer, puis ce fut le silence à l'autre bout de la ligne. Il poursuivit.

— Je sais que cette accusation est ridicule, mais on ne peut pas en faire abstraction.

— Et pour quelle raison ?

— Pour des motifs financiers. Tu te souviens que Þorsteinn voulait acheter des parts dans l'entreprise, enfin, toute cette histoire.

— Dieu tout-puissant !

Smári regretta tout à coup d'avoir mentionné cette chose qui aurait parfaitement pu attendre le lendemain. D'une certaine manière, on aurait pu croire qu'il avait mis cela sur le tapis afin de contrebalancer ce que lui avait raconté Stella au sujet de Bóas. Si cette affaire n'avait pas été aussi grave, il aurait presque été comique de voir que les soupçons portaient sur deux membres de la famille d'un de ceux qui menaient l'enquête. N'était-ce pas là un exemple criant de la condition de policier au sein d'une petite communauté ?

— Je voulais simplement te mettre au courant, même si je n'ai pas le droit de te dire quoi que ce soit là-dessus. Tu comprendras que cette conversation n'a jamais eu lieu, n'est-ce pas ?

Stella ne répondit rien. Sa respiration s'était faite lourde et saccadée.

22

Valdimar était hébergé dans un charmant petit bâtiment, à environ cent mètres de l'accueil de l'hôtel. Sa chambre, simple et soignée, sans être trop épurée, était dotée d'un lit suffisamment moelleux et le jet de la douche, large et puissant, sous lequel il se tenait maintenant, fatigué après sa longue journée, avait sur lui l'effet d'une bonne pluie tropicale. Il augmenta la température : il prenait plaisir à sentir sur sa peau cette brûlure proche de la souffrance. Le bruit de l'eau couvrait presque les hurlements du vent. À l'heure du dîner, il s'était mis à neiger pour de bon. Plus tôt dans la journée, deux averses de grêle s'étaient abattues, puis le vent avait forci et c'était maintenant la tempête.

En se lavant l'entrejambe, il repensa à cette femme aperçue au secrétariat de la parqueterie et entra en érection avant même d'avoir eu le temps de chasser l'image de son esprit. Agacé de cette réaction physique, il sortit de la cabine, attrapa la grande serviette de bain toute douce sur la patère et se sécha en se frictionnant vigoureusement la peau et le cuir chevelu. Il était presque une heure du matin. Il s'enveloppa dans le couvre-lit posé sur la couette et s'assit, étourdi après la douche. Une fois que son membre fut à nouveau au repos, il se leva pour jeter un œil à la fenêtre sans oublier d'éteindre la lumière afin de ne pas s'exposer nu face à la rue.

On dirait que l'air grouille de papillons affolés, se dit-il, les mains appuyées sur le rebord de la fenêtre tandis qu'il plongeait son regard dans la tempête. Il s'amusa à s'imaginer que le vent et la neige étaient pour lui des phénomènes parfaitement inconnus. Si tel avait été le cas, le comportement des flocons lui aurait été incompréhensible, ce qui l'aurait amené à formuler toutes sortes d'interprétations erronées. Mais comme, justement, il possédait des connaissances rudimentaires sur ces deux phénomènes, le ballet désordonné décrit par les innombrables points blancs dans le ciel n'avait rien de mystérieux. On pourrait sans doute en déduire un principe général, pensa-t-il.

Il y avait longtemps qu'il n'avait pas été confronté à un temps déchaîné, chose qu'il appréciait pourtant beaucoup dans son jeune âge. Il lui revint brusquement en mémoire le souvenir d'un soir de tempête alors qu'il était encore adolescent. Non, ce n'était pas une tempête, mais un véritable ouragan. La police avait dissuadé la population de mettre le nez dehors, mais Valdimar n'avait pas tenu compte de l'avertissement. Il avait adoré se mesurer à cette tempête dont les bourrasques le bousculaient violemment – l'une d'elles l'avait même projeté en l'air avant de le plaquer contre un buisson. Il avait ressenti le besoin de se mesurer aux forces naturelles sans jamais abandonner la lutte. L'événement remontait à l'année du décès de sa mère et il revivait maintenant ce frisson d'aventure teinté de la mauvaise conscience qui l'avait enveloppé quand il avait faussé compagnie à son père, aviné ou drogué ainsi qu'à sa petite sœur, si fragile. Il se rappelait la joie qui l'avait submergé à son retour. Il avait eu l'impression de s'être comporté en héros. Les plaques de tôle arrachées des toits ne l'avaient pas décapité, les voitures malmenées par le vent ne l'avaient pas écrasé. Il était fier de ce souvenir, mais en tant qu'adulte, il comprenait qu'il avait agi avec stupidité en se mettant inutilement en danger et que, peut-être, il avait causé de l'inquiétude à son père et à sa sœur. En y repensant, ce qui l'avait poussé à quitter la maison relevait plutôt d'une certaine lâcheté puisque c'était le seul endroit sur terre où sa présence était vraiment nécessaire. Qu'avait, par exemple, éprouvé Birta ? Le savait-elle dehors, en pleine tempête ? Le véritable courage aurait consisté à s'asseoir aux côtés de sa sœur, à lui demander ce qu'elle ressentait puis à aller dire à son père ses quatre vérités au lieu de passer son temps à nourrir contre lui tout ce ressentiment. Non, en réalité, affronter les forces naturelles était un jeu d'enfant – survivre à tous les temps, escalader des montagnes – tout cela était bien plus facile que d'être héroïque en tant que frère, fils… ami, pour peu qu'on en ait, des amis.

Mais l'adolescent qui était sorti se mesurer à la tempête était justement un solitaire qui n'avait pas d'amis. Valdimar avait été un enfant plein de vie qui s'était amusé royalement à faire toutes sortes de bêtises avec les autres gamins. À quel moment les choses avaient-elles basculé ? Certes, sa vie avait été bouleversée au décès de sa mère, mais il savait au fond de lui que ce penchant pour la solitude s'était manifesté bien plus tôt. Il s'était éloigné de bon nombre de ses connaissances lors d'une puberté précoce qui l'avait placé dans une situation qu'il ne comprenait pas, ni ne maîtrisait. D'autres camarades s'étaient éloignés de lui, surtout son meilleur ami Jonni. Leur amitié avait pris fin un jour d'été entre les réservoirs d'eau chaude de la colline d'Öskjuhlíð au moment où Jonni avait, avec un sourire tentateur, sorti de sa poche un tube de colle et un sachet en plastique pour lui proposer de sniffer. Valdimar était persuadé qu'ils étaient, comme d'habitude, venus là pour s'amuser avec l'écho. Mais au cours des trois mois d'été qui s'étaient écoulés depuis leur dernière rencontre, Jonni avait été fortement influencé par son grand frère et ses amis. Cette influence s'avéra d'ailleurs durable puisqu'ensuite, toute son existence avait tourné autour de l'ivresse, avec le brennivín, cette gnôle islandaise, comme compagnon de route et le recours aux amphétamines en guise de conclusion.

Valdimar était habitué à voir ses proches fumer du cannabis au salon. Son père n'avait jamais essayé de dissimuler ses positions plus que libérales en matière de drogue ; il fumait régulièrement son herbe et, selon ses dires, il avait dans sa jeunesse goûté aux principaux produits. En réaction, Valdimar avait développé une aversion pour tout ce qui risquait d'altérer la conscience.

Il n'avait donc pas eu besoin d'y réfléchir à deux fois quand Jonni avait sorti ce sachet et ce tube de colle. Il s'était efforcé de dissuader son ami, mais ce dernier s'était contenté de lui rire au nez en le traitant de pauvre type ou plutôt de chochotte, comme il avait dit. Valdimar l'avait planté là, le regard éteint, entre les réservoirs après avoir fait éclater l'un des sachets devant lui – son ami en possédait tout un rouleau et il ne voyait aucune raison de faire durer les choses, il s'était enfui avec un sale goût dans la bouche.

Depuis quelques années, Jonni avait pris l'habitude de l'appeler tard le soir. En général, ils discutaient pendant une heure ou deux, leurs conversations étaient ponctuées de répétitions fatigantes, voire de moments d'assoupissement. Il y avait longtemps que Jonni n'avait pas appelé, se dit Valdimar. Et si, pour une fois, il faisait le premier pas, et s'il allait à la rencontre de son ami d'enfance à un moment où il serait en état de discuter ?

Sans qu'il l'ait vraiment remarqué, plongé qu'il était dans ses pensées, une étrange et lointaine lueur était venue colorer le rideau de neige. Il comprit qu'une chose anormale se produisait puis, immédiatement après, vit un camion de pompiers se précipiter dans la rue principale, tous gyrophares allumés.

— Nom de Dieu ! s'exclama-t-il en bondissant comme une grenouille jusqu'à la chaise à côté du lit sur laquelle il avait soigneusement plié ses vêtements. Au même moment, son portable se mit à sonner.

Il se précipita vers la patère derrière la porte où il avait accroché sa veste sur un cintre et attrapa son téléphone.

— Ici Valdimar, annonça-t-il.

— Par conséquent, tu as l'intention de me tromper, annonça une voix familière.

Il raccrocha sans dire un mot et continua à s'habiller. Il avait eu la bonne idée d'emporter sa combinaison d'hiver aux couleurs bleues de la police, mais allait sortir sans l'enfiler. C'est le moment ou jamais, pensa-t-il. Il retira ses chaussures. Son téléphone se mit à nouveau à sonner, mais il ne décrocha pas. Il enfila la combinaison, remit ses chaussures, passa la porte et descendit l'escalier à toute vitesse.

Une fois qu'il eut ouvert la porte menant à l'extérieur et qu'il se retrouva sur le perron, il se demanda s'il n'était pas victime d'une hallucination. À travers l'épais rideau de neige, il distinguait au loin l'ombre de la parqueterie. Des flammes sortaient du faîtage, comme des guirlandes de Noël brûlant en enfer. Face à lui, au milieu de la rue, se tenait un individu grand et maigre, vêtu d'une aube blanche et d'une cagoule sur la tête, semblable à celle des membres du Ku Klux Klan. Valdimar descendit les marches d'un bond et se précipita vers cet étrange passant.

— Qu'est-ce que c'est que ce cirque ? hurla-t-il en saisissant vigoureusement un bras décharné.

L'individu eut un mouvement de recul, puis fit volte-face. Sous les ouvertures de la cagoule, Valdimar vit deux yeux fixes et écarquillés. Sur le tissu, une tête de mort avait été maladroitement dessinée au feutre.

— Je crois qu'il y a le feu, là-bas, répondit la gamine d'une voix fluette tout en montrant du doigt la lueur. Valdimar leva machinalement les yeux.

— Que fais-tu dans cet accoutrement ? cria-t-il.

— Foutez-moi la paix, rétorqua la gamine alors qu'elle essayait de se dégager. Il lui lâcha le bras, attrapa et retira la cagoule qu'elle avait sur la tête. Elle recula, terrifiée. Valdimar photographia les traits de son visage, puis lâcha la cagoule et courut en direction de l'incendie. Il était tête nue, ses cheveux étaient encore mouillés après la douche et le froid lui brûlait déjà la peau du crâne.

— Seigneur Dieu. Ce salaud ne perd pas de temps, déclara-t-elle, furieuse, tandis qu'elle regardait les flammes lointaines qui perçaient par moments le rideau de neige.

— Allons, ma chère Urður, dit le pasteur Aðalsteinn pour la calmer en lui entourant les épaules de son bras.

— Dieu doit bien avoir quelque chose en tête en nous envoyant ces épreuves, répondit-elle, angoissée.

— Dieu sait ce qu'il fait, tu peux en être sûre, répliqua posément le pasteur. En revanche, tu ne peux pas lui reprocher les méfaits commis par un incendiaire.

— Tu crois que c'est le même que la dernière fois ? demanda-t-elle à voix basse.

— Je suppose qu'on peut imaginer que oui, assura-t-il sur le même ton doucereux, pétri de sagesse et de compassion. Urður s'étonna grandement du sentiment qui naissait en elle, lequel ressemblait surtout à de la haine.

— Sveinbjörn, répondit-il, tellement engourdi de sommeil que les deux syllabes de son prénom se confondaient en un étrange gémissement. Il avait posé son portable sur la table basse face à lui et répondu à la seconde sonnerie. L'écran de l'appareil indiquait la mention *Numéro inconnu.*

— L'usine flambe, tu ferais bien de descendre.

La voix masculine rauque et méconnaissable qui prononçait ces paroles n'avait-elle pas quelque chose de familier ?

— Hein ? Que dites-vous ? Qui êtes-vous ?

— Je te dis que l'usine brûle ! Grouille-toi !

— C'est une plaisanterie ou quoi ?

— Tu n'as qu'à aller voir, conseilla l'homme avant de raccrocher.

Quand il se releva du canapé où il s'était assoupi, Sveinbjörn se sentit pris de vertige. Il était tout ankylosé et avait l'impression que le monde s'effondrait autour de lui.

L'usine n'était pas visible depuis les fenêtres de son salon. Il sortit donc sur les marches, pieds nus et en chemise. Il se retrouva transi en l'espace d'un instant. Le téléphone s'était remis à sonner à l'intérieur de la maison. Il ne parvenait pas à distinguer l'usine elle-même, mais apercevait une colonne de fumée éclairée par la lueur conjuguée des flammes et des gyrophares. La scène lui semblait irréelle, mais pour une étrange raison, il n'était pas surpris, il avait l'impression de l'avoir déjà vécue, en rêve ou à un autre stade de son existence. Il était incapable d'être plus précis.

— Et voilà, c'est fini, constata-t-il. Il retourna à l'intérieur afin d'y prendre des vêtements qui le protégeraient du froid, de la neige et du vent.

Dans l'entrée, il croisa Stella qui tenait un téléphone à la main avec un air hébété.

À première vue, la situation ne sembla pas à Valdimar aussi terrible qu'il l'avait redouté. Certes, des flammes continuaient de sortir du faîtage, mais les pompiers travaillaient avec calme et détermination. Les hurlements de la tempête donnaient l'impression qu'ils officiaient en silence. Trois d'entre eux tenaient de grosses lances qui projetaient d'épais jets retombant en arc de cercle sur le toit du bâtiment. Les autres vaquaient à diverses tâches à l'exception de deux hommes, occupés à discuter tranquillement tout en faisant des gestes qui rappelaient ceux d'un metteur en scène ou d'un chorégraphe en train de placer les acteurs ou les danseurs sur scène. L'un d'eux fit un mouvement de la main qui lui semblait familier. Valdimar aperçut alors une voiture de police à proximité et reconnut Smári, coiffé d'un casque de pompier. Il s'approcha.

— Nous n'osons pas aller plus près, cria l'autre à Smári au moment où il les rejoignit. Mieux vaut ne pas prendre de risques.

L'homme conservait un calme olympien.

— Puisqu'aucune vie n'est en danger, clama-t-il par-dessus l'épaule de Valdimar qui, jetant un regard machinal en arrière, vit un 4×4 gris métallisé se garer sur l'accotement.

— Voilà Sveinbjörn, annonça l'homme. Sur quoi, il partit vers le véhicule à grandes enjambées. Quand il tourna à nouveau la tête, Valdimar salua Smári d'un geste de la main. D'un air inquiet, son collègue scrutait la nuit blanche de neige.

— Nom de Dieu, voilà les diablotins qui rappliquent, s'exclama Smári avant de se précipiter vers eux. Valdimar le suivit des yeux et, déconcerté, aperçut un individu vêtu d'une combinaison satinée rouge, munie d'une capuche surmontée de cornes fluorescentes. L'intéressé se dirigeait à grands pas vers le policier qui cria quelque chose que Valdimar n'entendit pas. Le diable était suivi d'un grand jeune homme déguisé en boulanger et d'une fille aux jambes musclées, vêtue d'une jupe dorée courte et de bas scintillants. Outrageusement maquillée, cette dernière avait des dreadlocks qu'elle devait tenir sur sa tête afin qu'elles ne soient pas emportées par le vent. Et il y avait toute une troupe derrière eux. Smári arrêta l'expédition d'une main tendue et à grands cris. Valdimar s'approcha pour ne rien perdre de la performance.

— Voulez-vous bien vous dépêcher de rentrer chez vous, les mômes, ça va exploser d'un moment à l'autre ! hurla Smári. En guise de réponse, un craquement sourd se fit entendre à l'intérieur du bâtiment.

— Wow ! s'exclama la fille en jupe dorée d'une voix virile et profonde.

L'apparence musclée de ses jambes n'avait plus rien d'étonnant. Ces sales mômes ne sont-ils donc pas sensibles au froid ? se demanda Valdimar.

— Rentrez chez vous, sinon je vous coffre et ce sont vos parents qui viendront vous chercher. Je ne rigole pas ! avertit Smári. Il se retourna si brusquement qu'il renversa presque Valdimar à qui il expliqua : il y a une soirée costumée à Herðubreið !

D'autres bruits s'échappaient maintenant de l'usine, les pompiers reculèrent, y compris ceux qui aspergeaient les lieux de leurs lances. Ils orientèrent les jets d'eau plus haut de façon à ce qu'ils retombent presque à la verticale sur le faîtage du bâtiment en feu. Un nouveau craquement scinda le toit en deux : les flammes s'élevèrent jusqu'au ciel, un flot de fumée et d'étincelles s'échappa de la béance telle une giclée diabolique sortie du chaudron d'une sorcière et bientôt dispersée par le vent.

Sveinbjörn s'approcha en suivant le pompier venu l'accueillir. Valdimar s'adressa la réflexion que c'était sans doute lui qui dirigeait les opérations. Les deux hommes se postèrent, avec un air grave, à quelque distance de Valdimar. Le pompier parlait constamment à l'oreille du directeur de l'usine qui répondait avec des hochements de tête sans dire un mot. Valdimar observa Sveinbjörn à la lueur des flammes : ses sourcils tombants, sa bouche grimaçante. Le capitaine lui tapota l'épaule puis rejoignit deux de ses hommes pour leur donner un ordre. Ils déroulèrent leur lance et orientèrent le jet vers un hangar situé à quelque distance. Les combattants du feu poursuivaient leur besogne, mais la bataille de la parqueterie était maintenant terminée.

MERCREDI

23

— Eh bien, ça ne peut pas être pire que ça.

— En effet, c'est le… coup de grâce.

Dès le début, l'incendie de l'usine fut considéré comme d'origine criminelle. D'innombrables questions demeuraient sans réponse et il fallait avant toute chose interroger l'actionnaire principal et directeur de l'entreprise, Sveinbjörn Jónsson, lequel était maintenant assis face à Valdimar et Smári dans le bureau de ce dernier. La nuit avait apposé sa marque sur Sveinbjörn. Sa bouche se pinçait en un rictus amer, sa paupière droite retombait sur son œil et il triturait régulièrement son sourcil gauche en le faisant remonter haut sur son front.

— Je devrais peut-être d'abord te dire qu'avant même d'avoir commencé l'enquête, il nous semble très probable que l'incendie soit criminel, annonça Smári.

— Je ne m'attendais pas à autre chose, répondit Sveinbjörn d'une voix caverneuse.

— Nous voudrions discuter avec toi des dispositifs anti-incendie présents dans l'usine.

— Oui, je comprends.

— Comment êtes-vous organisés ? Peux-tu me décrire les choses brièvement ? poursuivit Smári, assis dans le fauteuil de son bureau d'où il surplombait son beau-frère, installé face à lui. Valdimar avait pris place à côté de la fenêtre : il affichait un air renfrogné, presque menaçant. Les deux policiers s'étaient mis d'accord pour que Smári commence et que Valdimar prenne le relais.

— Nous respections toutes les normes, répondit Sveinbjörn en se pinçant les sourcils, même si cela n'a pas servi à grand-chose.

Le plafonnier dispensait sa lumière crue sur le sommet de son crâne où luisait la peau à travers les cheveux clairsemés. Valdimar toussota.

— Pourrais-tu être un peu plus précis ? pria Smári.

— L'atelier est équipé d'un système d'alarme et d'un dispositif d'arrosage. Malheureusement ce dispositif est en panne depuis quelque temps.

— Depuis quand ?

— Eh bien, il doit y avoir… deux ou trois mois.

— Comment vous en êtes-vous aperçus ?

— Un voyant s'est mis à clignoter sur le boîtier.

— Et ?

— Nous avons procédé à un essai pour tenter de déceler la panne. En fait, le système se mettait en route, mais il n'aspergeait pas d'eau.

— Ah bon ? Et alors, vous ne l'avez pas réparé ?

— C'était prévu.

— Pourquoi cela n'a-t-il pas été fait ? interrogea Smári, certain de la réponse.

— Nous manquions d'argent. Ma priorité était de verser les salaires de mes employés, précisa Sveinbjörn, sur la défensive. Un gars est venu d'Egilsstaðir pour y jeter un œil, mais il n'a pas pu réparer la panne. La prochaine étape consistait à contacter l'entreprise qui nous a vendu le système, c'était prévu, mais comme la garantie avait expiré, nous devions payer la réparation nous-mêmes.

— D'accord. Et qu'en est-il de l'alarme incendie, pourquoi ne s'est-elle pas déclenchée hier soir ? Elle aurait dû retentir à la fois dans l'usine et chez les pompiers, n'est-ce pas ?

— Je suis incapable d'expliquer pourquoi cela n'a pas été le cas.

— Était-elle en état de fonctionnement ?

— Oui, elle fonctionnait. D'ailleurs, elle se déclenche à tort et à travers depuis quelques mois, comme tu l'as peut-être remarqué.

— En effet, ça me revient. Est-ce que c'est dû à une panne ?

— Non, probablement pas. C'est juste qu'elle est extrêmement sensible.

— À quand remonte la dernière fois que le dispositif s'est mis en route ?

— Eh bien… À la journée d'hier.

— Que faisiez-vous dans ce cas ?

— Nous coupions le système après avoir vérifié qu'aucun feu ne couvait dans le bâtiment.

— Est-il possible que vous ayez oublié de le rebrancher ?

— Non.

— Et l'alarme antivol ?

— Elle devait également fonctionner.

— Était-elle branchée hier soir ?

Sveinbjörn soupira profondément.

— Bon, comme tu le sais parfaitement, je dirige cette entreprise depuis cinq ans et personne n'a jamais tenté de s'y introduire. D'ailleurs, cela n'a rien d'étrange puisque nous ne conservons pas d'argent liquide sur les lieux. Nous ne vendons ou plutôt, nous ne vendions pas de produits au détail. Tout ce qu'on aurait pu nous voler, c'étaient quelques ordinateurs.

— En d'autres termes, tu me dis que l'alarme antivol était éteinte ?

— Je ne suis tout simplement pas sûr à cent pour cent. C'est moi qui suis parti en dernier hier et il m'est déjà arrivé d'oublier de la brancher. Kolbrún est bien plus attentive que moi à ce genre de détails quand elle est la dernière à quitter l'usine.

— Et tu ne parviens pas à te souvenir si tu l'as mise en route ?

— Non, je n'en suis pas certain, désolé.

— *Désolé* ne suffit pas vraiment, coupa Valdimar, s'invitant brusquement dans la conversation. À quelle heure êtes-vous rentré chez vous hier soir ? demanda-t-il tandis que Smári s'enfonçait dans son fauteuil, les bras croisés sur sa poitrine.

— Aux alentours de dix-huit heures trente.

— Quelqu'un peut-il le confirmer ?

— Eh bien, ma famille, je suis rentré avant dix-neuf heures, pour dîner, et je ne suis pas ressorti.

— Nous allons vérifier ce point comme tout le reste. Qu'en est-il de vos contrats d'assurance ? Étaient-ils dans le même état de négligence que les dispositifs de sécurité ? interrogea d'un ton sec le policier de la Criminelle.

— Vous n'allez quand même pas me mettre également ce truc-là sur le dos ? Vous perdez la raison, soupira Sveinbjörn en lançant un regard méprisant à cet étranger.

— Je peux vous assurer que, personnellement, je n'ai rien contre vous. Quant à Smári, il me semble navré de toute cette affaire, répondit calmement Valdimar. Le problème est que quelqu'un a mis le feu à cette usine et que nous devons trouver le coupable. Avez-vous une idée de celui qui aurait pu faire ça ?

Sveinbjörn soupira profondément. Il sembla, l'espace d'un instant, s'apprêter à dire quelque chose d'inspiré, mais se ravisa. Il secoua la tête, les yeux baissés sur le bureau. Était-il possible qu'il ait peur ? se demanda Smári. Et si oui, de quoi ?

— Parfait. Vous alliez me parler de vos polices d'assurance, reprit Valdimar.

— Kolbrún est au courant de tout cela bien mieux que moi, elle a toujours tenu à ce que nous versions les cotisations à temps. Le paiement des assurances figurait en tête de ses priorités.

— Par conséquent, elles devraient couvrir le sinistre ? interrogea Valdimar, d'un ton franchement déplaisant.

— En effet, elles le feraient sans doute si les règles de sécurité avaient été respectées. Mais étant donné la situation, je n'ai aucune idée de ce qui se passera, répondit Sveinbjörn d'une voix dissonante. Je n'en ai pas la moindre idée, répéta-t-il, amer, en fronçant les sourcils, le regard rivé sur Valdimar. On distinguait tout juste son œil droit sous la paupière tombante et la pupille gauche au centre de son iris bleu délavé était petite et perçante.

— Nous n'allons pas tarder à le savoir, répondit Valdimar. Quel est votre assureur ?

Au bout d'une demi-heure de torture, ils renvoyèrent Sveinbjörn dans l'obscurité grise teintée de violet. Valdimar précisa qu'il ne devait pas quitter la ville, ce à quoi le directeur de l'usine répondit d'un soupir dédaigneux. Smári le raccompagna à la porte dans l'intention de lui adresser quelques paroles de réconfort, mais Sveinbjörn quitta les lieux sans lui en laisser l'occasion.

Bientôt, le village serait sens dessus dessous. En plus des policiers de la Scientifique, deux inspecteurs de la Criminelle allaient venir par la route, les communications aériennes étant coupées. La Répression des fraudes épluchait l'ensemble des informations que possédait l'administration et, par le plus pur des hasards, toute la comptabilité sur informatique avait été sauvée : Kolbrún avait emporté chez elle son ordinateur portable qui contenait jusqu'aux moindres détails. Valdimar allait partir lui rendre visite afin de prendre une copie de l'ensemble tandis que Smári réfléchissait à la suite des événements.

De toute évidence, l'usine était aux abois d'un point de vue financier. Tout portait à croire qu'elle serait prochainement placée sous tutelle judiciaire et qu'ensuite, ce serait la faillite. Deux entrepreneurs de l'industrie du bois étaient soupçonnés de caresser le projet de la racheter à bas prix.

La grande question était de savoir si Sveinbjörn avait quelque chose à voir avec le sinistre. Son nom était apparu dans l'enquête sur le dernier incendie en date et il n'y avait aucun autre suspect dans cette affaire. En outre, il était indubitable que toutes les conditions étaient réunies pour que le feu cause autant de ravages que possible : le dispositif d'arrosage était hors service, l'alarme incendie probablement débranchée et Sveinbjörn avait pratiquement reconnu que le système antivol était neutralisé. Tout portait également à croire que deux portes coupe-feu étaient restées ouvertes. Rien de tout cela n'était toutefois directement répréhensible et Smári se demandait si son beau-frère aurait été soupçonné si Þorsteinn ne l'avait pas accusé.

D'autre part, Valdimar avait émis une bien sombre hypothèse : l'objectif aurait été dès le départ de réduire l'usine en cendres et le premier incendie, celui de la maison de Þorsteinn, une manière d'inventer l'existence d'un incendiaire qui aurait sévi dans le village. Si tel était le cas, tout cela venait maintenant servir les intérêts de Sveinbjörn, qui avait probablement saisi l'occasion pour brûler la maison de l'homme dont il voulait se venger, faisant ainsi d'une pierre deux coups.

Smári ne croyait pas un mot de ces divagations. Persuadé de l'innocence de son beau-frère, il lui était toutefois difficile d'orienter l'enquête sur une autre piste. Le seul indice susceptible de faire peser des soupçons sur une autre personne que Sveinbjörn était la rumeur ridicule qui courait sur Bóas, rumeur que Smári avait choisi de taire à Valdimar. Il s'était efforcé d'imaginer le gamin se baladant avec un bidon d'essence et des allumettes, en vain. Malgré tout, il était évident que son fils lui cachait quelque chose et qu'il allait devoir découvrir ce qu'il manigançait. Il décida donc de s'accorder un moment pour rentrer chez lui et avoir une bonne discussion avec l'adolescent.

24

Urður avait l'impression que sa tête s'emplissait d'obscurité. Elle avait espéré pouvoir enfin laisser pénétrer la lumière en son âme, ce qui aurait pour effet de dissiper les ombres dès l'époque où les jours commenceraient à rallonger. Mais l'incendie de la veille au soir avait rallumé en elle les plus noires pensées. Elle avait immédiatement su qu'il s'agissait d'un acte criminel, elle en avait été persuadée dès qu'elle avait aperçu la lueur à travers la tempête de neige, avant même de savoir quel bâtiment était en flammes. Quelqu'un détournait le feu de son usage. Cette force naturelle et purificatrice, dotée du pouvoir d'illuminer le monde tout en détruisant les choses anciennes qui entravaient sa marche s'était maintenant transformée en un détestable outil, aux mains d'un individu malfaisant. Elle avait l'impression de connaître les intentions de l'incendiaire qu'elle méprisait du fond du cœur. Il lui était venu à l'esprit de parler à la police de ce qu'elle avait vu dans la soirée, mais les ténèbres s'étaient déversées sur elle à cette seule pensée. Quel droit avait-elle donc, pécheresse parmi les pécheurs, d'intervenir dans la manière dont les gens concevaient la justice et le bien ? De toute façon, elle était incapable de prouver quoi que ce soit, elle n'avait même pas vu le visage de l'âme perdue qui traînait aux abords du garage même s'il lui semblait connaître son identité. Non, mieux valait garder cela pour elle, s'était-elle dit, pour la vingtième fois, effectuant à nouveau le même cheminement de pensée, une logique à laquelle elle devrait finir par s'arracher.

Elle alla s'asseoir près de la fenêtre pour regarder la tempête. Cette étendue de neige immaculée abritait elle aussi des pensées hideuses, elle était souillée par des mains maléfiques. Elle se rendit brusquement compte qu'elle n'avait pas allumé un seul cierge même s'il était presque dix heures et que le jour commençait à poindre quelque part derrière le rideau de flocons. Elle avait l'habitude d'aller à la cuisine, pieds nus et en chemise de nuit, pour y placer une bougie à la fenêtre ; c'était la première chose qu'elle faisait au plus noir de l'hiver. On aurait dit que ce satané pyromane avait profané jusqu'à ce cérémonial. Dès qu'elle s'était réveillée, il était venu emplir son esprit de sa présence néfaste et égoïste.

Elle se leva d'un bond pour aller au buffet : la grande boîte de fabrication suédoise était à sa place habituelle. Elle l'ouvrit tandis qu'elle traversait la pièce, puis se posta à la fenêtre, sortit une allumette qu'elle craqua et approcha la flamme en commençant, comme toujours, par la bougie qui occupait le centre du chandelier à cinq branches. Au même instant, elle aperçut sur le tapis de neige une forme humaine noire et immobile qui levait les yeux vers elle. Elle tressauta, s'interrompit et n'eut le temps d'allumer que trois bougies avec l'allumette. Voilà qui n'était pas bon signe. Elle s'arrêta là, figée, les mains le long du corps, le visage baigné par la clarté des chandelles tandis qu'elle observait le curieux qui, semblant brusquement comprendre que malgré la pénombre, il était visible sur la neige, continua son chemin en remontant la rue. C'était Valdimar, elle avait reconnu le policier à sa démarche quelque peu dégingandée.

À la lumière d'un lampadaire, elle remarqua qu'il portait sur la tête un bonnet rouge orné d'un motif, qui ne le mettait pas à son avantage. L'espace d'un instant, l'idée l'effleura d'aller le rattraper afin de lui signaler les allées et venues qu'elle avait remarquées pendant la nuit. Elle aurait pu lui parler de bidons d'essence, lui décrire cette combinaison de ski qu'elle avait cru reconnaître et lui dire dans quelle maison le rôdeur était ensuite entré. C'était là une contribution qui allait de soi et pourtant, elle n'en fit rien. Elle ne pouvait pas se mêler ainsi de cette affaire, ce Valdimar devrait se débrouiller sans qu'elle intervienne.

— À quoi penses-tu, ma chérie ?

Elle ne l'avait pas entendu entrer. D'habitude, il allumait la lumière partout où il allait, Aðalsteinn était l'homme de la lumière, de la lumière en version électrique. Il s'approcha d'elle sans la toucher. On aurait dit qu'il n'osait pas.

— À rien de précis.

— Tu me sembles bien maussade aujourd'hui.

— Eh oui.

— Tu n'étais pas comme ça avant-hier.

Urður se sentit vexée par le ton charnel et empressé de ses paroles. Elle fut brusquement prise de nausée en pensant qu'elle l'avait laissé introduire en elle une partie de son corps.

— Bien des choses ont changé depuis.

— Comme, par exemple ?

— C'est l'hiver, répondit-elle, d'un ton vague. Je crois qu'il me perturbe. Lui et l'incendiaire, ils me perturbent.

— En effet, nous ne sommes pas sortis de l'auberge avec cette histoire.

— Enfin, je suppose qu'il a atteint son but, le misérable.

— Et ce but, quel est-il ?

Urður ne répondit rien.

— Qu'est-ce que tu entends par-là, ma chérie ? Quel but cet incendiaire poursuit-il ?

— Le policier de Reykjavík pense que l'incendie de notre maison était également d'origine criminelle et qu'en réalité, il ne s'agirait pas d'un accident.

— Que dis-tu ?! s'exclama Aðalsteinn. À quel moment t'a-t-il raconté ça ?

— Avant-hier, quand il est passé ici.

— Et pourquoi ne m'en as-tu pas parlé ?

— Ce n'étaient que des hypothèses. Il me semblait qu'elles n'avaient aucune importance et je ne voulais pas te troubler avec ça.

— Dieu tout-puissant ! Il n'est pas possible que cet homme ait raison ! Quelle affreuse chose que… d'imaginer qu'il y ait quelqu'un, ici au village qui… Non, je n'en crois pas un mot. D'ailleurs, comme tu dis, ce ne sont que des hypothèses. C'est déjà assez terrible de savoir que cet incendiaire a mis le feu à la maison d'une famille, il est inutile d'en rajouter, de nous ajouter sur la liste de ses méfaits.

Elle craqua une seconde allumette pour enflammer les deux bougies restantes. N'était-ce pas typique d'Aðalsteinn que de nier catégoriquement les choses qu'il refusait de regarder en face ? Il s'arrangeait pour contenir l'idée, la tuer dans l'œuf à l'aide de mots au lieu de s'en pénétrer l'esprit.

— Je comprends bien ton inquiétude, reprit-il, comme en lui-même. Cela ne s'arrêtera pas tant qu'il ne sera pas découvert. C'est sûrement le but poursuivi par ce genre d'individu. Peut-être quelqu'un sait-il des choses qui permettraient de l'attraper. Je devrais profiter du sermon de dimanche prochain pour encourager les gens à ouvrir l'œil et à parler.

— Ce n’est pas une mauvaise idée, mon cher, répondit Urður d’une voix douce.

— En effet, l’idée est loin d’être mauvaise, conclut Aðalsteinn, pensif.

25

Valdimar repoussa la neige afin de pouvoir refermer derrière lui la porte du petit commissariat qui était maintenant devenu le quartier général d'une enquête criminelle. Puis il s'avança d'un pas décidé dans cet univers entièrement blanc. Même si la tempête s'était calmée, la neige continuait de tomber en abondance. Derrière les montagnes, on distinguait une lueur qui rappelait la lumière du jour. Partout ailleurs régnait la nuit. Il s'adressa la réflexion qu'il n'avait pas vu le soleil depuis le moment où il avait traversé la lande, à son arrivée.

L'odeur de fumée lui collait à la peau depuis la veille et son cuir chevelu le brûlait, on aurait dit que le froid s'était installé sous sa peau pour y établir une base avancée depuis laquelle il lancerait une expédition contre ses cellules nerveuses. Valdimar avait été autorisé par la jeune fille danoise de l'hôtel à fouiller dans les objets trouvés où il avait dégotté un bonnet rouge en laine doublé en polaire et décoré d'un motif qui faisait penser à un labyrinthe. À la porte de l'hôtel, il avait croisé le directeur, un jeune homme grand et maigre aux cheveux noirs et à l'œil vif qui avait reconnu le couvre-chef qu'il aurait préféré ne pas prêter. Valdimar avait tenu à le garder en repensant au choix qu'offrait la coopérative Samkaup et le directeur de l'hôtel avait finalement consenti en lui faisant promettre solennellement qu'il ne quitterait pas la ville sans le rapporter : son propriétaire était un client régulier qui pouvait passer d'un jour à l'autre. Malgré la présence de ce bonnet chaud et imperméable, Valdimar avait l'impression qu'un glaçon lui surmontait le crâne.

Puisque Kolbrún habitait à proximité, Valdimar décida de se rendre chez elle à pied. Les décorations lumineuses imprimaient au village entièrement blanc une atmosphère qui rappelait Noël. Les bruits étaient atténués par la neige. Cette beauté et cette tranquillité tranchaient fortement avec la laideur qui, sans doute, colorait l'esprit d'un incendiaire. Pour l'instant, la lande était fermée à la circulation et les vols vers Egilsstaðir à nouveau annulés, mais cet isolement ne dérangeait pas Valdimar. Il appréciait de sortir au grand air et avait plus d'espoir de trouver le coupable maintenant qu'un second incendie avait eu lieu. Il était plus ou moins clair que l'usine n'avait pas été choisie au hasard. De plus, son collègue Hafliði était en route vers les Fjords de l'Est, accompagné d'un autre homme et même s'il s'entendait plutôt bien avec Smári, il n'avait pas avec lui la même connivence qu'avec ce vieux routard de Hafliði.

Devant la station-service, juste à côté du commissariat, une femme était occupée à déneiger le parking. Valdimar l'enviait, c'était là une tâche simple dont on pouvait s'acquitter vite fait bien fait. Il leva brièvement les yeux vers les flocons qui tombaient du ciel.

Cela lui donna une idée : il s'approcha de la femme qui se redressa pour le toiser du regard. C'était une blonde âgée d'une trentaine d'années, aux traits plutôt durs. Valdimar lui souhaita le bonjour et elle lui renvoya sa salutation.

— Êtes-vous la gérante de la station-service ?

— Oui, en pratique. Je m'appelle Margrét.

— Je suis Valdimar Eggertsson, policier à la Criminelle. Je sais que Smári vous a posé des questions l'autre jour sur la vente d'essence en jerricans. Je voulais vous demander s'il y a eu du mouvement de ce côté-là depuis qu'il est venu.

— Ce sont surtout les propriétaires de motoneiges qui nous achètent l'essence comme ça. Et aussi ceux qui possèdent des 4×4.

— Je vois. Et quelqu'un en a-t-il pris depuis la visite de Smári ?

— Je n'ai rien remarqué de suspect.

— D'accord, mais quelqu'un est-il venu vous acheter de l'essence en jerricans ?

La femme racla sa pelle contre le goudron, comme pour indiquer son intention de se remettre au travail.

— Eh bien, le hasard veut que Þorsteinn Einarsson m'en ait acheté avant-hier, il m'a pris trois grands jerricans en fer. Lui et Smári se sont d'ailleurs croisés à la porte.

— Ah, je vois.

— Vous allez mettre ça sur le dos de Þorsteinn ? s'inquiéta la gérante.

— Je n'ai pas l'intention de lui mettre quoi que ce soit sur le dos, mais je mentionnerai ce détail dans mon rapport. Avez-vous remarqué autre chose ?

— Non, il n'y a eu que Þorsteinn, personne d'autre.

— Très bien, merci beaucoup, conclut Valdimar qui en apprenait là bien plus que ce qu'il avait espéré.

— Je vous en prie, répondit la femme avant de se remettre au travail.

Kolbrún vivait dans une petite maison en bois située au pied de la pente sur laquelle la majeure partie des habitations récentes avait été construite. Valdimar se maudit en silence quand il constata la déception qui l'envahissait en voyant que ce logement était suffisamment grand pour héberger toute une famille. Il ne se maudit pas moins quand sa déception fut remplacée par une vague de bien-être à la vue du carton posé derrière la vitre à petits carreaux de la porte d'entrée sur laquelle étaient inscrits les noms de Kolbrún et de Þórdís, juste en dessous. Il en déduisait qu'elle vivait seule avec sa fille.

Comme il n'y avait pas de sonnette, il frappa à l'un des carreaux. Quand la porte s'ouvrit, il fut accueilli par une délicieuse odeur de café.

— Bonjour, je suis Valdimar, nous nous sommes croisés hier.

— Oui, oui, répondit Kolbrún. Entrez, je vous en prie.

Il franchit le seuil, retira ses chaussures et la suivit à l'intérieur. Elle était vêtue d'une robe claire, ou peut-être était-ce une tunique, coupée dans une matière fluide et brodée de fils dorés, dans un style que Valdimar pensait oriental. Elle portait également un collant couleur chair et des guêtres vertes qui lui réchauffaient les chevilles.

— Cette robe vient d'Afrique, si c'est la question que vous vous posez, précisa-t-elle d'un air espiègle.

— Ah, on ne s'attend pas à voir des vêtements aussi exotiques à cet endroit du globe, observa Valdimar, embarrassé, tandis qu'il retirait son bonnet.

— Oui, convint-elle en traînant sur le mot. En fait, nous avons une boutique indienne en ville, on peut donc s'attendre à tout, expliqua-t-elle en l'invitant à s'asseoir sur le canapé du salon d'un geste de la main.

Valdimar s'exécuta tandis qu'elle restait debout. Il avait envie de lui demander si elle avait visité l'Afrique, mais avait l'impression d'avoir laissé passer l'occasion.

— Quelle chance que vous ayez conservé la comptabilité chez vous, nota-t-il.

— En effet, convint-elle, affichant subitement une expression plus sombre. Je suis encore en état de choc après l'incendie. Je ne comprends pas. Qui donc a pu faire une chose pareille ?

— C'est bien le problème. Naturellement, c'est un sale coup pour vous, n'est-ce pas ? Vous voilà au chômage.

— Eh bien, cela devait arriver à un moment ou à un autre.

— Comment ça ?

— Ignorez-vous que l'entreprise était en difficulté ?

— J'en ai une vague idée. La situation était-elle si grave ?

— Les perspectives n'étaient pas franchement encourageantes.

— Pouvez-vous m'en dire un peu plus sur cette entreprise ?

— Vous ne voulez pas un petit café avant de commencer à me tirer les vers du nez ? répondit-elle avec un sourire éteint.

— Ce n'est pas de refus, répondit-il. Ça sent tellement bon chez vous.

Elle quitta la pièce d'un pas tranquille, le laissant seul au salon. Tout ce qui se trouve ici est féminin, pensa-t-il. Le canapé était beige et moelleux. Sur le mur d'à côté était accroché un tableau représentant deux personnages rouges qui tentaient de se maintenir en équilibre sur un gros ballon noir. Sur le mur d'en face, à côté de la fenêtre, on voyait une photo noir et blanc sur laquelle une gamine âgée de trois ou quatre ans faisait des bulles de savon. Valdimar supposa qu'il s'agissait de la fille de Kolbrún. Une petite vitrine en bois blanc abritait des verres à vin et à liqueur, rangés en fonction de leur taille ainsi que divers petits objets décoratifs posés sur le napperon d'une des étagères.

Kolbrún revenait maintenant avec un plateau où elle avait placé deux tasses bicolores, noires à l'extérieur et rouges à l'intérieur, un petit pot à lait et un sucrier dans le même style ainsi qu'une cafetière en acier chromé. Elle le posa sur le plateau en verre de la table basse en forme de losange montée sur pieds de bambou et s'installa dans le fauteuil, près du canapé.

— Je vous en prie, dit-elle tout en remplissant les tasses.

— Merci, répondit-il d'un ton aimable. Leurs regards se croisèrent un bref instant alors qu'il sortait son calepin.

— Vous travaillez dans cette entreprise depuis longtemps ? demanda-t-il.

— Depuis ses débuts. Je suis parente avec Stella, la femme de Sveinbjörn et je m'entendais bien avec lui. Quand il a l'a créée, il y a cinq ans, il m'a embauchée pour la comptabilité, l'accueil et pour m'occuper des questions financières.

— Comment a germé l'idée d'installer ici une usine comme celle-là ? Cela ne tombe pas franchement sous le sens de mettre sur pied une parqueterie dans un petit village à ce point éloigné des acheteurs potentiels.

— L'idée semblait plutôt bonne. Cela faisait contrepoids avec l'industrie lourde, ce qui a permis à Sveinbjörn d'obtenir des aides intéressantes et des prêts avantageux.

— Mais le marché intérieur n'est pas assez important pour absorber l'ensemble de la production, non ?

— Les trois quarts étaient expédiés à l'étranger.

— Ah bon, et ça fonctionnait bien ?

— En tout cas, c'est ce que nous croyions. Ici, nous pouvons utiliser des énergies respectueuses de l'environnement pour faire sécher le bois. De toute façon, il nous faut l'amener depuis l'endroit où il est coupé.

— C'est-à-dire depuis la forêt de Hallormsstaðaskógur ?

— Non, non, non, notre matière première nous arrivait de l'étranger.

— Quoi ?

— Je comprends votre étonnement, mais c'est la modernité qui veut ça.

— La modernité, dites-vous. En tout cas, cela n'a pas marché si bien que ça, n'est-ce pas ?

— En effet. Une partie de l'explication réside dans l'augmentation des coûts de transport. Mais il y a d'autres raisons. Au cours des deux dernières années, nous avons dû contracter un emprunt à court terme afin de maintenir notre activité en attendant des temps meilleurs.

— Voilà qui semble courant. Et vous pensez que cela a eu des conséquences néfastes ?

— Oui. Nous devions impérativement trouver de nouveaux partenaires disposés à investir. Þorsteinn Einarsson semblait prêt à nous rejoindre, mais il a reculé au dernier moment, juste avant Noël.

— Tout à fait, confirma Valdimar, attentif. Y a-t-il une explication à ce revirement ?

— Non, pas officiellement.

— Mais ? insista le policier.

Kolbrún avala une gorgée de la tasse à laquelle elle avait à peine touché et se passa la main sur le sourcil gauche. Elle poussa un profond soupir.

— Je peux bien vous le dire, il faudra de toute façon que quelqu'un le fasse. Même si personne ne me l'a avoué ouvertement, je suis certaine que c'est la liaison que Sveinbjörn entretenait avec Hugrún, la femme de Þorsteinn, qui l'a conduit à changer d'avis. Il me semble que cette liaison a pris fin depuis.

— Tout le village est-il au courant de cette histoire ?

— Il est plutôt difficile de garder le secret sur ce genre de choses ici. D'autant plus que…

Kolbrún hésita. Valdimar fronça les sourcils.

— Hugrún est un peu spéciale, reprit Kolbrún. Je ne veux la juger en aucune manière… Mais bon, il va de soi que je la juge dans une certaine mesure en vous parlant de ça… Je trouve qu'elle ne fait pas vraiment honneur à sa famille. Sveinbjörn n'était pas le premier. Elle est des plus actives quand il s'agit d'offrir ses faveurs aux hommes venus d'ailleurs, aux hommes qui passent quelque temps ici. Je ne parle pas des marins ou de ceux qui viennent travailler dans l'industrie du poisson, mais d'hommes cultivés, diplômés et aisés qui restent au village pour des raisons diverses. Il y avait parmi eux un artiste qui possède une maison ici et un ingénieur. Vous comprenez ?

— Et tout le village est au courant ?

— Non, mais bien des gens nourrissent des soupçons. Cela dure depuis si longtemps.

— Depuis quand ?

— Depuis qu'ils sont mariés. Les mauvaises langues vont jusqu'à affirmer que Þorsteinn n'est pas le père de leur première fille qui ressemble beaucoup à l'architecte qui a conçu les plans de leur maison.

— Avez-vous déjà abordé ce sujet avec Sveinbjörn ?

— Non, pas ouvertement, mais je me suis laissé aller à un certain nombre d'allusions. Þorsteinn avait l'intention de nous tirer de cette mauvaise passe et je trouvais que c'était une stupidité sans bornes de la part de Sveinbjörn que d'aller conter fleurette à son épouse étant donné les conditions. Je n'ai pas pu m'empêcher de le rappeler à l'ordre.

— Comment a-t-il pris la chose ?

— Il était tout penaud et m'a laissé entendre que leur liaison touchait à sa fin en me disant de ne pas m'inquiéter. Cela dit, il n'a rien fait.

Le rouge montait aux joues de Kolbrún, Valdimar comprit que cela l'atteignait profondément, peut-être à cause des liens de parenté qui l'unissaient à Stella.

— Et vous croyez que Þorsteinn a découvert l'infidélité de son épouse et qu'il s'est ravisé pour cette raison ?

— Cela me semble assez probable. J'ai envisagé une autre possibilité selon laquelle Sveinbjörn aurait rompu avec Hugrún qui l'aurait mal pris et se serait arrangée pour que son mari se rétracte.

— Je comprends. Dites-moi, qu'en est-il de… Stella ? Était-elle au courant de cette liaison ?

— Si elle en a eu connaissance, ce n'est pas par moi. Nous n'avons jamais abordé ce sujet.

— Je vous comprends bien, marmonna Valdimar. Ces nouveaux éléments jetaient indubitablement un jour différent sur les accusations proférées par Þorsteinn contre Sveinbjörn sans toutefois venir les confirmer ni les infirmer. Pourriez-vous me décrire un peu plus précisément la manière dont les choses se passaient dans l'entreprise au cours des derniers mois ? Sveinbjörn avait-il perdu tout espoir d'éviter la faillite ?

— Pas du tout, il lui restait quelques tours dans son sac, parmi lesquels un mystérieux investisseur désireux d'injecter des fonds dans notre entreprise afin de régler l'ensemble de ses problèmes financiers.

— Ah bon ? Connaissez-vous son identité ?

— Je n'en ai pas la moindre idée. Sveinbjörn n'a pas voulu me le dire. Cela remonte à avant-hier.

— Oui, c'est assez intéressant, observa Valdimar. Problèmes financiers réglés, marmonna-t-il. Combien de temps vous restait-il avant de déposer de bilan ?

— Assez peu. Ça déraillait de tous les côtés. On le voit très clairement rien qu'en parcourant la comptabilité.

— Le fait qu'elle soit chez vous relève-t-il d'un simple hasard ?

— Oui, mais il m'arrive régulièrement de l'emporter ici.

— Croyez-vous que cela aurait pu arranger quelqu'un de la voir disparaître ? Sveinbjörn, par exemple ?

— Elle ne comporte rien qui soit suspect, si tel était le cas, j'en serais amplement responsable et nous ne serions pas tranquillement assis tous les deux à discuter, répliqua-t-elle d'un air sévère.

Valdimar regarda le café dans la tasse posée devant lui, il n'y avait pas encore ajouté de lait et il était maintenant trop froid. Il regretta de ne pas l'avoir bu tranquillement avant d'entrer dans les détails embarrassants de l'enquête.

— Pardonnez-moi d'aborder cette question, mais cela fait simplement partie de mon travail, comprenez-vous ? plaida-t-il.

— Suis-je soupçonnée de quoi que ce soit ? demanda-t-elle, d'un ton un peu sec.

— Je ne devrais peut-être pas vous répondre... Mais non, je ne vous soupçonne de rien, déclara-t-il en la regardant droit dans les yeux.

— C'est parfait, fit-elle, sincère. Vous pensez manifestement que ce pauvre Sveinbjörn est responsable de cette catastrophe, mais je tiens à vous dire que c'est à mon avis tout à fait exclu.

— Vous en êtes certaine ? interrogea Valdimar les yeux rivés sur elle. Elle baissa les siens avant de lui répondre.

— Absolument. Il a ses défauts – et ils sont nombreux. Il recherche les émotions fortes, il adore prendre des risques inutiles dans le travail et dans la vie, mais il n'a rien d'un... salaud.

— Ne serait-ce pas idéal pour un homme qui a le goût du risque de voir s'il peut tout flamber, s'en tirer sans être inquiété et repartir ensuite de zéro ?

— Il s'est démené comme un fou pour faire sortir cette usine de terre. Je ne sais pas si vous mesurez à quel point c'est un dénouement terrible pour nous tous qui y avons travaillé.

— Une faillite aurait eu pour lui des conséquences bien pires que pour vous ou les autres employés. Il est possible qu'il ait opté pour une solution radicale afin de sauver sa maison, lui fit remarquer Valdimar.

— En fait, je lui avais justement suggéré de la mettre en vente afin de renflouer l'entreprise, concéda-t-elle.

— Oui, enfin, je suppose que mes collègues de la répression des fraudes tireront tout cela au clair. Je vais leur demander de s'occuper de cette affaire en priorité.

— Faites donc, répondit-elle, je ne pense pas que quiconque trouve quoi que ce soit à nous reprocher.

— Je m'en réjouis. Avez-vous ces documents ?

— Voilà l'ordinateur, vous n'avez qu'à l'emporter, proposa-t-elle en sortant le sac de protection posé sur une tablette sous le plateau de la table basse. Je ne l'ai même pas allumé depuis hier. Tout cela est soigneusement répertorié, vous devriez vous y retrouver sans difficulté.

— C'est une bonne nouvelle, répondit-il, même s'il s'était réjoui à l'idée de se plonger sur l'écran avec cette femme et de la laisser lui montrer où se trouvaient les fichiers.

Son genou heurta la table au moment où il se leva et il renversa presque la tasse. Le café faillit déborder.

26

— Sveinbjörn, est-ce vrai ?

— Évidemment que c'est vrai. Sinon, tu ne me poserais pas la question.

Les pompiers venaient de quitter les lieux après lui avoir conseillé de ne pas entrer dans le bâtiment sans être accompagné de plusieurs personnes et muni d'un équipement approprié, mais il n'était pas parvenu à résister à la tentation. Ces cendres l'attiraient à elles, tel un aimant. Comme plongé en transe, il avait déambulé entre les tas de bois calcinés du hangar et les bottes de parquet brûlées dans l'entrepôt – une partie semblait s'être entièrement consumée et avait disparu comme, par exemple, ce parquet de luxe entreposé dans le coin qu'il avait espéré voir épargné. Il n'y comprenait rien, il pensait pourtant qu'un bois dur comme celui-là ne brûlait pas aussi facilement. Pouvait-on s'imaginer que quelqu'un avait déplacé cette botte afin de lui adresser un message ? Il se tenait là, face au désastre qui lui apparaissait à la lumière des puissants projecteurs quand Stella gara sa voiture sur le parking, à côté du 4×4, et enfonça le klaxon jusqu'à ce qu'il sorte de ce qui restait du bâtiment, excédé.

Elle-même était d'étrange humeur, tout comme la veille au soir. À ce moment-là, elle s'en était violemment prise à cette usine qui, d'après elle, leur empoisonnait la vie.

N'avait-elle pas justement souhaité, entre autres choses, la voir réduite en cendres par le prochain incendie ? D'habitude, il ne prêtait pas vraiment attention à ce qu'elle racontait, mais ces jours-ci, ses paroles étaient chargées d'une certaine violence qui l'avait amené à obéir quand elle lui avait ordonné de venir s'asseoir dans la voiture pour discuter. Il s'était exécuté d'autant plus volontiers qu'elle l'avait également prévenu – d'un ton calme au point d'en être inquiétant – que s'il était incapable de lui consacrer quelques minutes maintenant, il était inutile qu'il rentre à la maison. Il s'était donc installé à la place du passager – une place qu'il n'occupait que lorsqu'il était dans l'impossibilité de prendre le volant – et lui avait demandé si la chose ne pouvait vraiment pas attendre le lendemain matin. Elle n'avait pas daigné lui répondre, mais l'avait placé au pied du mur en affichant une colère qui n'était pas dans ses habitudes.

Eh oui, Stella avait d'une manière ou d'une autre découvert cette histoire entre lui et Hugrún. Sveinbjörn retira sa chapka. La Yaris lui sembla brusquement petite et exiguë.

— Il y a une chose que j'aimerais bien savoir, commença-t-elle calmement, comme si elle s'apprêtait à l'entretenir d'un détail qui avait piqué sa curiosité. Comment as-tu pu faire comme si de rien n'était ? Comment pouvais-tu m'embrasser en me disant bonne nuit ? Parler de nos projets pour les vacances d'été ? Peux-tu me le dire ?

— Tout simplement, c'étaient pour moi deux choses distinctes. Deux parties différentes de ma vie qui n'avaient rien à voir l'une avec l'autre, répondit Sveinbjörn en inspirant profondément afin d'essayer de se libérer du poids qui oppressait sa poitrine. Est-ce vraiment le moment de discuter de tout ça ?

— Elle n'est pas la première, n'est-ce pas ?

La détermination de Stella désarçonna Sveinbjörn qui hésita trop longtemps à répondre, laissant ainsi passer l'occasion de démentir formellement l'accusation.

— Ce sont des choses qui ne méritent même pas d'être mentionnées. Je ne nie pas avoir commis quelques écarts ces dernières années, mais ce n'étaient que des accidents que j'ai à chaque fois regrettés, ajouta-t-il, se convainquant presque lui-même.

Cependant, la vérité était tout autre : ces écarts lui avaient toujours plu et il s'était persuadé qu'ils étaient pour lui un exutoire nécessaire. Quant aux *dernières années*, l'expression était plutôt osée, mais justifiée car elle était censée lui épargner un interrogatoire des plus pénibles. Les années que la famille avait passées en Suède étaient une terre sacrée qu'il refusait absolument de venir souiller avec des confessions aussi stériles qu'inutiles sur les séances d'étude qui déraillaient parfois avec des copines, les conversations dans les bars qui se prolongeaient en toute tranquillité à l'abri des regards, sans parler des œillades dans les tramways dont il devait impérativement découvrir jusqu'où elles allaient le mener. Parfois, c'était tout bonnement par simple curiosité : il désirait vérifier si lui, ce père de deux enfants, était encore coté sur le marché. Chacune de ses victoires sur ce terrain représentait un petit gain au poker de l'existence, une petite marche supplémentaire que gravissait son ego.

Il pariait sur l'éventualité de se voir éconduit, chose qui, avec le temps, cessa de le chagriner. En outre, on pouvait toujours imaginer qu'il soit découvert et que tout déraille, et là résidait une grande partie de l'excitation que lui procuraient ces moments volés. Mais les choses n'avaient jamais mal tourné et il ne regrettait rien. À part le fait de s'être entiché de Hugrún qui, à son avis, l'avait trahi. Il aurait dû se débarrasser d'elle dès la première fois, après avoir étanché son désir. La poursuite de leur relation défiait toute logique, d'innombrables raisons s'y opposaient. Mais il avait eu l'impression qu'elle le désirait ardemment et il n'avait pas résisté. C'était elle qui avait entraîné sa chute, contre toute attente.

— J'ai toujours pensé que notre mariage fonctionnait bien, déclara Stella en le dévisageant, les yeux écarquillés.

— Et c'est le cas. Tu es ma femme et je ne veux surtout pas que ça change. Surtout pas en ce moment.

— Tu aurais peut-être dû y réfléchir avant de…

— Je viens de t'expliquer que ce sont deux choses entièrement distinctes dans ma tête. Je peux te jurer que ces deux, trois, disons quatre accidents de parcours n'ont en rien altéré les sentiments que j'ai pour toi. Et ce n'est certainement pas Hugrún qui a changé quoi que ce soit. Je ne voulais pas que cette aventure idiote aille trop loin, je me suis plus ou moins retrouvé coincé. Il y a longtemps que je voulais y mettre fin.

Ce n'était là qu'une demi-vérité. Certes, il avait souvent envisagé ce genre d'issue ; certes, il n'avait jamais imaginé divorcer de Stella pour aller vivre avec Hugrún. Mais il était devenu dépendant du risque qu'il encourait. Son comportement était d'une telle audace et, comme cela durait depuis des mois sans que personne n'ait découvert quoi que ce soit, il s'était persuadé que rien ne pouvait dérailler. Il se considérait simplement comme un homme heureux au jeu… plutôt qu'en amour. Il tripotait sa chapka posée sur ses cuisses, une partie de son esprit admirait cette douceur…

— Tout le village était au courant à part moi. Comprends-tu l'humiliation que cela représente ? Toutes mes amies…

— Qui t'a raconté ça et quand ?

— Qu'est-ce que ça change ?

— Je me demandais simplement qui pouvait bien avoir choisi un moment aussi propice.

— Je le sais depuis un certain temps.

— Ah bon ? s'étonna-t-il, brusquement saisi d'une injuste colère. Et pourquoi ne m'en parles-tu que maintenant ?

— La manière dont tu définis tes priorités me blesse profondément. Je suis choquée de te voir pleurnicher sur cette usine alors que ta famille compte si peu pour toi que tu étais prêt à la sacrifier pour cette… salope.

— Elle n'est peut-être pas exactement… protesta Sveinbjörn même s'il partageait l'opinion de son épouse.

— Ah bon ? Elle t'a recraché comme un vieux chewing-gum une fois que tu avais perdu l'attrait de la nouveauté. D'ailleurs, qu'attendais-tu d'autre ?

— Je vois que tu connais tous les détails.

— En effet, j'en sais plus que je ne le voudrais.

— Qui… ?

— Qui voudrais-tu qui… ?

— Mon Dieu, quand te l'a-t-elle dit ?

— Juste *avant* de te plaquer et de s'atteler aux préparatifs de Noël en toute tranquillité. Il m'a semblé très instructif et intéressant d'observer ton comportement depuis ce moment.

— C'est une cinglée, ne comprends-tu pas ce qu'elle essaie de faire ?

— Oui, il se peut parfaitement qu'elle soit givrée et je la connais depuis assez longtemps pour savoir qu'on peut s'attendre à tout venant d'elle. En revanche, je ne te connais manifestement pas depuis suffisamment longtemps. Je ne m'attendais pas à ça. Je pensais que je pouvais me fier à toi.

— Tu sais comment sont les hommes…

— Je *devrais* le savoir, on pourrait penser que je les connais. Mais je ne m'intéresse pas qu'à eux. En ce qui te concerne, j'ai manifestement été aveugle.

— S'il te plaît, pardonne-moi, pria Sveinbjörn avec une surprenante candeur.

Elle le dévisagea d'un air qu'il ne lui connaissait pas. Il remarqua à la commissure de ses lèvres la présence de rides d'expression qu'il n'avait jamais vues et qui semblaient n'apparaître que lorsque sa bouche se contractait.

— Si je te pardonne, ce n'est pas parce que tu me le demandes, mais parce que j'y consens. Tu comprends ce que je veux dire ?

— Je crois, oui, répondit-il, inquiet.

— J'ai construit ma vie et je n'ai aucune envie qu'on m'impose un rôle que je n'ai pas envie de jouer.

— Je comprends, assura-t-il, sans en être vraiment certain.

— Je n'ai pas non plus envie d'être humiliée et de savoir que je suis la risée de tout le village.

— Non.

— Dans ce cas, je préfère encore me satisfaire d'un rôle que je n'ai, encore une fois, pas envie de jouer.

— Oui.

— Ne va pas croire que je t'ai pardonné. Mais je vais essayer. Surtout à cause des enfants. Tu vois où je veux en venir ? demanda-t-elle en cherchant à capter son regard.

— Oui, répondit-il, subitement saisi d'un sentiment de vide qui lui rappelait celui qu'il avait parfois éprouvé dans le temps au poker. Elle démarra la voiture.

— Je n'avais pas tout à fait terminé ce que je voulais faire à l'intérieur.

Écarlate, Stella hocha posément la tête. Sveinbjörn se sentit libéré d'un poids dès qu'il fut sorti du véhicule. Le reste de la journée sera plus tranquille, pensa-t-il, même si, à la réflexion, rien n'était moins sûr.

27

Le révérend Aðalsteinn regrettait amèrement de n'avoir pas osé affronter la tempête de la veille au soir pour se rendre sur les lieux de la tragédie. N'était-ce pas son rôle ? Il fallait maintenant qu'il s'arme de courage et qu'il n'oublie pas qu'il y avait là-bas des gens qui avaient besoin de lui, même si ces derniers considéraient pouvoir se passer de son aide.

Depuis que Dieu avait cessé d'être ce roc inébranlable dans son existence, Aðalsteinn avait parfois des difficultés à communiquer avec son prochain. Au fur et à mesure que son aptitude à la compassion s'était développée – il lui était certes désormais plus facile de partager la souffrance des autres – sa capacité à réconforter s'était affaiblie. Il lui semblait que ses paroles sonnaient creux et il avait parfois l'impression d'être une sorte de parasite, ce qui le rendait douloureusement conscient de sa propre hypocrisie. Pourtant, quand il envisageait sa profession sous un angle pratique, il savait que ses paroles et sa présence produisaient un effet bénéfique, malgré tout. Cette certitude lui donnait la force de continuer.

Ces pensées lui traversaient l'esprit tandis qu'il avançait sur le tapis de neige qui séparait son 4×4 du domicile de Stella et Sveinbjörn. Il franchit d'un pas décidé la barrière du jardin et s'attarda quelques instants face à la porte afin de s'éclaircir les idées avant de frapper. Il se trouva brusquement désarçonné quand la porte s'ouvrit d'un coup sec et qu'y apparut un jeune homme maigre, aussi surpris que lui. L'adolescent avait à ses pieds des rangers noirs sans lacets et, même s'il s'apprêtait à sortir – Aðalsteinn avait pour sa part mis son manteau d'hiver et sa chapka – il n'était vêtu que d'un T-shirt noir orné d'une image représentant un être hirsute d'apparence maléfique et de sexe indéterminé. Cette image rappelait fortement au pasteur le cadavre d'un homme malade de longue date qu'il avait inhumé dans sa jeunesse, à l'exception du fait que l'individu sur le T-shirt montrait les dents avec un détestable sourire et la bouche dégoulinante de sang. À côté de cette ignominie figurait une inscription maladroite, peinte en lettres écarlates : *To kill is why I live.*

L'adolescent fut le premier à se remettre d'aplomb.

— Salut, papa, annonça-t-il sèchement sans lever les yeux vers lui.

— Mon petit Ragnar, faut-il vraiment que tu te promènes dans un tel accoutrement ?

— Ouais, répondit platement le fils avec un visage inexpressif. Salut !

Sur quoi, il s'en alla en laissant la porte ouverte.

— Où vas-tu ? cria Aðalsteinn dans le dos de Ragnar.

À peine eut-il formulé la question qu'il comprit combien elle était ridicule, du reste, le gamin n'y répondit pas.

— Bonjour ! lança le pasteur d'une voix forte au moment où il entra tout en claquant la porte qui, comme d'habitude, n'était pas fermée à clef. Bonjour ! Il y a quelqu'un ? répéta-t-il tandis qu'il se baissait pour défaire ses lacets. Stella ? Sveinbjörn ? appela-t-il à nouveau en s'avançant de quelques pas vers l'intérieur, hésitant. Était-il possible que Ragnar ait été seul dans cette maison déserte ? D'ailleurs, pourquoi ce gamin était-il venu traîner ici ? Les deux familles n'entretenaient pas de relations privilégiées, il ne pouvait s'imaginer que son fils soit venu voir Stella ou Sveinbjörn et, autant qu'il sache, Ragnar n'était pas ami avec leur fils Oddur. C'était pourtant le cas, Ragnar était devenu l'ami du garçon le plus étrange et introverti de tout le village. Aðalsteinn piétinait en chaussettes quand la porte s'ouvrit dans son dos. C'était Stella : il avait, en effet, entendu une voiture se garer devant la maison.

Stella tressauta en le voyant là, mais s'efforça de n'en rien laisser paraître.

— Ah, je suis content de vous voir, je vous croyais ici, annonça-t-il sans parler de Ragnar. Je voulais simplement venir vous assurer de mon soutien en ces heures difficiles de votre existence, ajouta-t-il selon la formule consacrée. Si je puis vous aider en quoi que ce soit, je suis tout disposé à le faire, continua-t-il, histoire d'enchaîner les clichés.

— Merci beaucoup, Aðalsteinn, répondit Stella, qui n'avait pas l'air particulièrement abattue. Elle avait les joues rougies par le froid, à moins que ce n'ait été l'effet de la surprise. Puisqu'aucune vie humaine n'a été mise en péril, nous pouvons nous estimer heureux.

— En effet, ma petite Stella, je suis content de constater que vous prenez cela en essayant d'envisager les bons côtés, reprit-il d'un ton apaisant. À sa grande surprise, il constata qu'il était, justement, quelque peu déçu de sa réaction. En suivant machinalement le regard que Stella jeta par-dessus son épaule en direction du salon, il tomba sur la pendule qui indiquait presque trois heures. Le jour allait maintenant décliner peu à peu.

— Je peux vous offrir un café ? proposa-t-elle en le devançant à la cuisine sans même attendre sa réponse.

— Oui, merci. Comment réagit Sveinbjörn ? interrogea-t-il une fois qu'elle eut allumé la cafetière électrique et posé deux tasses sur la table.

— Pas très bien, répondit-elle en s'asseyant face à lui. Il était évidemment laminé hier soir et cela ne s'est pas arrangé aujourd'hui au réveil quand il a compris que la police le soupçonnait d'être responsable des deux incendies.

— Que me dites-vous là ? riposta-t-il, abasourdi. Il n'est pas possible qu'ils soient sérieux. Pourquoi diable serait-il allé… ?

Stella haussa les épaules.

— L'usine était pour ainsi dire en faillite et cette histoire de parquet n'était peut-être dès le début qu'un rêve à moitié fou. En outre, cela aurait pu être nettement pire, surtout si les assurances couvrent les dégâts. Vous voyez où je veux en venir ?

— Oui, mais quand même, s'indigna Aðalsteinn. Cela ne signifie pas qu'il…

— Bien sûr qu'il n'a pas fait ça, coupa Stella. Cela dit, je ne trouve rien d'étrange à ce que la police enquête également sur cette piste. À sa place, je ferais de même.

— Mais pour ce qui est de la maison de Þorsteinn ?

— Ah, je ne sais pas, répondit Stella avec une étonnante légèreté. La cafetière se mit à hoqueter, elle attrapa le versoir et remplit les tasses. Heureusement, je peux lui fournir un alibi. Oddur est allé à la soirée costumée hier et j'ai attendu qu'il rentre. Je peux donc assurer à cent pour cent que Sveinbjörn n'a quitté la maison qu'après le début du sinistre. Je viens justement de passer au commissariat, je voulais discuter avec Smári, mais il était absent. Ne pensez-vous pas qu'ils considéreront mon témoignage comme valide même si nous sommes mariés ? interrogea-t-elle avec, cette fois-ci, un soupçon d'inquiétude dans la voix. Je ne crains rien de la part de Smári, mais il y a ce policier que la Criminelle a envoyé de Reykjavík, qu'en dira-t-il ?

— Il vous croira certainement, rassura Aðalsteinn, j'espère que ça suffira.

— Que voulez-vous dire ? s'enquit Stella.

— Eh bien, on pourrait prétendre qu'il n'ait pas eu besoin d'être sur les lieux.

— Comment ça ?

— Stella, laissez ça, n'y pensez plus.

— Non, dites-moi le fond de votre pensée.

— Eh bien, une personne extérieure aurait été forcée d'entrer par effraction afin de commettre son forfait. Sveinbjörn, en revanche, pouvait parfaitement s'arranger pour que le feu couve longuement avant de s'étendre. Ils pourraient aller imaginer ce genre de scénario, expliqua Aðalsteinn, mais je n'affirme pas qu'ils le feront.

— Mon Dieu ! s'exclama-t-elle. Je n'avais pas réfléchi à ça. En réalité, je suis rudement soulagée de voir cette usine rayée de la carte, mais il en irait autrement si elle devait nous entraîner avec elle en enfer.

— Allons, allons, dit Aðalsteinn qui peinait à dissimuler sa consternation, presque blessé de la légèreté avec laquelle elle prenait la catastrophe.

— Mais c'est la vérité. J'en étais arrivée à espérer que ce pyromane y mette le feu, reprit-elle, amère. Sa voix fléchit brusquement et ses lèvres se mirent à trembler. Aðalsteinn sentit une vague de chaleur lui envahir le cœur et il posa son bras sur l'épaule de Stella. Je trouvais qu'il l'aurait mérité, murmura-t-elle. Il a tout sacrifié à cette maudite usine. Il aurait accepté n'importe quoi pour elle. Quant à notre famille, on aurait pu croire qu'elle ne représentait rien pour lui. Qu'il se fichait éperdument de nous tous !

— Enfin, ma chère Stella, ce n'est pas vrai ! Et cette épreuve lui apprendra à apprécier ce qui est essentiel dans la vie. Je vais lui parler, je ne savais pas que votre situation était si grave. Au fait, où est-il ?

— Il était à l'usine quand je l'ai quitté. Je suppose qu'il pleurniche sur ses tas de planches. Bonjour, mon petit Oddur, lança-t-elle, quittant soudainement le registre du mépris. Te voilà donc debout ?

Aðalsteinn jeta un regard de côté et aperçut Oddur dans l'embrasure. Ses boucles d'un noir luisant lui retombaient sur le front et cachaient ses yeux. Il affichait une moue, comme s'il était vexé de voir un hôte dans sa cuisine. Finalement, il était à la maison, peut-être était-il même resté caché dans le couloir à écouter leur conversation depuis le début.

— Nous nous sommes tous couchés tellement tard, précisa Stella en guise d'explication.

— Je comprends. Bonjour, mon petit !

— Maman, t'aurais pas un truc à manger ? demanda le gamin sans répondre à la salutation d'Aðalsteinn.

— Bon, je ferais peut-être mieux d'y aller, observa le pasteur en vidant les dernières gouttes de sa tasse avant de se lever.

Il resta un moment assis au volant de son 4×4, la tête emplie de pensées en suspens. Quand il retourna à son bureau, un peu plus tard, il lui était venu ce qu'il considérait comme une excellente idée. L'Église se plaisait à rassembler les gens en leur rappelant qu'ils étaient tous frères. Nul homme n'est une île, comme il est écrit, pensa-t-il en essayant de se souvenir où. Nos espérances et nos peurs reviennent finalement toutes au même, notre for intérieur est toujours le même. Les incendies qui dévastaient le village étaient certes terribles, mais pouvaient toutefois avoir l'avantage d'amener les gens à se serrer les coudes

– pas nécessairement contre l'individu qui avait le malheur d'avoir commis tous ces méfaits, mais contre l'horreur elle-même, l'horreur que recelait ce coup de grâce porté à une aussi petite communauté. Le rôle de l'Église ne consistait-il pas justement à guider ses ouailles dans la bonne direction ?

Il entreprit sur-le-champ de jeter les bases nécessaires à la mise en œuvre de son plan.

Le maire mit un certain temps à comprendre, il prit prétexte de la tempête et des mauvaises conditions de circulation et lui demanda s'il ne valait pas mieux attendre le dimanche. Il lui parla des difficultés qu'engendrerait l'arrêt de tous les services publics dans le village pendant cette heure. Mais le révérend Aðalsteinn lui avait fait remarquer que les services municipaux devraient montrer l'exemple en expliquant que, dans le cas contraire, les autres employeurs ne voudraient pas entendre parler du projet : le mieux serait que tout le monde envisage cet événement comme intégré dans le temps de travail. Il fallait rompre avec la routine, sinon les gens rentreraient simplement chez eux. En fermant tous les services et les commerces au même moment, il serait possible de rassembler la majeure partie de la population et de remplir complètement l'église. L'ensemble du village se réunirait pour un moment de prière. Il s'imaginait une très belle cérémonie qui toucherait le cœur de tout un chacun. La presse ne manquerait pas l'événement, il fallait immédiatement la prévenir…

Les mots et les images tournoyaient maintenant dans sa tête. Il s'était déjà mis à composer le sermon qu'il prononcerait, il débitait des pans entiers de phrases toutes prêtes dans le combiné – et il les voyait déjà défiler sur les écrans des ordinateurs avant d'être imprimés dans les pages du *Morgunblaðið*, le *Journal du Matin*… Évidemment, le maire avait fini par céder, il lui avait juste fallu un peu de temps pour digérer la chose.

Une fois que cette importante part du travail fut réglée, il appela chez lui pour demander à Urður de l'aider à tout organiser : il fallait faire un certain nombre de choses en très peu de temps, mais ils devraient y parvenir.

— Allô, répondit Urður d'un ton morne.

Aðalsteinn eut l'impression de voir ses châteaux en Espagne vaciller avant une chute certaine, mais il se ressaisit et prit la parole.

— Bonjour ma chérie, je voudrais te soumettre une idée que je viens d'avoir à propos de ce dont je t'ai parlé ce matin, annonça-t-il. Je voudrais profiter de l'office pour impliquer les fidèles dans la recherche de l'incendiaire. Il m'est venu l'idée de rassembler tous ceux qui le pourront à l'église demain, nous nous réunirons pour un moment de prière et pour établir une stratégie.

Sa voix était des plus enjouées, comme s'il avait annoncé une nouvelle particulièrement réjouissante. Urður ne lui répondit pas immédiatement, il poursuivit donc sur un ton plus posé et respectable :

— Nous affronterons ces épreuves à la force de notre foi et en nous rapprochant de Dieu.

— C'est une belle idée, mon chéri, consentit finalement Urður, d'un ton encore un peu éteint, mais manifestement heureuse qu'il réagisse comme il le fallait face à la situation. Mais le délai n'est-il pas un peu bref ? s'inquiéta-t-elle.

— Il faut battre le fer tant qu'il est chaud. C'est maintenant que nos cœurs à tous battent à l'unisson ; d'ici quelques jours, l'occasion nous aura peut-être filé entre les doigts, s'enflamma-t-il.

— Apparemment, tu as pensé à tout, remarqua-t-elle. Il pouvait en tout cas être certain qu'elle ne se moquait pas, c'était l'un des avantages qu'il y avait à avoir épousé une femme au sens de l'humour peu développé. Si Urður était à ses côtés, ils réussiraient. Certes, ils n'avaient que peu de temps devant eux, mais parfois, ce n'en était que plus stimulant. Je veux bien t'aider. Tu n'as qu'à me dire ce que je dois faire, ajouta-t-elle.

Il sentit son cœur se réchauffer. Les mots d'Urður le ramenaient à l'époque où ils étaient sur la même longueur d'onde, où ils discutaient de questions d'ordre théologique jusque tard dans la nuit, souvent au lit. C'était une sensation incomparable que de penser à une chose importante et d'obtenir le soutien inconditionnel d'une autre personne, une personne qui croyait en vous et en ce que vous faisiez.

28

— Quand est-ce que tu rentres ?

— Sûrement pas de sitôt. Tu n'as pas suivi les informations ? Une usine a été incendiée hier soir. Mon collègue Hafliði est en route avec un autre flic de notre service.

— *Christ** ! Manquait plus que ça, observa Elma, butée. Et tu ne pourrais pas laisser ce Hafliði s'en occuper ?

— Pourquoi le devrais-je ?

— J'ai peur, je souffre. Tu ne pourrais pas me procurer de l'héroïne ?

— Tu as perdu la tête ou quoi ?

— Non, j'ai juste besoin d'un truc plus fort que ce qu'ils me donnent ici. Vous devez avoir des montagnes de drogue au commissariat, avec toutes vos saisies. Tu peux sans doute obtenir une petite dose pour acheter quelques tuyaux à un informateur ? Je promets de te balancer tous les noms que je connais, annonça-t-elle avec ce ton détaché qui lui portait indiciblement sur les nerfs.

— Nous ne faisons pas ce genre de choses, répondit-il, raide comme la justice. Tu connais autant de malfrats que ça ?

— Je plaisantais, ne sois donc pas si coincé. Jamais je n'irais prendre de l'héroïne. Sauf si j'étais à l'article de la

* Exclamation en anglais dans le texte original.

mort, ajouta-t-elle avec un rire inquiétant. Au fait, t'aurais-je par hasard autorisé à me quitter pour ne plus jamais revenir ? Il me semble en avoir un vague souvenir.

— En effet, tu as dit quelque chose comme ça.

— N'y pense plus. J'envisage de ne jamais te lâcher.

— Je vois.

— Comme ça, c'est clair. C'est bien de pouvoir dire les choses. Ta plus grande qualité, c'est qu'avec toi, il est facile de discuter.

Valdimar ne formula aucune remarque. Il ne savait jamais sur quel pied danser avec Elma. Dès qu'il répondait à l'une de ses observations ou de ses actions, elle l'attendait sur un tout autre terrain. Cela le perturbait et lui faisait perdre toute assurance, même dans leurs meilleurs moments.

Un jour, au terme d'une longue journée de travail, il l'avait retrouvée assise, les yeux plongés dans un grand saladier de chips qu'elle semblait ne pas avoir touché. Il était dix-neuf heures trente et il l'avait invitée au restaurant. Elle lui avait semblé étrangement hors du monde, il avait reniflé, mais n'avait pas senti la moindre odeur d'alcool sur elle. Elle avait disparu dans la salle de bains d'où elle était ressortie maquillée, avait ouvert la porte de la chambre avant de fondre en larmes. Le khôl lui coulait sur les joues.

— Je n'ai plus rien à me mettre, avait-elle sangloté. Aucun vêtement ne me va.

— N'importe quoi, avait-il répondu sans réfléchir, tu es maigre comme un clou !

— Justement, espèce de crétin, je suis squelettique ! Je nage dans mes frusques ! Cette saloperie de cancer bouffe tout ce que j'ai de féminin.

Valdimar l'avait dévisagée, assommé, sans comprendre vraiment ce qu'elle voulait dire.

À ce moment-là, elle avait éclaté de rire à travers les larmes.

— C'est incroyable, tu as vraiment l'air idiot à me regarder comme ça avec tes yeux écarquillés. Valdimar, tu me fais penser à un personnage dans une espèce de… pantomime russe. Un looser qui a perdu son imperméable ! Tu ne peux donc pas essayer de me consoler, avait-elle dit en venant se blottir contre lui. Il l'avait serrée dans ses bras, s'efforçant d'oublier qu'elle était en train de le couvrir de fard à paupières, heureux de ne pas avoir machinalement tenté de préserver sa chemise.

— C'est le début de mes règles, tu comprends, lui avait-elle expliqué.

— Oh, excuse-moi, avait-il répondu en enlevant sa main de ses fesses.

— Ah, Valdimar, tu es délicieusement stupide, avait-elle ri en remettant sa main en place.

Il avait eu un moment d'absence le temps de repenser à ce souvenir. Elma avait dit une chose à laquelle il était censé répondre.

— Valdimar, tu es toujours là ?

— En fait, je dois partir voir quelqu'un. Je te rappelle plus longuement ce soir.

— C'est ça, à ce soir ! répondit-elle, sarcastique. Sur quoi, elle raccrocha sans lui dire au revoir.

29

— Ta mère a toujours été plutôt spéciale, expliqua la vieille femme. Elle s'accompagna d'un geste de la main comme pour se débarrasser d'une mouche. Mais là, je dois dire qu'elle se surpasse.

Tel un linceul pesant, une sensation familière s'abattit sur Drífa. Dès son jeune âge, elle avait compris que sa mère et sa grand-mère ne s'entendaient pas très bien, on sentait toujours chez la vieille femme une certaine animosité à l'égard de sa fille qui la provoquait constamment soit par ses silences narquois, soit en adoptant un comportement des plus inappropriés à des moments cruciaux. C'était à la fois surprenant et étouffant, il n'en allait pas ainsi dans les autres familles.

— Tout cela est évidemment la faute de son père. Erlingur lui a toujours tout cédé, poursuivit la grand-mère. Il l'emmenait à Reykjavík pour un oui ou pour un non, lui achetait des robes de bal et je ne sais quoi encore. Après tout, elle est quand même notre fille unique, répétait-il à l'envi. Les garçons, ses frères, passaient toutes leurs vacances à travailler, que ce soit à Noël, à Pâques et même souvent le week-end. Sans parler de l'été, évidemment. Il disait que ça leur faisait du bien, mais ce qui était bon pour eux ne l'était manifestement pas pour elle. Il n'est pas étonnant que cela ait fini par lui monter à la tête. Ma pauvre Hugrún est pratiquement incontrôlable, c'est bien triste. Tu te souviens comment elle a traité ton grand-père aux Canaries.

Drífa avala sa salive, elle avait presque mal à la gorge. Elle aimait beaucoup sa grand-mère, mais appréciait nettement moins cette conversation. De plus, elle n'avait pas vécu la soirée de la Saint-Sylvestre de la même manière que la vieille femme.

Ils avaient réveillonné à la cantine de l'hôtel, parmi les touristes allemands. Les autres Islandais avaient apparemment tous décidé de s'offrir quelque chose d'un peu plus élégant ce soir-là et ils avaient eu sacrément raison car le repas était tout sauf délicieux et l'ambiance loin d'être joyeuse. La salle était emplie de gamins qui hurlaient et s'agitaient dans tous les sens. En outre, on pouvait à peine discuter à cause de l'animation qui se déroulait presque exclusivement en allemand, ponctuée par les cris et les éclats de rires des Teutons. Après chacun des sketches, le maître de cérémonie s'efforçait de traduire ou d'expliquer en anglais ce qui venait d'être dit sur la scène, mais que ce soit par méconnaissance de la langue anglaise ou de l'humour allemand, la famille avait écouté les deux versions tout aussi figée. Personne ne s'était amusé. Ils avaient assemblé quatre tables et dîné en compagnie des seuls représentants de la nation islandaise restés sur les lieux, un couple âgé originaire de Hafnarfjörður. L'homme était un vieux marin qui, en usant de sa langue, enlevait et remettait son dentier avec une incomparable agilité. Assise face à lui, Drífa avait presque envie de vomir. Quant à la femme, c'était un épouvantail aux yeux perçants. Ni l'un ni l'autre n'avait décroché un mot de toute la soirée.

Après le repas, la famille avait saisi l'occasion pour quitter la cantine et se retrouver dans l'appartement des grands-parents, Erlingur et Ása, lequel regorgeait de toutes sortes d'alcool en quantité et où quelques bouteilles de mousseux attendaient minuit dans le réfrigérateur. Erlingur, le grand-père de Drífa, avait siroté pas mal de liqueur, manifestement un peu trop puisqu'à minuit, il s'était retrouvé assis et hoquetant dans son fauteuil roulant avec sur les genoux une bouteille de vin pétillant et sur les lèvres un sourire béat. Il avait mis sa montre à sonner pour minuit et, dès les premiers bips, s'était mis à secouer vigoureusement la bouteille comme il avait vu faire lors de la remise des prix de Formule 1, avait-il expliqué ultérieurement. Comme il fallait s'y attendre, le bouchon avait sauté à grand bruit et, le doigt posé sur le goulot, le vieil homme avait continué de secouer la bouteille pour en asperger l'ensemble du groupe. La majeure partie du liquide avait atterri sur Hugrún et Drífa, assises juste à côté de lui. Drífa avait poussé quelques cris tout en essayant de se protéger du jet avec sa main et Hugrún s'était mise à hurler d'une voix éraillée. Drífa avait d'abord cru que sa mère s'amusait, mais elle avait continué à hurler, à hurler comme si quelqu'un était en train de la violer, dégoulinante, la bouche grande ouverte et les mains plaquées le long du corps. Tout le monde avait cessé de rire à l'exception d'Erlingur. Sur l'un des terrains vagues à côté de l'hôtel, on tirait un feu d'artifice et des explosions sourdes leur parvenaient par la porte-fenêtre.

— Il faut toujours que tu ailles trop loin ! avait hurlé Hugrún à son père.

— Quelqu'un veut des chocolats ? avait interrogé la grand-mère, d'une voix inutilement forte. Personne ne lui avait répondu.

— Excuse-moi, ma chérie, s'était empressé de dire grand-père Erlingur, l'air tout étonné.

— Vieux dégueulasse ! avait sangloté Hugrún, espèce de vieux dégueulasse !

— Hugrún ! s'était indignée grand-mère Ása.

Hugrún l'avait alors bousculée avant de sortir dans la nuit.

— Allons, ma petite Rúna*, avait dit Þorsteinn, contrarié, tandis qu'il suivait sa femme d'un pas lourd. Drífa les avait accompagnés du regard, choquée.

— Qui prendra des chocolats et des petits gâteaux ? avait répété la grand-mère. Il se trouvait maintenant que tout le monde en voulait, mais la soirée était gâchée, même si Hugrún et Þorsteinn étaient revenus vingt minutes plus tard et que, remaquillée et vêtue d'une autre robe, elle était immédiatement allée vers grand-père Erlingur pour lui déposer un baiser sur le crâne tandis qu'assis sur sa chaise roulante avec un fond de faux champagne dans son verre, il marmonnait quelque chose à travers sa barbe.

Drífa avait immédiatement senti que sa grand-mère peinait à pardonner Hugrún de s'être “si mal comportée avec son pauvre infirme de père en l'un des jours les plus importants de l'année”. Doux comme un agneau, son père avait exprimé ses regrets : elle lui avait répondu d'oublier ça, même si, pour sa part, elle avait bien du mal à ne plus y penser.

D'une certaine manière, Drífa avait l'impression que c'était à ce moment-là qu'avait commencé la descente aux enfers, quelque chose avait déraillé dès la première nuit de l'année. Quand Hugrún était venue les retrouver, excédée par la colère de sa mère, elle l'avait fait payer à tout un

* Diminutif affectueux de Hugrún.

chacun à l'exception de l'intéressée. Depuis ce moment-là, elle s'était comportée de façon égocentrique et dangereusement imprévisible. Dans d'autres conditions, les choses seraient immanquablement rentrées dans l'ordre dès leur retour en Islande, mais il ne subsistait plus rien de l'ordre en question, de même que leur domicile avait été ravagé, leur vie se désagrégeait. Drífa aurait souhaité que sa grand-mère soit restée aux Canaries, sa présence n'était pas bénéfique. La famille tout entière lui semblait lointaine, amère et imperméable. Elle s'inquiétait terriblement pour sa mère et son père, qui avait d'habitude le don de la rassurer ou, tout du moins, de faire abstraction de ses débordements, semblait saisi d'un abattement et d'une amertume qui empoisonnait l'air qu'ils respiraient. Drífa ne parvenait plus à communiquer avec lui.

Ce n'était pas ainsi que les choses se passaient dans les autres familles, les familles normales.

30

— Papa, qu'est-ce que tu insinues exactement ?

— Je n'insinue rien du tout. Simplement, dans le village on raconte des choses à ton sujet et je voudrais bien savoir ce que ça cache, répondit Smári. Il espérait de tout son cœur qu'ils allaient réussir à se calmer un peu ; même si cette discussion promettait de s'achever sur une de leurs disputes stériles.

— Rien du tout. Et ce *on*, c'est qui ? renvoya Bóas, avec un regard furieux. Ils feraient mieux de se la fermer plutôt que de raconter des mensonges à mon sujet.

— Qu'as-tu fait de l'argent que tu as pris dans le bocal ?

Bóas se tut quelques instants et baissa les yeux.

— Où est le rapport ?

— Contente-toi de répondre.

— On n'a pas le droit d'avoir une putain de vie privée ou quoi ?

— S'il y a quelque chose dans ta vie privée qui coûte plusieurs dizaines de milliers de couronnes, ne trouves-tu pas normal que j'en sois informé ?

— Si tu t'imagines que j'ai acheté de la came ou des trucs du genre, alors là, tu te trompes.

— Eh bien, c'est déjà ça. Et tu n'en as pas pris non plus, n'est-ce pas ?

— Non, répondit Bóas sans regarder son père.

— Bon, puisqu'il en est ainsi, insista Smári tout en se retenant pour ne pas asséner une gifle à son fils, dis-moi depuis combien de temps ça dure ?

— Depuis combien de temps dure quoi ? Tu es cinglé. Je n'ai rien fait. Si j'ai pris une taffe ou deux d'un tabac qui n'a pas la même odeur que le tien, c'est mon problème. Je n'ai jamais acheté de drogue de toute ma vie, ni avec le fric du bocal de la cuisine ni avec quelque autre argent. Tu ferais mieux de penser à tes propres secrets ! répondit Bóas, hostile, les yeux baissés.

— De quels secrets est-ce que tu parles ? rétorqua Smári.

— Ah, laisse tomber.

— Ça non ! Il est hors de question que je laisse tomber. Je ne te permets pas d'insinuer que tu sais des choses dont tu pourrais te servir contre moi afin de me faire taire, prévint Smári qui sentait monter en lui la violence, telle de la bouillie de flocons d'avoine s'apprêtant à déborder d'une casserole. Contente-toi de répondre aux questions que je te pose, sinon, cela se passera mal pour toi.

— Justement, ça se passe mal pour tous ceux que tu connais ! répondit Bóas. Il s'était ramassé sur lui-même, comme s'il s'attendait à recevoir une baffe ou s'apprêtait à bondir pour donner un coup de tête à son père.

— Qu'est-ce que tu racontes, espèce de sale morveux ? s'emporta Smári, les dents serrées sans même remarquer que son poing se levait machinalement au-dessus de son fils.

— Vas-y, frappe-moi, tu ne sais faire que ça ! le défia Bóas. Smári abaissa sa main. Ce qui le dérangeait le plus était que son fils n'avait toujours pas affronté son regard.

— Est-ce que je t'ai déjà frappé ? demanda Smári.

Le gamin ne répondait rien. Assis sur son lit, recroquevillé, il fixait le tissu vert à carreaux du canapé-lit.

— Trouves-tu bizarre que je veuille savoir ce que tu as fait de cet argent ? reprit Smári en s'efforçant de contenir sa colère.

— Je l'ai rendu, s'entêta le gamin. Je l'ai remis en place. Je dois partir, j'ai promis d'aller aider les frères.

— Pourquoi ne peux-tu pas me dire ce qu'il en est ? Tu affirmes que tout va bien, qu'il ne se passe rien, or ce n'est manifestement pas le cas.

— Tu ne pourrais pas me faire confiance, pour une fois ?

— Je ne sais pas, répondit Smári d'un air sévère. Il y a cette rumeur en ville qui te fait passer pour l'incendiaire qui met les lieux à feu et à sang, ajouta-t-il en le regardant droit dans les yeux. À son grand étonnement, Bóas laissa échapper un éclat de rire, dénué de joie, sardonique. Je t'envie de pouvoir en rire, ce n'est pas mon cas.

— Certaines personnes ne savent pas quoi faire de leur temps, alors elles s'occupent, ironisa Bóas. Je n'y peux rien. D'ailleurs, je m'en fous complètement.

— Tu penses savoir d'où vient cette rumeur ?

— Oh oui, je sais parfaitement d'où et aussi pourquoi, répondit Bóas, mais je n'ai aucune envie d'en parler, ajouta-t-il afin de clore le chapitre dès qu'il vit son père ouvrir la bouche pour lui poser une nouvelle question.

— Et tu *me* demandes de *te* faire confiance, observa Smári en décidant de changer de stratégie. Où étais-tu hier soir ?

— Qu'est-ce que c'est que ce putain d'interrogatoire ? rétorqua le gamin qui, toujours aussi revêche, levait enfin les yeux vers lui.

— Non, je te pose ces questions parce que je suis ton père et que je suis inquiet.

— Toi aussi, tu crois que je suis l'incendiaire ? interrogea Bóas d'un ton maintenant plus surpris qu'hostile. Smári attendit un certain temps avant de lui répondre.

— Non, absolument pas.

Bóas baissa à nouveau les yeux. Smári parvenait difficilement à refréner son désir de l'attraper par le menton et de le forcer à soutenir son regard comme quand il le réprimandait, alors qu'il était petit garçon. Fais pas ci, fais pas ça, ne renverse pas ton verre par terre, ne jette pas de cailloux, arrête de taper comme ça, veux-tu bien cesser ça immédiatement ! Il se rappela tout à coup ce sentiment : il avait essayé d'éduquer ce gamin correctement, mais à un moment, il avait faibli en lui autorisant un petit espace de liberté sauf quand il avait un accès de colère, souvent pour des raisons insignifiantes. Dans ce cas, il lui commandait d'aller dans sa chambre ou bien il l'y enfermait. Il se souvint de la brûlure qu'il avait sentie sur sa langue et ses gencives en avalant un whisky bien chaud tandis que Bóas donnait des coups de pied dans la porte de sa chambre. Quel âge le gamin avait-il alors ? Six ans, peut-être sept. Sans mère et malheureux, il avait encore pour son père une admiration dénuée de limites. Smári l'avait trahi et il le trahissait encore en essayant de le forcer à avoir confiance en lui, comme si la chose était possible. Peut-être qu'au fond de lui, Smári le croyait capable de tout et n'importe quoi car, tout simplement, il ne connaissait pas son fils. Un nouvel accès de colère, de nature différente, montait maintenant en lui, une colère dirigée contre lui-même et sa propre bêtise.

— Tu es allé à cette soirée costumée, n'est-ce pas ?

— Oui, répondit Bóas avec un air buté.

— Et alors, c'était comment ?

— Bien.

— Vous étiez nombreux ?

— En fait, il s'agit bel et bien d'un interrogatoire.

— Non, je te demande simplement de m'aider un peu. J'en ai sacrément besoin. Qui était présent ?

— Tout le monde, tous les élèves des classes supérieures.

— As-tu remarqué l'absence de quelqu'un ?

— Non, pas vraiment. Certains n'ont même pas enlevé leurs masques.

— Comme qui, par exemple ?

— Ben… Il y en avait un qui était déguisé comme la mort, avec une faux et un fléau.

— Ah bon, et tu ne sais pas qui c'était ?

— Non, je me suis dit que c'était peut-être Ragnar, tu sais, le fils du pasteur. C'est le genre de trip qu'il aime bien.

— Alors, que s'est-il passé pour que vous vous retrouviez tous dans la rue ?

— Je crois que l'un de ceux qui étaient sortis fumer une cigarette est rentré en hurlant que l'usine était en feu. Alors, tout le monde est sorti, sans vraiment réfléchir.

Bóas était encore assez énervé, mais il semblait se calmer peu à peu. Smári hésita un instant avant de continuer à le cuisiner.

— On m'a raconté que tu avais fait de grandes déclarations où tu laissais entendre que tu préparais un gros coup. Voudrais-tu partager cela avec moi ?

Bóas leva brièvement les yeux et sembla s'apprêter à dire quelque chose. Il se ravisa et abaissa à nouveau son regard.

Une fesse posée sur le cadre de la fenêtre, Smári observait son fils qui, le dos appuyé contre un gros coussin, tripotait nerveusement les franges de la couverture de laine pliée en quatre. Bien qu'il eût rabattu ses jambes sous lui, Smári nota qu'une de ses chaussettes était trouée.

— Alors, tu ne veux rien me dire ?

— Je viens de te raconter cette soirée costumée, objecta Bóas.

— En effet, convint Smári. Et toi, en quoi t'étais-tu déguisé ?

Bóas afficha une grimace.

— J'ai trouvé un truc, répondit-il, évasif.

— Tu ne veux peut-être pas en discuter plus que du reste ?

— En démon, c'est moi que tu as engueulé, répondit l'adolescent.

— Ah, que le diable t'emporte, je ne t'ai pas reconnu, s'exclama Smári.

Le vocabulaire qu'il avait choisi déclencha chez lui un sourire. En voyant le visage de son fils s'illuminer brièvement, il se demanda depuis combien de temps ils n'avaient pas plaisanté et ri ensemble. Il avait l'impression que cela remontait à des années.

31

Un canapé en cuir tout calciné dépassait de la benne à ordures bleue placée dans l'accès au garage du pavillon incendié. On avait installé des bâches en plastique aux deux fenêtres qui béaient lors de la dernière visite de Valdimar. Un moustachu passa la porte précédé d'une brouette pleine de livres. Ceux qui figuraient au sommet étaient aisément reconnaissables, avec leurs tranches noires aux lettres dorées, leurs couvertures blanches ornées de lignes et d'entrelacs noirs.

— Serait-ce Halldór* qu'on assassine ? ironisa Valdimar.

— Eh oui, ce pauvre diable est tout mouillé, il a brûlé ses dernières cartouches, répondit l'homme tout en gravissant la rampe de planches avec la brouette pour aller vider son chargement. De la maison provenaient des bruits de chantier.

— Je venais voir Þorsteinn, précisa le policier.

— Vous le trouverez à l'intérieur.

Valdimar suivit le conseil et entra. Par la porte à sa droite, il aperçut Bóas, le fils de Smári, assis à la table de la cuisine avec une bouteille de boisson au malt devant lui. L'adolescent se leva d'un bond. L'espace d'un instant, Valdimar crut qu'il allait s'enfuir à toutes jambes, mais le gamin se

* Il s'agit des œuvres de Halldór Laxness, Prix Nobel de littérature en 1955. Plusieurs de ses livres sont disponibles en français.

rassit sur sa chaise. Valdimar lui adressa un signe de la tête et chercha la source du vacarme.

Þorsteinn était dans la chambre, armé d'une masse avec laquelle il achevait de désosser le petit placard à vêtements intégré dans le mur. Le bois s'était partiellement consumé et il avait balancé les montants et les restes calcinés des vêtements à côté de la porte. Ici aussi, une bâche occultait la fenêtre.

— Bonjour Þorsteinn.

— Ah, c'est vous, répondit son interlocuteur en reprenant son souffle. Vous êtes de la Criminelle, n'est-ce pas ? J'ai failli ne pas vous reconnaître avec ce drôle de couvre-chef, ajouta-t-il.

Valdimar afficha un rictus sans toutefois se découvrir. Son portable se mit à sonner, il plongea sa main dans sa poche pour l'éteindre.

— Vous vouliez me voir pour quelque chose de précis ? interrogea Þorsteinn.

— Un détail, oui, répondit Valdimar. C'est à propos de l'incendie d'hier soir.

— Ah bon ?

— Je me suis renseigné sur la vente de carburant au détail à la station-service d'en bas et il est apparu que vous êtes le seul à avoir acheté de l'essence en jerrican au cours des derniers jours.

— Oui, je… Attendez un peu, vous ne m'accusez tout de même pas d'avoir mis le feu à cette maudite usine ?

— Absolument pas, répondit Valdimar, flegmatique. C'est juste un détail que je me dois de vérifier. Je suppose que vous ne voyez aucun inconvénient à me dire à quoi vous avez utilisé ce carburant, n'est-ce pas ?

— Non, bien sûr que non. Je ne comprends pas pourquoi les gérants de la station-service me mêlent à cette histoire. Je leur achète régulièrement de l'essence en jerrican.

Valdimar ne répondit pas à son observation, mais soutint son regard jusqu'à ce qu'il baisse les yeux.

— Peut-être ne vous en êtes-vous pas encore servi, d'ailleurs ?

— En effet, pas encore, mais le temps promet d'être idéal pour une sortie, répondit Þorsteinn. Je voulais m'offrir une petite balade dans la chaîne de montagnes entre le fjord de Seyðisfjörður et celui de Loðmundarfjörður, je voulais être prêt dès que le temps se lèvera. Ça me fera du bien d'aller me remonter un peu le moral et me nettoyer l'âme au sein de la nature étant donné les événements des derniers jours.

— Tout à fait, convint Valdimar. Où stockez-vous ces bidons d'essence ?

— Là, dans le garage, venez, je vais vous montrer.

Valdimar le suivit à travers la cuisine au coin de laquelle une porte menait à un couloir permettant d'accéder au garage. La porte en acier gris grinça vigoureusement.

— Le garage a été épargné ? interrogea poliment Valdimar sur le chemin.

— Oui, répondit son hôte, agacé. Voilà, nous y sommes, ajouta-t-il en ouvrant la porte et en allumant la lumière. Des tubes au néon clignotèrent le long du plafond avant de s'allumer pour de bon. À côté de la porte, on voyait une rutilante motoneige noire et verte de marque *Arctic Cat*. Elle semblait toute neuve et, en travers du capot vert, juste en dessous des phares, des lettres noires, fines et penchées formaient le mot : *Högninn, Le Matou*.

— Vous prenez souvent cet engin ?

— Oh que oui ! Je suis allé un peu partout avec.

— Seul ? interrogea Valdimar, principalement par curiosité.

— Non, la plupart du temps, je pars avec des copains. L'essence est là, précisa-t-il en désignant trois bidons orange sous la table contre le mur le plus éloigné de la maison.

— Celui-là n'est qu'à moitié plein, remarqua Valdimar une fois qu'il eut soupesé les trois. Vous l'avez déposé ici comme ça ?

— Quoi ? Non, ils étaient tous les trois remplis quand je les ai apportés, répondit Þorsteinn en fronçant les sourcils. Je peux vous le certifier, je… ce n'est pas moi qui en ai pris, ajouta-t-il d'un air important, comme si sa parole à elle seule suffisait à trancher définitivement la question. D'ailleurs, n'importe qui pourrait s'introduire ici.

Valdimar haussa les sourcils.

— Vous ne fermez pas cette porte à clef ?

— Si, en général, répondit-il avec une grimace embarrassée. Mais la clef est accrochée dehors, sous la gouttière.

— Beaucoup de gens connaissent ce détail ?

— Oui, enfin, je suppose, nous la laissons là depuis toujours. Et je n'ai aucune raison de croire que ceux qui sont au courant viennent dans ce garage sans ma permission.

— Avez-vous une idée de la personne qui aurait pu le faire ?

— Eh bien… hésita Þorsteinn. Naturellement, je ne vous apprends rien en vous disant que Sveinbjörn habite juste à côté, il lui est facile de prendre possession des lieux, si j'ose dire. Mais je ne veux pas l'accuser lui plus qu'un autre.

— Ah bon ? Pourtant, vous n'avez pas hésité à le faire lors de notre dernière conversation.

— Oui, je suis peut-être allé un peu vite en besogne. Ou plutôt…

— Vous aviez l'air assez convaincu.

— Eh bien… En effet, je n'ai pas une opinion très haute de cet homme. Il est capable de tout, mais…

— C'était une accusation très sérieuse, coupa Valdimar. Elle se fonde peut-être sur certaines choses dont vous ne m'avez pas parlé.

— C'est un mensonge ! La police devrait s'abstenir d'écouter les ragots colportés dans les rues du village ! aboya Þorsteinn, écarlate.

— Qu'entendez-vous par là ? interrogea sèchement Valdimar.

— Vous le savez parfaitement, sinon vous ne me serviriez pas ces infâmes insinuations !

— Vous ne trouvez peut-être pas infâme d'accuser son voisin d'être pyromane, comme vous l'avez fait hier, avec des preuves tellement minces que vous avez changé d'avis depuis ?

— Qui vous dit que j'ai changé d'avis ? Vous m'avez posé des questions. Je vous ai répondu de mon mieux.

— Oui, très bien. Maintenant, nous allons fermer ce garage et je garde la clef. Je vais demander à ce qu'on fasse une recherche d'empreintes digitales sur elle et sur ces jerricans, trancha Valdimar. Même si ça ne doit pas apporter grand-chose, ajouta-t-il, plus à sa propre intention qu'à celle du capitaine de chalutier abattu et cramoisi comme un rouget.

— Autrement dit, nous n'avons plus accès au garage ?

Valdimar hésita.

— En avez-vous vraiment besoin ?

— Il abrite le branchement électrique. Je n'ai pas encore fait remettre le courant dans la maison elle-même.

— Je vois. Eh bien, soit.

32

— Tout a cramé ?

— Oui.

— Tu sais quoi, Sveinbjörn ? Tu vas vivre un vrai cauchemar. J'ai envoyé quelques hommes de confiance pour te régler ton compte. *The killer awoke at dawn, put his boots on*. Les gars sont déjà dans la place. Je viens d'avoir de leurs nouvelles. *Love is in the air*. Ils n'attendent plus qu'un signe de moi. Je leur dirai de prendre tout leur temps. Ils vont être contents d'entendre ça, ces braves petits gars. Allez, l'ami, si tu *smiles* à la face du monde, bientôt le monde viendra *smiler* à la tienne*. *In a big way*.

— Snorri, arrête ! Je n'y suis pour rien, tu devrais quand même comprendre ça, non ? plaida Sveinbjörn.

— Je n'y suis pour rien ! Voilà probablement les derniers mots prononcés par le Viking commentant sa chute ! Désolé, mais je ne peux tout bonnement pas me permettre de me laisser entuber par un fan d'accordéon.

— Un fan d'accordéon ?

— Ouais, un ectoplasme des Fjords de l'Est, un crétin parqueté, si tu préfères. Dis adieu à ta bonne femme, mon vieux et vole, vole de tes propres ailes avant que mes gars

* Chanson de Megas où le chanteur et poète mélange allègrement l'anglais à l'islandais. “Si tu souris au monde, le monde te sourira.”

ne viennent te rendre visite et t'offrir un café. Un noir sans sucre. Des litres et des litres. Ce sont des capricieux inventifs. Ils pourraient avoir l'idée d'emmener toute la famille pour un long, long voyage. *Stairway to heaven* comme on dit, ou plutôt, *Highway to hell*. Je te laisse une demi-heure pour acheter ton billet avant de leur dire *go*. Pense à tes mômes, prévint Snorri. Sa voix écumait de haine à l'autre bout du fil. Sveinbjörn s'embrasa.

— Tu sais quoi ? s'écria-t-il. J'ai tout craché aux flics. Ils enregistrent la conversation. Alors, ça te la coupe, hein ?

— Les yeux de la nuit sont semblables à ceux de la mouche. Tu peux faire une croix sur la demi-heure, éructa Snorri avant de raccrocher.

Au moment où quelqu'un sonna à la porte, quelques minutes plus tard, Sveinbjörn eut un violent pincement au cœur. On entendit une chaise racler le sol quelque part dans la maison. Il se leva d'un bond.

— J'y vais, cria-t-il, c'est pour moi !

Les vagues menaces proférées par Snorri le Shit produisaient leur effet puisque Sveinbjörn s'attendait au pire quand il entrouvrit la porte. Un individu couvert de neige força le passage. Sveinbjörn s'apprêta à l'arrêter d'un bon coup de poing, mais quelque chose le retint, probablement était-ce la totale absence d'agressivité dans l'attitude de l'hôte qui claqua la porte et frappa vigoureusement ses pieds sur le paillasson afin de se débarrasser de la neige tout en époussetant ses vêtements.

— Quel temps de chien ! s'exclama une voix familière. Sveinbjörn sentit tous les muscles de son corps se relâcher. Ce que je peux être idiot, pensa-t-il.

— Kolbrún ! Qu'est-ce qui t'amène ? s'enquit-il d'une voix étranglée.

— Tu m'offres un café ? répondit-elle simplement quand elle eut défait le lacet de sa capuche et libéré sa chevelure brune. Bonjour, ma petite Stella, lança-t-elle, d'un ton nettement plus avenant par-dessus l'épaule de Sveinbjörn qui jeta machinalement un regard sur le côté et vit sa femme à la porte du vestibule, accompagnée d'Oddur, collé à ses basques. Ce dernier s'éclipsa toutefois dès qu'il remarqua que son père l'avait vu.

— Euh, oui, je suppose qu'il y en a de fait, hésita Sveinbjörn. Il n'avait pas envie que Kolbrún vienne le sermonner, ce à quoi elle s'apprêtait manifestement.

— Me permets-tu de te voler Sveinbjörn quelques instants ? demanda-t-elle à Stella. Je voudrais lui parler en tête à tête.

— Bonjour ma chérie ! Tu ne me prives pas de grand-chose, il parle surtout en tête à tête avec lui-même, observa la maîtresse de maison. Essaie de lui remonter un peu le moral.

Kolbrún afficha un sourire triste.

— Je ne te promets rien, répondit-elle. Elle retira sa combinaison d'hiver bleue sous laquelle elle portait un pantalon ample en velours noir ainsi qu'un pull-over à rayures horizontales orange, noir et rouge. Elle avait sur l'épaule une sacoche rectangulaire en cuir noir. Mon Dieu, elle n'a quand même pas pris l'ordinateur ! s'alarma Sveinbjörn.

Mal à l'aise, il la précéda dans l'escalier qui montait à son bureau. Il ne parvenait pas à imaginer ce que Kolbrún pouvait bien lui vouloir.

La raison de sa visite lui apparut immédiatement. Sans même attendre qu'il l'invite à s'asseoir, elle sortit de l'étui qu'elle portait en bandoulière quatre sachets en plastique sous vide d'air et remplis de poudre blanche pour les poser sur la table.

— Qu'est-ce que c'est que ce truc-là ? interrogea-t-elle, les dents serrées.

Interloqué, Sveinbjörn observa les sachets puis leva des yeux incrédules vers Kolbrún qui n'avait pas cessé de l'observer.

— C'est de… la cocaïne, je crois, annonça-t-il finalement, complètement perdu. Mais comment… ? Pourquoi es-tu… ?

À ce moment-là, la sonnette retentit pour la seconde fois de la soirée et Sveinbjörn adressa un regard intense à Kolbrún. Il se saisit des quatre sachets et s'apprêta à bondir vers la porte. Elle lui barra la route et lui agrippa violemment le bras.

— Je te le déconseille fortement !

— Tu n'as qu'à me dénoncer à ce flic qui t'a tapé dans l'œil, rétorqua-t-il. Il s'efforça de se libérer, mais elle ne lâchait pas prise et il voulait éviter d'user de la force. Avant ça, laisse-moi sauver notre peau. Lâche-moi ! commanda-t-il. Une peur irrationnelle s'était emparée de son esprit où tournoyaient des types à la force herculéenne, gonflés aux stéroïdes, des histoires d'enlèvements, de torture, de coffres de voiture et de perceuses.

Elle soutint son regard. Folle de colère, elle consentit à le libérer. Il dévala les marches quatre à quatre, croisa Oddur à la porte du vestibule, l'attrapa par l'épaule et le balança dans le couloir en direction de sa chambre puis entra dans le vestibule. La sonnette retentit une seconde fois. Il passa sa tête dans le vestiaire, un petit cagibi situé à côté des toilettes, près de la porte d'entrée, attrapa sur la patère le sac péruvien en laine que Stella avait acheté à une Indienne sur un marché de Copenhague et fourra les quatre paquets de cocaïne dans cet emballage de fortune. Ensuite, il alla à la porte d'un pas décidé, ouvrit l'imposant battant, prêt à tendre la came aux malfrats. Contre toute attente, il se retrouva face à Valdimar Eggertsson. Pour la deuxième fois en fort peu de temps, les mots manquèrent à Sveinbjörn.

Le policier examina d'un air suspicieux le sac inca que le maître des lieux semblait lui tendre, mais que ce dernier s'empressa de laisser glisser le long de sa cuisse.

— Je passais par là, déclara Valdimar.

— OK ! répondit Sveinbjörn, d'un ton tellement joyeux qu'il donnait l'impression de revivre. Il toussota et feignit d'être agacé par le dérangement. Vous veniez pour une raison précise ? s'enquit-il.

— Mouais… Je viens de jeter un œil aux jerricans d'essence que Þorsteinn stocke dans son garage, précisa Valdimar en s'accompagnant d'un signe de la tête censé indiquer l'emplacement du bâtiment entre les deux maisons. Et j'ai découvert qu'il manque pas mal d'essence dans l'un de ces bidons, quelqu'un y a prélevé quelques litres. Étant donné la situation, je me suis dit que j'allais passer vous demander si vous ou un autre membre de votre famille n'aurait pas… disons, remarqué des allées et venues suspectes dans le jardin au cours des derniers jours. Le garage est visible depuis vos fenêtres, ajouta-t-il, les yeux rivés sur Sveinbjörn.

— Sous-entendez-vous que j'aurais volé cette essence ? répondit Sveinbjörn qui s'efforçait d'afficher la colère à laquelle le policier pouvait s'attendre dans de telles conditions, sans y parvenir réellement. Du reste, le policier se contenta d'un haussement d'épaules empli de lassitude.

— C'est évidemment une possibilité, fit-il remarquer, mais je doute que vous avouiez votre forfait si vous êtes le voleur.

— Des gens sont venus travailler dans la maison, répondit Sveinbjörn, les frères et Bóas, le fils de Smári. Il y a également eu quelques artisans. Je les ai vus entrer et sortir, traîner dans le jardin. Ce sont les seules allées et venues que j'aie remarquées.

— Hm…, je vois, dit Valdimar.

— Vous désiriez autre chose ? interrogea Sveinbjörn, impatient. Il était mort de peur que Kolbrún ait l'idée de descendre et de passer la porte de la cuisine avant qu'il n'ait eu l'occasion de lui expliquer de quoi il retournait. Quelle que soit la façon dont il s'y prendrait.

— Non, puisque vous êtes occupé, je ne voudrais pas vous déranger. Vous pouvez dire à Kolbrún que je la contacterai demain pour lui parler de quelques détails concernant la comptabilité, ajouta-t-il. Sveinbjörn suivit son regard jusqu'aux bottes de cuir noir que son bras droit avait retirées dans le vestibule. Sans doute le policier l'avait-il vue entrer dans la maison, peut-être lui avait-il semblé suspect de la voir passer chez lui maintenant, pensa Sveinbjörn, saisi d'un frisson. Valdimar le dévisagea d'un regard perçant et le salua.

— Dans quel pétrin es-tu donc allé nous mettre ? interrogea Kolbrún en fronçant les sourcils dès qu'il eut poussé la porte du bureau. Elle était au centre de la pièce dans laquelle elle avait manifestement fait les cent pas en l'attendant. Sveinbjörn remerciait sa bonne étoile : Valdimar n'avait pas exigé d'entrer. Il avait fermé la porte à clef derrière lui et enlevé la clef de la serrure.

— J'essayais seulement de sauver l'usine, expliqua-t-il à voix basse. Il posa le sac en laine sur le bureau.

— En empoisonnant les gamins du village ? hurla Kolbrún. Il porta un doigt à ses lèvres. Oui, je me fous complètement qu'on m'entende ! poursuivit-elle, hors d'elle, mais un ton plus bas.

— Ce n'est pas destiné aux gamins du village, répondit-il sèchement. Il afficha un regard noir, gonfla sa poitrine dans l'espoir de prendre l'avantage dans la discussion : en vain.

— Ah, parfait ! Dans ce cas, tout va pour le mieux dans le meilleur des mondes ! explosa-t-elle de plus belle. Quelqu'un frappa à la porte et posa sa main sur la poignée. C'était Stella. Sveinbjörn changea complètement de stratégie.

— Ils vont venir pour nous tuer tous, chuchota-t-il, d'un air suppliant.

— Sveinbjörn, il y a un problème ? demanda Stella depuis le couloir.

— Tu veux bien apporter un café à Kolbrún ? cria-il à travers la porte. Un cappuccino dans la machine à expresso ! ajouta-t-il afin de gagner du temps. L'appareil était rarement allumé et il lui fallait un moment pour chauffer. Stella marmonna quelque chose puis s'éloigna.

— Comment as-tu pu te fourrer dans une connerie pareille ? interrogea Kolbrún, consternée et blessée. Sveinbjörn se sentait soulagé. Cela s'annonçait mieux.

— Comment se fait-il que tu détiennes ces sachets ? demanda-t-il précautionneusement afin de ne pas la contrarier. Je les croyais réduits en cendres.

— Ton voisin Þorsteinn avait un besoin urgent de parquet et nous n'avions rien en stock alors j'ai pris une partie de ce que nous avions vendu en Norvège pour la donner aux frères.

— Sans me consulter ? Pourquoi donc ? Tu es folle ou quoi ?

— Sveinbjörn, fais attention à ce que je te ne mette pas mon poing dans la gueule ! hurla-t-elle. Tu es incroyable, poursuivit-elle, plus calme en le dévisageant, incrédule.

Þorsteinn m'a appelée et, étant donné la situation entre vous, je m'en suis mêlée, comme de bien d'autres choses.

— Et alors ? interrogea Sveinbjörn, penaud.

— Les frères m'ont remis ces sachets étrangement empaquetés aujourd'hui en me disant qu'ils les avaient découverts entre les planches. Ils m'ont demandé si cela aussi devait être expédié en Norvège.

— Et ils n'ont pas trouvé ça suspect ?

— Ils ne sont pas tombés de la dernière pluie. Mais ils ont fait comme si de rien n'était, par pure politesse, je suppose. J'aurais dû les envoyer droit chez les flics avec tout ça. Du simple fait que je vienne jusqu'ici, je te témoigne une loyauté que tu ne mérites pas. Fermer les yeux là-dessus ferait de moi ta complice.

L'idée d'acheter le silence de Kolbrún traversa l'esprit de Sveinbjörn. Il s'abstint toutefois de l'évoquer ; ce n'était pas qu'il avait honte, mais surtout qu'il avait l'impression qu'elle risquait de l'accueillir plutôt mal.

— Explique-moi pourquoi diable tu expédies de la... cocaïne en Norvège ?

— C'est toute une histoire.

— Raconte, je t'écoute, répondit-elle sèchement.

Il devait s'appliquer à cuisiner tout cela pour Kolbrún en évitant les pans de l'histoire qui risquaient de projeter une lumière trop crue et peu flatteuse sur sa personne. Dans son esprit, tout avait commencé par des éclats de rire suivis d'une forte nausée dans un appartement en sous-sol du quartier des Hlíðar, à Reykjavík, où il avait, pour la première fois, fumé du hasch avec des copains. Au bout de quelques mois, il rendait service à ses amis en leur fournissant de l'herbe et du shit. Il était devenu une sorte d'intermédiaire et puisqu'il prenait ce risque pour eux, il lui avait semblé évident d'en retirer quelques petits profits, le contraire n'eût pas été honnête. Il n'avait jamais été autre chose qu'un pion dans le monde des trafiquants, mais disposait tout de même de ses contacts et dégageait quelques revenus, peut-être l'équivalent d'un demi-mois de salaire, accompagné de ce qu'il utilisait pour sa consommation personnelle, laquelle n'avait jamais franchi des limites raisonnables.

Les flics l'avaient coincé à l'époque où il était étudiant à l'université, il avait été condamné – puisqu'il s'était entêté à refuser de donner les noms de ses fournisseurs – mais n'avait eu que du sursis étant donné son jeune âge et la petite quantité découverte. Cela avait mis un terme à cette période de son existence, il l'avait fermement décidé. Le crime n'était simplement pas son rayon.

Avant Noël, l'année dernière, il avait croisé Snorri le Shit, l'un de ses anciens contacts, dans un bar de Reykjavík. Accoudé au comptoir, tel un fantôme sorti du passé, il avait un peu maigri, mais le fond était demeuré intact. Ses lèvres affichaient le même sourire indéchiffrable, légèrement narquois, comme s'il connaissait sur son interlocuteur des détails qu'il préférait s'abstenir de mentionner pour l'instant afin de ne pas desservir ses intérêts. Sveinbjörn s'était efforcé de savoir s'il était toujours du même côté du mur et il lui avait répondu de ce ton sibyllin et familier qui s'était teinté d'amertume avec les années. Snorri était accompagné d'une gamine aux yeux embrumés, un peu trop âgée pour être sa fille. Sveinbjörn n'avait vu aucune raison de cacher la nature de ses activités et avait avoué que son entreprise connaissait de graves difficultés.

À peine deux semaines plus tard, Snorri l'avait contacté. Les métaphores et autres images de son discours étaient tellement recherchées que Sveinbjörn avait dû se creuser la tête pour comprendre la raison de son appel, mais ils avaient fixé un rendez-vous à Reykjavík, la prochaine fois que Sveinbjörn s'y rendrait. Le malfrat lui avait alors fait une proposition à laquelle il lui avait conseillé de réfléchir tandis que la situation financière de l'usine continuait d'empirer. Il avait fini par se convaincre qu'il ne pouvait pas refuser.

La matière première utilisée par l'usine était le bois, du bois qui n'avait pas été débité, ni séché, ni raboté. Les contrôles appliqués à ce genre de denrées par la douane à Seyðisfjörður étaient purement formels. Certes, il arrivait qu'on sonde l'espace entre les bottes de parquet ou les billes de bois afin de vérifier que rien n'y était caché, mais cela n'allait pas plus loin.

Sveinbjörn avait ensuite passé un accord avec un producteur d'Amérique du Sud, spécialisé dans l'exportation de bois de luxe, particulièrement dur et résistant. Il ignorait si les dirigeants de cette entreprise étaient au courant de ce qui se passait et ne voulait pas le savoir. Sveinbjörn s'occupait de cette filière de bout en bout et son travail consistait à ouvrir des troncs coupés en deux qui portaient des marques spéciales et à retirer des paquets de cocaïne placés dans l'espace vide qu'on y avait creusé à cet effet. Snorri l'avait persuadé que les chiens de la brigade des stups ne détecteraient jamais la présence de ce vide, l'odeur du bois étant trop forte.

Après l'heure de la fermeture, Sveinbjörn s'était occupé de retirer les paquets de drogue et de tout régler. Comme il n'avait jamais hésité à mettre la main à la pâte au sein de l'entreprise, cela n'avait pas éveillé le moindre soupçon. Il affichait clairement que ce parquet sud-américain lui tenait particulièrement à cœur : il était donc naturel qu'il suive toute la chaîne de production.

Les choses avaient bien fonctionné et, au bout de quelques arrivages, Snorri s'était dégoté un collaborateur en Norvège, désireux qu'il était de conquérir le marché extérieur, comme tout le monde. La conquête avait été aisée puisque Sveinbjörn vendait déjà son parquet à l'étranger, ils se contenteraient de l'enrichir d'une bonne dose d'euphorisants. Tandis que de pauvres types importaient des amphétamines de Norvège, avait expliqué Snorri, tout fier, ils mettraient à profit l'autre trajet et tout le monde n'y verrait que du feu. C'était ce qu'il avait appelé le *Break on through to the other side*. Le premier envoi destiné à la Norvège attendait justement d'être expédié dans l'entrepôt où, pensait Sveinbjörn, il avait été réduit en cendres.

— Nous étions en route vers l'enfer, tu es bien placée pour le savoir, plaida-t-il. Il m'a semblé que c'était la meilleure solution pour nous éviter la faillite.

— J'aurais dû voir que cet accord avec les Norvégiens était plutôt louche. Tu sors brusquement des clients de ton chapeau de magicien sans la moindre démarche antérieure, pesta Kolbrún. Donc, le mystérieux investisseur dont tu parlais était cette ordure de marchand de mort ?

— Il avait promis de m'avancer de l'argent pour sauver l'usine de la faillite, ce qui était aussi un moyen de s'assurer que je continuerais à traiter avec lui. Il n'en est évidemment plus question désormais, comme de tout le reste, ajouta Sveinbjörn, dépité. Je crois qu'il s'imagine que j'ai mis le feu à l'usine afin de m'approprier cette satanée poudre. Il affirme en tout cas qu'il a envoyé quelques salauds ici pour me flanquer une correction et bien pire que ça. J'ai cru que c'étaient eux qui sonnaient à la porte tout à l'heure, mais c'était ton ami le flic. Il te passe le bonjour et m'a dit qu'il t'appellerait demain pour discuter de la comptabilité.

— Aurais-tu oublié que le village est inaccessible depuis hier à cause de la tempête ?

Sveinbjörn se tut quelques instants.

— La trouille m'empêchait de penser rationnellement. En tout cas, cela ne signifie pas que cette ordure ne peut pas m'atteindre.

— Tu es toujours en possession de cette fichue drogue ?

— Euh… Oui. Je l'ai cachée dans ce sac. Pourquoi ?

— Parce qu'on va la remettre à la police.

— Tu es complètement folle ou quoi ? Comment est-ce que je vais leur expliquer ?

— D'accord, dans ce cas, on la met dans les toilettes et on tire la chasse d'eau.

— Il n'en est pas question ! Je n'ai pas envie qu'on me batte comme plâtre.

— Arrête de te comporter comme un enfant ! Ce gars-là a juste voulu te faire peur. Apparemment, il a réussi. Pourquoi voudrais-tu qu'il te flanque une raclée ? Tout ce que tu peux faire pour lui, c'est de fermer ta gueule et ce n'est pas en recourant à la violence qu'il obtiendra ça de toi.

— Il a laissé entendre que ses hommes me tueraient ainsi que toute ma famille si je ne me suicidais pas.

— Il ne t'aurait jamais dit ça s'il avait été sérieux, affirma fermement Kolbrún pour qui la question était tranchée. Donne-moi cette saloperie, ordonna-t-elle, sinon, je vais à la police et moi, je suis sérieuse !

Sveinbjörn ferma les yeux et expira bruyamment l'air de ses lèvres charnues. On aurait dit que le monde entier s'était mis d'accord pour le coincer avec toutes sortes de menaces. Qu'avait-il donc fait pour mériter ça ?

33

Après que Sveinbjörn eut pris congé de lui, Valdimar s'était attardé un moment dans le recoin entre la porte d'entrée et le mur du garage. Il avait dodeliné de la tête quand l'écho d'une dispute était parvenu à ses oreilles à travers la fenêtre close. Il n'avait pas distingué les mots prononcés, mais s'était adressé la réflexion qu'il était plutôt normal que Kolbrún vienne discuter avec Sveinbjörn à son domicile, maintenant que leur lieu de travail avait brûlé : sans doute le directeur et la directrice des affaires financières avaient-ils bien des choses à se dire. L'attitude de Sveinbjörn avait toutefois été des plus étranges quand il lui avait ouvert sa porte et qu'il s'était avancé vers lui en tenant ce sac de hippie, tel un bouclier ou un talisman destiné à éloigner les mauvais esprits. Et avec la dispute qui éclatait maintenant, il se disait qu'il aurait bien aimé être une petite souris.

Le vent soufflait. L'idée lui vint d'une halte au domicile provisoire de Þorsteinn pour aller interroger Hugrún, son épouse. Il commence à se faire tard, pensa-t-il tandis qu'un flocon lui entrait dans l'œil.

Il ôta son bonnet avant de sonner, tel un humble mendiant, se dit-il en lui-même, irrité, ce qui le décida à remettre son couvre-chef.

La gamine aux cheveux en bataille qu'il avait aperçue lors de sa première visite le dévisagea d'un air ahuri quand elle vint lui ouvrir. Elle se précipita vers l'intérieur de la maison comme si elle avait eu le diable à ses trousses. Valdimar était quelque peu déconcerté, il ne comprenait pas grand-chose aux adolescentes, mais ce comportement lui semblait des plus étranges, tout comme la gamine elle-même. Elle avait les yeux cerclés de noir et le maquillage blanc qui lui couvrait le visage lui conférait l'apparence d'un vampire ou d'un revenant sorti d'un vieux film muet en noir et blanc. L'espace d'un instant, il se l'imagina allongée dans un cercueil, les paupières closes et les mains croisées sur la poitrine, mais il chassa bien vite la scène de son esprit.

La neige tourbillonnait tout autour de lui dans la lumière crue de la lampe extérieure qui l'éblouissait presque. Il restait planté là, désemparé, devant cette porte ouverte. Quelques instants plus tard, une autre jeune fille apparut, manifestement plus âgée que la première. Ses longs cheveux blonds lui tombaient sur les épaules, elle était plutôt petite, avec des gestes vifs, un visage souriant et une bouche délicatement dessinée.

— Bonsoir.

— Oui, bonsoir. Pourrais-je parler à Hugrún ?

— De la part de qui ?

Une bourrasque souleva la neige du toit et saupoudra abondamment Valdimar. Le bonnet rouge et noir qui devait être tout de travers sur sa tête lui ôtait toute crédibilité. Il sortit donc sa carte de police pour la montrer à la jeune fille.

— Valdimar, Police Criminelle.

— Oh, désolée, maman est dans son bain.

— Dites-moi, de quoi votre sœur a-t-elle donc peur ?

— Sigrún ? En fait, ce n'est pas ma sœur. Elle est simplement timide et un peu à cran en ce moment.

— Et vous êtes bien Drífa, n'est-ce pas ?

— Comment connaissez-vous mon nom ? interrogea-t-elle, suspicieuse.

— Parce que je l'ai entendu aujourd'hui.

— Ah bon ? Et qui vous a parlé de moi ?

— Vous me permettrez peut-être d'entrer pour attendre votre mère, suggéra Valdimar sans répondre à la question.

— Mon père est absent.

— Je sais, je viens de le voir.

— Est-ce lui qui vous a parlé de moi ? s'enquit Drífa en l'invitant d'un geste à franchir le seuil. Il entra dans le vestibule et se découvrit.

— Non, pas du tout, c'est Urður, elle vous a citée en tant que petite amie de son fils Baldur.

— Pourquoi l'avez-vous interrogée ? s'inquiéta Drífa. Je croyais que vous enquêtiez sur les incendies ?

— La maison d'Urður et d'Aðalsteinn a également brûlé et il ne s'agit pas forcément d'un hasard.

— Vous voulez dire que… ?

Valdimar haussa les épaules.

— Vous pensez que quelqu'un nous voudrait du mal ? demanda la jeune fille avec les larmes aux yeux.

— Comment ça ? interrogea précautionneusement le policier.

— Si quelqu'un a mis le feu chez nous, chez mon ex-petit ami et dans l'usine de notre voisin… Cela ne devient-il pas un peu suspect ?

— Vous savez que votre père m'a fait part d'une hypothèse quant à l'incendie de votre maison.

— L'idée en question vient plutôt de ma mère et je crois qu'elle n'est pas fondée.

— Et vous trouvez plus probable l'éventualité que quelqu'un vous persécute, vous et vos proches ?

— Que faut-il penser ? J'ai peur. J'ai essayé de chasser cette pensée, mais vous venez me raconter ça. Vous ne voyez pas le truc ? Des incendies se sont déclarés chez nous et chez des gens qui ont été proches de nous.

Valdimar soupira.

— Vous pourriez peut-être me parler un peu de votre relation avec Baldur. Y a-t-il un endroit où nous pourrions en discuter en toute tranquillité ?

— Dans la véranda.

— Parfait.

Ils prirent le même chemin que celui qu'il avait emprunté lors de sa première visite. Quand Drífa ouvrit la baie vitrée, le froid les saisit. Elle alluma la lumière, attrapa deux couvertures sur le portemanteau à proximité, en tendit une à Valdimar puis s'installa sur le canapé rayé avec l'autre. Le policier prit la couverture, s'installa dans le fauteuil capitonné face à elle et en vint directement au fait.

— Vous êtes restés longtemps ensemble ?

— Oui, depuis l'âge de quatorze ans, répondit-elle d'un ton neutre.

— Pardonnez-moi de vous poser cette question, mais pour quelle raison avez-vous rompu ?

— Je n'en sais rien.

— D'où est venue l'initiative ?

— De moi.

— Et vous ne savez pas pourquoi ?

— Si, enfin, plus ou moins.

— Y avait-il quelqu'un d'autre ?

— Non.

— Dans ce cas, que s'est-il passé ? Pardonnez-moi de vous bousculer comme ça. Mais vous venez de me dire qu'il était possible qu'une personne vous en veuille, à vous ou à votre famille. J'ai l'impression que ce n'étaient pas des paroles en l'air. Avez-vous connaissance d'une autre personne qui aurait, par exemple, été amoureuse de vous ?

— Je n'ai aucune envie d'aborder ce sujet.

— Il le faudra pourtant. Pourquoi avez-vous rompu avec Baldur ?

— Parce qu'il a fait des avances à ma mère, voilà pourquoi ! éructa la jeune fille en remontant la couverture jusqu'à son front pour se cacher le visage. Valdimar resta quelques instants sans voix, les yeux fixés sur le tissu à carreaux.

— Et quand cela est-il arrivé ? reprit-il prudemment. La chose ne s'est produite qu'une fois… ?

— Vous trouvez peut-être que ça ne suffit pas ? répondit une voix brisée sous le plaid.

— Et votre mère vous l'a raconté ?

— Oui.

— Pourquoi a-t-il fait ça, à votre avis ?

— Comment voulez-vous que je le sache ? Peut-être qu'il aimait les femmes plus âgées, qu'est-ce que j'en sais ?

— N'aurait-il pas dû s'imaginer que votre mère ne prendrait pas très bien ses avances ? interrogea Valdimar, un peu perdu.

— Pourquoi me demandez-vous ça à moi ? Vous n'avez qu'à aller poser la question à la croix sur sa tombe. Je ne sais pas ce qu'il avait dans la tête.

À ce moment-là, la baie vitrée s'ouvrit et une femme passa sa tête à l'intérieur de la véranda, vêtue d'un peignoir rose, les cheveux enveloppés dans une serviette éponge blanche. Une agréable odeur émanait de sa peau encore chaude après le bain.

— J'ai vu de la lumière. Ma petite Drífa, tu reçois quelqu'un ?

— Salut maman, ce monsieur est de la police criminelle. Il venait me parler de, enfin, de notre maison, expliqua

Drífa, nerveuse tandis que, du regard, elle suppliait Valdimar de ne pas la contredire. Il confirma ses paroles d'un signe de la tête.

— En réalité, c'est vous que je venais voir. Vous êtes bien Hugrún ?

— Hein ? Oui, c'est moi. Si vous me permettez de m'habiller. Vous savez que nous étions à l'étranger au moment de l'incendie, n'est-ce pas ?

— Tout à fait, répondit Valdimar en s'efforçant de ne pas fixer ses orteils, même si ses ongles rouge vif s'employaient à attirer l'attention sur eux.

34

— Maman, que ferais-tu si c'était moi qui avais allumé ces incendies ?

Urður regarda son fils en se demandant une fois de plus de quelle planète ce garçon pouvait bien tomber. Il lui était devenu tellement étranger qu'elle avait presque sursauté quand il l'avait apostrophée avec ce *maman*. Il y avait longtemps que cela n'était pas arrivé. En général, il évitait soigneusement le mot. Ses cheveux teints en noir charbon dissimulant plus ou moins ses pupilles, il était malaisé d'établir avec lui tout contact oculaire, même s'il avait supporté de croiser le regard de sa mère, chose qui ne se produisait presque jamais. Comme d'habitude, elle se sentit envahie d'une sombre et impardonnable colère en voyant l'anneau qu'il portait au centre de sa lèvre inférieure, une profanation qui venait défigurer le corps qu'il avait reçu des mains de Dieu.

Cette réaction était en effet impardonnable et, comme bien souvent, son cœur se serra à l'intérieur de sa poitrine, sous le poids de la mauvaise conscience. Elle se dépêcha de remplir son verre de lait. Tout comme la veille, il n'avait pas dîné, il était déjà beau qu'elle soit parvenue à l'attirer jusqu'à la cuisine pour lui offrir une petite collation. Il avala la moitié du verre avant de le repousser.

— Je suppose que j'essaierais de comprendre et de pardonner, avança-t-elle prudemment. Pourquoi cette question, mon petit Ragnar ?

— Je me demandais juste comment les parents réagiraient à… ce genre de chose.

— Je suppose qu'ils réagiraient aussi différemment qu'il existe de parents. Je crois quand même que la plupart ne prendraient pas très bien des actions commises par leurs enfants dans la mesure où elles s'opposent aux conceptions qu'ils défendent.

Ragnar poussa un soupir méprisant.

— Ce dont tu parles s'appelle l'oppression, ceux qui la pratiquent imposent aux autres leurs opinions et ça n'a rien à voir.

— Possible, mais la frontière est parfois mince entre les opinions erronées et les mauvaises actions. Tu ne dois donc pas t'étonner que ton père et moi ayons pour toi de graves inquiétudes.

— Des inquiétudes… juste des petits soucis. Tu irais me dénoncer si tu savais que c'était moi ?

— Voilà une question épineuse. Peut-être le ferais-je pour toi, afin que tu t'arrêtes.

— Mais si tu savais que j'avais arrêté et que je ne recommencerais plus jamais ?

— Tu me poses de ces questions ! J'imagine que je compterais sur ta conscience pour te punir.

— Et si je n'avais pas de conscience ?

— Tu en as une, crois-moi, même si tu t'efforces de te persuader du contraire. Sinon, tu ne réfléchirais pas à tout cela. Je crois qu'on peut toujours compter sur la conscience des gens, c'est elle qui les condamne le plus durement.

Ragnar secoua la tête et soupira lourdement comme pour montrer à quel point il méprisait cette fameuse conscience.

— Pourquoi penses-tu à tout cela, mon petit ?

— Pas facile à dire. Peut-être que je suis l'incendiaire, peut-être pas. Peut-être que je sais qui a fait ça, peut-être pas. Pas facile à dire. Peut-être que moi-même, je ne sais pas ce que je sais.

Urður lança un regard à son fils.

— Je ne vois pas où tu veux en venir. Si tu sais quelque chose, tu dois aller le dire à la police. Quelle que soit la personne concernée. Tu m'entends ? Quelle que soit la personne.

Elle sentit une terrible tension au creux de sa poitrine en prononçant ces mots, même si, finalement, ils étaient presque dénués de sens.

— Tu veux dire même si c'est moi ? Et si je ne suis pas sûr que cela bénéficiera à qui que ce soit ? Si je crois qu'au contraire, cela fera le malheur de tous ceux qui sont concernés ? Même dans ce cas-là ?

Urður savait combien il était compliqué de discuter avec Ragnar. Dès son jeune âge, il avait présenté une tendance marquée à amener toutes les conversations jusqu'à un degré purement théorique où chaque hypothèse en entraînait une autre et où aucune question n'obtenait de réponse claire et nette. Il ferait un excellent théologien si le hasard voulait qu'il suive la trace de ses parents.

À l'époque où ce penchant s'était manifesté, Urður n'avait jamais pris le temps de suivre son fils jusqu'au bout de ses conjectures, elle l'avait toujours abandonné, alors qu'il s'embrouillait lui-même dans les fils de son raisonnement où, peut-être, il était aujourd'hui définitivement coincé sans que quiconque puisse venir l'en arracher. Elle décida toutefois d'essayer.

— Il y a quelque chose qui ne va pas, mon petit ?

— Moi ? Non, tout va bien. Pourquoi ?

— Tu me poses toutes ces étranges questions, on dirait que tu as quelque chose sur le cœur.

— Si j'ai quelque chose sur le cœur, c'est mon problème.

— C'est toujours un soulagement de partager ce qui nous inquiète.

— Tu ne me parles pas de tes inquiétudes. Tu te contentes de déambuler en parlant toute seule comme une malade mentale.

Urður dévisagea son fils, assommée. Il n'avait pas tort. La pensée de partager ses inquiétudes avec ce jeune homme famélique vêtu de cuir, aux yeux maquillés en noir, qui portait un anneau de pirate à la lèvre inférieure et avait des traces de lait sur les babines ne laissait pas d'être comique. Pourtant, au lieu de déclencher chez elle un sourire en coin, elle lui fit monter les larmes aux yeux.

35

Drífa s'était éclipsée quelque part dans la maison sans lui dire au revoir. Valdimar resta assis seul et sentit une certaine agitation prendre le pas sur sa concentration. Hugrún lui avait affirmé qu'elle reviendrait d'ici quelques instants, mais les minutes s'écoulaient et le policier avait l'impression qu'il perdait son temps à l'intérieur de cette grotte blanche que constituait la véranda aux parois cernées de congères et au toit couvert de neige. Il entendait le vent forcir, tandis que l'air s'emplissait d'une incessante plainte. Ne devait-il pas tout simplement convoquer cette femme au commissariat à la prochaine occasion et quitter cette maison, histoire de faire quelque chose, un peu d'exercice, par exemple. Il mourait d'envie d'aller à la piscine, pouvait-il s'offrir le luxe de se détendre les nerfs pendant une demi-heure en sollicitant ses muscles ? La piscine était-elle ouverte ? Probablement pas.

La conversation qu'il avait eue avec Elma lui revenait constamment à l'esprit, accompagnée d'une crainte lancinante qui le mettait mal à l'aise. Il avait une peur bleue qu'elle ne sorte pas vivante de cet hôpital et s'il laissait cette idée suivre son cours, elle s'abattait sur lui de tout son insupportable poids. Il osait à peine s'avouer que ce n'était pas en soi la disparition qui l'effrayait le plus, mais les étapes suivantes qui s'étaient gravées en sa conscience de façon indélébile après le décès de sa mère. Il pensa tout à coup à l'expression *mise en bière* et eut l'impression de sentir ses vêtements se resserrer sur lui jusqu'à l'étouffer. Ce n'est vraiment pas le moment, se dit-il, saisi de l'envie ridicule d'arracher non seulement ses frusques, mais également toute la peau de son corps afin de libérer la tension interne accumulée. Le mot *enterrement* ne valait pas mieux. Même s'ils étaient sans doute conçus comme de belles cérémonies d'adieu censées aider les gens à accepter la disparition d'êtres chers, les enterrements étaient pour lui une véritable torture. Sa souffrance était tout aussi forte qu'il connaisse le disparu de près ou de loin, que le mort soit décédé à un âge avancé ou qu'il ait été fauché prématurément. À tout cela venait s'ajouter la mauvaise conscience. Pour sa part, il n'avait aucune raison de se plaindre, ne pouvait-il pas s'arranger pour maintenir en lui un équilibre convenable et s'acquitter de son travail comme un homme digne de ce nom au lieu de laisser sa souffrance s'épanouir sur le terreau d'élucubrations malsaines ? Les choses ne se présentaient pas mal du tout pour Elma : les médecins avaient parlé de bons espoirs de guérison, elle en était à la dernière phase du traitement. Valdimar replia la couverture posée sur ses genoux et se leva pour quitter les lieux, mais il était trop tard.

Une autre femme, pensa-t-il d'abord, se présentait maintenant à lui, vêtue d'une longue jupe noire et d'un gilet en laine ajusté, orné d'un motif régulier aux couleurs sombres. Cette femme n'avait plus rien de la séduisante légèreté qu'elle avait affichée dans le peignoir rose. Il se dégageait de son apparence une tristesse distante, une mélancolie mesurée. Elle lui adressa un sourire : c'était pourtant bien Hugrún.

— Vous ne préférez pas entrer au chaud ? suggéra-t-elle.

Il la suivit dans la salle, éclairée par deux appliques murales et d'épaisses bougies qu'on venait juste d'allumer à un bout de la table.

— Eh bien, voilà une drôle de situation, constata-t-elle en s'installant dans le canapé, les jambes repliées sous elle, ce qui lui conférait un air de gamine. On se demande où on va, ajouta-t-elle.

Valdimar lui répondit d'un hochement de tête sans savoir si elle dressait là le compte de ce qu'elle avait perdu, si elle parlait de l'incendie de l'usine la veille au soir ou encore si elle se plaignait de la tempête. Quoi qu'il en soit, il était évident qu'elle avait l'intention de l'embobiner. Il se dit que, dans des conditions habituelles, elle n'aurait d'ailleurs eu aucune difficulté à atteindre son but. L'espace d'un instant, il se sentit envahi d'une gêne à l'idée de devoir, une fois de plus, briser le mur poli de la banale conversation pour entrer avec ses gros sabots crottés dans la vie privée d'inconnus. Il serra les dents et s'attela à la tâche.

— Vous me pardonnerez d'en venir au fait, mais votre époux nous a confié hier les soupçons qu'il nourrissait sur l'implication de Sveinbjörn Jónsson dans l'incendie de votre maison. Partagez-vous son opinion sur ce point ?

Hugrún resta un moment assise, le regard perdu dans l'obscurité, comme si elle cherchait une réponse tandis que les bougies projetaient une lueur vacillante sur son visage.

— Oui, l'idée m'est également venue. Il me semblait que bien des indices allaient dans ce sens.

— Vous voulez parler de cette relation amoureuse que vous avez entretenue avec Sveinbjörn et à laquelle vous avez mis fin ainsi que du désaccord que cette histoire a entraîné entre lui et Þorsteinn à propos de l'investissement financier qu'il avait prévu dans la parqueterie ? interrogea

Valdimar avec un irrespect calculé et, lui semblait-il, un mépris qu'il parvenait difficilement à dissimuler.

— Je vois que vous avez discuté avec les commères du village. À moins que ce ne soit Stella elle-même qui vous ait parlé de ça ? rétorqua Hugrún avec un sourire fatigué.

— Aucune importance. Sveinbjörn n'a pas nié, mentit Valdimar, sans arrière-pensée précise.

— Ah, je vois. Eh bien, dites donc.

— Nous allons considérer l'accusation que vous et votre mari portez contre lui à la lumière de ce détail. En tout cas, tant que rien ne vient étayer vos dires. Auriez-vous quelque chose à ajouter en la matière ?

— Non, je ne crois pas. Vous considéreriez tout ce que je pourrais ajouter à la fameuse lumière dont vous parlez, ironisa-t-elle froidement.

— Vous continuez donc de penser que c'est Sveinbjörn qui a mis le feu chez vous ?

— Tout ce que je sais, c'est qu'il avait peur de perdre son usine : il avait l'impression que Þorsteinn l'avait trahi et pensait que c'était moi qui étais derrière tout ça.

— N'était-ce pas justifié ?

— Bien sûr que non.

— Pourtant Þorsteinn s'est rétracté quand il a appris votre aventure avec Sveinbjörn, n'est-ce pas ?

— Mon mari n'a jamais écouté ce qu'on raconte sur moi ou sur qui que ce soit. Les décisions qu'il prend ne se fondent pas sur des ragots.

— Il nous a également dit que Sveinbjörn vous avait menacée.

— En effet, c'est le moins qu'on puisse dire.

— En quoi consistaient ces menaces ?

— Il est resté assez vague, mais il avait l'intention manifeste de nous nuire.

— Qu'a-t-il dit exactement ?

— Que nous allions regretter de l'avoir traité de cette manière. Quelque chose dans ce style.

Valdimar laissa la phrase planer quelques instants dans l'air avant de poursuivre.

— Passons à autre chose. Nous nous demandons si l'origine de ces incendies pourrait remonter à plus loin dans le passé. Plus précisément, nous réfléchissons à celui qui a dévasté le domicile du pasteur et de son épouse l'année dernière.

— Quand vous parlez de *nous*, s'agit-il de vous et de Smári ? interrogea Hugrún, les traits du visage imperceptiblement durcis.

Valdimar ne répondit pas à sa question, du reste, il était seul à bord en ce qui concernait ce pan de l'enquête.

— Que pouvez-vous me dire à propos de leur fils Baldur ?

— Dites donc, Baldur était mort au moment où leur maison a brûlé.

— En effet. Vous le connaissiez bien, n'est-ce pas ?

— Oui. Lui et Drífa sont restés ensemble un bon moment, il venait donc souvent chez nous, c'est vrai, débita-t-elle. Puis, son visage s'assombrit. Elle croisa les bras sur sa poitrine. Que voulez-vous que Baldur ait à voir avec ces incendies ? Vous savez bien qu'il s'est... suicidé, n'est-ce pas ? Croyez-vous sincèrement que quelqu'un ait mis le feu à leur maison ? C'est incompréhensible.

— Pouvez-vous me dire pour quelle raison Baldur et Drífa ont rompu ?

— Hein ? Non. Vous n'avez qu'à poser la question à ma fille. J'ai toujours beaucoup apprécié Baldur, c'était un jeune homme charmant.

— Se pourrait-il qu'il se soit passé entre lui et vous quelque chose qui aurait entraîné cette rupture ?

— Oh, mon Dieu ! s'exclama-t-elle en plaçant sa main gauche en visière tandis qu'elle gardait la droite sur sa poitrine comme pour se préserver d'une attaque imminente. Dríſa vous aurait-elle… ? À moins que… ?

Silencieux, Valdimar lui opposait un regard vide.

— Il serait très exagéré de dire que quelque chose…

Valdimar haussa les sourcils.

— Vous savez comment sont ces garçons, poursuivit-elle alors. Il est passé ici un samedi soir. Dríſa était absente, peut-être avait-il bu, je ne sais pas, enfin, il a franchi certaines limites. J'en ai parlé à ma fille et je suppose qu'elle a pris cette histoire un peu trop au sérieux… Cela dit, elle n'aurait pas dû vous parler de ça. C'était une chose sans importance.

— Je dois vous avouer que je ne vois pas précisément de quoi vous parlez, observa Valdimar. Que s'est-il passé, quelles sont les limites que Baldur a franchies ?

— Eh bien, disons qu'il a eu des paroles plutôt déplacées, comprenez-moi bien, je n'ai pas parlé de gestes, s'empressa-t-elle d'ajouter. Il m'a simplement semblé inapproprié qu'il pratique avec moi ce genre d'humour.

— Et Dríſa, où était-elle ?

— Partie à Hérað avec son père et sa sœur. Ils s'y sont quelque peu attardés.

— Que Baldur vous a-t-il dit exactement ?

— Eh bien, il m'a dit qu'il n'allait quand même pas rester "sans femme un samedi soir", répondit-elle à voix basse en regardant par la fenêtre d'un air sombre. Le vent hurlait ; quelque part dans la nuit, on entendait de lourds martèlements, comme si quelqu'un frappait un gros objet contre une pierre.

— Et… ? s'impatienta Valdimar. Il se pencha en avant par-dessus la table afin de mieux entendre sa réponse et éteignit la flamme vacillante de la bougie d'un souffle involontaire.

— Vous trouvez que ce n'est pas suffisant ? Vous savez quand même ce que signifie l'expression “être sans femme”, non ? Cela signifie qu'on n'a personne avec qui coucher. Ne trouvez-vous pas plutôt déplacé de sa part d'aller me dire une chose pareille ?

La forte odeur de shampoing dans les cheveux encore humides de la maîtresse de maison envahit les narines de Valdimar en se mélangeant à celle de la fumée dégagée par la bougie éteinte. Il recula et se redressa sur sa chaise.

— Et vous avez cru qu'il vous proposait de remplacer votre fille ?

— Mon Dieu, non ! Absolument pas. Je ne comprends pas comment vous pouvez imaginer une telle chose !

— Votre fille m'a pourtant laissé entendre que c'était le cas.

— Dieu du Ciel ! Quelle horreur ! C'est là un affreux malentendu.

— Un malentendu ?

— Oui, un malentendu. Je ne me souviens pas des mots que j'ai utilisés pour lui raconter ça. À moins que ce ne soit *moi* qui n'aie pas compris ce qu'*il* voulait. J'ai essayé de faire abstraction de ce détail. Peut-être lui a-t-il confié quelque chose que j'ignore. Cela ne m'avait pas effleuré l'esprit.

— Qu'avez-vous répondu à la remarque de Baldur ?

— Je… crois que je lui ai simplement demandé de partir. Comme je viens de vous le dire, je n'apprécie pas beaucoup ce genre d'humour.

Valdimar ne savait que penser de tout cela. Plongée dans la pénombre, la femme assise sur le canapé emplit ses poumons d'air avant de le rejeter en quelques expirations saccadées.

36

Tant de pensées s'agitaient dans sa tête… D'innombrables chemins impraticables se présentaient à sa vue et le nombre réduit de ceux qu'elle aurait pu suivre n'allait pas forcément dans la bonne direction.

Urður avait envie de s'allonger pour se reposer pendant toute une année, toute une éternité. Elle s'attendait toutefois à ne pas fermer l'œil de la nuit. Quel était le but de cette vie ? Pourquoi n'était-elle pas morte ? Morte, comme elle l'aurait pourtant mérité. Son existence devait tout de même avoir un but. Était-il possible qu'elle ait été placée dans ce village, dans ce pays, sur cette mystérieuse planète sans que cela ne recèle quelque dessein ? Elle apostrophait Dieu, cet ami cher qui l'avait toujours accompagnée, mais ne recevait rien d'autre en retour qu'un silence oppressant et envahissant. Maintenant qu'elle avait tant besoin d'un signe, d'un guide afin de trouver sa route à travers le désert. Elle avait l'impression que la mort l'attendait les bras grands ouverts, telle une mère qui consolerait ses souffrances. Mais avant de pouvoir aller se réfugier en son sein, elle devait s'acquitter de ses devoirs. Et il lui semblait que jamais elle n'en aurait complètement fini, de nouvelles tâches l'appelaient dès qu'elle était parvenue à se libérer des plus urgentes. Il fallait que cela s'arrête. Où était donc Aðalsteinn ? Elle repensa à cette odeur d'alcool qui s'était dégagée de lui en cette soirée décisive, aujourd'hui tellement lointaine qu'elle lui apparaissait comme un rêve. Elle se sentit brusquement envahie par le ressentiment à l'égard de son époux, des griefs qu'elle essaya d'arracher de son esprit. Ce pauvre homme n'avait-il pas le droit de se réchauffer un peu ?

Elle s'approcha du téléphone comme d'une plante mortellement empoisonnée ou d'une herbe médicinale, une croix incandescente qui lui réduirait la main en cendres ou marquerait à jamais son esprit du signe de la justice et du bien.

Elle se souvint tout à coup de l'expression qu'avait affichée sa mère le jour où elle lui avait annoncé son désir de s'inscrire en faculté de théologie, la manière dont son regard incrédule s'était peu à peu teinté d'une sorte de furie conjuguée à une étrange malignité, un plaisir presque sadique. À ce moment-là, Urður avait eu l'impression que sa mère lui frappait les doigts à l'aide d'une baguette en bois, comme à l'époque où, encore gamine, elle enfreignait une règle. Son grand-père maternel avait été pasteur. Dans les histoires que lui contait sa mère, il était enveloppé d'une aura de bonté, de sainteté et de beauté presque irréelles, comme cette démarche majestueuse au moment où il avait fait ses derniers pas vers la voiture noire aux formes ovoïdes qui l'avait conduit au sommet de ce dos d'âne où l'attendait la mort. Et voilà maintenant qu'Urður, cette godiche d'Urður, avait l'outrecuidance de vouloir marcher sur ses traces. Elle s'était presque effondrée devant le jugement implacable et muet de sa mère même si, au fond, elle s'était attendue à la voir réagir ainsi.

Pourquoi cette scène lui revenait-elle à l'esprit maintenant, ce n'était pas exactement ce dont elle avait besoin.

Elle avait envie d'appeler sa mère pour lui reprocher de ne pas avoir eu confiance en elle, mais celle-ci était morte.

Elle prit le sans-fil sur sa petite base et composa le numéro de la police. Elle n'avait toujours reçu aucun signe, il fallait qu'elle prenne ses décisions elle-même, abandonnée par le Dieu qui avait porté ses pas jusque-là.

— Le commissariat, Gylfi à l'appareil.

— Bonjour Gylfi, c'est Urður, l'épouse du révérend Aðalsteinn.

Étant la seule femme du village à porter ce prénom, elle se demandait pourquoi elle s'était présentée en précisant l'identité de son mari. D'ailleurs elle connaissait très bien Gylfi qui siégeait au conseil paroissial.

— Oui… Bonjour Urður. Que puis-je faire pour vous ?

C'était une bonne question.

— En fait, je voulais parler à Smári, répondit-elle, s'éloignant à grands pas de la décision qu'elle venait de prendre. Il était tellement difficile de trouver les mots pour dire ce qu'elle avait à dire. Elle avait si peu le droit d'accuser son prochain. Elle, qui aurait dû l'aimer comme elle-même. En réalité, ce prochain, elle le haïssait. Tout comme elle se haïssait elle-même. Et nombre d'autres personnes. Tout revenait à une seule et même chose. Son fils lui manquait terriblement et elle avait surtout envie de mourir.

— Vous n'avez qu'à le contacter à son domicile. À moins que votre appel concerne la police ?

— J'attendrai demain… en espérant qu'il ne sera pas trop tard, ajouta-t-elle.

— Trop tard ? Si je peux faire quelque chose pour vous être utile… Ce cher Gylfi se souciait de son bien-être.

— Merci, mon petit, répondit-elle, d'un ton chaleureux, mais je crois que je m'en tirerai toute seule.

— Comme vous voulez, chère Urður.

En soi, la gentillesse et la tendresse qui coloraient sa voix étaient un signe. Les hommes comme Gylfi étaient la lumière de ce monde.

37

Valdimar était mort de faim, il n'avait pas eu la présence d'esprit de dîner. Fort heureusement, la station-service était ouverte et il était allé y acheter un sandwich au rosbif et à la rémoulade ainsi qu'une boisson au malt et un sachet de poisson séché. Équipé de ces victuailles, il était rentré à sa chambre d'hôtel à travers la tempête.

Le sandwich déçut tous ses espoirs : le pain était sec, la viande presque faisandée et les oignons frits ramollis. Il avala d'un trait la boisson au malt et enfourna un morceau de poisson séché qu'il mâchouilla un moment avant de se lever pour aller le recracher dans les toilettes. Il avait perdu tout appétit. Sur quoi, il s'assit sur le lit tellement haut que ses pieds ne touchaient pas terre. Il lui vint à l'esprit d'appeler Elma, mais il sentit sa gorge se serrer à cette seule pensée. Histoire de s'occuper, il attrapa son téléphone pour prendre des nouvelles de sa sœur Birta.

— Ah… Salut, répondit-elle, d'une voix étrangement morne. Tu n'es plus à… ?

— Si, je suis toujours à Seyðisfjörður, confirma-t-il en s'efforçant d'adopter un ton enjoué. Ici, on croule sous des monceaux de neige. Personne ne met le nez dehors à l'exception des incendiaires.

— Oui, j'ai vu ça aux actualités. Ils ont même mentionné ton nom.

— Ah oui… à part ça, tout va bien ?

— Euh… Oui, oui, répondit-elle sans conviction.

— Ívar est là ?

— Il est au squash.

— À cette heure-ci ? s'étonna Valdimar.

— Oui, c'est souvent comme ça, répondit Birta, évasive.

Valdimar ignorait si elle avait achevé sa phrase. Il avait l'impression qu'une chose la chagrinait, mais se demandait si ce n'était pas le fruit de son imagination et du chaos qui régnait dans sa propre existence.

— Il y a un problème ? trancha-t-il afin d'obtenir une réponse à la question qui le brûlait de l'intérieur. Sa sœur demeura silencieuse.

— Putain ! Je vais lui casser la gueule ! s'emporta-t-il brusquement.

— Arrête tes conneries, il est parti au squash, c'est tout.

— Mais ?

Elle ne lui répondit pas immédiatement et il eut l'impression qu'elle avait oublié sa question lorsqu'elle reprit enfin la parole.

— J'ai fait un drôle de rêve la nuit dernière.

— Ah ? Raconte.

— On s'apprêtait à me pendre. Avec un autre type. Il y avait deux cordes, apparemment toutes prêtes, mais je ne me rappelle pas avoir vu de potence, ni même de bourreau. Les lieux étaient plutôt familiers, comme dans une maison. Papa et maman étaient présents et l'un d'eux a fait remarquer qu'il n'était pas sûr que les nœuds sur les cordes soient corrects. Le gars qui devait être pendu avec moi a demandé à maman de venir vérifier le sien et de l'arranger si nécessaire.

— Le gars en question, c'était moi ?

— Eh bien… Le souvenir n'est pas très clair. En tout cas, le nœud sur la corde n'était pas bon et maman l'a refait.

Ensuite, le type a été pendu, comme si de rien n'était, sans que quiconque y voie quoi que ce soit à redire, pas même lui. Ce n'était pas toi, j'en suis sûre. Tu ne te laisserais jamais pendre comme si de rien n'était, même pas en rêve.

— J'espère bien.

— Enfin bref... Au début, je n'avais pas eu l'intention de faire vérifier le nœud de ma corde, mais ensuite, je me suis dit que... qu'il valait peut-être mieux demander à maman. Elle est venue voir et, comme il ne fonctionnait pas, elle l'a refait. Ensuite, quelqu'un, je ne me souviens plus qui, est venu me passer la corde autour du cou et il a serré. Finalement, je me suis aperçue que je n'avais aucune envie de mourir, je ne voulais pas qu'on me pende. D'une manière ou d'une autre, je parvenais à repousser l'instant de la pendaison en repassant tout le film de ma vie dans mon esprit, avec tous les détails. J'avais le temps, tu vois. Et le film s'est arrêté quand je me suis réveillée.

— Comment interprètes-tu ça? interrogea Valdimar, déconcerté.

— Aucune idée.

— Tu penses souvent à maman?

La friture à l'autre bout de la ligne rappelait les grésillements d'un vieux transistor. Le bruit qui couvrait la respiration de sa sœur dans le combiné mettait Valdimar mal à l'aise. Elle attendit un long moment avant de répondre.

— Oui, souvent. Quand j'étais petite, je m'imaginais que c'était ma faute si... si elle s'était suicidée.

— Moi aussi.

— Je me disais qu'elle n'aurait jamais fait ça si j'avais été... normale. Je supposais que je l'avais déçue d'une manière ou d'une autre.

— Et aujourd'hui, qu'en penses-tu?

— Je sais évidemment que c'est n'importe quoi, mais cette idée est tout de même profondément ancrée en moi. Je passe mon temps à lutter contre l'impression qu'il y a un truc qui cloche. Puisque tu me poses la question.

— Et moi qui te croyais tellement joyeuse et saine. Tellement heureuse.

— Je le suis. Aussi. En tout cas, je suis heureuse. Et assez souvent joyeuse. Mais cela ne m'empêche pas de savoir ce qu'est la déprime. Je la sens par moments exploser en moi. Surtout maintenant, après la naissance des enfants. Je m'inquiète parfois terriblement pour eux, sans aucune raison. Il me trotte souvent dans la tête une… comme une conversation imaginaire où quelqu'un me dit qu'un de mes deux enfants doit mourir… une sorte de puissance supérieure, Dieu ou je ne sais qui, m'oblige à choisir lequel des deux. Évidemment, cette discussion ne va jamais plus loin, c'est exactement le genre de décision impossible à prendre, mais dans cette conversation imaginaire, la voix s'en charge juste avant que je la fasse taire avec violence en lui disant qu'il est hors de question que je choisisse lequel de mes enfants doit mourir. Je suis couverte de sueur par l'angoisse et je me force à penser à autre chose. Tu te rends compte à quel point c'est malsain, Eili.

Birta était la seule à pouvoir se permettre d'appeler Valdimar par son petit nom d'autrefois, dérivé de son ancien nom de baptême.

— Et tu en parles avec Ívar ?

— Oui, ça m'arrive, répondit Birta. Dans une certaine mesure. Il est très compréhensif, mais me conseille d'aller voir un psy.

— L'idée n'est peut-être pas tout à fait stupide, observa prudemment Valdimar.

Il ressentait une joie mêlée de honte à l'idée que sa sœur se confie plus à lui qu'à son époux. Quand ils étaient petits, Valdimar avait pris l'habitude de la protéger, il se définissait selon ce rôle auquel il n'avait jamais renoncé. Mais les dangers qui semblaient menacer Birta étaient ses démons à elle et il ne pouvait pas les chasser à sa place, ce qui suscitait en lui un douloureux sentiment d'impuissance.

Il se mit à parler des enfants et sa sœur reprit un peu d'entrain.

Une heure plus tard, son téléphone posé sur le coin du bureau se mit à clignoter. Il aurait entendu la sonnerie s'il n'avait pas mis l'appareil en mode silencieux, ce qui ne l'empêchait pas de vibrer bruyamment sur le bois de la table. Au bout de quelques instants, il tomba à terre et les vibrations se transformèrent en un grondement luminescent jusqu'à ce qu'il se lève péniblement du fauteuil pour faire les trois pas qui le séparaient de l'appareil et le ramasser. Il était inutile de consulter l'écran. Il se demandait pourquoi, puisqu'il l'avait mis en mode silencieux, il ne l'avait pas ensuite glissé dans la poche de sa veste posée sur le dossier du fauteuil d'où il n'aurait pas perçu le signal lumineux ni les vibrations. Cela aurait pourtant été si simple.

Il inspira profondément, gonfla ses joues, rejeta bruyamment l'air entre ses lèvres relâchées puis plaça le téléphone à son oreille et décrocha.

— Bonsoir, Elma.

— Salut Valdo le Frigo ! Quelles nouvelles ? Tu t'en es trouvé une autre ? Une paysanne grosse comme il faut pour te cuisiner des crêpes le dimanche et du gâteau à la crème pour ton anniversaire ?

Elle s'exprimait d'une voix caverneuse, presque d'outre-tombe.

— Enfin, Elma…

Valdimar sentit une goutte de sueur froide lui couler de l'aisselle sur le bras.

— Avec des bougies, hein ? Je vois déjà la scène. Les flammes éclairent ton visage tandis que tu te penches sur la table pour souffler. Toutes les bougies s'éteignent sauf une, il y en a une qui reste allumée alors tu es obligé de souffler de toutes tes forces, à pleins poumons. Peut-être a-t-elle par erreur mis un de ces trucs qu'on trouve dans les magasins de farces et attrapes, de ceux qui se rallument encore et encore. Encore et encore. Tu n'y comprends rien. Cette bougie ne va-t-elle donc jamais s'éteindre afin qu'on puisse manger le gâteau piégé ? Il y a un panaché de fruits entre les couches, mélangé à la crème à la vanille, mais toutes les cerises sont posées sur le dessus car elles sont tellement décoratives. Les cerises sur le gâteau, quoi !

— Elma, pour l'amour de Dieu…

— Plus tard dans la soirée, tu la prends en levrette, histoire de fêter ça. Son dos est d'un blanc immaculé, comme le gâteau à la crème, personne n'est allé souiller avec d'affreux gribouillis les épaules de cette campagnarde à l'éducation irréprochable.

— S'il te plaît, arrête tes conneries.

Un tatouage représentant des ailes repliées ornait les omoplates d'Elma. Valdimar avait sursauté la première fois qu'il l'avait vu. Heureusement, elle n'en avait pas d'autre.

— Sais-tu comment je sais que tu en as trouvé une autre à contempler ? reprit-elle, provocante. Il enleva un moment l'appareil de son oreille et caressa le bouton rouge de son pouce avant de se raviser et de le replacer contre sa joue. C'est simplement parce que tu es tout à fait prévisible, mon cher Valdimar. Et comment est-ce que je sais que la déesse de tes rêves est plutôt enveloppée ? Tu veux peut-être deviner ?

— Je ne dirais pas qu'elle est spécialement enveloppée, répondit Valdimar, subitement excédé. Elma se radoucit.

— Alors, j'ai raison ? interrogea-t-elle, surprise.

— Oui et non. Je passe mon temps à regarder les femmes, reprit-il hardiment.

— Alors comme ça, elle est grosse ?

— Je n'ai jamais dit ça, mais elle l'est plus que toi.

— Tiens donc. Décidément, rien ne t'arrête !

— Je ne suis pas sûr.

— Quel âge a-t-elle ?

— Je dirais à peu près le tien.

— Génial, conclut-elle, d'un calme olympien avant de raccrocher.

Même si son existence entière en avait dépendu, Valdimar aurait bien été incapable de dire ce qui pouvait être à ce point génial.

JEUDI

38

Réveillé en sursaut, Smári s'était redressé assis dans son lit avant même de remarquer qu'il n'était que cinq heures trente du matin. Brusquement saisi de l'impression que quelqu'un s'était introduit dans la maison, il se débarrassa de la couette et se leva d'un bond. Il poussa un gémissement quand ses pieds se posèrent sur le sol glacé de la chambre à coucher, rejoignit à cloche-pied la moquette du couloir, alluma l'applique murale et s'approcha à pas de loup de la chambre de Bóas. Fort heureusement, la porte n'était pas fermée à clef, il l'entrouvrit et prêta l'oreille. Il lui fallut quelques instants pour percevoir la respiration régulière de son fils : il était à la maison.

Il prit subitement conscience qu'il se trouvait là à faire le guet, le souffle court, les jambes légèrement tremblantes avec cette incompréhensible bedaine qui pointait en l'air et ce membre qui ressemblait à un oisillon ridé et chauve entre ses cuisses. Il jeta un regard vers la fenêtre sans rideau à l'autre extrémité du couloir. Même s'il savait que seul son torse était visible depuis la rue, sa pudeur restait sourde à ce type d'argument. Il tourna les talons et résista à l'envie de cacher ses larges fesses de ses mains tandis qu'il retournait à sa chambre.

Il n'envisagea même pas de se recoucher et se contenta d'enfiler ses vêtements. Le caleçon qu'il avait porté la veille et l'avant-veille – il n'en changeait que deux fois par semaine. De toute manière, ils étaient tous semblables, il en avait acheté deux paquets en soldes pendant les promotions textiles à la coopérative d'Egilsstaðir, ce qui devait remonter à cinq ans. Son pantalon en velours aux poches trouées et tout élimé qu'il pouvait difficilement se permettre de porter chaque jour, chose qu'il faisait pourtant. La chemise bleu ciel et la veste avec la tache d'huile qui se voyait à peine. Son tiroir à chaussettes était vide. Il alluma la lumière, ouvrit la penderie pour s'examiner dans la grande glace de la porte. Tel qu'il était, usé, délabré, périmé, on ne pouvait pas franchement dire qu'il était bel homme. De toute évidence, il était impensable qu'une femme normale s'intéresse à lui.

Il s'assit sur le bord du lit pour mettre ses chaussettes, l'extrémité de la droite était raide de crasse, mais il n'avait absolument pas le courage de descendre à la buanderie pour voir s'il en avait des propres, ce qui était, de toute façon, peu probable.

Parvenu à la cuisine, il se perdit dans ses habituelles jérémiades. Ce satané gamin ne pouvait même pas mettre les assiettes dans ce putain de lave-vaisselle, il fallait absolument qu'il les balance, encore couvertes de restes, dans l'évier quand il ne les abandonnait pas tout bonnement sur la table. La cuisine semblait avoir été victime d'une attaque aérienne.

Il tomba en arrêt et s'imposa le silence. C'était de sa mère qu'il tenait cette expression-là : *une attaque aérienne*. Elle affirmait toujours qu'après son passage les pièces semblaient avoir essuyé une attaque aérienne si tout n'était pas *tiré au cordeau*. Était-ce vraiment là ce qu'il avait envie de dire à son fils ?

La vie lui apparut dans toute son incroyable brièveté. Quel que soit le cours des journées et des mois à venir,

Bóas quitterait le foyer d'ici peu. Le temps qu'il passerait encore à la maison ne se comptait sans doute pas en années, mais en mois. Du reste, il n'était qu'une gêne, une entrave, dans la vie de son fils. Il sentait bien à quel point Bóas avait envie de s'en aller. De fuir loin de lui, de ses poings serrés et de ses jérémiades de bonne femme, de ses reproches *tirés au cordeau*.

Éloignant tout cela de son esprit, il repensa à ce qu'avait dit sa sœur Stella à propos de Bóas et compara les deux versions. Cet emprunt dans le bocal de la cuisine le turlupinait. Il n'était pas parvenu à forcer son fils à avouer ce à quoi il avait employé cet argent. Une chose était évidente : il lui cachait quelque chose. Il devait s'arranger pour découvrir ce qu'il manigançait. Le gamin s'était-il rendu coupable d'un acte répréhensible ? Telle était l'autre question à laquelle il allait devoir apporter une réponse. Comment réagirait-il en tant que flic s'il apprenait que son fils avait gravement enfreint la loi ? La réponse était plutôt simple : évidemment, il le protégerait par son silence, sans l'ombre d'une hésitation.

Cette conclusion le soulagea. Quelle que soit la vérité, il pouvait désormais l'affronter et réagir avec le sang-froid qui s'imposait. Il fallait seulement qu'il comprenne ce que ce gamin traficotait avant que la rumeur qui le désignait comme l'incendiaire ne parvienne aux oreilles de Valdimar.

39

Au réveil, Valdimar était d'humeur maussade. Comme souvent lors des enquêtes qu'il avait menées, il lui semblait qu'un détail qui crevait pourtant les yeux, un élément qui lui aurait permis de coincer le coupable échappait à son attention. L'hiver se déversait sur lui de tout son poids après l'accès d'optimisme qu'il avait connu la veille. Il s'efforça de chasser de son esprit l'idée persistante selon laquelle il ne parviendrait jamais à résoudre cette affaire. L'incendiaire n'avait commis aucune erreur susceptible de le confondre et il lui suffisait maintenant de se montrer discret. Peut-être même avait-il obtenu ce qu'il voulait.

Il prit une douche rapide et quitta sa chambre sans mettre son bonnet. Dès qu'il eut franchi la porte, son crâne se mit à le brûler. Rejetant l'idée qu'il puisse être atteint d'une maladie inconnue, afin de s'épargner d'autres souffrances, il remonta l'escalier pour prendre le machin rouge. Le temps paraissait s'être calmé, il n'était encore que sept heures, il faisait nuit noire, mais à l'arrière des nuages, il distinguait le scintillement de quelques étoiles. Le village était entièrement blanc, de même que les montagnes qui apparurent à sa vue dès qu'il eut franchi le seuil, il aperçut toutefois l'ombre noire des cimes libres de neige en jetant un regard en arrière.

La Danoise de l'accueil le reçut avec un sourire chaleureux, des petits pains bien chauds et du café fumant. La vie promettait d'être supportable au moment où son téléphone sonna. Il sentit son estomac se retourner : qui diable pouvait donc l'appeler ainsi aux aurores ?

— Ici, Hafliði. Tu avances ?

— Pas d'un pouce. Quand arrivez-vous ?

— Nous prenons le vol de neuf heures. Nous serons sûrement là en fin de matinée. Au fait, la Brigade contre la délinquance économique s'est penchée sur la comptabilité que tu nous as envoyée.

— Alors, ils en ont tiré quelque chose ?

— Eh bien, ils ont remarqué que les bénéfices du second trimestre étaient nettement plus élevés. Mais les problèmes de l'entreprise étaient tels que ça ne suffisait pas, elle était étranglée par le coût des emprunts et il y avait peu de chances de la sauver à moins de procéder à une injection massive d'argent frais.

— C'est apparemment ce qu'ils prévoyaient de faire, non ? marmonna Valdimar, les yeux plongés dans son café qui, à son avis, était déjà froid. Jamais il n'était parvenu à s'habituer à travailler et manger en même temps.

— Ah bon ? Tu n'as pas d'informations plus précises là-dessus ?

— Non, répondit-il, pensif. Il se rappela l'attitude pour le moins étrange de Sveinbjörn quand il lui avait ouvert sa porte la veille au soir. Et la présence de Kolbrún… Sans doute manigançaient-ils quelque chose.

— En résumé, tu es complètement à l'arrêt, observa Hafliði. *À l'arrêt* : son collègue était le seul à recourir à cette expression. Tu n'as aucun autre suspect que ce Sveinbjörn ?

— Non, pas vraiment. J'ai quand même l'impression que ces incendies ne frappent pas au hasard. Il existe toutes sortes de liens entre les propriétaires des lieux sinistrés, y compris avec le pasteur et sa femme qui ont perdu leur maison dans les flammes l'année dernière. L'hypothèse d'un acte criminel n'a d'ailleurs jamais été abandonnée dans cette affaire.

— Oui, je me souviens. Des liens, dis-tu, de quel genre ?

— Eh bien, Drífa, la fille de Þorsteinn, le capitaine de chalutier qui vient de perdre sa maison, était l'amie du fils du pasteur, Baldur, qui avait déjà mis fin à ses jours au moment de l'incendie du domicile de ses parents. Ensuite, j'ai appris que Sveinbjörn, le propriétaire de l'usine, trompait sa femme avec celle de Þorsteinn, Hugrún. Mais le problème est qu'il s'agit d'un petit village et qu'il est possible que ce ne soient que des coïncidences, j'essaie de voir si ces trois affaires ne seraient pas liées les unes aux autres.

— Je comprends.

— J'ai hâte que vous arriviez. Comme ça, je pourrai vraiment me concentrer sur cette partie de l'enquête. J'ai rendez-vous avec le pasteur à huit heures.

— Allons, je sais que tu fais de ton mieux, observa Hafliði. Il ménagea un bref silence avant de reprendre la parole, avec une certaine fierté. En fait, nous avons découvert deux éléments susceptibles d'avoir un lien avec cette histoire, chacun d'une manière différente. En premier lieu, nous avons trouvé un texte qui pourrait être un message de l'incendiaire.

Valdimar venait d'avaler une gorgée de café, plus chaud qu'il ne l'avait imaginé. À ces mots, il s'étouffa et postillonna la majeure partie du breuvage sur la nappe immaculée.

— Qu'est-ce que tu dis ?

— Þorir, notre collègue de la brigade informatique, a eu l'idée d'entrer quelques mots dans un moteur de recherche, au cas où quelqu'un aurait blogué sur cette histoire. Et il a trouvé un texte assez troublant.

— Eh bien…

— Y a-t-il un ordinateur dans les parages ?

— Non, pas là où je suis, répondit Valdimar tandis qu'il balayait la pièce du regard. En fait, si, corrigea-t-il, voyant l'écran plat posé sur le comptoir. Sans attendre son reste, il se leva de table et s'avança vers l'appareil. La Danoise avait disparu.

— Ohé !

Aucune réponse ne lui parvint de l'office. Il fit sans hésiter le tour du comptoir. L'ordinateur était allumé et Internet fonctionnait parfaitement.

— Tu peux me donner l'adresse ?

— Tu n'as qu'à aller sur ta messagerie, je t'ai envoyé le lien qui mène au site.

Valdimar obéit et, au bout de quelques secondes, se retrouva face à un texte sur blogspot. com – ce qui signifiait évidemment que l'hébergeur était en dehors de leur juridiction. Le message débutait en ces termes : *"Cela commence par une petite étincelle qui chatoie dans l'ombre d'une pièce…"* Valdimar lut avec intérêt, jusqu'à la dernière ligne : *"on n'entend plus que les sanglots de quelqu'un qui se tord dans son lit, l'estomac noué."*

— Nom de Dieu ! Y a-t-il un moyen de savoir qui a écrit ça ?

— Nous y travaillons. Évidemment, il n'y a rien qui soit directement condamnable dans ces écrits, mais ils fournissent certains indices qui nous donnent toutes les raisons d'interroger leur auteur.

— Qu'en est-il des messages précédents ?

— Il n'y en a aucun.

— Ah oui, je vois ça, en effet.

— As-tu remarqué la date de publication ?

Valdimar remonta vers le haut de la page et répondit au bout de quelques secondes.

— C'est le lendemain du premier incendie. Eh bien, j'espérais que ce message serait antérieur.

— En effet, le lien aurait été plus évident. Mais n'oublions pas qu'il n'est pas certain que ce texte ait un rapport quelconque avec cette histoire-là. Excepté d'un point de vue littéraire.

— D'un point de vue littéraire ? s'étonna Valdimar.

— Eh bien, il s'agit là d'un… texte littéraire.

— J'ai plutôt l'impression de lire les divagations d'un malade mental.

— Soit, cela revient parfois au même, tu ne crois pas ?

Valdimar remarqua subitement la présence de la jeune Danoise qui, postée à côté de lui, haussait les sourcils. Il attrapa sa carte de police dans la poche de sa veste. Elle y jeta un coup d'œil rapide et hocha la tête. Dieu seul savait si elle avait compris un traître mot de ce qui était écrit sous le plastique.

— Tu me tiens au courant. Je veux savoir qui a écrit ça.

— Cela va de soi, répondit Hafliði.

— Et l'autre détail dont tu parlais ?

— Les gars de la Brigade contre la délinquance économique ont épluché tous les mouvements sur le compte en banque de Sveinbjörn.

— Et alors ?

— Ils ont repéré depuis son compte personnel des versements réguliers qui semblent assez intéressants.

— Ah bon ?

— Une somme mensuelle de 100000 couronnes.

— Et qui est le bénéficiaire ?

Hafliði lui communiqua le nom.

— Nom de Dieu ! J'en étais sûr.

— Exactement, on s'occupe de ça dès que j'arrive. À plus tard.

Valdimar renvoya la salutation, ferma la fenêtre sur l'écran et retourna à sa table. Les taches de café profanaient le blanc impeccable de la nappe. Il aurait voulu s'excuser d'avoir ainsi souillé les lieux auprès de la jeune fille danoise, mais elle était retournée dans l'office.

Le révérend Aðalsteinn croisait ses mains sur la table, telle une caricature de pasteur, son bouc lui conférait un air aussi hautain que théâtral, on aurait dit que toutes les paroles qui lui sortaient de la bouche étaient à placer entre guillemets, empreintes d'une signification plus profonde, sur un registre plus élevé, dont l'accès était interdit à son interlocuteur. Valdimar aurait eu envie de tirer sur ses oreilles charnues, afin de le déséquilibrer, de le faire redescendre sur terre et de l'amener à parler la langue des hommes.

— Mon épouse ainsi que moi avons vécu cela comme une rude épreuve. De même que Ragnar, notre fils. Après cet incendie, nous nous sommes retrouvés à la croisée des chemins : d'un côté, les lamentations, la douleur et le désespoir. Les reproches adressés à Dieu pour avoir laissé ces événements se produire. De l'autre, l'énergie et la volonté de survivre à tout cela. Chacun doit porter sa croix, mais notre devoir est aussi de ne pas fléchir. L'homme n'a pas seulement droit au bonheur, il lui incombe également, dans une certaine mesure, de partir à sa quête.

— Aviez-vous laissé la clef de votre domicile à quelqu'un pendant votre absence ? interrogea Valdimar qui pensait pouvoir se dispenser d'une leçon de philosophie. L'origine du feu était encore inconnue, mais il s'était déclaré au rez-de-chaussée et l'une des hypothèses était qu'ils aient oublié d'éteindre une bougie. Aucune trace d'effraction n'avait été relevée.

Le pasteur n'avait sans doute nul besoin d'aller chercher bien loin la réponse, mais il haussa les sourcils, garda quelques instants le silence comme pour signifier qu'il lui fallait aller l'arracher au fond de sa mémoire, tel un trésor oublié dans un coffre.

— En effet, il y avait ces clefs. Un double était accroché sous la fenêtre côté jardin et Stella, la sœur de Smári, en possédait un autre. Urður lui avait demandé de venir arroser les plantes en notre absence.

— Elles sont amies ? demanda Valdimar.

— Oui, elles se connaissent de longue date. Avec mon épouse, nous les invitons souvent à dîner et nous sommes plusieurs fois allés chez eux. Sveinbjörn n'est pas originaire du village, tout comme nous, mais Stella a passé toute son enfance ici, elle y est revenue avec sa famille il y a quelques années. Forts sont les liens… comme on dit, commenta Aðalsteinn d'un ton posé tandis qu'il tournait discrètement son poignet afin de regarder sa montre.

— Vous êtes pressé ? s'enquit Valdimar.

— Pardonnez-moi, répondit le pasteur, d'un air embarrassé, mais il me reste un certain nombre de détails à régler avant le moment de prière d'aujourd'hui.

— Je comprends. Dites-moi, beaucoup de gens étaient-ils au courant de la présence de ce double dans le jardin ?

— Oui, bien sûr. Tout le monde ne ferme pas sa maison à clef ici, mais Urður trouve cela plus rassurant, nous fermions donc à double tour, ce qui est d'ailleurs toujours le cas. Nos fils oubliaient régulièrement leurs trousseaux et je suppose qu'un grand nombre de leurs camarades connaissaient l'existence de ce double.

— En d'autres termes, il n'est pas exclu que quelqu'un se soit introduit dans la maison ?

— En effet.

— Vous n'avez pas remarqué que certains objets avaient disparu, des choses dont il aurait dû rester des traces après l'incendie, comme des ordinateurs portables ou encore des magnétoscopes ?

— Nous n'avons vraiment pas eu le cœur d'aller fouiller cet amas de ruines calcinées. D'autres que nous se sont occupés de vider les lieux et très peu de choses ont pu être sauvées. En fait… ajouta-t-il comme si un détail lui était revenu, qu'il avait ensuite décidé de passer sous silence.

— En fait, quoi ? reprit Valdimar.

— Eh bien, je viens de me rappeler une chose, mais je doute qu'elle ait la moindre importance, répondit le pasteur, comme s'il espérait éluder la question.

— Permettez-moi d'en juger, observa Valdimar, les détails ont parfois beaucoup d'importance.

— J'en conviens, mais il arrive également qu'ils conduisent les gens dans une impasse. Enfin, puisque vous parliez d'ordinateur portable… Loin de moi l'idée d'en faire toute une histoire, mais il se trouve qu'après l'incendie, Smári est venu frapper à notre porte pour nous rendre celui de Baldur qui était resté dans la chambre de Bóas.

— Ah bon, observa Valdimar, manifestement intéressé.

— En réalité, nous pensions qu'il avait été détruit dans l'incendie comme le reste. Bóas affirmait à son père que Baldur le lui avait prêté avant son décès. Pour ma part, je ne voulais pas le contredire, mais j'étais sûr de me rappeler avoir remis ce portable dans son étui de protection avant de le poser sur le bureau de Baldur, peu de temps après sa mort. J'avais vérifié s'il n'y avait pas laissé un message qui nous aurait expliqué son geste, voyez-vous. Mais bon, la version que Bóas donnait à son père n'était en rien la mienne et Smári ne trouvait pas convenable que son fils garde cet appareil. Urður avait immédiatement proposé qu'il le fasse, mais Smári s'y était opposé. Il avait exigé de nous donner de l'argent en contrepartie. Pour finir, il était reparti avec l'ordinateur.

— Savez-vous comment il était arrivé chez lui ?

— Je soupçonnais Ragnar de le lui avoir prêté, ce qu'il s'est refusé à reconnaître. Bóas passait pas mal de temps chez nous, lui et Baldur étaient très proches. Il n'est évidemment pas exclu qu'il ait voulu que cet ordinateur serve à quelqu'un, sachant que personne n'en avait l'utilité.

— Et qu'il l'ait volé ?

— Je n'ai jamais dit ça. Il a expliqué à son père qu'on le lui avait prêté.

— Qu'avez-vous trouvé à l'intérieur ? Baldur avait-il écrit quelque chose… d'intéressant ?

— Non, rien. Il aurait pourtant mieux valu qu'il s'en serve pour se vider de la tête de ses sombres pensées.

— Il ne tenait pas de blog ? s'enquit Valdimar. Les sombres pensées et la catharsis mentionnées par le pasteur lui rappelèrent le message qu'il avait lu au petit-déjeuner.

— Non, il n'aurait jamais fait ça, répondit Aðalsteinn comme si Valdimar avait accusé son fils défunt d'une activité inavouable.

— Vous n'aviez pas remarqué qu'il allait très mal ?

— Si, évidemment. Mais pas… Voyez-vous, il n'était pas dépressif. Il était vif, mais pas mélancolique. Je… J'ai discuté avec lui le soir même où il… a fait ça. Urður pense qu'à ce moment-là, il avait déjà pris sa décision, en tout cas, l'idée l'avait effleuré. Ce qui est étrange, c'est que jamais il ne me soit venu à l'esprit que cela pourrait se terminer ainsi. À l'entendre, il était persuadé que Drífa finirait par revenir sur sa décision. J'ai tenté de le convaincre du contraire parce qu'ayant abordé le sujet avec elle, elle m'avait dit sans ambiguïté que leur relation était terminée. Je lui ai donc conseillé de ne pas espérer que tout redevienne comme avant. J'aurais sans doute mieux fait de me taire.

— Vous voulez dire que vous vous reprochez ce qui s'est passé ?

— Je ne voulais que son bien, répondit le révérend Aðalsteinn, dont le visage affichait maintenant l'expression d'un clown triste tandis qu'il tapotait la table du bout des doigts comme le clavier d'un ordinateur. Valdimar eut tout à coup l'impression qu'il avait établi le contact avec cet homme, qu'il avait percé le bouclier glacé dont celui-ci s'était armé afin d'imposer le silence à l'inquisiteur qu'il avait dans la tête.

40

— On ne peut pas avoir une minute de répit dans cette maison, s'agaça Þorsteinn tandis qu'il essuyait d'un revers de manche la buée sur le carreau. Ni dans aucune des maisons où on atterrit, corrigea-t-il avant de conclure : Ni dans les moments à terre, ni dans les fêtes solennelles.

— C'est tout le temps la même chose avec toi, claqua Hugrún, les grands mots, toujours les grands mots, monsieur le beau parleur !

— Maman, arrête donc ! hurla Drífa. Pourquoi faut-il absolument que vous vous disputiez en ma présence ? Et toi, papa, regarde-moi au lieu de marmonner à la fenêtre, c'est insupportable.

— Voilà maintenant que je n'ai plus de droit de regarder où je veux, soupira le père de famille, épuisé. Drôles de vacances de Noël ! D'abord, on met le feu au toit que j'ai sur la tête. Ensuite, les flics viennent m'annoncer comme si de rien n'était que j'ai fait flamber l'usine de ce Sveinbjörn… Que *je* me balade en ville avec des bidons d'essence et des allumettes. Et pour finir, vous vous en prenez à moi comme… deux harpies pour que j'aille porter plainte contre ce bonhomme, pour la seconde fois en l'espace de deux jours !

— Je ne t'y oblige pas, protesta Drífa, ce qui n'empêcha pas son père de poursuivre sur sa lancée :

— Alors que tout ce que je veux… c'est travailler en paix pour nous rebâtir un foyer à partir de ces ruines. Est-ce vraiment trop demander ? Les frères auront bientôt fini de poser le parquet, les éléments de cuisine arriveront dès que la lande sera à nouveau praticable. Tout ce que je veux, c'est continuer à vivre la vie que j'ai choisie en essayant de construire quelque chose au lieu de me perdre dans des discussions stériles !

Hugrún poussa un soupir méprisant.

— Tu n'as rien choisi du tout, c'est bien le problème, tu te laisses porter à la surface des flots comme un géant gonflé d'orgueil. Tu ne reconnaîtrais pas l'essence de la vie même si quelqu'un t'en aspergeait la figure avec un seau d'eau sale.

— Ma vie n'a rien d'un seau d'eau sale ! s'emporta-t-il, les yeux toujours rivés sur la fenêtre. Tout le monde ne peut sans doute pas en dire autant, marmonna-t-il, la tête baissée sur sa poitrine.

— Qu'est-ce que tu insinues par là ? interrogea Hugrún, furieuse, en essayant de le forcer à croiser son regard. Il repoussa la main de son visage.

— Je n'insinue rien du tout, rétorqua-t-il. C'est moi qui suis accusé dans cette histoire, alors que je n'ai absolument rien fait. Moi qui suis obligé de supporter les insultes dont on m'abreuve. Et ce n'est pas la première fois.

La discussion était dans l'impasse, comme cela arrivait souvent au sein de cette famille qui avait perdu son foyer et semblait ne plus avoir de centre de gravité par rapport auquel chacun aurait pu évaluer sa position, pensait Drífa. Par bonheur, sa sœur Silla était encore au lit, probablement ne quitterait-elle sa chambre qu'au moment où ils cesseraient de se disputer.

Son père avait laissé échapper que la police aurait mieux fait d'interroger Sveinbjörn à propos des matières inflammables qu'abritait son entrepôt plutôt que de venir l'emmerder avec quelques malheureux litres d'essence qui manquaient peut-être dans un jerrican dont il n'était même pas sûr qu'il ait été plein, il ne se le rappelait pas. En revanche, il savait que Sveinbjörn stockait d'importantes quantités de dissolvant, un liquide tout aussi inflammable que l'essence. On pouvait grandement se poser des questions quant aux capacités professionnelles de ce maudit policier de la Criminelle. Certes, on ne pouvait pas dire qu'il n'avait pas deux oreilles, mais c'était une autre histoire de savoir s'il y avait un cerveau au milieu.

Hugrún avait immédiatement insisté pour qu'il contacte la police. C'étaient là des éléments importants pour l'enquête et il lui semblait peu probable que Sveinbjörn les ait mentionnés. Þorsteinn s'était vigoureusement opposé à l'idée. Il était parfois quelque peu timoré, ce qui étonnait Dría, même si elle ne s'en offusquait pas. À chaque fois qu'on le prenait au mot et qu'on le sommait d'intervenir, d'aller porter plainte, de réprimander son voisin ou de l'informer que quelque chose clochait, il renâclait et faisait machine arrière, tout comme en ce moment.

— Il doit y avoir au moins six mois que j'ai vu ce dissolvant dans l'usine, peut-être que ça s'est simplement trouvé comme ça, ce jour-là, j'ai remarqué qu'il y en avait beaucoup, point, reprit-il, dans sa fuite éperdue. Si j'ai dit ça, c'est pour montrer le ridicule des méthodes de la police qui m'enquiquine en comptant les litres d'essence comme s'il s'agissait d'un produit rare et difficile à se procurer.

Assise face à lui à la table du petit-déjeuner, Hugrún grimaça en laissant échapper un son difficilement identifiable, mais qui n'avait rien d'amical. Drífa remerciait Dieu que les propriétaires des lieux, son oncle maternel et sa famille, soient restés aux Canaries avec le grand-père.

Il valait mieux que ce genre de conversation demeure dans le cercle restreint du noyau familial.

— Pourquoi est-ce que tu le protèges comme ça ? As-tu tellement la trouille de vexer ce salaud ? Est-ce que, par hasard, tu te ficherais du fait qu'il a très probablement mis le feu chez nous ? interrogea Hugrún.

— Balivernes ! Je n'en crois pas un mot et la police non plus.

Þorsteinn était, comme il aimait à dire, un homme paisible. C'était sa très personnelle prière d'humilité* à laquelle il s'accrochait quand il lui semblait devoir prendre le taureau par les cornes, mais qu'il n'en avait pas le courage. Dría trouvait parfois étrange qu'un homme fuyant à ce point les conflits ait pu être choisi pour diriger un équipage nécessairement composé d'individus au caractère bien trempé. Mais elle avait eu l'occasion de le voir à l'œuvre dans son rôle de capitaine et pouvait attester qu'il s'en acquittait à la perfection. On aurait dit que le droit de décision qu'il revendiquait, allié à son pouvoir formel, lui donnait des ailes, gonflait sa confiance en soi et lui permettait d'apparaître plus déterminé qu'il ne l'était réellement. À terre, il se comportait comme un pleutre gémissant, mais en mer, il était un meneur d'hommes audacieux, capable d'imposer ses décisions aux plus entêtés sans jamais fléchir. Le peu de fois où il avait tenté d'endosser le rôle du meneur au sein du foyer familial et d'imposer ses décisions à Hugrún, elle s'était employée avec soin à tout faire pour le contrarier ou à saboter ce qu'il avait suggéré ou décidé.

* Prière protestante : “Mon Dieu, donne-moi la sérénité d'accepter les choses que je ne peux pas changer, le courage pour changer celles que je peux et la sagesse de savoir les discerner.”

Drífa n'avait jamais eu à recourir à ce genre de ruses peu avouables. Depuis qu'elle était toute petite, son père s'était plié en quatre pour elle, il serait allé lui décrocher la lune. Sauf cette fois-ci où ce qui lui importait était de le voir restaurer un semblant d'ordre dans le cocon familial. Elle adorait sa mère, mais son manque de retenue, ses manies, ses humeurs changeantes et sa tendance à tout vouloir régenter compliquait l'existence de son entourage. Une fois qu'une idée s'était enracinée dans son esprit, il était impossible de l'en extirper et son père avait renoncé à la pousser dans ses retranchements. Au mieux, il protestait, le regard perdu sur l'océan, comme si la vraie vie s'était trouvée là-bas.

Elle le comprenait dans une certaine mesure. Cela dit, sa mère ne se résumait pas à la harpie qu'elle était parfois. Sans parler de son rayonnement et du fait qu'elle pouvait se montrer adorable avec tous quand elle l'avait décidé, elle était également une femme sensible qui avait grand besoin de ses proches et pouvait s'effondrer à la moindre occasion. Chacun s'employait à éviter que la chose se produise. Drífa était habituée à se tenir à ses côtés dans les moments heureux comme dans les épreuves, c'est ce qu'elle avait toujours fait. Pourtant, depuis cet hiver, elle avait l'impression de la voir sombrer dans un comportement extrême.

Pour cette raison, elle tentait de motiver son père, dans l'espoir qu'il se reprenne et qu'au sein de la famille, il montre des capacités comparables à celles dont il faisait preuve quand il était au large.

La mère de Drífa n'avait jamais été totalement fidèle à cet homme, Drífa avait remarqué ses écarts de conduite depuis sa plus tendre enfance, d'abord sans comprendre ce qui se passait, mais en grandissant et en prêtant un peu d'attention à la chose, elle avait compris ce qu'il en était.

Même si c'était douloureux, cela n'empêchait pas de vivre et d'espérer que cette habitude lui passerait avec l'âge ; dans ce domaine, Hugrún s'était du reste toujours armée d'une certaine prudence.

Les choses avaient radicalement changé au moment où avait débuté sa liaison avec Sveinbjörn. Les amants que Drífa lui avait connus jusque-là, tous plus jeunes qu'elle, n'étaient pas véritablement impliqués dans la vie de leur communauté restreinte. L'un d'eux était officier sur le ferry Norræna qui assurait la liaison avec les Féroé, la Norvège et le Danemark, un autre était un artisan polonais, venu travailler à Egilsstaðir. Cependant, entreprendre une relation avec son voisin le plus proche relevait de la pure folie. Sans parler du fait que Hugrún se souciait très peu de la dissimuler : on aurait dit qu'elle s'en fichait éperdument. Drífa se demandait ce qu'elle pouvait bien avoir dans la tête.

Et maintenant que cette lamentable histoire était enfin terminée, elle dépassait à nouveau les bornes en proférant contre Sveinbjörn des accusations délirantes, dénuées de tout fondement et, pour couronner le tout, elle encourageait son père à la suivre contre sa volonté.

— Dans ce cas, je m'en vais, annonça Hugrún, amère, devant la porte, vêtue de sa veste brune et de sa chapka.

— Maman où vas-tu ? interrogea Drífa, inquiète.

— Je t'interdis de prendre le 4×4, proféra son père, sans conviction, ce à quoi l'épouse répondit d'un haussement d'épaules méprisant. Quelques instants plus tard, on entendit le moteur du 4×4 démarrer.

— Elle n'a même pas enlevé la neige des vitres et du pare-brise ! soupira Þorsteinn.

— Papa, pourquoi est-ce que tu ne réagis pas ? s'enquit Drífa au bout de quelques instants. Ça ne peut pas continuer comme ça.

— Que veux-tu que je fasse ? Elle menace de divorcer dès que je lève le petit doigt. Tu ne veux quand même pas ça ? N'est-ce pas ? Parce que dans ce cas, ta sœur et toi vous retrouveriez seules avec elle.

— Je crois sincèrement que tu n'as rien à craindre de ce côté-là. Si jamais tu la prenais au mot, elle reculerait immédiatement. D'ailleurs, pourquoi serions-nous forcément avec elle ? Tu n'as pas ton mot à dire là-dessus ? Certes, pour ce qui est de moi, cela n'a plus grande importance, je suis adulte. Je ne vais pas tarder à partir à Reykjavík pour étudier. Silla restera peut-être ici un peu plus longtemps, mais j'ai cru comprendre qu'elle a bien envie de me suivre quand je déménagerai.

— Pour l'amour du ciel, ne parle pas de ça. J'ai l'impression que notre famille se désagrège.

— C'est vrai, elle se désagrège. Tu n'as peut-être pas remarqué ? Et cela n'a rien à voir avec moi ni Silla. Nous essayons simplement de construire notre vie de notre mieux. Nous ne sommes plus des enfants. Tu ne peux plus compter sur nous pour cimenter le foyer, d'ailleurs tu n'as pas le droit de nous mettre ce poids sur les épaules.

— Silla n'a tout de même que quatorze ans.

— Oui et elle a également, depuis peu, son premier petit ami.

— Hein ?

— Maman et toi ne l'avez même pas remarqué. Je crois qu'elle veut vous cacher la chose aussi longtemps que possible. En tout cas, ça vaut principalement pour maman.

— Pourquoi donc ?

— Tu as peut-être oublié comment elle s'est comportée avec Baldur ? Je crois que Silla n'a aucune envie de voir la chose se reproduire.

— Je ne vois pas où tu veux en venir. Qui est ce petit ami de Silla ? Quel âge a-t-il ?

— Aucune importance. Je crois en tout cas pouvoir t'assurer que maman n'a aucune envie de divorcer de toi. Voilà pourquoi tu peux lui dire tout ce que tu veux sans prendre le moindre risque.

— Je t'en prie, ma chérie, arrête de me parler de ça. J'ai l'impression d'avoir un énorme poids sur la poitrine. Que le diable m'emporte. Il ne manquerait plus que j'aie une attaque.

— Donc, tu vas rester les bras croisés sans réagir ?

— Que veux-tu que je fasse ? Je suis un homme paisible. Je me dis que le foyer familial ne devrait pas être un champ de bataille. Toi-même, tu te plaignais tout à l'heure parce que nous nous disputions ta mère et moi.

— Je ne disais pas que… Ah, laisse tomber, conclut Drífa.

Son père marmonna quelques mots en guise d'acquiescement avant de promener son regard sur le fjord. Il a tellement envie de retrouver la mer où chacun l'écoute, pensa-t-elle. Loin de ce qu'il appelle ces discussions stériles

41

Valdimar avançait d'un pas lent le long des rues toutes blanches avec son bonnet rouge sur la tête ; il était le seul piéton du village, tel un père Noël qui ne réjouissait personne et en troublait plus d'un. Il redoutait le moment où il arriverait à destination pour rencontrer Smári et cuisiner son fils. Pourquoi fallait-il toujours qu'il s'immisce dans la vie privée des autres en venant les charger de pesants fardeaux ?

Le jour commençait à poindre. Le ciel était encore d'un bleu sombre si on exceptait la ligne claire et pâle à la crête des montagnes, vers le sud. C'était dans cette pénombre que les guirlandes et les décorations lumineuses installées sur les rambardes des balcons ou à l'arrière des fenêtres étaient les plus belles. Cette atmosphère immaculée commençait à fatiguer Valdimar. Elle faisait remonter à la surface de sa conscience les Noël d'autrefois, tels des filets en lambeaux, pourris après un long séjour au fond de l'océan.

Il n'avait jamais réussi à se réchauffer à la chaleur de ses plus doux souvenirs d'enfance, trop intimement liés à la douleur et au deuil. Il parvenait à susciter dans son esprit l'image vacillante de sa mère dans la cuisine le soir du réveillon, avec ses longs cheveux qui lui tombaient dans le dos. Elle se retournait vers lui, souriante, et lui demandait de les lui attacher. Il devait avoir six ou sept ans. Voulant faire de son mieux, il allait dans la salle de bains pour y chercher un élastique qu'il ramenait à la cuisine et s'approchait de sa mère en traînant un tabouret sur lequel il essayait de monter. Elle riait et lui déposait un baiser sur le front avant de s'asseoir sur le tabouret – l'idée ne lui était pas venue à l'esprit. Il mettait longtemps à lui faire une queue-de-cheval, mais elle n'affichait pas le moindre signe d'impatience, rien qu'une tendresse qui, toutes ces années plus tard, lui entaillait encore profondément le cœur.

À cette image-là, il opposait dans son esprit celle du regard embrumé et de l'épaisse moustache de son père le soir du premier ou du second Noël après que ce dernier était devenu veuf et père célibataire de deux enfants ; ce sourire narquois qu'il avait sur les lèvres, ces éclats de rire parfaitement injustifiés. “Eili, disait-il à son fils : tu es Eilífur, ce qui signifie éternel. Quant à toi, Birta, ton nom signifie la lumière et tu es le soleil”, ajoutait-il, un doigt pointé vers sa fille. Encore toute petite, Birta s'écriait à pleine voix : “Je ne suis pas le soleil, le soleil est parti dans la nuit.” Valdimar pinçait ses lèvres, il espérait que son père s'abstiendrait pour une fois d'aller fumer son chilom sur le balcon.

Il s'étonnait de constater combien ce souvenir rugueux était moins douloureux que l'autre, tellement plus doux. Ce qui le troublait, c'était l'idée de ce paradis perdu, la conscience qu'un jour, le monde avait été tel qu'il se devait d'être, qu'il avait obéi à un cours maintenant disparu. Quelques années plus tard, il avait annoncé à son père sa décision d'abandonner son prénom Eilífur pour prendre celui de son grand-père, Valdimar. Il se disait aujourd'hui que c'était symbolique d'une forme de rupture avec l'univers de l'enfance, sans doute aurait-il conservé son ancien prénom si sa mère avait vécu.

En traversant le pont, il lui vint à l'esprit que Bóas était peut-être en train de travailler dans la maison de Þorsteinn, comme la veille, et il commença à gravir la pente. Il allait emmener le gamin avec lui jusqu'au commissariat pour discuter dans le calme en le cuisinant un peu, si nécessaire. Cette histoire d'ordinateur n'était pas claire et devait cacher quelque chose. Il se souvint de l'échange verbal entre Smári et Bóas sur les lieux où l'incendiaire avait enflammé son allumette… Le gamin s'était-il montré nerveux ? Non, c'était plutôt cette amertume dans son attitude qui avait frappé Valdimar.

La porte de la maison n'était pas fermée à clef. Il frappa et entra sans attendre qu'on lui réponde. Les pièces étaient sur le point de devenir à nouveau habitables, l'odeur de fumée étonnamment discrète, les murs blancs, et un nouveau parquet avait été posé sur presque tout le sol. Les deux frères étaient manifestement en plein travail. Agenouillé à l'entrée de la cuisine, le plus jeune s'occupait de vérifier le niveau du seuil. Le policier lui souhaita le bonjour, l'homme lui répondit et se releva en lui adressant un regard courtois, quelque peu inquisiteur.

— En fait, c'est Bóas que je souhaitais voir, il travaille avec vous, n'est-ce pas ?

— Oui, bien sûr que oui, mais je ne l'attends qu'en fin de matinée, répondit l'homme.

Valdimar hocha la tête. Les vacances de Noël n'étaient pas terminées et le gamin dormait sans doute encore à poings fermés chez lui. Il est préférable de l'interroger alors qu'il sort à peine du sommeil et qu'il est un peu sonné, pensa Valdimar. Il y aurait moins de risques qu'il lui invente toutes sortes de mensonges pour se tirer d'affaire. Le frère aîné apparut à la porte du salon. C'était un homme svelte, âgé d'une soixantaine d'années, au visage ridé et jovial, avec une touffe de poils qui lui sortait des oreilles. Il salua Valdimar d'un amical signe de la tête. Il émanait de ces deux hommes quelque chose de sain.

— J'en ai trouvé un autre, annonça-t-il à son cadet en lui montrant un long carton plutôt plat qui ressemblait à l'emballage d'une petite étagère de chez Ikea.

— Qu'est-ce que ça peut bien être ? interrogea l'autre. Kolbrún ne t'a pas donné de précisions ?

— Non, répondit l'aîné avec un sourire. Elle m'a quand même demandé de les lui remettre si nous en trouvions d'autres de ce genre.

Il y avait là quelque chose qui clochait. Qui clochait terriblement.

— Où avez-vous trouvé cela ? Est-ce destiné à Kolbrún ? interrogea Valdimar.

— Eh bien, c'est arrivé avec le parquet. Ce sont des trucs qu'ils mettent au milieu, vous savez.

— Me permettez-vous d'y jeter un œil ?

Sans attendre la réponse, le policier de la Criminelle s'empara du paquet pour l'ouvrir. Sous le carton, on découvrait un autre emballage constitué de plusieurs couches de plastique et de scotch étanche. Valdimar prit l'une de ses clefs pour déchirer l'une des extrémités. Des sachets en plastique sous vide d'air apparurent, qui contenaient une matière blanche. Il enfonça la clef, la ressortit d'un geste brusque et quelques grains s'écoulèrent par la fente. Il renifla avec précaution sans percevoir la moindre odeur. Il enfonça son index et son pouce dans le trou afin de palper la poudre. Le contact n'était pas celui auquel il s'était attendu, mais une chose était claire et nette : ce n'était pas du sucre glace.

— Putain de bordel de merde ! jura-t-il.

42

En dépit du mauvais temps, les préparatifs pour le moment de prière commune laissaient espérer que ce serait un succès. Nombre de gens s'étaient ralliés à l'idée qui avait grandi au-delà des limites qu'Aðalsteinn s'était initialement imaginées. Il s'était adjoint quelques-unes des femmes du conseil paroissial, Urður lui avait apporté un soutien indéfectible et le résultat ne s'était pas fait attendre. Chacun des employeurs du village avait proposé de participer, même le dispensaire ralentirait son activité afin que la majeure partie de son personnel puisse assister à la prière.

La police devait également être présente à la cérémonie et, à la fin de son prêche, Aðalsteinn avait l'intention d'encourager les membres de l'assistance à se mettre en rapport avec elle s'ils soupçonnaient l'un de leurs proches d'être le responsable. Peut-être cela donnerait-il quelque résultat.

En outre, il y avait des chances pour que le coupable vienne également en personne. Aðalsteinn avait réfléchi à cette éventualité et il comptait apostropher ce malheureux individu au nom de tous et s'efforcer de lui ouvrir les yeux sur son erreur. Car l'assistance ne se limiterait pas au personnel des entreprises et des administrations. On avait, par divers moyens, contacté presque chaque foyer du village. L'idée consistait à mettre en première ligne l'unité sociale fondamentale qu'était la famille afin d'atteindre les adolescents par le truchement des parents.

Aðalsteinn avait conscience du fait que l'incendiaire ne serait peut-être pas découvert, comme d'autres qui avaient sévi au sein de certaines communautés et qui avaient agi à plusieurs reprises sans jamais être attrapés. En revanche, il était persuadé que, même dans ce cas, la totale solidarité affichée par les gens du village entraînerait l'arrêt de ses méfaits, il était impossible qu'il en aille autrement. Une fois que le coupable se retrouverait devant tout ce monde et qu'il percevrait cette lame de fond... il mettrait un terme à ses activités peu avouables. Quelle que soit la suite des événements, le pasteur était convaincu que cet exceptionnel moment de prière serait bénéfique à la communauté et rapprocherait les gens tout en créant une solidarité durable.

Il était évident que les médias couvriraient l'événement, quatre agences de presse l'avaient contacté, et il avait également noté un certain intérêt venant de la presse internationale. Même s'il se refusait à trop y penser, il soupçonnait que la Providence lui avait ouvert une voie par laquelle il deviendrait plus visible dans la société, ce qui augmenterait ses chances de déménager car son rêve de devenir pasteur dans une bonne paroisse de la capitale avait refait surface quand Urður l'avait à nouveau pressé de quitter le village.

Quelqu'un avait émis l'idée d'installer devant le porche de l'église une immense tente disponible à Egilsstaðir, mais Aðalsteinn l'avait étouffée dans l'œuf. Cette tente abritait un marché aux puces et des animations de plein air quand le temps était mauvais en été et il voulait se garder d'établir un lien des plus malheureux avec une ambiance de foire ou de réjouissances. Si la malchance voulait qu'il se mette à neiger entre trois et quatre heures de l'après-midi, chose qui semblait peu probable, il faudrait que les participants au rassemblement le supportent sans broncher, cela pouvait même renforcer le caractère solennel du moment. En outre, on avait prévu de disposer une dizaine de lanternes au gaz en cercle sur le parvis, ces lanternes délimiteraient les lieux où se tiendrait l'assemblée tout en créant un cadre autour de la cérémonie.

Il se leva pour prendre sur une étagère un livre qui n'en était pas un. Sur la tranche, on lisait le mot *Psaumes*. Quand on le lui avait offert pour ses quarante ans, il s'était étonné qu'il existât une édition de cette œuvre religieuse fondamentale qui fût inconnue de lui, mais en tirant l'ouvrage de son étui recouvert de cuir était apparue une petite flasque d'argent. Il avait souri à la blague un peu grossière et n'avait pas imaginé avoir l'usage de ce présent, mais après l'incendie, l'étui était réapparu – comme s'il avait été expédié par le tentateur en personne – sorti d'un carton de livres qu'il avait oublié dans un placard de son bureau. Il savait à peine pourquoi il l'avait posée sur cette étagère, mais puisqu'elle se trouvait là, il était aussi bien de la remplir, disons, par mesure de précaution. Il avait alors découvert les bienfaits du whisky : consommé avec modération, il avait sur les nerfs un effet apaisant. Conscient du danger, il s'était autorisé un petit rituel auquel il ne sacrifiait que lorsqu'il travaillait tard le soir. Un rituel auquel, depuis quelque temps, il avait eu bien des raisons de sacrifier. Dans le tiroir de son bureau, il conservait des boîtes de bonbons Opal rouges et verts, censés donner bonne haleine et détruire toute odeur suspecte ; il avait pris l'habitude d'en sucer deux de chaque sorte, pour plus de sécurité. Urður n'était pas très large d'esprit en ce qui concernait l'alcool.

Assis devant son bureau, Aðalsteinn trempait maintenant ses lèvres dans le Laphroaig et percevait clairement la présence de Dieu. C'est bien la première fois depuis

Mathusalem, se dit-il en lui-même sans pouvoir refréner le sourire que provoquait en lui l'expression qu'il avait machinalement employée. Voilà qu'il revenait enfin, ce cher Bon Dieu, maintenant que son serviteur avait retroussé ses manches. C'était dans les bonnes actions dénuées de toute trace d'égoïsme qu'on trouvait Dieu, voilà qui lui donnerait matière à son prochain sermon, une fois que tout serait terminé.

43

Si on laisse entrer la haine en son cœur et qu'on lui permet de s'y installer, elle finit par régir toutes les émotions. Les actions les plus platement quotidiennes se voient recouvertes d'un voile grisâtre et inquiétant. Celui qu'elle habite ferait presque n'importe quoi pour éteindre l'incendie qui lui consume le cœur.

Lorsque la haine a pris le pouvoir, la vie en son absence ressemble à un rêve lointain, on se rappelle tout juste de quelle manière le temps s'est écoulé jusque-là, ce qui nous a poussés en avant, ce qui nous a empêchés de reposer les rames au fond de la barque.

On s'efforce bien sûr de la maîtriser, de lui imposer le silence, dans l'espoir de voir la fureur se calmer, s'apaiser pour se muer en une tranquille amertume qui finira par se dissiper. Mais ce déni produit l'effet inverse, elle continue d'enfler jusqu'à prendre le contrôle de l'esprit tout entier. On se laisse subitement aller à des intentions malignes, des desseins si laids, si néfastes et si noirs qu'ils peuvent nous conduire à nous arroger le droit de nous livrer, peut-être le plus sérieusement du monde, à une action que tous jugent impardonnable, ce qu'elle *est* véritablement, même si, par comparaison avec les idées les plus sombres qui nous agitent, elle nous apparaît insignifiante.

Alors, on décide peut-être de s'appliquer à soi-même un châtiment imaginaire qui enfle et enfle encore à la vitesse de l'éclair jusqu'à nous condamner quotidiennement à une mort affreuse, plongé dans la solitude et les ténèbres ou bien aux yeux de tous, en pleine lumière, parce qu'on le mérite amplement à cause de toutes les horribles pensées que la haine a instillées en nous tel l'œuf d'un serpent dans un berceau. Et ces fantasmes ne font qu'envenimer les choses, le désir d'autodestruction ne fait que nourrir cette haine qui se dirige bientôt contre autrui : on le comprend parfaitement, on sait également que la seule solution réside dans l'amour et dans le pardon. Mais l'amour lui-même n'est plus que l'ombre de ce qu'il était, une image distordue, devenue le combustible de la haine. Quant au pardon, à la rédemption, l'idée est tellement éloignée de nous qu'elle ne fait qu'alimenter la colère du cœur.

Il y a pourtant certains instants d'apaisement où l'amour semble encore être l'une des voies offertes par le monde. On goûte ces instants, comme n'importe qui, en espérant les voir durer un peu. Mais ils s'évanouissent d'un seul coup. On ne parvient même plus à maîtriser ses espoirs car la haine nous a plongés dans un gouffre si profond que le rai de lumière tout en haut, au-dessus de nos têtes, se transforme en une autre de ces ruses employées par les ténèbres afin d'apparaître plus sombres et plus abyssales qu'elles ne sont réellement.

À cet instant-là, on se dit que le seul choix est de traverser cette nuit afin de rejoindre la lumière pour y mettre à exécution ses desseins, pas les pires, mais ceux qui semblent mesurés et presque justes. Cela fera sans doute grand bien à ceux qui trônent au sommet de leur fierté sans limites, que de comprendre que leur bonheur n'est en rien une priorité qui va de soi et de constater qu'eux aussi sont susceptibles de recevoir la visite d'un noir messager, même en un jour radieux.

44

Valdimar descendait la rue d'un pas martelé, les lèvres pincées, vêtu de sa combinaison d'hiver qui lui tenait beaucoup trop chaud, maintenant que la température était remontée bien au-dessus de zéro. Deux bulldozers et un chasse-neige étaient occupés à déneiger les rues qu'il devait emprunter. Son bonnet rouge reposait pour l'instant au fond de sa poche. Il avait sous le bras le sac en plastique que le cadet des deux frères avait eu la gentillesse de lui procurer afin qu'il ne se promène pas dans le village avec des paquets de drogue grands ouverts.

L'idéal aurait été qu'il signale sa découverte de manière officielle et en présence d'un second policier, mais, ne pouvant laisser cette saloperie traîner n'importe où, il avait obtenu des deux frères qu'ils témoignent en cas de nécessité. Il leur avait aussi formellement recommandé de n'en parler ni à Sveinbjörn, ni à Kolbrún, mais n'avait aucun moyen d'être certain qu'ils lui obéiraient.

Valdimar craignait plus ou moins qu'un avocat zélé ne parvienne à obtenir que cette saisie soit frappée d'irrecevabilité à cause d'un vice de procédure. Il avait donc envisagé d'attendre dans la maison l'arrivée des renforts de Reykjavík, mais avait finalement conclu que cela ne changerait pas grand-chose. Il avait appelé la Brigade des Stupéfiants avant de quitter les lieux. Son interlocuteur s'était montré assez perplexe, on aurait dit que le commissaire avec lequel il s'était entretenu avait eu bien du mal à croire qu'il avait découvert cela seul dans son coin, qui plus est, par le plus pur des hasards. Ce dernier lui avait plusieurs fois demandé s'il était bien certain que c'était de la drogue.

— Vous voulez peut-être que j'en prenne une ligne afin de vérifier ? avait-il rétorqué.

Le silence s'était abattu à l'autre bout du fil jusqu'à ce que Valdimar fasse machine arrière.

— OK, la blague est plutôt nulle. Pardonnez-moi. C'est à vous de décider si vous envoyez des hommes ici ou non. Pour ma part, je vais coffrer ce type et l'interroger sur cette affaire, entre autres choses.

— Il est inutile de faire un coup d'éclat, avait observé son interlocuteur, d'un ton mesuré et insupportable, comme s'il avait admonesté un gamin. Attendez de voir, cela ne sert à rien de se précipiter et d'arrêter des gens sous prétexte qu'on détient quelques renseignements, cela risque de nuire au déroulement de l'enquête.

Mais Valdimar s'était plus ou moins attendu à ce genre d'arguments et n'avait aucune intention de laisser les méthodes de travail de la Brigade des Stups retarder son enquête à lui.

— Comme je viens de vous l'expliquer, nous sommes à la recherche d'un incendiaire et notre priorité absolue est de le coincer. Quant à cette foutue came, elle est sans doute liée à cette affaire puisqu'elle provient de l'usine. Par conséquent, je vais arrêter Sveinbjörn, il était très probablement au courant de l'existence de ces produits, c'est même sûrement lui qui les a importés, s'était entêté Valdimar.

Le commissaire de la Brigade des Stups avait poussé un soupir de lassitude en ajoutant qu'il enverrait au plus vite des hommes sur les lieux. Le nombre de policiers présents dans le village allait augmenter dans des proportions ridicules.

Après ce coup de fil, Valdimar s'était attardé quelques instants à la porte de la maison. Il ne lui avait pas semblé envisageable de demander aux flics locaux de venir le chercher en voiture. Il s'était donc mis en route, à pied.

Un gros 4×4, qui n'était pas sans rappeler celui qu'il avait en location, descendait lentement la rue derrière lui. Il jura à voix haute et se réfugia maladroitement sur une congère. Le véhicule s'immobilisa à côté de lui et la vitre s'abaissa avec un léger souffle. C'était Hugrún.

— Vous allez au commissariat ?

Valdimar la regarda d'un air étonné. Les gens de Seyðisfjörður semblaient prendre leur voiture à toute occasion, mais personne ne lui avait jamais proposé de le déposer jusqu'alors. Il avait simplement senti le regard des conducteurs sur lui à l'arrière des vitres de leur véhicule.

Il devait avoir mal interprété les paroles de cette femme.

— Pourrais-je vous dire quelques mots ? demanda-t-elle.

Il tenait la drogue plus serrée que nécessaire sous son bras par peur de tomber cul par-dessus tête et de perdre le paquet dans la neige. Il fronça les sourcils pour examiner la conductrice, redescendit sur la rue pour rejoindre la place du passager, ouvrit la portière et monta.

Un parfum entêtant lui emplit les narines dès que la voiture se remit en marche, derrière cette odeur on en distinguait une autre, corporelle et piquante. La claustrophobie se déversa sur lui. Il jeta un regard vers Hugrún qui, à sa grande surprise, avait les joues baignées de larmes.

— Il y a un problème ? interrogea-t-il, mal à l'aise.

— Plus d'un, répondit-elle avec un éclat de rire nerveux tout en s'essuyant les yeux du revers de sa manche sans le regarder. Mon mari a une trouille bleue face à moi. Mes gamins me croient cinglée, mon amant a brûlé le toit que j'avais sur la tête et personne ne croit un traître mot de ce que je raconte.

— Est-ce cela dont vous voulez me parler ? s'enquit Valdimar tandis qu'elle tournait à droite au carrefour. L'excursion était des plus courtes, le commissariat ne se trouvait qu'à deux cents mètres. Il voulait que cette femme en vienne au fait.

— Avez-vous réellement exclu que Sveinbjörn puisse être le coupable ? interrogea-t-elle. Valdimar haussa les épaules.

— Nous n'excluons rien du tout, répondit-il sèchement.

Ce n'était pas le moment d'aborder ce détail. Pas plus qu'un autre, d'ailleurs. Hugrún obliqua sur le parking du commissariat.

— Cet homme me déteste, reprit-elle. Il n'est pas le seul dans ce cas, mais je crois les autres incapables d'une telle chose. Sveinbjörn est un homme qui exécute tout ce qui lui passe par la tête, il est drogué à l'adrénaline et à la prise de risque. J'ai réfléchi à tout cela et je penche pour l'hypothèse qu'il a incendié notre maison afin de pouvoir mettre le feu à son entreprise sans éveiller le moindre soupçon. C'était pour lui un bonus de réussir à nous atteindre du même coup. Interrogez-le donc sur les grosses quantités de dissolvant qu'il stockait dans son usine. Voilà un homme à qui ne manquaient ni le mobile, ni le moyen, ni l'occasion.

Elle gara lentement la voiture sur l'une des places.

— Merci du renseignement, répondit froidement Valdimar avant d'ouvrir la portière pour quitter le 4×4.

— Vous imaginez peut-être pouvoir me juger, mais vous ne comprenez rien à rien ! lui lança Hugrún depuis le siège du conducteur.

— Quelle raison aurais-je donc de vous juger ? répliqua Valdimar, un pied à l'extérieur.

— Arrêtez un peu de jouer l'hypocrite, fit-elle, acerbe. Je sais exactement ce que vous pensez. Il ne vous vient pas à l'esprit que moi aussi, j'ai peut-être des sentiments et encore moins que quelqu'un a pu me faire du mal dans le passé. Je suppose que vous pensez que je l'ai bien cherché.

— De quoi parlez-vous ? interrogea-t-il.

— Merci de m'avoir écoutée, conclut-elle d'un ton sarcastique. Sur quoi, elle enclencha la marche arrière et recula sur la neige, ne laissant à Valdimar d'autre choix que celui de sortir précipitamment en claquant la portière. Il tourna les talons puis se dirigea vers le commissariat, raide comme un piquet et tout en sueur, le tissu de sa combinaison bruissait à chacun de ses pas.

Derrière lui, il entendait Hugrún faire demi-tour avec son imposant 4×4 qui ne tarda pas à s'éloigner.

Dès qu'il eut franchi la porte, il comprit que la situation avait grandement changé, le petit commissariat semblait bondé. Il distingua quelque part la voix de Hafliði, mais ce fut Smári, manifestement bouleversé, qu'il croisa en premier.

— Est-ce toi qui affirmes que je suis incapable ? Je croyais qu'on travaillait ensemble.

— Inapte, Smári, c'est-à-dire que tes intérêts personnels sont contraires à ceux de l'enquête.

— Qu'est-ce que tu entends exactement par là ?

— Rentre chez toi, ton tour viendra.

Les deux hommes échangèrent un regard : Smári était pâle comme un suaire et bouche bée, Valdimar affichait un air maussade et renfrogné. Il fut le premier à baisser les yeux.

45

Sveinbjörn ressentit un certain soulagement quand la police vint l'arrêter. Étant donné la situation, il y avait peu de chances qu'il en aille autrement. En réalité, mieux valait en finir, cela lui permettrait peut-être de faire retomber la tension qui s'était accumulée sur ses épaules et lui tenaillait le ventre. Les menaces de Snorri, même s'il ne s'agissait sans doute que de paroles en l'air, lui avaient remis les pieds sur terre : la peur d'avoir mis en péril la vie de ses proches par ses choix imbéciles l'avait ramené à ce qui comptait réellement dans la vie. Il se sentait désemparé depuis tellement longtemps qu'il avait pris l'habitude de recourir à des solutions extrêmes. Il avait consacré la majeure partie de son énergie à tenter de sauver l'entreprise à la dérive et à magouiller de manière inconsidérée avec Snorri le Shit. Ce qui lui restait de force avait été gaspillé avec cette femme qui l'avait mené par le bout de la quéquette avant de le plonger dans un désespoir qui ne lui ressemblait pas. Brusquement, il peinait à comprendre comment il avait pu pleurnicher des jours entiers sur cette salope.

L'arrestation s'était déroulée dans un calme relatif, il n'avait pas été menotté. Sveinbjörn avait vaguement remarqué du mouvement autour de la maison et s'était levé pour voir ce qui se passait au moment où le pauvre Oddur était entré précipitamment dans son bureau, le visage cramoisi jusqu'aux oreilles, tellement nerveux qu'il avait été incapable d'articuler un mot. Craignant le pire, Sveinbjörn s'était rué dans l'escalier.

Les minutes suivantes avaient passé comme un rêve au ralenti, un rêve un peu triste, sans être insupportable. Valdimar était dans le salon, accompagné d'une femme svelte aux pommettes hautes. Le policier de la Criminelle l'avait prié de les suivre au commissariat. Sveinbjörn avait demandé s'il était en état d'arrestation, ce que Valdimar avait confirmé. Il avait hoché la tête sans s'informer de ce dont on l'accusait. Les frères avaient dû le dénoncer. Il avait enfilé sa veste en cuir, était allé voir Oddur qui s'était réfugié à proximité d'une étagère du salon pour lui demander de prévenir sa mère. Le gamin avait hoché la tête, les yeux exorbités. Sveinbjörn avait posé la main sur son épaule en guise d'au revoir.

— À tout à l'heure. Ce soir, j'espère.

Ils l'avaient accompagné jusqu'à une Jeep banalisée. On comprenait cependant à l'air qu'ils affichaient et à leur attitude qu'ils emmenaient un suspect pour interrogatoire, c'était dû à la façon dont ils l'entouraient et lui ouvraient la portière du véhicule. Il sentait sur lui le regard des voisins. La nouvelle ne tarderait pas à se répandre. Þorsteinn et Hugrún allaient sans doute fêter ça, même si la raison de son arrestation n'avait rien à voir avec ce dont ils l'avaient accusé. Il se souvint soudain de ce coup de fil anonyme qu'il avait reçu le soir de l'incendie de l'usine. À ce moment-là, il n'avait pas envisagé qu'il puisse s'agir de Þorsteinn, il avait cru qu'un villageois porté sur la boisson avait voulu, par bienveillance ou malveillance, le faire descendre sur les lieux du sinistre. Maintenant, en repensant à cette voix, il se disait qu'elle avait guetté, surveillé ses réactions, qu'elle l'avait jaugé. N'était-ce pas celle de ce voisin dont il connaissait si intimement la femme ? Ce minable de voisin qui lui vomissait sa haine. Sveinbjörn avait réfléchi à cela quelques instants avant de chasser tout ça de son esprit pour l'éternité, il avait d'autres choses auxquelles penser.

Il n'avait pas franchement hâte de tomber face à face avec son beau-frère Smári qui, fort heureusement, semblait ne pas être au commissariat au moment où il y fut introduit avant d'être placé dans une cellule sans fenêtre. Ils lui avaient enlevé sa ceinture, détail qui lui avait semblé aussi ridicule qu'embarrassant. Il avait immédiatement décidé de tout avouer sans nommer Snorri, quoi qu'il arrive. Ainsi, tout le monde aurait plus ou moins ce qu'il voulait, pensait-il.

Enfin, l'interrogatoire avait commencé. Valdimar n'y assistait pas, ce qui n'avait pas laissé de le surprendre. Il était conduit par deux policiers, la jeune femme venue l'arrêter, une certaine Elva Arnardóttir, et son collègue, un homme âgé d'environ cinquante-cinq ans aux cheveux noir corbeau rabattus en arrière et au visage avenant qui s'était présenté comme Hafliði Bollason.

Sveinbjörn avait essayé de se montrer coopératif, mais ce n'était pas aussi simple qu'il se l'était imaginé. Il s'était battu comme un lion afin de disculper Kolbrún de toute implication dans cette affaire, mais les deux policiers semblaient persuadés qu'elle était sa complice. Ils s'étaient contentés d'afficher un sourire las et n'avaient pas cru un mot de l'histoire qu'il leur avait contée en leur jurant sur sa tête qu'après avoir découvert le pot aux roses, Kolbrún avait jeté six kilos de cocaïne pure dans les toilettes avant de tirer la chasse d'eau.

Ensuite, l'interrogatoire avait pris une orientation nouvelle et des plus inquiétantes.

— Bon, laissons cela pour l'instant. Parlez-nous un peu de l'incendie de votre usine, pourquoi y avez-vous mis le feu et comment vous y êtes-vous pris ? interrogea Elva qui, assise face à lui, conduisait les opérations depuis le début. Sveinbjörn lui adressa un regard perdu.

— Je n'ai absolument rien fait de tout cela. Vous n'avez pas écouté ce que je viens de vous dire ou quoi ? J'ai tout fait pour sauver mon usine, c'est justement pour ça que je me retrouve ici.

Les deux policiers échangèrent un regard.

— C'est inutile de vous entêter, observa la femme d'un air fatigué. Nous avons un mandat de perquisition.

— Parfait, dans ce cas, cherchez, grand bien m'en fasse.

— Vous m'avez mal comprise, corrigea-t-elle. Valdimar a déjà fouillé votre domicile. Il a trouvé quelques petites choses dans votre garage.

Sveinbjörn la fusilla du regard, excédé par ces imbécillités.

Hafliði se leva, quitta la pièce et rapporta un grand sac en plastique translucide muni d'un zip. Il l'ouvrit pour en sortir un vêtement imperméable.

— Vous reconnaissez cela ?

— Évidemment, c'est ma veste de chasse.

— Pouvez-vous expliquer pourquoi elle porte des traces d'essence sur la manche droite et sur l'avant ?

— Hein ? Non. Cela a dû arriver à un moment où à un autre, mais… Eh bien, je ne sais pas. Je n'ai pas porté cette veste depuis l'automne dernier lorsque je suis allé chasser l'oie.

— Il s'en dégage une odeur d'essence plutôt forte dont je doute qu'elle remonte à l'automne. Nous avons également des bottes, les reconnaissez-vous ? poursuivit le policier en sortant un autre sac avec, cette fois-ci, des bottes.

— Oui, bien sûr, confirma Sveinbjörn, qui le cœur battant, se mit à tripoter ses sourcils comme il le faisait à chaque fois qu'il subissait un stress intense. Il s'en rendit compte et tenta de se contrôler. Ce sont les miennes !

— On dirait bien qu'elles aussi ont été aspergées d'essence. La Scientifique doit encore examiner ces pièces, peut-être sera-t-elle capable de nous dire à quelle date remontent ces taches sur la veste. Elle devrait également être en mesure de confirmer qu'il s'agit bien, comme nous le pensons, également d'essence sur ces bottes.

— Bon sang, qu'est-ce que vous avez dans la tête ? interrogea la femme d'une voix cassante. Aimez-vous cette veste au point de ne pas pouvoir vous en débarrasser ? En outre, vous auriez au minimum pu laver ces bottes ? Cela n'aurait peut-être pas suffi, mais au moins, vous auriez essayé.

— Je demande à consulter un avocat, précisa Sveinbjörn qui avait refusé la proposition qu'on lui avait faite dans l'espoir de régler cette histoire tout seul. Je suppose que vous avez fabriqué ces preuves afin de me faire porter le chapeau.

— Il va de soi que vous avez droit à quelqu'un pour défendre vos intérêts, répondit Hafliði. En ce qui concerne la falsification des preuves, je me permets de vous indiquer que si nous avions versé de l'essence sur cette veste, elle serait encore mouillée.

— Dans ce cas, c'est votre collègue Valdimar. Il a eu tout le temps pour… À moins que ce ne soit Þorsteinn… Non, Hugrún, elle aurait pu… Elle est capable de tout.

— Dites donc, ça en fait, du monde ! ironisa Erla. Voulez-vous que nous trouvions un avocat ou préférez-vous le choisir vous-même ?

— Quelqu'un de la région, peut-être, afin d'accélérer les choses, suggéra Hafliði. Inutile de les faire traîner en longueur.

À ces mots, Sveinbjörn eut l'impression qu'on lui assénait un coup de massue sur la tempe. Ils étaient tout à fait sérieux. Qui donc avait pu le trahir d'une manière si ignoble et pourquoi ?

46

La mine réjouie de Kolbrún en lui ouvrant sa porte s'était évanouie en l'espace de quelques instants. Valdimar avait vu l'expression de son visage passer de la joie à la surprise. Elle avait jeté un œil par-dessus son épaule et constaté qu'il n'était pas seul. Ensuite, il avait vu la peur s'emparer d'elle, comme c'était toujours le cas avec les suspects. Elle s'était toutefois calmée avec une étonnante rapidité et avait ensuite affiché une sorte de tristesse amusée qu'il ne parvenait pas à déchiffrer.

— Je voulais vous en parler, expliqua-t-elle tandis qu'ils l'accompagnaient vers la voiture, mais j'avais trop peu de marge de manœuvre.

Il marmonna quelque chose d'un air maussade, il ne lui avait pas adressé un mot depuis le moment où ils lui avaient demandé de les suivre au commissariat pour y être interrogée. Elle ressentait manifestement le besoin de s'exprimer.

— Les deux frères sont passés me remettre cette horreur hier, j'ai bien cru que j'allais avoir un infarctus, précisa-t-elle, d'un air malicieux, comme s'il était encore en son pouvoir d'arranger les choses.

La poche du pantalon de Valdimar se mit à vibrer. Il était plutôt content d'avoir une raison de ne pas écouter Kolbrún. Il sortit son téléphone tout en ouvrant la portière du véhicule de police et en lui indiquant d'y entrer. Elle refusa d'obtempérer, manifestement, elle avait encore des choses à lui dire.

— Ici Valdimar, répondit-il d'un ton brutal.

— Euh... Valdimar Eggertsson ? renvoya une voix masculine plutôt nerveuse.

— Lui-même.

— Je vous appelle de l'Hôpital National. Il s'agit de votre petite amie, Elma Sif Halldórsdóttir.

— Ah bon ?

— Il y a un petit problème et elle doit subir une opération demain. Cela peut se passer plus ou moins bien et elle voudrait que vous veniez à son chevet.

— Je vous rappelle, répondit-il avant de raccrocher. Il avait l'impression que le sol venait de s'ouvrir sous ses pieds. Deux choix s'offraient à lui et il opta pour le plus simple : il serra les dents et chassa la chose de son esprit comme on le ferait de n'importe quelle illusion.

— Il y a quelque chose qui ne va pas ? interrogea prudemment Kolbrún.

— Il y en a tant, répondit-il.

Elle hésita un instant puis continua.

— Vous pensez naturellement que j'aurais dû vous contacter sur-le-champ, mais je devais d'abord en parler à Sveinbjörn, lui donner l'occasion de s'expliquer. Ensuite, je n'ai pas eu le courage d'aller le dénoncer, je me suis dit qu'il avait assez de problèmes comme ça.

Valdimar se taisait, rien de ce qu'elle pourrait lui dire ne changerait quoi que ce soit.

— Très bien, reprit-elle avec un sourire triste. Apparemment, vous ne voulez pas comprendre. Ce n'est pas grave, après tout, vous êtes flic. Mais je n'ai rien fait que je ne puisse me pardonner en mon âme et conscience, conclut-elle avant de monter dans la voiture.

Après cela, elle garda le silence et évita de croiser le regard de Valdimar quand il la conduisit jusqu'à la cellule où elle devait attendre d'être interrogée.

Il avait l'intention de s'accorder une brève pause afin de se remettre un peu de ses émotions, mais en passant la tête par la porte entrouverte du bureau qu'on lui avait attribué, il y vit une femme, assise sur l'une des chaises. C'était Stella.

— Veuillez m'excuser, mais je vais devoir vous demander de sortir, annonça-t-il d'un ton poli, mais ferme. Il y avait à peine une demi-heure qu'il l'avait quittée après avoir effectué une fouille rapide au domicile du couple. Elle avait vigoureusement protesté en le voyant emporter des documents dans le bureau de Sveinbjörn ainsi que la veste imperméable dans le garage. Valdimar supposait qu'elle était encore au bord de la crise de nerfs et il en voulait à mort à Gylfi de l'avoir laissé entrer.

— Attendez un peu. J'ai des informations importantes à vous communiquer.

Il hésita un instant, surpris par son attitude posée et calme. Il entra dans la pièce et referma la porte. Après tout, elle était l'épouse d'un homme soupçonné de crime.

— Eh bien, je suis désolé que vous soyez forcée de traverser tout cela alors que vous êtes innocente, déclara Valdimar une fois assis derrière son bureau. Mais c'est comme ça.

— Sveinbjörn est à fond contre la drogue, nous avons abordé ce sujet à la maison, d'ailleurs nous avons deux enfants adolescents, expliqua Stella en le fixant droit dans les yeux comme si elle avait l'intention de l'hypnotiser. Ce sont des accusations ridicules et sans aucun fondement. En revanche, ajouta-t-elle en avalant sa salive, je peux vous apprendre un détail que vous ignorez peut-être à propos de Kolbrún, sa secrétaire.

— Ah bon ?

— Le père de sa fille était un camé notoire quand il vivait ici. Ils ne sont plus ensemble depuis longtemps, mais il est pour ainsi dire exclu qu'elle n'ait jamais touché à ces trucs-là ni connu cet univers où… elle doit avoir gardé des contacts…

Dieu tout-puissant, pensa Valdimar. C'était ça, les informations importantes ? Ragots et suppositions en tout genre. Stella était manifestement prête à tout pour défendre son mari. Valdimar gardait le silence. Il se demanda si cette femme avait connaissance de la liaison entre Sveinbjörn et Hugrún et caressa l'idée de lui en toucher un mot pour voir si cela l'amènerait à réviser sa position. Non, il s'adressa la réflexion que cela reviendrait à balancer une serpillière dégoulinante au visage de cette pauvre malheureuse en une heure déjà bien difficile. Stella guettait sa réaction.

— Il semble assez évident que des stupéfiants étaient cachés dans l'usine et que votre mari était parfaitement au courant. L'interrogatoire n'est pas encore très avancé, mais j'ai cru comprendre qu'il avait déjà avoué son implication en ce qui concerne ce versant de l'enquête.

— Comment ça, ce *versant de l'enquête* ? reprit Stella, ahurie. Vous le soupçonnez d'autre chose ?

— Eh bien, l'usine a brûlé, nous avons toutes les raisons de croire qu'il s'agit d'un acte criminel et nous pouvons supposer que le premier crime est lié au second. En outre, la perquisition que nous avons menée chez vous a révélé des éléments qui indiquent clairement que c'est Sveinbjörn qui a mis le feu, précisa Valdimar.

— C'est absolument exclu ! Premièrement, je ne crois pas une minute que mon mari ait pu tremper dans un trafic de drogue… Au fait, a-t-il pris un avocat ? Ces fameux aveux doivent être le fruit d'un malentendu… Sans parler de ces conneries-là, jamais il ne serait allé mettre le feu à son usine. Elle est ce qu'il a de plus important dans la vie, elle est toujours passée en premier, avant tout le reste.

— Oui, je comprends que le choc soit rude pour vous, mais nous ne pouvons pas faire autrement que de suivre les indices que nous trouvons en espérant que la vérité éclatera au grand jour.

— La vérité…

Stella garda un moment le silence en fixant la clarté blanchâtre à l'extérieur d'un regard angoissé. Elle prit son courage à deux mains.

— Vous êtes complètement à côté de la plaque. Tout le monde sait qui se cache derrière ces incendies.

— Ah bon ?

— Je suis très peinée de devoir le dire, surtout parce que Bóas est comme un fils pour moi. Mais… son nom est toute de suite venu à l'esprit des gamins d'ici quand ces incendies ont commencé.

— Vous voulez parler de Bóas, le fils de Smári, n'est-ce pas ? Votre neveu ?

— Oui, je parle bien de notre Bóas.

— Pourquoi est-il soupçonné par la population et pourquoi n'est-ce que maintenant que j'ai vent de cette histoire ?

— Bóas est fils de flic et personne n'a envie ni n'ose proférer des accusations contre lui sans avoir entre les mains quelque chose de tangible. Moi non plus, je ne vous parlerais pas de cette histoire si vous ne croyiez pas que c'est ce pauvre Svenni*… Je me demande ce que mon frère Smári a dans la tête, peut-être qu'il ne comprend rien à ce qui se passe, tout comme nous. Mais je lui en ai parlé avant l'incendie de l'usine. Il aurait dû dissuader ce gamin de… Vous auriez dû l'arrêter. Quel genre de flic êtes-vous exactement ?

* Diminutif de Sveinbjörn.

Ne pouviez-vous pas interroger les adolescents du village pour savoir qui était le plus susceptible de faire ce genre de choses ? Cela m'aurait évité de venir ici dénoncer le fils de mon propre frère, comme une salope. Si vous croyez que je n'ai pas de sentiments, vous vous trompez.

— Qu'est-ce qui indique que Boás est à l'origine de ces incendies ?

— Premièrement, il a un comportement très bizarre depuis cet automne, en fait, depuis que son ami Baldur est décédé, l'an dernier. Ils étaient tellement proches, lui et Bóas, ajouta-t-elle tandis que la commissure gauche de ses lèvres tremblait pour, semblait-il, refréner un sourire. Valdimar s'efforça de chasser de son esprit l'idée que cette femme puisse éprouver une sorte de jouissance malsaine à porter contre son jeune neveu des accusations aussi graves. Sans parler de toutes ses déclarations inquiétantes, ajouta-t-elle en fermant les yeux un instant, comme pour se donner du courage. Ma fille est très inquiète à son sujet… Elle trouve que ce qu'il raconte ressemble plus que tout aux propos que tiennent ces adolescents américains avant d'entrer dans les écoles et de se livrer à un carnage. Oui, elle m'a dit que ça ressemblait à ça, poursuivit-elle. Valdimar haussa les sourcils. Il a laissé entendre qu'il préparait un "gros coup", un truc qui allait mettre le village sens dessus dessous.

— Je comprends, formula Valdimar, dont les mots dépassaient largement la pensée puisqu'il tombait littéralement des nues. Cela semble tout de même assez vague, est-ce la seule origine des soupçons que vous mentionnez ?

— Eh bien… C'est déjà pas mal, non ? Mais j'en sais bien plus long, s'empressa-t-elle d'ajouter.

— Ah, très bien, dites-moi.

— Saviez-vous que la maman de Bóas les a quittés, lui et Smári, alors qu'il était encore tout petit ?

— Ouais, ouais.

— Cette malheureuse fille s'est mise à faire un tas de conneries. Elle est partie à l'étranger et n'est jamais revenue. Ce pauvre Bóas en a toujours beaucoup souffert. Je veux dire, elle n'est même pas venue pour sa communion, vous vous rendez compte ? En réalité, c'est Sveinbjörn et moi qui avons organisé la fête, nous rentrions tout juste de Suède. Le pauvre Smári n'avait pas l'énergie nécessaire pour préparer ce genre de réjouissances, il ne voulait rien organiser, ce qui était naturellement impossible. C'est donc moi qui me suis particulièrement occupée des préparatifs même si cela avait lieu chez lui. En revanche, j'ai mis Smári au pied du mur en exigeant qu'il s'arrange pour que Lilja, la mère de Bóas, soit présente à la communion. J'ai été assez stupide pour en parler au gamin avant de tout mettre en branle, je voulais m'assurer qu'il n'y était pas opposé. Évidemment qu'il n'était pas contre, ce pauvre chéri. Il rêvait depuis toujours de revoir sa mère, vous imaginez bien. Quelle n'a pas été ma déception quand j'ai tiré les vers du nez de Smári et qu'il a fini par m'avouer que Lilja lui avait répondu que le délai était trop court. C'était une excuse à deux balles, franchement. Et bien sûr son absence a tout gâché pour le gamin. Il était très déçu, même s'il s'efforçait de faire bonne figure, le pauvre petit.

— Tout cela a-t-il un rapport quelconque avec les incendies ? interrogea Valdimar, prudent.

— J'y viens. Si je vous raconte tout ça, c'est juste pour que vous compreniez ce que ça représentait pour lui. Donc, elle n'est pas venue à sa communion et cela a été le grain de sable qui a fait déborder le vase… ou plutôt la goutte, comme on dit. J'ai posé la question clairement au gamin, je lui ai demandé s'il était malheureux qu'elle ne soit pas là et il m'a répondu qu'il se foutait complètement de cette salope qui l'avait expulsé de sa chatte… Vous me pardonnerez la vulgarité, mais je ne fais que citer mot pour mot les paroles du petit communiant.

Stella ménagea une pause dans son discours. Elle s'éclaircit la voix et avala sa salive.

— Là, je n'ai pas pu m'empêcher de la défendre. Elle était très jeune quand elle t'a eu, lui ai-je dit, en ajoutant, ce dont j'aurais dû m'abstenir, qu'elle avait de bonnes raisons de quitter le village à l'époque étant donné que Smári la trompait avec une autre femme. Bóas a évidemment voulu que je lui donne tous les détails, mais j'ai refusé de lui dire qui était la femme en question, même si je le savais parfaitement.

— Euh… proféra Valdimar, un peu perdu.

— Qui sait s'il n'a pas découvert son identité ? Peut-être a-t-il réussi à faire cracher le morceau à son père.

— Qui était cette femme, dites-vous ?

Stella n'hésita que l'espace d'un instant.

— Hugrún ! annonça-t-elle, les yeux plongés dans ceux de Valdimar qui, mal à l'aise, baissa piteusement les siens. Vous ne comprenez rien ou quoi ? s'énerva Stella en secouant la tête, consternée. J'ai apporté sur un plateau d'argent la tête de la coupable qu'il cherchait depuis toujours. La femme qui a fait fuir sa mère. Évidemment qu'il devait se venger, alors, il a mis le feu à sa baraque !

— Je ne crois pas que le rapport soit si évident, protesta Valdimar. En premier lieu, il n'est absolument pas certain qu'il ait découvert l'identité de cette femme.

— Ne soyez pas aussi timoré, mon vieux ! Je lui ai tout dit ! éructa-t-elle avant de baisser les yeux.

— Ne venez-vous pas de m'affirmer que… ?

— Si. Mais plus tard il a recommencé à me cuisiner et j'ai fini par tout lui avouer. Je ne suis pas surhumaine, voyez-vous. J'ai compris que j'avais commis une erreur dès que j'ai lâché ce nom. J'ai vu sur son visage une de ces expressions ! À ce moment-là, il venait de perdre son meilleur ami… Baldur, et la faute incombait indirectement, là encore, à Hugrún.

— Quoi ? s'étonna Valdimar.

— Eh bien, voyez-vous ça ! Tout le village est au courant, c'est elle qui a séparé Drífa et Baldur. On aurait pu croire qu'un fils de pasteur originaire de la capitale était assez bien pour la fille de Hugrún, mais ce n'était pas le cas. Il n'était manifestement pas assez bien pour elle. Elle leur a mis des bâtons dans les roues et quand la gamine a fini par éconduire Baldur pour faire plaisir à sa maman, le pauvre garçon s'est complètement effondré et… Et il a mis fin à ses jours, vous le savez, n'est-ce pas ?

— Oui, on m'en a parlé. Je vais vérifier tout cela, observa froidement Valdimar.

— Je sais que Bóas en veut à mort à Hugrún, s'entêta Stella.

— Vous l'a-t-il dit ?

— Non, pas à moi, mais à ma fille. Les paroles de son cousin l'ont beaucoup choquée, il lui a dit que cette grosse vache méritait d'être expédiée à l'abattoir… Vous vous rendez compte ! Malheureusement, je suis obligée de vous dire les choses telles qu'elles sont, ou plutôt telles qu'elles m'apparaissent et ce que je vois, c'est que ce pauvre Bóas a besoin d'aide. On peut dire que, grâce à Dieu, il n'a ni blessé ni causé la mort de qui que ce soit. Vous comprenez où je veux en venir ?

— Plus ou moins, oui. Nous allons vérifier tout cela, répéta Valdimar.

— Dans ce cas, vous allez relâcher Sveinbjörn ?

— Non. En réalité… Même si tout ce que vous venez de me raconter est vrai, cela ne suffirait pas à prouver que votre mari n'a pas mis le feu à son usine. Nous devons évidemment continuer d'explorer cette piste. Et même si c'est la bonne, cela ne signifie pas qu'il ait également incendié la maison de Hugrún et Þorsteinn.

— Qu'est-ce que vous racontez ? hurla Stella. Évidemment qu'il n'y a qu'un seul incendiaire ! Personne n'a jamais dit qu'il y en avait deux !

— Quelle raison Bóas aurait-il eu d'aller mettre le feu à l'usine ? Il ne déteste pas Sveinbjörn, que je sache, et il n'a rien contre vous non plus, n'est-ce pas ?

— Ce pauvre gamin ne se maîtrise plus ! L'incendiaire est entré en lui et coule dans ses veines !

— Ce n'est pas très convaincant. Si ce garçon a effectivement incendié la maison à cause de la haine qu'il nourrit contre une personne précise, il n'est pas inimaginable que le second sinistre soit l'œuvre d'une autre personne, que votre époux ait, par exemple, profité de l'occasion, sachant qu'on accuserait quelqu'un d'autre.

Stella se tordait les doigts de désespoir, Valdimar ne la quittait pas des yeux, il n'avait jamais vu un tel jeu d'acteur, sauf sur scène. Il lui vint à l'esprit que, peut-être, tout cela n'était qu'une plaisanterie ou plutôt que son attitude et ses paroles faisaient partie d'une pièce de théâtre conçue pour donner une certaine image de Stella qui, en réalité, n'était pas celle qu'elle voulait montrer. Dans ce cas, qui était-elle vraiment ? Il chassa cette pensée comme il l'aurait fait d'un insecte importun. Elle reprit la parole, sur un ton hautement dramatique.

— Mais Bóas déteste tout autant Sveinbjörn. Il le déteste comme la peste, c'est exactement ça, annonça-t-elle, d'une voix que l'agacement rendait dissonante.

— Et pourquoi donc ?

— Parce que Svenni a tenté de lui donner une éducation, ce dont son père n'a malheureusement pas été capable.

— Je ne saisis pas le rapport, répondit sèchement Valdimar. J'aurais bien aimé que quelqu'un essaie de m'éduquer quand j'avais son âge. Je ne l'aurais sûrement pas remercié en le haïssant.

— Les gens sont différents et réagissent de manière différente, objecta Stella pour sa défense, craignant de donner l'impression qu'elle s'était démenée au point d'épuiser toute son énergie. Et Sveinbjörn n'a peut-être pas employé la meilleure tactique, ajouta-t-elle.

— J'interrogerai le jeune homme.

— Vous ne me croyez pas, répliqua Stella, dépitée.

Tout à coup, elle laissa échapper un gémissement déchirant, de douleur ou peut-être de colère, et cacha son visage dans ses mains le temps de se remettre.

— On essaie de se construire une vie convenable, reprit-elle avec des accents désespérés, mais peu importent nos tentatives, il se passe toujours un truc qui vient tout foutre par terre.

Valdimar la regarda longuement d'un air sévère, interloqué.

47

— Alors, il y a du nouveau ? interrogea Smári, encore à moitié endormi à la porte. Il avait voulu s'allonger quelques instants, mais son somme s'était prolongé et il ignorait l'heure qu'il pouvait être.

— C'est le moins qu'on puisse dire, maugréa Valdimar. Nous venons d'arrêter Sveinbjörn et Kolbrún ; leur interrogatoire est en cours.

— Quoi… ? protesta Smári, bouche bée. Sveinbjörn et… Kolbrún ? Tu as perdu la tête ou quoi ? Tu n'aurais pas pu choisir moins suspects que ces deux-là ! Ni l'un ni l'autre ne sont l'incendiaire, tu peux me croire. Est-ce l'implication de Sveinbjörn qui me rend inapte à poursuivre l'enquête ?

— En tout cas, ils sont tous les deux mêlés à un important trafic de stupéfiants. Viens donc discuter dans la voiture avec moi, proposa Valdimar. Sans attendre la réponse, il fit volte-face et retourna, planant tel un esprit maléfique, vers le 4×4 gigantesque dont il n'avait pas éteint le moteur.

— Une affaire de drogue ? Non, là franchement, tu déraillles !

— Dépêche ! ordonna Valdimar, brutal, tandis qu'il montait à bord du véhicule. Smári n'osa pas désobéir et le suivit.

— Je viens ici pour emmener ton fils Bóas afin de procéder à son interrogatoire, annonça Valdimar dès que son collègue fut assis à la place du passager.

— S… son interro… gatoire ? Et pourquoi donc ?

— Tu verras bien.

— Je veux y assister ! Tu ne peux pas me l'interdire, s'affola Smári.

— En effet, je ne peux pas, mais il faudra que tu restes en retrait.

— Je ne te permettrai pas de t'en prendre à mon fils ! s'écria Smári. Il n'a rien fait de mal, je te le garantis. Il ne lui viendrait jamais à l'idée de faire du trafic de drogue ! D'ailleurs je lui ai posé la question et je sais qu'il ne m'a pas menti.

— Calme-toi un peu, répondit Valdimar. Ses sourcils s'affaissèrent encore un peu plus ; on aurait dit que l'air inquiétant qu'il arborait à cet instant était l'expression naturelle de son visage. J'ai des raisons très précises de lui poser des questions. De très lourds soupçons pèsent sur sa personne.

— Des soupçons ? De quoi ?

— Deux incendies, peut-être même trois.

— C'est un mensonge ! Tu as trop écouté les langues de vipères du village ! plaida Smári qui, l'espace d'un instant, eut l'impression d'avoir les yeux plongés dans le noir.

— Les langues de vipères, ah oui ? Possible, concéda Valdimar. Il s'efforça d'afficher une expression plus avenante en haussant légèrement les sourcils. Le résultat fut pour le moins terrifiant. En tout cas, tu es manifestement au courant. Pourquoi ne m'as-tu rien dit de ce que racontent les langues de vipères en question au sujet de ton fils ? Pourquoi a-t-il fallu que j'apprenne de la bouche de quelqu'un d'autre que tout le village soupçonne le fils du collègue avec lequel je mène l'enquête d'être à l'origine de ces incendies ? J'ai aussi appris qu'il est allé jusqu'à voler un ordinateur portable dans l'une des maisons ravagées par les flammes.

— C'est des conneries ! Tu ne sais plus ce que tu dis. Pour quelle raison me traites-tu brusquement comme si j'étais un criminel ?

Valdimar hésita un instant avant de lui répondre.

— Eh bien, puisque tu me poses la question, il y a bien une raison. Peux-tu m'expliquer pourquoi ton beau-frère Sveinbjörn effectuait un virement mensuel de 100 000 couronnes depuis six mois sur ton compte en banque ?

Smári sentit le rouge lui monter au visage. Le premier imbécile venu aurait vu la chose arriver, mais pas lui. Il fallait que ce soit lui entre tous qui se retrouve dans cette situation. Les bras lui en tombaient.

— J'étais le conseiller de Sveinbjörn en matière de sécurité, marmonna-t-il. Valdimar laissa échapper un éclat de rire sarcastique.

— Il est en soi déjà surprenant qu'une personne sensée revendique cette responsabilité. Et à raison de 100 000 couronnes par mois, tu devais être un conseiller rudement actif. Mais tu peux peut-être aussi me dire pourquoi ces virements émanaient de son compte personnel ? Ou encore, pourquoi tu ne m'as pas dit plus tôt que tu étais salarié de cet homme qui, d'abord soupçonné, est ensuite devenu victime ?

— Je trouvais que ça n'avait aucune importance, répondit Smári, laconique.

— Et voilà maintenant qu'on découvre qu'il importe de la drogue en grande quantité. Tu l'as peut-être conseillé sur les mesures à prendre au cas où des hommes à la mine patibulaire s'introduiraient dans l'usine à la faveur de la nuit pour y prendre de mystérieux paquets qui, visiblement, ne contenaient pas que du parquet flottant ?

— Rien de tel n'est arrivé, en tout cas, que je sache. Et je ne crois pas Sveinbjörn capable d'une chose pareille.

— Tiens donc, monsieur le conseiller en sécurité tomberait-il des nues ? tonna Valdimar, en envoyant quelques postillons sur la main de Smári avant de reprendre son sang-froid. Tu ne t'occupais pas de la sécurité, n'est-ce pas ?

— C'est comme ça que Sveinbjörn voulait qu'on fasse. L'an dernier, il a perdu une somme colossale au poker, bien plus que tout ce qu'il avait de disponible. Il m'a appelé de Reykjavík au milieu de la nuit en me demandant de le tirer d'affaire. Comme il a toujours été sympa avec moi, j'ai versé l'ensemble de mes économies sur un compte dont il m'a communiqué le numéro. Ensuite, il m'a remboursé de cette manière.

— Il sera instructif d'entendre la version de Sveinbjörn.

— Dis-lui de ma part qu'il faut qu'il raconte la vérité et là, nos deux versions se recouperont.

— Et pour couronner le tout, je découvre que ton couple a explosé pour une histoire de coucherie avec Hugrún !

Smári resta bouche bée.

— Qui… ? soupira-t-il.

— Quelle importance ? Ton fils le sait. Il est possible que ça l'ait profondément perturbé.

Smári regarda sa maison par la vitre du 4×4, ses ongles s'enfonçaient dans le creux de sa paume.

— Bon, je vais chercher Bóas, annonça Valdimar.

— Oh que non, rétorqua Smári, péremptoire. Tu restes tranquillement ici pendant que je vais chercher mon garçon

48

Vingt minutes s'écoulèrent avant que l'adolescent n'apparaisse à la porte. Assis au volant, Valdimar commençait à s'inquiéter.

— Bonjour Bóas, dit-il tandis que le gamin ouvrait la portière et montait dans l'habitacle.

— Bonjour, répondit Bóas, laconique, tout en croisant les bras sur sa poitrine.

— Ton père t'a sans doute expliqué que tu dois m'accompagner au commissariat où tu seras interrogé.

— Oui, il m'en a parlé, en effet. Pourquoi exactement ?

— Pour nous aider dans notre enquête sur les incendies. Je suppose que tu n'y es pas opposé.

— Hein ? Non, pas vraiment, répondit-il en clignant des yeux. C'est simplement que je n'ai pas grand-chose à en dire. Je n'ai rien remarqué de particulier, enfin, vous voyez.

— Ton père ne vient pas ?

— Je n'ai pas envie de répondre à vos questions en l'ayant sur le dos. Je viens de le lui expliquer.

— En fait, il faut qu'il soit présent.

— Je lui ai dit non. Je n'ai rien fait de mal. Il doit le croire.

— Tu es sûr ? interrogea Valdimar. Sur quoi, il démarra le 4×4.

— J'ai entendu dire que tu étais très ami avec Baldur Aðalsteinsson, déclara Valdimar après les formalités liées au début de l'interrogatoire. Il s'efforçait de capter le regard de Bóas, mais ce dernier se dérobait constamment.

— Hein, ah oui. C'était… mon meilleur ami.

— D'accord. J'ai cru comprendre que son décès t'a beaucoup affecté.

Bóas ne répondit rien.

— Évidemment, reprit Valdimar, on est toujours malheureux quand une personne très proche de nous décide de mettre fin à ses jours. Il serait étrange qu'il en aille autrement. La question la plus importante est la manière dont on réagit ensuite, l'endroit où cela nous mène.

— Je n'ai mis le feu nulle part, si c'est ce que vous croyez.

— Ah bon ? Je suis heureux de l'entendre, espérons que ce soit vrai. On m'a dit que tu t'étais livré à des déclarations assez… originales devant des gens et que ça les a mis plutôt mal à l'aise.

— Je ne sais pas de quoi vous parlez, répondit Bóas avec son air buté tandis que le clignement de ses yeux s'accélérait.

— Si, tu le sais très bien. Il s'agit de ce "gros coup" que tu préparais, ce truc qui mettrait le village sens dessus dessous.

Bóas se taisait.

— Parfait, allez crache le morceau, qu'est-ce que tu entendais par là ?

— En tout cas, je ne voulais certainement pas dire que j'allais mettre le feu ou des trucs de ce genre. Mais quand Baldur… s'est suicidé, j'ai eu envie de faire quelque chose… pour honorer sa mémoire. Une chose qui laisserait une trace. Alors, j'ai eu l'idée d'inviter des groupes de musique pour donner un concert en mémoire de lui et aussi contre le suicide. J'y ai beaucoup réfléchi et j'étais certain que ça pouvait marcher, il suffisait de se coller au boulot. Mais j'étais tout seul avec ce projet, c'était juste un truc qui me trottait dans la tête. Des chimères, quoi. Je ne supportais pas de… que les gens puissent s'imaginer que je faisais ça pour moi parce que j'avais envie que tout le monde me plaigne, vous comprenez ? Cela n'avait rien à voir avec ça. Alors, j'ai eu l'idée de faire quelques allusions, de parler comme si quelque chose allait bientôt se passer, afin de susciter la curiosité des autres, de les amener à me poser des questions, comme ça je pourrais leur expliquer et certains se joindraient peut-être à moi, d'autres jeunes plus cools que moi, qui oseraient… contacter Sigur Rós et tous ces gens-là, vous voyez.

— Sigurrós ?

— Oui, vous savez, le groupe de musique. Un jour, Baldur m'a dit qu'il aimerait bien que Sigur Rós joue à son enterrement. Je lui ai ri au nez, je ne comprenais pas ce qu'il me racontait.

— Et que te racontait-il ?

— Qu'il… qu'il envisageait de mourir bientôt. Parce que, tu vois, Sigur Rós ne sera sûrement pas éternel, m'a-t-il dit. J'ai pensé que je pourrais aller raconter ça aux gars du groupe et je me suis dit qu'ils voudraient sans doute venir jouer ici, vous comprenez ?

— Oui… C'est… C'est là une très belle idée, reconnut Valdimar, qui ne savait plus trop où il en était. Et alors… Comment… ? Cela n'a pas… ?

— Le problème, c'est que les gens n'ont pas accueilli mes paroles comme je l'espérais. Personne ne m'a demandé ce que je voulais dire ou ce genre de trucs. Un silence glacial s'est abattu sur tout le monde et ensuite, ils se sont mis à discuter d'autre chose. La deuxième fois, les gamins à qui j'en ai parlé ont fait une drôle de tête. J'ai compris qu'on leur avait sûrement raconté que je disais des trucs bizarres. Et ça m'a tellement énervé que je me suis amusé à tenir des propos inquiétants, rien que pour les emmerder, voilà. Des tas de gens se sont mis à avoir la trouille de moi, je trouvais ça génial de voir à quel point c'était facile de foutre la frousse à tout le monde. À ce moment-là, j'avais laissé tomber l'idée du concert depuis longtemps. Ils croyaient tous que je me préparais à commettre des meurtres en série ou à faire un carnage au lycée et presque plus personne ne m'adressait la parole, vous voyez. Les autres jeunes du village qui ont des trips nettement plus gores que moi passaient pour de petits anges aux yeux des gens. C'est sûrement toujours vrai, d'ailleurs.

— Les autres jeunes dont tu parles, qui sont-ils ? glissa Valdimar.

— Bah, des gars. Plutôt sympas d'ailleurs. Mais, je veux dire, je sais exactement ce qui se passe, je sens bien que les gens me… regardent. On vous a sûrement dit depuis belle lurette à quel point j'étais… suspect, non ?

Valdimar poussa un profond soupir et détailla Bóas.

— Entre autres choses, oui. On m'a même raconté que tu avais piqué l'ordinateur portable de ton ami Baldur. C'était après son décès, mais avant l'incendie de sa maison. As-tu quelque chose à dire là-dessus ?

— Dites donc ! Je n'ai rien piqué du tout ! C'est Ragnar, le frère de Baldur, qui me l'a apporté en disant qu'il préférait que je l'aie plutôt que de le voir moisir dans une chambre vide. Qui vous a raconté que je l'avais piqué ?

— Personne, je me suis mal exprimé. N'aurait-il pas été plus logique que Ragnar prenne cet ordinateur ?

— Il a exactement le même. Je croyais que c'était sa mère qui lui avait demandé de me le donner. Ça lui ressemblait bien. Mais mon père s'est énervé et je n'ai pas eu envie de tergiverser, alors je lui ai dit qu'il n'avait qu'à rendre ce putain de machin. Finalement, il est revenu avec, j'étais sûr qu'il le ferait. Vous feriez mieux de vérifier ce genre de détails avant d'accuser les gens d'un vol qu'ils n'ont absolument pas commis.

Valdimar le dévisagea. La réaction de l'adolescent face à cette accusation sans gravité le convainquit que celui qu'il interrogeait n'était pas l'incendiaire. Il poursuivit tout de même comme si de rien n'était et passa au chapitre suivant.

— Tu connais Hugrún Erlingsdóttir, n'est-ce pas ?

— La mère de Drífa ? Oui, un peu. Pourquoi cette question ? interrogea-t-il d'un air suspicieux.

— Quelle est ton opinion sur elle ?

— Mon opinion sur elle ? Il vaut mieux en dire le moins possible.

— Mais encore ?

— Aucune importance, laissez tomber.

— Non, explique-toi.

— Vous l'avez rencontrée ?

— Oui.

— Et vous, qu'avez-vous pensé d'elle ?

— Je ne l'ai croisée que très brièvement. C'est pour cela que je te pose la question.

— Eh bien, elle est tout simplement… cinglée. En fait, je suis presque persuadé que c'est surtout sa faute à elle si Baldur a… enfin, si les choses se sont terminées comme ça.

— Ah bon ?

À nouveau, il avait ce regard vacillant.

— Elle a fait une connerie avec Drífa. Elle lui a raconté des mensonges sur Baldur, des trucs horribles. Ça ne peut venir que d'elle. Cette bonne femme a toujours été contre lui.

— Il t'a fait des confidences à ce sujet ? interrogea Valdimar.

— Oui.

— Donc, tu reproches à Hugrún le fait qu'il ait mis fin à ses jours ?

— Bon, Baldur était quelqu'un de sensible et d'un peu mélancolique même s'il le cachait bien. C'était super pour lui d'avoir rencontré Drífa qui est une fille géniale et qui le motivait énormément. Je peux même vous dire que je l'enviais un peu d'avoir une petite amie comme ça. S'ils avaient rompu d'une manière normale, je suppose qu'il aurait fini par s'en remettre. Mais Baldur ne supportait pas de se retrouver dans cette position, absolument pas. Il ne savait même pas ce qu'il avait fait de mal, ce dont elle l'accusait, elle l'avait complètement évacué de sa vie. Il ignorait s'il y avait une chance qu'elle finisse par lui pardonner. Il était perdu et s'était mis à parler tout seul, beaucoup trop.

— Il aurait pu oublier Drífa.

— C'est ce que je lui ai dit. Et il s'est imaginé que je voulais prendre sa place. Alors, il a arrêté de me parler, les derniers jours. Sinon, il ne se serait sans doute jamais suicidé. Il n'avait plus personne à qui se confier.

— Et l'idée ne t'est jamais venue à l'esprit ?

— Laquelle ? De le remplacer auprès de Drífa ? Non, répondit Bóas, offusqué.

— Donc, tu avais de bonnes raisons de souhaiter à Hugrún tout le mal du monde, non ?

— Si, dans un sens. Je ne la porte pas dans mon cœur, ce n'est pas secret. Mais je ne serais jamais allé mettre le feu à sa maison. Entre autres raisons, parce que c'est aussi celle de Drífa. Vous allez devoir vous trouver un autre incendiaire.

— Stella, ta tante du côté paternel, m'a parlé d'une autre histoire concernant Hugrún.

— Oui, je vois où vous voulez en venir, mais je n'ai même pas envie d'y réfléchir. J'ai autre chose à faire que de penser aux vieilles histoires de cul de mon père. Je m'en fous complètement.

— Tu es certain ? Tu ne la tiens pas responsable du divorce de tes parents ?

Bóas haussa les épaules et afficha un sourire méprisant.

— Ma mère m'a raconté qu'elle n'aurait jamais pu rester dans cet endroit, que ce n'était qu'une question de temps.

— Tu es en contact avec elle ? interrogea Valdimar qui s'efforçait de dissimuler sa surprise.

— Elle est à Reykjavík, mon grand-père est en train de mourir. J'y suis allé deux fois pour la voir.

Valdimar continua de le cuisiner pendant une demi-heure avant de pousser son habituel soupir qui marquait la fin d'un interrogatoire dénué de résultat. Il avança sa main sous la table pour éteindre le magnétophone.

— Pourriez-vous me rendre un petit service ? demanda Bóas, qui s'était remis à cligner des yeux.

— Cela dépend de diverses choses, répondit Valdimar d'un air sévère.

— Ne dites pas à mon père que je suis allé à Reykjavík. Je prévois de lui raconter ça très prochainement, mais j'y suis parti sans sa permission.

— Ne t'inquiète pas, promit Valdimar. C'est une chose qui ne me regarde pas. Au fait, avant que j'oublie, ajouta-t-il en captant le regard de l'adolescent, Urður m'a demandé de te transmettre son bonjour. Elle m'a dit que cela faisait longtemps qu'elle ne t'avait vu.

— OK, répondit Bóas, étonné. Valdimar ne distingua sur son visage aucune trace de la nervosité coupable à laquelle il s'était attendu. Il s'autorisa un sourire.

49

Tandis qu'il attendait que le café ait fini de passer dans la cafetière électrique, Smári se rappela pour la millième fois la soirée la plus lourde de conséquences de toute sa vie.

Il était chez lui, tranquillement assis à regarder la télévision et à boire du coca avec du brennivín*. C'était un samedi soir en plein été et Lilja avait été invitée à un anniversaire. Cela ne le gênait pas du tout de devoir garder le petit, il trouvait ça bien de se retrouver seul chez lui pour une fois, ça lui rappelait l'ancien temps. Le petit garçon étant endormi, il n'avait pas besoin de s'en occuper. Le programme à la télé touchait presque à sa fin et il était bien éméché quand il avait entendu appeler depuis l'entrée. Il n'avait même pas eu le temps de se lever qu'elle avait déjà pénétré dans le salon en tortillant des fesses, avec un grand sourire, provocante dans sa robe rose, comme une demoiselle d'honneur. Elle lui avait demandé où était Lilja, sachant parfaitement qu'elle était absente.

— Quoi, vous n'êtes pas toutes les deux à l'anniversaire ? Et voilà que tu viens me retrouver ici ? s'était-il étonné, d'un ton qui lui avait immédiatement semblé un peu trop séducteur. Du reste, Hugrún avait tout de suite répondu en conséquence, elle avait pris son air timide et l'avait regardé

* Brennivín : eau-de-vie islandaise.

comme une actrice sortie d'un mauvais film porno. Il avait reconnu cette attitude pour avoir couché quelques fois avec elle avant d'épouser Lilja et elle, Þorsteinn.

— Elle est partie faire un tour, je pensais qu'elle était peut-être passée ici, je venais la chercher, avait répondu Hugrún. Ça ne se fait pas de quitter une fête comme ça.

— Et Þorsteinn, où est-il ? lui avait-il demandé afin de lui rappeler qu'elle était mariée, tout comme lui. Elle avait eu un petit éclat de rire ironique.

— En mer, évidemment, puis elle s'était mise à fredonner : "Tralala, tralala, c'est en mer qu'est sa vie, tralala, tralala, mais quand il est à terre, vive le vin et les femmes."

— Vive *l'amour* et sa femme, avait-il corrigé.

— Oh ! Pas de vin, alors ? Justement, j'allais te demander si tu ne m'offrais pas un verre. Mais tu as peut-être envie de m'offrir autre chose ? avait-elle déclaré sans rougir. Il se souvenait l'avoir méprisée pour s'être comportée ainsi, comme une traînée, mais ce qu'elle avait dit avait également excité en lui la bête qui, justement, se nourrissait de ce mépris. Il aimait Lilja et lui témoignait toujours un grand respect, il ne couchait avec elle que lorsqu'elle en avait envie, passait son temps à faire des tas de choses pour elle, il était gentil et lui permettait de jouer son rôle de maman, jeune et jolie. Une partie animale de sa personne était donc insatisfaite, cette partie de lui qui aimait arracher les vêtements des femmes et les rudoyer, chose que Hugrún appréciait tant.

Il lui avait suffi de se rappeler ces moments pour que son membre se mette à gonfler dans son pantalon. Il était alors âgé de vingt-trois ans et avait besoin de connaître la jouissance au moins un jour sur deux afin de maintenir en lui un certain équilibre et il y avait maintenant une semaine qu'il attendait. Et voilà que Hugrún était là, tel un de ces rêves nocturnes et humides qui aurait pris chair.

Il avait pourtant pensé, haut et clair : je ne m'approche pas d'elle, mais en moins de temps qu'il ne fallait pour le dire, leurs langues s'étaient touchées. Alors, il s'était dit : d'accord, nous nous embrassons, ce n'est pas grave, mais je ne la pelote pas. Quelques secondes plus tard, il s'était surpris à lui caresser les fesses à travers sa robe. Alors il avait pensé : elle a encore ses vêtements, nous sommes encore du bon côté du mur. Pourtant, il n'avait pas envie d'arrêter, pas tout de suite, même s'il ne voulait pas courir le risque que Lilja les surprenne. Il avait alors pris une décision plus importante qu'il ne lui était apparu sur le moment.

Il s'était dégagé de Hugrún qui l'avait suivi d'un regard enjôleur auquel il peinait à résister tandis qu'il montait l'escalier. Il était entré dans la chambre, avait pris dans la commode le petit talkie-walkie qu'ils utilisaient quand Bóas sommeillait dehors dans son landau, un émetteur et un récepteur. Le petit dormait comme un ange dans son lit à barreaux. Smári avait allumé l'appareil en le calant contre le mur à côté de son oreiller et il était sorti de la chambre avec l'autre. Il s'était étonné du ton étrange de sa voix quand il avait proposé :

— On va au garage ?

Les heures qui avaient suivi restaient gravées dans sa mémoire comme un accès de fièvre. Quand il était entré dans le garage avec Hugrún et qu'il avait enlevé les saletés qui couvraient le vieux canapé, il était fermement décidé à ne pas tromper Lilja. Il se répétait constamment dans sa tête comme une formule magique : *je ne lui grimpe pas dessus.* Au moment où ils avaient échangé un regard, il avait eu l'impression que son excitation était retombée et, l'espace d'un instant, s'était trouvé sur le point de s'en tenir là. Ils s'étaient embrassés. Je ne la pénètre pas, avait-il pensé et, contre sa propre volonté, il avait entré sa main dans le col de sa robe, enlevé le soutien-gorge pour poser ses doigts sur son sein. Le téton avait immédiatement durci et tandis qu'il le caressait, ce contact légèrement rugueux le chatouillait et lui plaisait. Je ne lui enlève pas sa petite culotte, avait-il pensé tandis qu'il jouait avec le téton du bout de la langue. Hugrún haletait, bouche ouverte et jambes écartées. À chaque rempart qui s'écroulait, il tentait d'en élever un nouveau avant de parvenir au dernier. Je ne dois pas la pénétrer, avait-il résisté. Puis il l'avait pénétrée.

Et puisqu'il avait brisé toutes ses entraves, il pouvait tout autant continuer. Alors, il avait continué, le désir physique avait causé sa perte. Il avait ressenti une fierté enfantine quand Hugrún lui avait confié :

— J'avais oublié qu'elle était si grosse.

— Celle du capitaine n'est-elle pas assez grosse ? avait-il répliqué avec un rictus avant de s'enfoncer en elle aussi loin qu'il le pouvait. Il allait justement jouir une seconde fois avec Hugrún, haletante et à quatre pattes devant lui sur le canapé quand il avait senti un souffle d'air frais venir lui caresser les fesses. À ce moment-là, la lumière s'était allumée : il s'était retourné, son membre était sorti de Hugrún, encore humide des dernières gouttes de semence. Et il avait croisé le regard hébété de Lilja, la femme qu'il aimait. Smári aime Lilja, une fleur aime une fleur.

Elle avait franchi la porte à reculons, son visage était un hurlement silencieux. Il avait été pris de vertige en remontant son pantalon, s'était presque cassé la figure dans sa précipitation et s'était rué vers la porte.

Elle était déjà arrivée dans la chambre quand il l'avait rattrapée. Il avait commencé à lui dire quelque chose, mais elle l'avait fait taire. Elle avait doucement caressé la joue de Bóas et poussé Smári devant elle jusqu'au couloir, lui avait fait descendre l'escalier jusqu'à l'entrée. Le pire était qu'elle n'était même pas folle de rage, mais simplement triste.

— Pardonne-moi ! Pardonne-moi, c'était… une erreur. Je ne le ferai plus jamais… Écoute-moi ! Je te jure que… Pardonne-moi, ma petite Lilja, tu sais que je… avait-il bredouillé. La situation était désespérée, il n'y avait rien qu'il puisse dire.

— Comment as-tu pu faire ça ? lui avait-elle demandé. Et Bóas… Bóas a entendu vos gémissements, le pauvre petit, il était en larmes !

Il s'était apprêté à protester, à lui dire que le petit garçon n'avait pas pleuré quand il se rendit compte de son erreur. Il avait mis le récepteur dans le lit du petit garçon et l'émetteur sur le dossier du canapé. Il se souvenait l'avoir vu à côté du visage de Hugrún qui, comme s'il l'avait appelée sur les lieux, était sortie de la porte du garage en s'écriant :

— Tu peux parler ! N'étais-tu pas en train de baiser, quelque part où personne ne pouvait vous voir, avec cet Allemand ?

Smári avait la tête qui tournait. Une jalousie féroce l'avait envahi.

— Qu'est-ce que c'est que cette histoire d'Allemand ? avait-il interrogé, tiraillé entre deux sentiments. À ce moment-là, Lilja s'était emportée.

— Je te découvre avec l'une de mes amies dans le garage pendant que le petit pleure dans sa chambre et toi… tu oses ouvrir ta gueule sur un truc dont tu ne sais rien ! avait-elle hurlé. Quant à toi, espèce de vipère, affreuse et risible putain ! avait-elle apostrophé Hugrún, je crois que tu ferais bien d'aller te faire soigner, tu ne te contrôles pas ! Je devrais pourtant savoir qui tu es, mais je croyais que nous étions copines ! Je n'aurais jamais imaginé que tu tomberais aussi bas…

— Cet Allemand, qui est-ce, tu ne peux pas me répondre ? avait tonné Smári.

— Un homme que j'ai rencontré ce soir et avec qui j'ai eu plaisir à discuter. Mais je ne l'ai pas touché !

— Je vous ai vus vous tenir par la main dans la rue Austurvegur juste avant d'arriver ici, avait rétorqué Hugrún. Et puisque tu t'en étais trouvé un autre, en quoi cela posait-il problème que j'emprunte le tien un petit moment ?

Lilja avait lancé un regard empli de dégoût à son amie.

— Il n'y a qu'une seule chose qui te vienne à l'esprit dès que tu vois des gens se promener. Arrête de mentir, nous ne nous tenions pas la main !

— Qui était cet homme et où es-tu allée avec lui ? avait beuglé Smári. Provocante, Hugrún riait, il ne savait pas de qui, ni de quoi.

— Tu n'as plus aucun droit de m'interroger ! avait lancé Lilja. Dégage de là ! Retourne chez ta mère !

C'est alors que Smári avait perdu son sang-froid et qu'il l'avait frappée. Il n'en avait pas eu l'intention, il l'avait frappée parce qu'il ne trouvait rien à répondre et, par malchance, son poing fermé s'était abattu sur le nez de Lilja. Le coup avait été si violent qu'elle était tombée en arrière, sa tête avait heurté le rebord d'une fenêtre et elle s'était effondrée sur le sol. Aussitôt, elle s'était mise à saigner abondamment du nez.

Combien de fois avait-il tenté de revivre par la pensée cet instant chaotique ? Combien de fois avait-il tenté de l'oublier ? Ses narines s'étaient emplies d'une odeur d'essence, il ignorait pourquoi, mais c'était comme cela, dans son souvenir – la femme dans laquelle il venait juste de se répandre se tenait face à lui, vêtue de cette robe dont il l'avait déshabillée, tremblant de désir, une demi-heure plus tôt. Elle était étonnamment pomponnée, comme si elle avait pris le temps de se recoiffer après leurs galipettes sur le canapé et son visage affichait une expression lascive qu'il n'était jamais parvenu à effacer de sa mémoire.

Puis Lilja avait repris ses esprits, elle avait marmonné quelque chose, s'était redressée avant de se remettre debout d'un seul coup. Elle était toute pâle, le sang avait cessé de jaillir de son nez. Il n'en sortait plus que quelques gouttes épaisses, mêlées à de la morve, qui lui coulaient sur la bouche et le menton avant d'atterrir sur sa robe blanche à fleurs.

— Je m'en vais et j'emmène mon fils, avait-elle dit, en larmes, en s'approchant de l'escalier.

Il ne pouvait pas la laisser emmener le petit. Cela lui aurait laissé les mains entièrement libres et il l'aurait perdue. Tout cela était arrivé parce qu'elle était allée faire une promenade avec un étranger et qu'elle l'avait laissé seul à la maison, frustré. Voilà ce qu'il avait pensé. En quelques instants, il avait rejeté sur sa femme l'entière responsabilité.

Alors, il avait étendu son bras pour l'empêcher d'avancer, l'avait serrée contre lui en essayant de l'embrasser, mais elle postillonnait et lui crachait à la figure. Il l'avait forcée à s'asseoir sur la chaise à côté du téléphone avant de se poster, les bras croisés, au pied de l'escalier.

— Dégage ! avait-il lancé à Hugrún qui lui avait renvoyé un éclat de son rire moqueur avant de tourner les talons et de disparaître par la porte.

Lilja ne cédait pas. Elle s'était jetée sur lui sans hésiter, sans crier. Il s'était sans doute montré un peu trop violent puisque son nez s'était remis à saigner en abondance. Ce cauchemar n'allait-il donc jamais prendre fin ?

Elle avait toutefois fini par abandonner.

— Dans ce cas, je pars toute seule, avait-elle annoncé. Il lui avait répondu qu'elle n'avait qu'à dégager. Elle avait voulu qu'il la laisse monter à l'étage pour se changer. Il avait refusé. Elle lui avait alors demandé s'il avait l'intention de la voir s'en aller dans cet état et il l'avait laissé faire. Il était resté à côté d'elle pendant qu'elle avait pris des vêtements qu'elle avait emportés dans la chambre d'enfant qu'il n'avait pas encore fini d'installer. Elle avait fermé la porte derrière elle. Quelques minutes plus tard, elle était ressortie, vêtue d'une robe propre, un sac de sport sur l'épaule et une expression vide sur le visage.

Il l'avait violemment attrapée par le bras au moment où elle avait voulu entrer dans la chambre conjugale. Elle lui avait renvoyé un regard consumé par la haine.

— Je veux embrasser mon fils avant de m'en aller, avait-elle insisté, et il avait lâché prise pour la laisser entrer. Elle avait soulevé le petit de son lit à barreaux pour le presser contre sa joue.

— Ne t'imagine pas que je te laisserai la garde, avait-il éructé, surpris de sa propre méchanceté. Il ne parvenait pas à se contrôler, d'ailleurs, il lui semblait que ce qui venait de se passer avec Hugrún n'était rien de plus qu'un petit accident dû aux hormones et qui n'avait rien à voir avec l'amour. Il trouvait bien plus grave que Lilja soit allée s'offrir une promenade avec cet Allemand.

Elle ne lui avait pas dit au revoir, s'était contentée de sortir sans refermer la porte de la maison derrière elle.

Il s'était attendu à la voir rentrer le lendemain matin, avant midi. Il est impossible qu'elle abandonne son fils, avait-il pensé. Mais là, il s'était trompé. Il était sans nouvelles d'elle depuis quinze ans.

50

Au cours de la journée, Aðalsteinn avait dû procéder à deux reprises à de profonds changements dans son sermon. La première fois, quand, après l'arrestation de Sveinbjörn, on avait appris son implication dans un trafic de drogue et ce fut à nouveau le cas, après sa conversation avec Smári qu'il était finalement parvenu à joindre au terme de tentatives répétées. Aðalsteinn s'était étonné qu'il soit chez lui étant donné la situation, mais il avait été encore plus surpris de l'état dans lequel il avait trouvé le policier. Ses yeux injectés de sang, sa voix rauque et ses propos plus ou moins embrouillés avaient constitué un début d'explication quand le policier l'avait informé qu'on l'avait écarté de l'enquête et que son fils Bóas était actuellement interrogé. Il avait manifestement passé une mauvaise nuit, semblait bouleversé et sentait l'alcool sans être véritablement ivre. Le pasteur lui avait posé la main sur l'épaule en lui promettant de prier pour lui et son fils et, même si Smári l'avait repoussée comme s'il s'était agi d'une araignée, le révérend avec vu ses pupilles réagir.

Leur conversation achevée, il était retourné à toute vitesse à son bureau pour y réécrire son sermon. Tout portait à croire que le Saint-Esprit veillait sur lui : les phrases s'inscrivaient sur l'écran, parfaitement structurées, comme si une source limpide jaillissait naturellement des roches de sa pensée, en un enchaînement de mots qui prenaient sens.

Il bénissait maintenant la foule, reconnaissant, à la vue du nombre de ceux qui avaient répondu à l'appel. Les gens avaient continué d'affluer dans l'église longtemps après qu'elle était pleine, ils se tenaient debout le long des murs, utilisant l'espace jusqu'en ses moindres recoins. Face à lui, sur les bancs les plus proches, des adolescents à l'air grave levaient leurs yeux vers lui, en rangs serrés. Jamais dans l'histoire du village autant de gens ne s'étaient rassemblés dans l'église, cela, il en était certain.

— Chers amis, gens de Seyðisfjörður et d'ailleurs, annonça-t-il au micro tandis qu'il écartait ses bras pour répandre sur eux l'esprit du Sauveur et qu'une décharge électrique lui remontait le long de la colonne vertébrale. La gorge serrée par l'émotion, il dut s'accorder une pause de quelques secondes avant de poursuivre et de tourner son regard vers les caméras placées au fond de l'église. Ainsi que tous ceux qui sont avec nous par la pensée grâce au concours de la technique qui nous rend l'existence tellement plus aisée, reprit-il. Pourtant, en dépit de toutes les merveilles de la technologie moderne, notre vie est parfois difficile, la science n'est pas parvenue et ne parviendra jamais à nous épargner les souffrances humaines…

Les gants en caoutchouc empêcheraient que ses mains sentent l'essence comme la dernière fois. Elle était tellement tenace, cette odeur-là. La clef du garage n'était pas à sa place sous la gouttière et les frères avaient pris l'habitude de fermer à clef. C'était une bonne idée d'avoir apporté ce gros galet, pris exactement au même endroit que le premier et il était presque tentant d'entrer par la même fenêtre. Mais le but était de se procurer de l'essence, le galet franchit donc la vitre de la toute nouvelle porte d'entrée. De là, c'était un jeu d'enfant de glisser son bras jusqu'à la serrure, d'ouvrir, de traverser la cuisine, le couloir et d'entrer dans le garage.

Pratique, cette essence. On en trouvait partout, il était facile de la siphonner à l'aide d'un petit bout découpé dans un tuyau d'arrosage.

Mais cette fois-ci, il n'y avait nul besoin de tuyau, nul danger d'avoir la nausée, aucun risque d'en avaler une gorgée. Ces jerricans étaient imposants et, par chance, la brouette se trouvait juste à côté, contre le mur.

Quant à la clef de la maison de Sveinbjörn, elle était à sa place sur le petit crochet pendu en bas de l'arrivée d'air destinée à la climatisation. Personne n'en avait eu besoin ni n'avait oublié de la remettre. Tout était si facile, d'une certaine manière, évident, un jeu d'enfant.

Le vestibule était en désordre, ces gens-là étaient incapables de ranger comme tout le monde, peut-être y parviendraient-ils dans leur prochaine maison, ici, il était trop tard.

— Nous sommes réunis ici afin d'afficher notre cohésion face au péril qui nous menace, un péril qui ne vient pas de l'extérieur, mais qui a son origine au sein de notre petite communauté, poursuivit le révérend, debout devant l'autel tandis que Valdimar tentait de se faufiler dans l'espace extrêmement réduit, presque inexistant, entre les fidèles du fond et le mur. Après avoir piétiné là un moment, il renonça et s'avança d'un pas décidé dans l'allée centrale comme s'il allait interrompre la cérémonie. Il sentit les regards de l'assistance se poser sur lui, il était cet homme venu d'ailleurs pour extirper le mal qui avait pris racine parmi eux.

Il adressa un signe de la tête au pasteur qu'il venait de déranger dans son sermon, se posta à côté de l'autel pour détailler, soupçonneux, les visages qui s'offraient à sa vue sur les bancs de l'église et le long des murs. Ni Sveinbjörn ni Bóas ne semblaient avoir quoi ce soit à voir avec les incendies, les deux avaient catégoriquement nié et Valdimar avait fini par les croire. Il était donc venu jusqu'ici : il y avait une bonne chance que l'incendiaire se trouve dans l'église où Hafliði avait pris place dès que les fidèles avaient commencé d'affluer, ou bien sur le parvis, au sein du groupe qu'Elva surveillait. Pour sa part, Valdimar était resté sous le porche jusqu'à ce qu'il ait été évident que tout le monde était arrivé. Il scrutait attentivement chaque visage en s'efforçant d'aiguiser ses sens au maximum, de se pénétrer de l'atmosphère afin de remarquer tout détail susceptible de déparer : un regard fuyant, des lèvres tremblantes, une expression sarcastique, une attitude nerveuse. Au-dessus de l'autel, on avait disposé une caméra vidéo munie d'une lentille grand-angle afin qu'avec l'aide des gens du cru, la police puisse ensuite facilement identifier des individus qui auraient pu lui apparaître suspects.

Il y avait dans l'attitude du pasteur – les expressions de son visage conjuguées au choix de son vocabulaire – quelque chose qui déplaisait à Valdimar. En essayant d'identifier de quoi il s'agissait précisément, il lui sembla qu'Aðalsteinn flattait l'assemblée, qu'il plaçait leur petite communauté au-dessus de toutes les autres. En ce moment précis, il affirmait que le "caractère islandais" était, d'une certaine manière, plus développé ici qu'ailleurs. Ici, à l'écart de la route numéro 1 qui fait le tour de l'Islande, le village était fort heureusement à l'abri d'une bonne partie de la précipitation et de la superficialité qui caractérisaient le temps présent. Valdimar s'attendait à l'entendre user de la métaphore du Paradis et du serpent.

Cette odeur entêtante de l'essence qui emplit les narines, cette conscience brusquement prise de remords et le désir naissant de renoncer. Il s'était déjà manifesté, ce désir esquissé n'était que le signe de la faiblesse humaine, d'une l'âme hésitante au bord du précipice. Cette fois-ci, il fallait asperger l'essence de tous côtés, il y en avait une quantité telle qu'il était inutile de l'économiser ; cette fois-ci, on pouvait espérer que les pompiers seraient un peu mieux préparés.

Le canapé d'angle brun en avait absorbé des litres, de même que la commode aux tiroirs pleins de chiffons et de serviettes : on ne trouvait pas meilleur combustible. Il était également souhaitable d'en verser suffisamment sur le sol, de la laisser se répandre à la surface du parquet et faire elle-même son travail. Le carrelage de la cuisine était peu propice, mais on pouvait toujours essayer, boucher l'évier, en mettre un peu à l'intérieur, sans oublier les éléments et le lave-vaisselle. La pensée des flammes s'échappant du lave-vaisselle embrasé avait quelque chose d'étrangement apaisant.

Ensuite, arracher les piles des alarmes à incendie, il y en avait une dans le couloir à côté de la cuisine, une autre au fond du salon et une troisième à l'étage des chambres, juste en haut de l'escalier.

Son intention avait été de monter le quatrième et dernier bidon au sommet des marches pour le vider dans le couloir de l'étage, mais l'odeur de l'essence lui donnait envie de vomir, le bidon était lourd et ses muscles, douloureux, après tous ces efforts. Il semblait inutile d'aller traîner ce truc-là jusqu'en haut, de toute façon, il ferait son office, installé qu'il était sur le palier intermédiaire entre le rez-de-chaussée et le premier étage, à l'endroit où l'escalier tournait à angle droit.

Ensuite, il suffisait de sortir par la porte de service et de balancer une boîte d'allumettes enflammée à l'intérieur.

Le parquet du couloir moussait d'essence et le feu se propagerait à une telle vitesse au rez-de-chaussée qu'on en croirait difficilement ses yeux. L'air lui-même ne serait plus qu'une incandescence.

— Au cours de notre séjour ici, mon épouse et moi-même avons connu la douleur de voir partir un être cher, notre bien-aimé fils. Plus tard, nous avons perdu notre domicile dans les griffes de ce même élément fondamental, le feu, ce feu qui menace ici chaque maison, chaque lieu de travail, continua Aðalsteinn en regardant droit dans les yeux Drífa, assise au premier rang avec ses parents et sa sœur. Il incombait qu'ils soient au centre de la cérémonie, leur avait confié le pasteur avant le début. Stella serait sans doute présente dans l'église, mais n'avait pas envie d'attirer sur elle l'attention étant donné la situation.

— Ma femme et moi-même sommes de tout notre cœur, reprit Aðalsteinn en posant son regard à l'endroit toujours occupé par Urður, avec ceux qui ont vu leurs maisons réduites en cendres ou leur moyen de subsistance annihilé par l'action d'une force destructrice qui n'est pas celle obtenue en craquant une allumette, mais un feu qui couve dans un cœur consumé.

Ces paroles firent tout à coup naître deux larmes aux paupières de Drífa, des larmes qui n'étaient que deux gouttes d'eau dans la mer, fermes comme des myrtilles, elle eut l'impression qu'elles rebondissaient sur ses joues plutôt que de couler. Il lui était brusquement revenu en mémoire un souvenir d'avant sa rupture avec Baldur. Ils étaient seuls chez elle, dans son salon, la lumière était éteinte, mais la cheminée allumée. Le feu projetait sa chaude clarté jaune dans la pièce. Ils étaient plus ou moins allongés sur le sol devant l'âtre. Il faisait très chaud, Baldur était torse nu et pieds nus, sa peau était si belle à la lueur des flammes, sa poitrine presque entièrement glabre, presque féminine et cependant, pas du tout. Elle portait cette vieille robe qu'elle aimait tant, lacée à l'arrière. Il faisait l'idiot en poussant de ses orteils les bûches de bois du bord vers le centre des flammes.

— Attention à ne pas te brûler, lui avait-elle dit.

— Attention à ne pas te brûler à moi, avait-il répondu du tac au tac. Parce que mon cœur se consume.

— Ah bon ? avait-elle riposté d'un air taquin. Alors, prends garde à ce qu'il ne soit pas réduit en cendres.

— Je ne cours aucun risque, tant que je t'ai avec moi, avait-il répondu.

Elle s'était sentie mal à l'aise en l'entendant prononcer ces mots qui laissaient entendre que, tant qu'elle était là, il n'était pas en danger, comme si elle avait été responsable de lui, et cette soirée romantique avait plus ou moins été gâchée. Il était venu dans l'intention de passer la nuit, mais elle lui avait demandé de rentrer chez lui.

Plus tard, à chaque fois qu'elle avait repensé à cette phrase, elle avait eu l'impression qu'on lui assénait un coup de marteau en pleine poitrine. Puisqu'en effet, une fois qu'il ne l'avait plus eue à ses côtés, il avait couru un grand risque. Ses yeux la brûlaient et quand elle les leva vers le pasteur, elle le vit hocher très légèrement la tête avec, sur son visage luisant et rasé de près, l'expression de celui qui console les âmes en peine.

Aðalsteinn ressentait la puissance du verbe comme il n'en avait que rarement eu l'occasion. Les larmes coulaient sur les premiers rangs et sans doute ailleurs dans l'église au moment où la cruauté du monde y fit irruption dans toute sa violence.

Le pasteur fronça les sourcils en entendant les cris qui lui parvenaient du dehors. Le vacarme ne tarda pas à enfler et moins d'une minute après les premiers cris, un jeune homme se précipita à l'intérieur du bâtiment en hurlant :

— Au feu ! Au feu ! Il y a le feu sur la colline. On dirait que c'est chez Sveinbjörn le Parquet.

Stella fut la première à réagir en poussant un hurlement strident depuis le fond de l'église. Les membres de l'assistance se levèrent pour la plupart, abasourdis, et certains se précipitèrent vers la sortie. Cela promettait une vraie cohue.

— Mes amis ! Gardons notre calme ! s'écria Aðalsteinn au micro. Il crut apercevoir une femme qui s'attardait au troisième rang, elle lui lança un regard avant de tenter, elle aussi, de sortir.

Comprenant tout de suite que quelque chose de grave se produisait, Valdimar avait quitté l'église avant que la bousculade ne commence. Elva était déjà assise au volant et il s'était précipité à la place du passager. Sur les premiers mètres, elle avait bousculé quatre voitures, mais après cela, la voie était libre et ils furent les premiers arrivés sur les lieux. Le feu ravageait tout le rez-de-chaussée, chaque fenêtre était illuminée par les flammes, mais le premier étage était pour l'instant épargné.

Valdimar bondit hors du véhicule et regarda la maison, pétrifié. Des habitants du village arrivaient par paquets et se garaient sur la rue en pente, d'autres venaient à pied depuis l'église et il s'attendait à voir tout le monde sur les lieux d'ici peu de temps.

C'est alors qu'ils entendirent deux sons de nature différente à travers les craquements inquiétants du feu : d'abord une grosse explosion, puis un hurlement terrifiant qui semblait ne jamais devoir prendre fin. Quelques secondes plus tard, ils aperçurent une étrange lueur à l'arrière de la maison. Valdimar accourut et vit une forme humaine en flammes tomber du balcon avant de s'écraser sur le trottoir incompréhensiblement libre de neige en contrebas. Les hurlements de douleur ne cessèrent que lorsque la torche vivante toucha le sol. Sans même s'en rendre compte, Valdimar avait ôté sa veste avec laquelle il tentait d'étouffer les flammes.

Les experts s'étonnèrent surtout que la petite Sigrún soit parvenue à s'échapper. Ses yeux étaient pratiquement intacts, sans doute avait-elle placé son avant-bras devant son visage pour se protéger de la chaleur jusqu'au moment où le feu de l'explosion l'avait atteinte.

Le reste était plus clair. La petite ne s'était pas senti assez de courage pour se rendre à l'église si peu de temps après l'arrestation de son père. Stella avait insisté auprès d'elle pour qu'elle vienne, qu'elle montre sa solidarité en public, mais elle avait catégoriquement refusé en disant qu'elle allait essayer de dormir pour en finir avec cette journée. Il était ensuite apparu qu'elle avait volé un somnifère à sa mère, ce qui expliquait qu'elle n'ait pas été réveillée plus tôt par le feu.

La porte de sa chambre étant fermée, la fumée n'y était pas entrée en grande quantité. Probablement la petite avait-elle été réveillée par l'odeur. Elle avait ouvert, entendu les crépitations, le brasillement et le souffle du feu au rez-de-chaussée. C'est alors qu'elle avait commis la grave erreur d'emprunter l'escalier afin de s'échapper par là au lieu d'aller se réfugier à l'étage, sur le balcon où elle aurait été en sécurité.

Elle était sans doute descendue jusqu'au palier intermédiaire d'où on apercevait tout le salon et avait compris qu'il était inutile de poursuivre dans cette voie. Avant qu'elle n'ait eu le temps de se retourner, le bidon de quinze litres d'essence que l'incendiaire avait posé là avait explosé.

L'essence enflammée l'avait enveloppée, tel un voile de douleur.

Elle portait des brûlures sur la majeure partie du corps, même si elle avait presque aussitôt sauté par le balcon, ne laissant qu'assez peu de temps aux flammes pour la dévorer. Par une malheureuse coïncidence, sa tempe avait heurté le rebord acéré d'un bloc de jaspe, destiné à décorer le trottoir chauffé en contrebas du balcon. La pierre lui avait fendu le crâne comme une hache.

Toute chose était définitivement perdue, le monde si hideux qu'il ne pouvait jamais plus espérer la moindre rémission. Chaque belle journée qui naîtrait après celle-là ne serait qu'une affreuse infamie. Urður était l'une de celles qui avait vu la petite allongée sur le trottoir avant que Valdimar ne parvienne à éteindre ses vêtements à l'aide de sa veste. Elle avait suffoqué d'horreur et poussé un hurlement déchirant qui avait duré d'interminables minutes jusqu'à ce que quelqu'un ait la présence d'esprit d'essayer de la calmer malgré le chaos. Elle avait feint l'apaisement, mais en réalité, son désespoir s'était trouvé décuplé. Même la mort de Baldur tombait dans l'ombre du destin absurde et terrifiant de cette enfant innocente, destin dont elle seule était responsable.

Urður savait que jamais elle ne s'en remettrait, quelle que soit la longueur ou la brièveté du temps qu'il lui restait à vivre.

51

La nuit tombait. Valdimar ne parvenait pas à évacuer l'odeur de chair brûlée de ses narines où elle semblait s'être durablement installée. Il souffrait d'une constante nausée et les reproches formaient un tourbillon dans sa tête même s'il savait parfaitement que la mauvaise conscience n'arrangeait rien, qu'elle ne servait à rien et ne faisait qu'aveugler celui qui se trouvait pris dans son filet de brume.

Le temps s'écoulait comme en un rêve étrange, au moment où il avait justement le plus besoin d'y voir clair. Il avait accompli sa tâche, s'était acquitté de son travail sans commettre d'erreur majeure, mais il lui semblait que ses décisions, ses conversations et les étapes de son enquête avaient quelque chose de mécanique, sans parler de ce soupçon persistant qui lui affirmait qu'il était le mieux placé pour savoir, qu'il avait au fond de lui connaissance de détails et de faits sur lesquels il ne parvenait pas à mettre le doigt. Il se sentait comme un aveugle cherchant un enfant qui jouait à cache-cache.

Les pompiers s'étaient acquittés de leur tâche avec une étonnante rapidité. Le premier étage, pratiquement épargné, était encore habitable, ce qui ne changeait pas grand-chose.

Stella avait fait une crise de nerfs en découvrant sa fille, elle s'était littéralement effondrée quand elle avait perçu chez elle un signe de vie. Valdimar espérait seulement que la gamine serait en meilleur état la prochaine fois que sa mère la verrait.

En accord avec Hafliði, il avait mis fin à la garde à vue de Sveinbjörn. Cet homme avait, d'un point de vue moral, le droit de s'occuper des affaires pressantes qui l'attendaient.

Elva s'était chargée de faire le tour des maisons voisines pour y demander si quelqu'un aurait remarqué quelque chose de suspect. Hafliði s'apprêtait à visionner les enregistrements vidéo de la cérémonie avec Gylfi. Quelques visages avaient piqué sa curiosité et il voulait identifier ces gens afin de les interroger au plus vite. Valdimar était toujours sur les lieux du sinistre, avec les pompiers qui achevaient leur tâche et tandis qu'il cherchait quelques visages familiers, quelqu'un vint lui frapper l'épaule.

— Je dois vous dire quelques mots, mon ami.

Le révérend Aðalsteinn semblait désemparé, on aurait dit qu'il avait perdu ce qui l'ancrait dans l'existence.

— Cela ne pourrait-il pas attendre demain ?

— Non, ça ne peut pas attendre du tout !

— Dans ce cas, venez avec moi dans la voiture, proposa Valdimar qui se dirigea immédiatement vers le 4×4. Il entendit les pas du pasteur le suivre sur la neige humide.

L'habitacle était tel un havre de paix au centre d'une tempête déchaînée. Le pasteur s'installa à la place du passager. Il se frottait les mains, il avait visiblement froid, mais Valdimar ne voulait pas allumer le moteur pour mettre du chauffage, il tenait à se préserver de toute forme de bruit pendant quelques minutes. Il ne disait pas un mot et ne regardait pas le pasteur, attendant simplement qu'il prenne la parole. Une demi-minute s'écoula, qui sembla très longue.

— Oui, exactement, entreprit Aðalsteinn comme s'il avait répondu à une question que lui seul aurait entendue. Il ne m'est pas facile de trouver les mots, mais je crois que ma femme sait quelque chose au sujet de cette terrifiante affaire.

— Votre femme ? s'étonna Valdimar, comme s'il n'avait pas compris ses paroles. Pensez-vous qu'elle soit l'incendiaire ?

— Mon Dieu, non ! Ce n'est pas ce que je veux dire, répondit Aðalsteinn, saisi d'un frisson à cette pensée. Mais je crois qu'elle sait quelque chose, une chose que tout le monde ignore.

— Qu'est-ce qui vous le fait croire ? s'impatienta Valdimar. Il lui semblait que c'était encore une connerie parmi toutes celles qu'il avait entendues, peut-être parce que, tout à coup, le pasteur manquait cruellement d'assurance.

— Smári m'a appris que vous aviez emmené Bóas au commissariat.

— Oui, répondit Valdimar d'un ton neutre. Il savait que la nouvelle de l'interrogatoire de Bóas s'était sans doute répandue dans le village, mais n'entendait pas confirmer quoi que ce soit.

— Est-il toujours en garde à vue ? s'inquiéta le révérend d'une voix tremblante.

— Qu'alliez-vous me dire à propos de votre femme ? éluda Valdimar.

— Je lui ai dit que Bóas était probablement l'incendiaire. Et elle... elle s'est mise dans une colère noire et m'a traité de tous les noms. Bóas était très ami avec notre fils, vous vous rappelez, n'est-ce pas ?

— Oui, oui, confirma Valdimar.

— J'ai cru que c'était cela qui déclenchait sa fureur, j'ai pensé qu'il lui semblait que, d'une certaine manière... cela venait souiller la mémoire de Baldur que d'accuser son meilleur ami dans cette affreuse histoire. Je lui ai répondu qu'il nous faudrait accepter la vérité. Et là, sa colère a redoublé, elle m'a dit que je ne comprenais rien à rien, qu'elle *savait* que Bóas n'avait rien à voir avec ces incendies, qui n'étaient pas à mettre sur le dos d'innocents adolescents.

Le pasteur avala sa salive.

— Elle m'a dit que j'étais incapable de comprendre les gens. Je l'ai prévenue que si elle détenait des informations sur l'identité de l'incendiaire, elle se devait de les communiquer à la police.

— Et que vous a-t-elle répondu ?

— Elle a répondu… Elle a répondu qu'il *apparaîtrait bientôt clairement* que Bóas n'était en rien impliqué dans tout cela. Voilà ce qui m'inquiète tellement. On pourrait presque croire qu'elle… qu'elle prévoyait la tragédie qui vient d'avoir lieu. Et maintenant, elle tremble comme une feuille et refuse que je pose ma main sur elle.

— Je vais l'interroger, répondit Valdimar d'un ton las.

Le pasteur toussota, mal à l'aise.

— Seriez-vous… Serait-il possible… Pourriez-vous éviter de lui dire que c'est moi qui vous en ai parlé ? demanda-t-il.

— Comment voulez-vous que je m'y prenne ? Ne s'agit-il pas d'une chose qu'elle vous a dite alors que vous étiez seul avec elle ?

— Si… Mais vous pourriez peut-être essayer de ne pas… me nommer trop directement.

— Je ferai de mon mieux, répondit Valdimar sans le penser.

Il ouvrit sa portière pour retourner se plonger dans la réalité en abandonnant l'homme de Dieu dans la voiture sans prendre congé de lui.

Il attrapa son portable et composa un numéro. Comme il l'espérait, une sonnerie retentit parmi la foule massée sur le côté de la maison.

— Allô, répondit Smári, d'une voix rauque, plus ou moins alcoolisée.

— Salut. Rejoins-moi ici, je suis juste devant.

— Je te vois, répondit Smári avant de raccrocher.

— Tu es ivre ? interrogea Valdimar l'instant d'après, tandis que son collègue piétinait face à lui, la tête enfoncée entre les épaules, le visage fermé et qu'il lançait des regards furtifs à droite et à gauche sans croiser le sien.

— C'est mon problème, non ? répondit Smári. Aurais-tu oublié que tu m'as pour l'instant démis de mes fonctions ?

— C'était juste une question, précisa Valdimar. Tu étais à l'église ?

— Non, répondit Smári, penaud.

— Ah, c'est bien dommage, observa sèchement Valdimar.

— En tout cas, tu ne pourras pas faire porter le chapeau de ce truc-là à mon pauvre Bóas. Il est encore au commissariat, non ?

— Non, je l'ai relâché après son interrogatoire.

— Et alors… Où est-il ?

— Aucune idée.

— Était-il à l'église ?

— On verra ça tout à l'heure. Nous avons enregistré la cérémonie avec des caméras vidéo placées à l'intérieur et à l'extérieur. Cela dit, j'espérais qu'il était avec toi. Cela vous aurait fourni un alibi mutuel.

— Un alibi mutuel ? Non, mais qu'est-ce qui te prend, espèce de con ! s'emporta Smári en plongeant pour la première fois ses yeux dans ceux de Valdimar. Sa respiration haletante et ses poings crispés laissaient prévoir qu'il allait lui en mettre une. Valdimar remarqua que la tournure qu'avait prise leur conversation n'échappait à aucun de ceux qui étaient présents sur les lieux.

— Du calme, mon vieux ! répondit-il. Simplement, je ne peux exclure aucune hypothèse.

— Crois-tu réellement que *je* serais allé foutre le feu chez… ? Chez *ma* propre sœur ? Crois-tu que j'aurais l'audace de venir ici m'engueuler avec toi si j'étais responsable de ce qui est arrivé à ma nièce ? éructa Smári.

— Tu savais où trouver l'essence et tu croyais Bóas en garde à vue, s'entêta Valdimar. Peut-être as-tu voulu t'arranger pour qu'il arrive une chose dont, justement, on ne pourrait pas "faire porter le chapeau à ton pauvre Bóas".

— J'étais chez moi. Je buvais de la bière et je me branlais ! répondit Smári. Voilà tout ! Je n'ai rien du criminel de grande envergure que tu imagines. Mais je t'en prie, arrête-moi et bousille mon avenir comme tu viens de bousiller celui de mon fils. Ouais, j'ai bien dit, bousiller l'avenir de mon fils, répéta-t-il, voyant que Valdimar s'apprêtait à objecter. Que crois-tu qu'il arrivera si, comme ce sera sûrement le cas dans cette affaire, on n'identifie pas le coupable ? Les gens se rappelleront ceux qui ont été interrogés. Ils se souviendront de moi et de Bóas et tireront leurs conclusions, même si aucun de nous deux n'est l'incendiaire. Voilà ! Monsieur Valdimar Eggertsson, policier à la Criminelle, est servi ! J'espère que tu seras fier de l'exploit que tu as accompli, conclut-il, d'un ton haineux.

— Ne t'inquiète pas pour moi. Je n'envisage pas de faire quoi que ce soit dont je puisse rougir par la suite, répondit Valdimar, pensif. À ce moment-là, une silhouette inquiétante sortit de la pénombre. Elle le fit d'abord penser à un zombie, un fantôme de conte populaire dans une mise en scène provinciale. Le visage d'un blanc crayeux, le contour des yeux maquillé de noir et le vêtement également noir, sous le manteau de cuir luisant et bruissant qui lui descendait aux chevilles, les chaussures du garçon, ferrées, qui claquaient sur le sol, étaient reliées l'une à l'autre par de fines chaînes. C'était un adolescent maigre comme un clou. Ses cheveux couleur de jais lui tombaient devant les épaules, brillants, et quand il s'approchait, apparaissait le piercing qu'il portait au milieu de la lèvre.

— C'est bien vous qui enquêtez sur… ces incendies ? s'enquit-il d'une voix étonnamment profonde.

— En effet.

— Je sais qui a fait ça. Je lui avais promis de ne le dire à personne s'il ne recommençait pas…

— Pardonne-moi, mais qui es-tu ? demanda Valdimar d'un ton brusque.

— Je m'appelle Ragnar Aðalsteinsson.

— Le fils du révérend Aðalsteinn ? interrogea Valdimar. Le gamin répondit d'un hochement de tête.

— C'est vrai que Sigrún est morte ? demanda-t-il.

Ce ne fut qu'à ce moment-là que Valdimar établit le rapport entre le corps qui avait brûlé sous ses yeux quelques minutes plus tôt et la jeune fille à la chevelure en bataille qui avait eu tellement peur en le voyant la veille au soir. Il ne put s'empêcher de se cacher le visage dans les mains, l'espace d'un instant.

52

Ils n'avaient pas besoin d'enjamber les congères pour escalader la pente contrairement à ce qu'avait pensé Drífa. On aurait dit que quelqu'un passait par là de façon régulière car, sous la couche de neige la plus récente, on distinguait comme une sorte de sentier. C'était elle qui avait suggéré de monter jusqu'à cette cascade que Baldur considérait comme son havre dans l'existence. Il n'y avait pas beaucoup d'eau et, par une belle journée d'été, on pouvait passer derrière pour voir un arc-en-ciel se former devant soi tandis qu'on suffoquait sous les embruns.

Drífa était légèrement intimidée par Bóas, il y avait si longtemps qu'ils n'avaient pas discuté ensemble. À l'époque, il était allé de soi qu'elle cesse de fréquenter le meilleur ami de Baldur. Plus tard, elle avait appris qu'il lui en voulait énormément. Il lui avait semblé ne pas pouvoir faire mieux que de l'ignorer.

La cascade grondait à l'arrière d'un mur d'imposants glaçons. Drífa était accroupie dans la neige, il était adossé contre un rocher couvert d'une gangue de glace. Ils regardèrent cette partie du village que l'avancée rocheuse ne dissimulait pas à la vue, les rangées que formaient les lampadaires dans la pénombre, les fenêtres illuminées çà et là, les décorations de Noël.

— Merci de m'avoir consolée, dit-elle.

— Ce n'était pas grand-chose.

Drífa s'était effondrée en pleurant à chaudes larmes devant la maison en flammes plus tôt dans la journée et, tout à coup, Bóas s'était trouvé à ses côtés. Il l'avait prise dans ses bras et elle avait posé sa tête contre son épaule, comme s'il avait été son frère.

— Tu as des nouvelles de Sigrún ?

— Elle est passée très près. Elle n'est pas tirée d'affaire, mais papa dit que ça pourrait être pire.

— Tout ça semble tellement irréel.

— Oui.

— On dirait un mauvais rêve.

— C'est vrai.

Elle eut subitement l'impression qu'il voulait connaître la raison de la promenade inattendue qu'ils s'offraient en ce moment.

— Bóas.

— Oui ?

— Les choses se sont mises à tourner à toute vitesse dans ma tête quand j'étais à l'église. Je… je n'y étais pas revenue depuis l'enterrement de Baldur. Et je me suis mise à penser à toutes ces questions que je me pose à propos de lui, tu es le seul à pouvoir me répondre.

— Je ne peux pas te dire grand-chose. Son geste m'a surpris comme tout le monde. Malheureusement.

— Raconte-moi quand même comment c'était. Est-ce qu'il te parlait beaucoup de moi ?

— Non. Il était très fermé. On jouait à des jeux vidéo. J'essayais de trouver des trucs qu'on pouvait faire ensemble. Pour le forcer à se réveiller. J'ai tenté de le convaincre de fonder un groupe de musique avec moi. Juste comme ça, pour rigoler. Il m'a répondu qu'il chantait faux, je lui ai proposé la batterie, mais ça ne lui disait rien. J'ai aussi proposé qu'on parte avec une carte Inter-rail pendant l'été. Je crois que j'aurais fini par le convaincre, mais bon, sa mère préférait qu'on attende encore un an pour ça. Il passait beaucoup de temps sur le net. Je me suis rendu compte qu'il était entré dans mon compte MSN. Peut-être pour voir si tu étais dans mes amis ou pour t'espionner, je ne sais pas. Ou juste pour être un peu plus anonyme. Je lui ai demandé d'arrêter. Il m'a fait la gueule. Alors je lui ai dit de se sortir la tête du cul et d'arrêter de se regarder le nombril. C'est l'un des derniers trucs que je lui ai dits. Ce n'était pas très sympa de ma part, quand j'y repense.

Elle avait du mal à avaler sa salive et ne se rendit compte qu'elle versait des larmes qu'en les sentant couler, toutes chaudes, sur sa joue glacée. Elle s'attendait à ce qu'il la prenne à nouveau dans ses bras, mais comprit qu'il ne pouvait pas distinguer ses pleurs dans la pénombre.

— Savais-tu que c'est mon père qui l'a trouvé ? demanda-t-il.

— Non…

— Il a essayé de le ranimer en lui faisant du bouche-à-bouche. Il est rentré à la maison en état de choc. Il s'est pris une cuite et m'a tout raconté en m'expliquant qu'il préférait me le dire plutôt que je l'apprenne en ville. Le pire, c'est que la bouche de Baldur empestait tellement les gaz que papa avait envie de vomir. Il m'a dit qu'il avait eu l'impression de faire du bouche-à-bouche à un pot d'échappement. Mais ça n'a pas marché, il n'avait aucune chance de le ramener à la vie.

Drífa affichait un visage complètement défait.

— Pardonne-moi.

Elle prit plusieurs inspirations profondes avant de lui répondre.

— C'est moi qui te l'ai demandé. Il vaut mieux savoir une chose que d'en imaginer des milliers.

— Je vais peut-être déménager à Reykjavík, annonça-t-il au terme d'un bref silence.

— Ah bon ? Avec ton père ?

— Non, chez ma mère. Elle est rentrée en Islande.

— Wow ! En voilà une nouvelle !

— Oui. En fait, j'ai plutôt hâte de quitter cet endroit. Vu la situation.

— Je comprends, répondit-elle. Elle hésita un instant avant d'ajouter : pourquoi tu dis ça ?

— Bah, ça devient un peu oppressant. Je n'ai plus aucun copain ici et j'ai l'impression que tout le monde me prend pour… un monstre ou je ne sais quoi.

— Moi, je ne te prends pas pour un monstre.

— Merci, répondit-il, ça fait plaisir.

— C'est peut-être juste un truc que tu t'imagines.

— Peut-être.

— Et ta mère, comment va-t-elle ?

— Bien. C'est une sacrée bonne femme. Par rapport à l'âge qu'elle a, enfin tout ça. Elle a des tatouages. Elle a fait une cure et tout ça. Elle m'a dit qu'elle s'était reprise en main.

— OK, super.

Tous deux affichèrent un sourire suivi d'un long silence.

— Je vais peut-être aussi partir à Reykjavík. J'ai envie d'aller à l'université.

— Oui, évidemment, répondit-il.

Elle ne savait pas exactement ce qu'elle faisait, mais elle se leva pour s'approcher du garçon adossé contre le rocher et l'embrassa sur la bouche. Ce n'était pas l'un de ces baisers qu'on donne avec la langue, mais juste du bout des lèvres. Elle n'avait embrassé personne depuis qu'elle avait quitté Baldur.

— À bientôt, Bóas, dit-elle avant de descendre la colline d'un pas pressé.

53

Pendant qu'un binôme de policiers de la Scientifique passait la maison au peigne fin à la recherche d'indices et que deux hommes, un local et l'autre envoyé par Reykjavík, scrutaient les enregistrements vidéo afin d'établir la liste des présents dans l'église et sur le parvis, Valdimar s'occupait d'interroger Oddur, le fils de Sveinbjörn, maintenant accusé d'être l'incendiaire. L'adolescent était manifestement en état de choc et Valdimar était déterminé à en prendre avantage. Ses parents ne s'étaient pas opposés à ce qu'il soit interrogé en leur absence ; Oddur avait d'ailleurs refusé leur présence, c'étaient, dans les grandes lignes, les seuls mots qu'il avait prononcés jusque-là.

— Alors Oddur, annonça Valdimar avec une expression sévère, comme ça, c'est toi l'incendiaire ?

Le gamin sursauta sur sa chaise et rejeta sa tête en arrière. C'était un tic qui reviendrait assez souvent au fil de la conversation. Il prit quelques aspirations bouche ouverte avant de commencer à parler, d'une voix rendue tremblante par la nervosité ou les sanglots qu'il réfrénait.

— J'étais à l'église avec m-maman. Demandez-lui.

Valdimar n'en avait nullement besoin. Il se souvenait bien y avoir vu le jeune homme pour l'avoir remarqué, raide comme un piquet et imperturbable, aux côtés de sa mère.

— Tu t'es peut-être servi d'un dispositif à retardement, observa Valdimar. Il empruntait l'expression à un collègue qui venait de l'utiliser dans leur conversation avant l'interrogatoire car elle lui avait semblé convaincante.

— Un dispositif à retardement… Je ne sais même pas ce que c'est, geignit le gamin. Je ne suis pas un génie de la technologie. Et si vous croyez que j'ai essayé de faire brûler ma petite sœur alors…

Ses yeux s'emplirent brusquement de larmes. Puis il laissa échapper deux sons brefs, comme une toux étouffée.

— C'est un jeu très dangereux de mettre le feu aux maisons, observa Valdimar, sadique.

— Je viens de vous dire que je ne l'ai pas fait.

— Es-tu surpris qu'on te soupçonne ?

Oddur ne répondit rien.

— Parfait, nous y reviendrons. Commençons par l'incendie de Byggðavegur, je crois savoir qu'au cours d'une conversation tu as avoué à ton camarade Ragnar que tu en portais la responsabilité.

— Ragnar n'est pas mon camarade, répondit Oddur avec un air buté.

Valdimar avait l'impression de le voir étouffer sur son visage les sentiments qui l'écrasaient. La fragilité s'effaçait devant une dureté imbécile et dénuée de sens qu'Oddur devait s'imaginer comme typiquement masculine. Étant donné les conditions, Valdimar trouvait que cette attitude relevait presque de la maladie mentale.

— Pourtant, lors de cette conversation, tu as avoué avoir mis le feu au bâtiment.

— C'était juste une erreur.

— Une *erreur* ?

Oddur rejeta sa tête en arrière et garda le silence.

— Je te prie de m'expliquer ce que tu entends par là. En quoi était-ce une erreur ? insista Valdimar, les yeux rivés sur le jeune homme. Il avait bien envie de se lever pour le secouer comme un prunier, mais il se calma et se contenta de grincer des dents. Oddur gigotait sur sa chaise.

— Je n'ai pas droit à un avocat ou un truc comme ça ? demanda-t-il, à nouveau nerveux.

— Si, je te l'ai déjà dit. Si c'est vraiment ce que tu veux, répondit Valdimar qui tentait de présenter l'éventualité comme une menace, sans résultat apparent. Si tu n'as pas l'intention d'avouer, autant me le dire tout de suite afin que nous puissions prendre des mesures pour arrêter le coupable sur la base des informations que tu pourrais nous fournir, ajouta-t-il en s'efforçant de capter le regard fuyant d'Oddur qui n'avait manifestement aucune idée de la manière dont il devait réagir. Valdimar avait bien l'intention de le faire plier s'il en avait l'occasion, il n'avait aucune envie de se mettre à genoux face à cet adolescent imbu de sa personne. Il croisa les bras sur sa poitrine et attendit jusqu'à ce qu'un claquement de lèvres d'Oddur signale que ce dernier s'apprêtait à recourir à son appareil phonatoire.

— J'ai mis le feu à l'usine, mais c'est tout.

— C'est justement la seule chose que nous pouvons prouver car nous avons un témoin, répondit Valdimar, caustique. D'accord, alors, raconte-moi. Quand as-tu eu l'idée d'incendier l'usine de ton papa ?

Oddur se tut un instant et regarda au plafond. Valdimar l'observait.

— Je me suis dit que j'avais bien envie de mettre le feu quelque part quand ça a brûlé chez Drífa, expliqua-t-il d'un ton détaché, comme s'il avait parlé d'une chose parfaitement banale.

— Tu as pris du plaisir à voir leur maison brûler ? interrogea Valdimar d'un ton neutre.

— Oui, plus ou moins, répondit Oddur en esquissant une désagréable moue sarcastique. Peut-être pas vraiment.

— Et ?

— Ils avaient bien les moyens d'un petit incendie. Ça leur donnait l'occasion de s'acheter de nouveaux meubles et tout ça. Tout est assuré, vous savez bien. J'ai trouvé que c'était bien fait pour cette salope de Hugrún.

— Tu ne l'aimes pas ?

— Vous trouvez ça bizarre ? Vous savez pour elle et papa ?

— Pourquoi le lui reprocher à elle ? Ton père savait quand même ce qu'il faisait.

— Je ne dis pas le contraire.

— Enfin, en résumé, reprit Valdimar avec un soupir consterné, tu as trouvé que l'incendie était une bonne chose.

— Je n'ai pas dit ça.

— En tout cas, ça t'a donné envie de l'imiter.

— Ouais, un truc comme ça.

— Et tu ne vois pas les choses différemment en ce moment ? interrogea Valdimar afin d'essayer de briser l'épaisse muraille que ce sale gamin élevait autour de sa personne.

Oddur ne répondit pas, mais la grimace sarcastique de sa bouche se déforma de douleur.

— Et pourquoi as-tu choisi l'usine de ton père ? poursuivit Valdimar. Tu voulais peut-être le punir également ?

— Papa se fout complètement de nous tous, rétorqua Oddur d'une voix rauque. Tout ce qui comptait pour lui, c'était de maintenir son entreprise à flot. Il n'avait jamais de fric, on est complètement fauchés depuis qu'on a déménagé dans ce trou de merde. Ça lui a donné une leçon que son usine brûle, et personne n'a été blessé. Quant à lui, il s'est même pris un cognac et un cigare pour se faire plaisir pendant que la maison de sa maîtresse cramait. Il n'en a rien à foutre des gens. Il méritait de sentir ce que ça fait de perdre quelque chose.

— Et ta mère ? Le méritait-elle aussi ? demanda froidement Valdimar.

— En fait, c'est elle qui m'a donné l'idée, balança le gamin.

— Quoi ? De quoi est-ce que tu parles ? s'emporta le policier.

Oddur renvoya à nouveau sa tête en arrière. Le tic semblait lié aux échanges inamicaux.

— Elle s'engueulait avec papa et elle lui a dit qu'elle espérait que la prochaine cible de l'incendiaire serait cette putain d'entreprise et qu'elle ne verserait même pas une larme.

— Et crois-tu qu'elle sera contente de savoir que tu l'as prise au mot ? interrogea Valdimar sans mentionner qu'il avait entendu le même désir s'exprimer dans la bouche de Stella peu de temps auparavant.

— Tout est assuré à fond, marmonna Oddur. On est obligé d'avoir une assurance incendie. D'ailleurs, c'est mieux pour nous. On pourra repartir de zéro si…

Au lieu d'achever sa phrase, il lança un regard haineux au policier.

— Autrement dit, ce n'était pas de l'incendie que tu parlais tout à l'heure quand tu as dit que c'était une erreur, n'est-ce pas ?

Oddur s'obstinait à se taire.

— Quelle est cette putain d'erreur dont tu parlais ? beugla Valdimar. Le gamin réagit enfin, cette fois, sans mouvement de la tête.

— Pas la peine de gueuler. Je voulais dire que c'était une erreur de ma part d'avoir laissé croire à Ragnar que j'avais aussi mis le feu chez Drífa. Je trouvais ça… cool.

— OK, nous y reviendrons tout à l'heure. Commence par me dire ce que tu faisais mardi soir.

— Mardi soir ? répéta Oddur, déconcerté.

— Le soir où tu as mis le feu à l'usine.

— Ah ouais, il faisait très mauvais et je suis allé à cette soirée costumée.

— Tu étais déguisé ?

— Oui, plus ou moins. J'avais mis des lunettes de soleil pour femme que j'avais trouvées dans la remise à la maison. Je crois que maman les a achetées en Grèce. Ou peut-être en Suède, là où nous habitions avant. Mais j'avais une veste à capuche et une écharpe pour me cacher le visage et je me suis dit que personne ne me reconnaîtrait à moins de reconnaître mes vêtements. L'écharpe est plutôt reconnaissable, c'est celle que je porte toujours. Il faudrait que j'en prenne une autre. Mais bon, j'avais déjà pensé à l'usine et à toutes ces conneries.

— Tu veux dire, à y mettre le feu ?

— Peut-être. Enfin bref, j'ai volé de l'essence chez Þorsteinn, il y en a toujours plein dans son garage. Vous savez que l'assurance incendie est obligatoire, non ?

Valdimar se retint pour ne pas hurler au gamin quelques paroles pas très jolies.

— Ce n'était pas la première fois, d'ailleurs. J'en avais déjà piqué quelques gouttes avant pour m'amuser avec.

— Pour jouer avec le feu ?

— Oui, vous vous êtes jamais amusé avec de l'essence et des allumettes ?

Valdimar secoua la tête.

— Bon, tu étais en route vers la soirée costumée, et ensuite ?

— Là, j'ai compris que je n'aurais sûrement jamais une aussi bonne occasion, je pouvais traverser le village sans être reconnu. Je devais juste porter d'autres vêtements que les miens. Alors j'ai décidé de faire le truc. Et quand l'heure était bien avancée, j'ai quitté la soirée, je suis rentré chez moi, j'ai piqué le double de la clef de l'usine sur le crochet dans le vestibule, j'ai pris une vieille écharpe qui était dans le tiroir et aussi la veste de pêche de mon père ainsi que ses bottes dans le garage.

— Et personne ne t'a entendu ?

— Je ne suis pas vraiment entré dans la maison et j'ai fait attention à ne pas claquer la porte derrière moi.

— Et ensuite ?

— Ben… j'ai fait le truc. Je suis entré dans l'usine, ce n'était pas la première fois. D'habitude, c'était pour m'amuser, mais là, j'allais tout faire flamber.

— Et le système de sécurité ?

— Il n'était jamais branché, je crois qu'il était là pour faire joli. Quant à l'alarme à incendie, elle était en panne depuis l'automne.

— Tu avais des allumettes ?

— Oui.

— Et de l'essence ?

— Aussi. En fait, je n'en avais même pas besoin. J'avais oublié ça, mais il y avait des tonnes de diluant dans un placard. J'ai tout vidé sur le sol de l'entrepôt, j'ai laissé couler un petit filet du liquide derrière moi jusqu'à la porte et j'ai allumé. Il ne m'a fallu qu'une allumette. Le sol s'est enflammé et j'ai attendu que ça se mette à brûler vraiment, je voulais être sûr que tout cramerait comme il faut.

— Et tu es resté longtemps à contempler le feu ?

— Un moment. En fait, un peu trop longtemps, sinon je ne serais pas ici.

— Oui, bon. Et ensuite ?

— Je suis sorti tranquillement pour rentrer à la maison et changer de pull avant que ce ne soit la pagaille. Et c'est là que j'ai croisé Ragnar.

— Que s'est-il passé ?

— Rien. Il est simplement apparu, juste devant l'usine. J'avais noué ma capuche, il n'y avait plus qu'une petite ouverture et, avec les lunettes de maman, je ne voyais pas grand-chose autour. L'incendie n'était pas encore visible. J'avais laissé la lumière à l'intérieur pour que les flammes se voient moins. Mais voilà, Ragnar était là, droit devant moi. J'ai eu une sacrée trouille et je me suis enfui en courant, complètement paniqué. Et là, il a crié mon nom dans mon dos en me disant qu'il m'avait reconnu à ma façon de courir.

— Et après ?

— Après rien. Je suis rentré à la maison, j'ai remis ma veste à capuche et mon autre écharpe et je suis retourné au bal. Juste après, nous sommes tous sortis pour aller voir l'incendie.

— Et le spectacle était-il aussi beau que tu l'avais espéré ? interrogea Valdimar, ironique.

Il y eut d'abord un petit mouvement de la tête. Puis la cotte de maille rigide dans laquelle le gamin s'était enfermé se désagrégea sans crier gare et le petit Oddur se mit à pleurer à chaudes larmes, comme s'il comprenait brusquement à quel point il était désemparé et seul au monde.

54

Drífa écoutait les gouttes tomber du toit sur la neige mouillée du jardin. Elle avait ouvert la fenêtre en grand dès qu'elle était rentrée, l'air de sa chambre était chaud et moite. Le temps s'était considérablement réchauffé. L'écho du journal télévisé lui parvenait depuis le salon où son père, comme sans doute la majeure partie des gens, avait monté le son et regardait, figé, le joli petit village qui apparaissait en ce moment aux yeux de l'ensemble des Islandais, dans un contexte nouveau et inquiétant.

Sa petite sœur Silla avait bénéficié d'une aide psychologique d'urgence, Sigrún étant sa meilleure amie. Le médecin était resté discuter avec elle un long moment et maintenant, elle était endormie. La psychiatre était une jeune femme avenante qui, avant de partir et de les saluer, lui avait demandé si elle n'avait pas besoin de discuter un peu, elle aussi. Drífa avait hésité un instant avant de lui dire non de la tête, maintenant elle ressentait tout à coup un grand besoin de soulager son cœur, mais cela aurait pris au moins toute la nuit. Une fois le médecin parti, elle se demanda s'il y avait dans son entourage quelqu'un à qui elle pourrait parler sans craindre de le blesser, de rouvrir chez lui d'anciennes blessures mal refermées ou de perturber durablement son psychisme. Pour certaines raisons, ce fut Urður qui lui vint à l'esprit. Peut-être serait-elle capable de lui communiquer cet apaisement auquel elle aspirait tant. Urður devait, pensa-t-elle, avoir la sérénité de celle qui savait qu'elle n'avait plus rien à redouter – parce que la pire chose qui pouvait lui arriver s'était déjà produite.

Drífa était restée un moment assise avec son père, mais dès que les informations avaient commencé, elle était partie dans la chambre qu'elle occupait, avait fermé la porte et s'était jetée sur le lit pour s'allonger dans le noir. Sa mère était sûrement dans la chambre conjugale où elle était allée se coucher peu après leur retour.

Quelqu'un frappa à la porte, la première fois un coup léger, puis avec plus de fermeté.

— Drífa chérie, appela son père.

— Quoi ? répondit-elle. Cela ne lui ressemblait pas de venir la déranger quand elle voulait être seule.

— J'ai un petit problème, expliqua-t-il, tu ne voudrais pas venir voir ?

Elle quitta le lit d'un bond, la voix de son père avait quelque chose d'inquiétant. Le bruit des gouttes au dehors lui semblait maintenant provenir d'un rêve lointain, d'un monde plus tranquille, pas forcément empli de joie, mais où régnaient l'ordre et la beauté, un monde où l'on pouvait prendre la mesure des événements et récupérer des forces avant la prochaine catastrophe.

Elle frissonna et ouvrit la porte. Il n'y avait personne, le couloir était éteint, le salon désert.

— Papa.

Elle s'avança à petits pas vers la chambre des parents, au fond du couloir. La porte était entrouverte. Elle sentit ses membres s'alourdir en jetant un regard à l'intérieur, elle avait l'impression d'être une petite fille réveillée par un cauchemar qui, afin d'être consolée, allait voir si papa et maman étaient endormis.

Elle eut d'abord l'impression que son père embrassait sa mère. Assis sur le bord du lit, il inclinait la tête vers Hugrún. Puis, le voyant approcher son oreille de sa bouche, Drífa entra. Il se releva, pâle comme un linge, toutefois pas autant que la femme allongée sur le lit, dont le teint était presque bleuté. Drífa aperçut le flacon à pilules posé sur la table de nuit, il était ouvert. Vide. Elle n'arrivait pas à se dire que, voilà, sa mère était morte et eut l'impression de sentir son cœur s'arrêter quand son père sursauta à côté d'elle.

— Ta mère dort tellement profondément, remarqua-t-il, déconcerté. Je ne comprends pas.

— Tu ne vois donc pas comme elle est blanche, papa ? murmura-t-elle. Tu ne vois pas le flacon ? Qu'est-ce que tu as dans la tête ? Appelle tout de suite une ambulance !

— Le flacon ? répondit-il, perdu. Une ambulance ?

Elle n'était pas morte. La dose de somnifères qu'elle avait ingérée n'était pas létale, même si elle en avait absorbé quatre fois plus que ce qu'indiquait la prescription, à ce que Hugrún avait elle-même affirmé à son réveil. Le jeune médecin qui lui avait fait un lavage d'estomac ne pouvait naturellement pas le savoir : il était débordé et subissait un stress intense.

— Je voulais juste passer une bonne nuit de sommeil pour oublier tout ça, expliqua Hugrún, assise dans son lit d'hôpital, une tasse de thé posée sur la table à roulettes à côté d'elle. J'avais envie de dormir jusqu'au matin, peut-être même un peu plus longtemps. Pauvre Stella, je lui ai fait tellement de mal et tout cela est entièrement ma faute.

Drífa ferma ses yeux endoloris par la fatigue, assise sur la chaise en plastique au chevet de sa mère. Son père était rentré, il n'aurait pas fallu que Silla se retrouve seule dans la maison si elle s'était réveillée.

Drífa s'abstint de questionner sa mère sur les choses qu'elle se reprochait et pour quelles raisons. Elle s'abstint également de lui demander pourquoi elle avait laissé le flacon de somnifères sur la table de nuit. Elle se sentait infiniment fatiguée.

— Sais-tu pourquoi je suis comme je suis ? interrogea Hugrún d'un ton plutôt enjoué, désagréablement piquant.

— Non, maman, répondit Drífa avant d'ajouter machinalement : tu es très bien telle que tu es.

— Non, je ne le suis justement pas. Je ne suis pas bien, rétorqua sa mère, cassante. Je suis une bombe ambulante, comme ce pauvre… ton pauvre papa m'a dit un jour. Non, en fait, ce n'était pas lui, mais un autre.

Drífa baissa les yeux sans rien répondre.

— Enfin, maintenant, c'en est fini de nous.

— Ne dis pas ça, maman.

— Je ne dis rien d'autre que la vérité. Il faut bien que quelqu'un le fasse. Nous devons tous payer pour les péchés des autres, on dirait bien que c'est la loi de l'existence. Quand la police viendra pour arrêter ton père, là, tu verras bien que c'en est fini de nous.

— Pourquoi la police arrêterait-elle papa ? interrogea Drífa, le cœur serré. Maman, qu'est-ce qui te prend ? Tu es folle ou quoi ?

— C'est évident, je le suis. D'une certaine manière. Je l'ai mis au pied du mur, je voulais simplement le réveiller, je voulais qu'il réagisse. J'en avais assez de cette apathie perpétuelle. Comment pouvais-je savoir où cela nous mènerait ? Ton père aurait dû s'arrêter après le coup de l'usine. Mais puisqu'il a continué, nous voilà tous perdus. S'ils ne découvrent pas que c'est lui, je serai forcée de le dénoncer. Je ne peux pas vivre avec ça sur la conscience en plus de tout le reste.

— Maman, je ne crois vraiment pas que papa ait fait quoi que ce soit de mal, affirma Drífa, ahurie. Les paroles de sa mère lui semblaient être les divagations d'un esprit détraqué. Ne te souviens-tu pas qu'il était assis à côté de nous dans l'église ? Au premier rang…

— Tu es tellement innocente et gentille, ma petite chérie, tu imagines ton père incapable de faire du mal à une mouche. Je voudrais bien pouvoir en dire autant, ma chérie. Cela dit, tu as plutôt de la chance d'avoir un père comme lui, ajouta-t-elle. C'est la meilleure chose qui puisse arriver à une jolie jeune fille comme toi d'avoir pour père un pleutre. Un homme qui n'ose courir aucun risque.

— Qu'est-ce tu veux dire, maman ? demanda Drífa. La boule qui lui serrait la gorge semblait maintenant remonter jusqu'à ses yeux. Les larmes se mirent à nouveau à couler sur ses joues.

— Oui, j'allais justement te dire pourquoi je suis comme ça, n'est-ce pas ? reprit Hugrún avec un rire froid, dénué de toute trace de joie tandis que le sang bourdonnait dans les tympans de Drífa. Mais bon, mieux vaut laisser tomber. C'est du passé, comme on dit. Pardonne-moi de venir t'embêter avec toutes ces histoires en ce moment, tu n'as pas besoin de ça.

— Non, non… Tu n'as pas à me demander pardon, répondit Drífa, terriblement mal à l'aise.

— Parfois, j'en ai tellement marre de moi-même, d'être aussi transparente. Je fais semblant de ne pas me comprendre, d'être poussée par une force venue du fond de mon âme, mais en réalité, je suis complètement transparente. Je suis en train de devenir tellement vieille, plus personne ne veut de moi ; dans ce cas, que reste-t-il ? On se le demande. Je ne peux même plus draguer les jeunes hommes sans les voir s'enfuir comme si j'étais empoisonnée.

— Et si tu arrêtais de les draguer, laissa échapper Drífa.

Son intention n'avait absolument pas été d'adresser à sa mère le moindre reproche, mais c'est pourtant ainsi qu'elle l'avait pris. Hugrún se cachait le visage dans les mains.

— J'essaie, depuis que ce petit con de Baldur…

— Ah maman, arrête !

— C'est bien la pire des choses dont je sois coupable. Je suis impardonnable. J'essaie de l'oublier au quotidien, de vivre avec.

— Maman, arrête ! Arrête de t'accuser de tout et de n'importe quoi, c'est absurde. Il avait le choix et il a choisi. Quand on adresse des propositions indécentes à la mère de sa petite amie alors qu'elle s'est absentée un moment, on doit être capable d'en assumer les conséquences. Et si on n'en est pas capable, on ne peut s'en prendre à personne d'autre qu'à soi-même. C'est lui qui s'est suicidé. Ce n'est pas moi qui l'ai tué et encore moins toi.

Cette dernière phrase lui était sortie de la bouche comme une prière apprise par cœur.

— Il m'a repoussée comme si j'étais toxique, annonça Hugrún, comme si j'étais mortellement empoisonnée.

— Hein ? demanda Drífa.

— Baldur. J'ai commis une erreur. Je ne sais pas ce qui m'est passé par la tête.

— Il t'a repoussée ? Mais tu m'avais dit qu'il…

— Je t'ai menti. J'ai commis une erreur. J'ai compris à l'expression qui s'est affichée sur son visage que je le dégoûtais tout autant qu'un serpent. Ou un insecte, un crapaud mort et plein de bave. Que voulais-tu que je fasse ? Il était hors de question pour moi de le garder dans la famille, tu comprends bien, ma chérie. Je préférais affronter ton mépris plutôt que le sien. De toute manière, les amours de jeunesse sont éphémères. Alors j'ai menti.

J'ai menti sur lui. Il fallait que ce soit moi qui sois la première à dire les choses. À ce moment-là, j'ai aussi décidé que c'était terminé, enfin presque. J'ai décidé de changer de vie. J'ai décidé de secouer ton père de sa torpeur, quel qu'en soit le coût. J'ai voulu le rendre jaloux. Comment aurais-je pu savoir que tout cela finirait de cette façon tragique ? Attends ! Où vas-tu ? Ne me laisse pas toute seule ici ! Drífa ! Viens là, à côté de moi !

Mais Drífa s'était enfuie en courant de cette chambre, de cet hôpital, de ce village, de cette province, de cette région d'Islande. Plus jamais elle ne reviendrait voir sa mère.

55

— En résumé, nous avons deux incendiaires, soupira Hafliði.

— On dirait bien, en effet. Le gamin maintient n'avoir mis le feu qu'à l'usine. Et il est difficile de faire abstraction du fait qu'il était dans l'église aux côtés de sa mère au moment du dernier incendie, répondit Valdimar, pensif. Il dément également de façon catégorique avoir quelque rapport que ce soit avec les tentatives avortées de cet automne contre l'école maternelle et le Musée de l'Histoire des Techniques.

— Quelle merde ! En bref, il nie tout ce pour quoi nous n'avons aucune preuve. Qu'en est-il de la théorie de la bombe à retardement ? Et de celle d'un dispositif commandé à distance ?

— Aucun indice allant dans ce sens n'a été relevé sur les lieux et rien ne dit que ce gamin soit un génie de la technologie, comme il l'a d'ailleurs précisé.

— Pas besoin d'être un génie.

— Non, mais tout de même. Pour ma part, je me sens incapable de fabriquer ce genre de trucs. Sans parler du fait qu'on a trouvé de l'essence aux quatre coins de la maison. Comment aurait-il pu l'asperger partout comme ça ? Sachant qu'en plus, sa petite sœur dormait à l'étage ? C'est impensable.

— Et tu n'as pas d'autre suspect ?

Valdimar réserva sa réponse.

— Non, annonça-t-il au bout d'un moment, mais Hafliði le connaissait suffisamment pour savoir qu'il avait une idée derrière la tête.

— Valdimar, pour l'amour de Dieu ! Ce n'est pas le moment d'avoir des petits secrets !

— Ne t'inquiète pas. Tout s'éclaircira dès demain.

Hafliði eut beau le cuisiner longuement, il ne céda pas. Il avait dit demain, ce serait demain. La nuit lui porterait conseil.

Incendier une église n'est pas à la portée du premier lâche venu. Il convient de s'armer d'une froide détermination, d'imposer le silence à tout ce qui peut relever des sentiments, de s'atteler à la tâche comme le soldat docile d'une armée victorieuse dans une guerre injuste, de ne pas laisser son esprit s'attarder sur les événements passés, mais d'avancer sans hésiter jusqu'au bout de la route. Le chemin du retour est fermé, les ponts qui ont brûlé ne seront pas reconstruits. Chaque pensée doit être structurée et mesurée, tout murmure intérieur froidement maîtrisé. Lorsque la décision a été prise dans les ornières nauséabondes de l'esprit, il ne reste plus qu'à s'en acquitter comme de n'importe quelle tâche et à réduire en cendres cette charmante église peinte en bleu que l'ensemble des gens du village affectionne, sans parler des autres. On ne peut s'arrêter à ce genre de choses quand la situation devient oppressante au point que plus personne ne mérite de la subir. Le mal doit périr par le mal et celui qui a anéanti le droit qu'il avait de vivre doit être réduit en cendres pour l'avènement d'un monde nouveau.

Les alarmes à incendies dont sont équipées les églises d'Islande construites en bois ne sont pas toutes aussi fiables que celle de Seyðisfjörður qui fonctionne parfaitement. Il faut être rusé pour contourner les obstacles et, une fois qu'on y est parvenu, on doit être doté d'une énergie presque surhumaine pour conserver son calme et contenir les lames de fond de l'esprit où tout est chaos et folie. Contempler une petite flamme qu'on tient à côté d'un détecteur de chaleur placé dans une église nous donne un aperçu de ce qui se trouve par-delà le bien et le mal, une force primitive qui apportera la rédemption ou l'anéantissement : quelle que soit l'issue, elle est inévitable à partir de maintenant. Ensuite, on se brûle le doigt avec le briquet trop chaud et on prend presque plaisir à ressentir cette douleur.

Là, grâce à cette brûlure, on peut convoquer à son souvenir l'ensemble des étapes de son périple et s'étonner de la manière dont les hasards extérieurs et les faux pas intérieurs se sont emboîtés, comme le mécanisme d'une horloge, pour nous mener en ce lieu, à cet instant. Et on cherche un refuge comme un animal blessé qui va se cacher dans un fourré obscur à l'arrivée des chasseurs. Il ne faut pas attendre bien longtemps avant d'entendre le ronronnement des moteurs, le clignotement des lumières qui vous aveuglent, les éclats des voix et les hommes qui enfoncent les portes afin d'éteindre des flammes qui ne se sont pas encore nées.

En quittant sa chambre, Valdimar remit son bonnet rouge. Il s'y était désormais tellement habitué que la simple idée de ne pas l'avoir sur la tête alors qu'il sortait au milieu de la nuit aurait sans doute provoqué cette insupportable sensation de brûlure sur son cuir chevelu.

Vingt minutes plus tard, il gravissait les marches de l'église. L'alarme à incendie avait retenti sans raison ; ce nouveau dispositif, extrêmement sensible, pouvait se déclencher tout seul, lui avait-on expliqué. Il n'y avait donc là rien qui soit bizarre ou incompréhensible, mais c'était tout de même une troublante coïncidence de le voir se mettre en route justement maintenant, au beau milieu d'une vague d'incendies. Valdimar s'attarda quelques instants au sommet de l'escalier. De mauvaise humeur, il pouvait presque entendre le bruissement de ses nerfs. Quelques spectateurs inquiets s'étaient attroupés devant le porche, ils avaient accouru en voyant les gyrophares des pompiers. L'un d'eux s'avança vers lui. Probablement âgé d'une cinquantaine d'années, c'était un très bel homme élégamment vêtu : sous son manteau de laine, on distinguait un pull-over multicolore orné d'étranges motifs, ses chaussures étaient en cuir souple, façonné avec soin sur le dessus du pied. Valdimar s'adressa la réflexion que chacun de ces vêtements coûtait peut-être bien l'équivalent du salaire mensuel que lui versait la Criminelle.

— Veuillez m'excuser, mais serait-il possible que ce soit mon bonnet sur votre tête ? lui demanda l'homme en prenant un air important.

— Hein ? Qui êtes-vous ? rétorqua sèchement Valdimar qui ne s'était pas attendu à ce genre de question.

— Je m'appelle Sigurjón, précisa l'homme, étonné, presque vexé. Valdimar se souvint avoir vu sa photo dans les journaux. N'était-il pas l'un de ces Attila islandais d'aujourd'hui partis à la conquête du monde pour étancher leur inextinguible cupidité ? Le Sigurjón en question affichait un sourire embarrassé, comme s'il avait lu les pensées de Valdimar. Il lança un regard en direction d'un type qui s'approchait d'eux, un jeune coq chaussé de bottes de cow-boy et surmonté d'une épaisse crinière noire, extrêmement soignée, qui semblait s'apprêter à mettre son grain de sel, voulant sans doute témoigner de l'état de pleine propriété dont jouissait son camarade en ce qui concernait le couvre-chef.

Valdimar le retira pour le remettre, sans un mot, à l'homme. Celui-ci examina le bonnet comme afin de vérifier que son séjour aux côtés du policier ne l'avait pas endommagé.

— Il s'agit en fait d'une pièce de collection, voyez-vous, expliqua-t-il.

Valdimar hocha la tête avec un sourire forcé. Les deux compères échangèrent un regard avant de disparaître avec le bonnet, d'un pas de frimeurs.

Le révérend Aðalsteinn était arrivé comme sur commande pour leur ouvrir la porte de l'église qu'il refermait maintenant derrière eux. Il portait son épais manteau aux couleurs sombres et une chapka que l'enquêteur lui enviait terriblement en cet instant.

— Comment va Stella ? interrogea Valdimar. Il avait appris qu'elle s'était effondrée suite au choc et savait qu'Aðalsteinn s'était rendu à son chevet. Est-ce qu'elle se remet ?

— Si elle se remet ? Comment le pourrait-elle alors que sa petite fille est entre la vie et la mort et que sa maison n'est plus qu'un tas de ruines fumantes ? rétorqua le pasteur, sur un ton teinté de consternation, comme si on venait de l'attaquer personnellement.

— Je vous demandais simplement si le pire était passé.

— On lui a administré un somnifère. Elle a réussi à s'endormir. Je rentrais juste quand j'ai vu l'agitation qui régnait ici. Je dois avouer que j'ai eu une sacrée frousse.

Valdimar recula d'un pas en sentant l'haleine légèrement alcoolisée du pasteur. Leur dernière discussion lui revint tout à coup en mémoire.

— Au fait, je n'ai toujours pas eu le temps d'interroger votre femme.

— Ah, oui. Souhaitez-vous lui parler ? demanda Aðalsteinn, mal à l'aise, tout en jetant un coup d'œil furtif par-dessus l'épaule de son interlocuteur qui regarda machinalement sur le côté et aperçut Urður à quelques mètres derrière lui. Le pasteur s'éclipsa sans plus de discours.

— Je vous prie de m'excuser, déclara Valdimar à l'épouse qui s'approchait. Contrairement à son mari, elle était tête nue et le pull-over à capuche qu'elle portait était plutôt léger.

— Vous désiriez me parler ? interrogea-t-elle, comme absente, tout en le fixant de son regard rendu vide par de longues souffrances. Il se fit la réflexion que la réponse donnée par Aðalsteinn l'instant d'avant quant à l'état de santé de Stella s'adressait plutôt à elle. Le pasteur avait saisi l'occasion de prouver à sa femme son sens moral. Valdimar fronça les sourcils et en vint droit au fait.

— Oui. J'ai cru comprendre que, plus tôt dans la journée, vous avez annoncé l'avènement de faits susceptibles de dévoiler l'identité du responsable de tous ces incendies. Pourriez-vous m'expliquer ce que vous entendiez par là ?

— Mon cher Aðalsteinn ne vous a pas menti, répondit-elle à voix basse avec, sur ses lèvres, un sourire sans joie. Il ne peut s'empêcher de dire la vérité. Je ne me souviens plus exactement quelles ont été mes paroles, poursuivit-elle en marquant un silence, comme afin de se les remettre en mémoire. Mais je voulais sans doute parler des renseignements que mon fils Ragnar s'apprêtait à vous communiquer.

— Vous avait-il fait part de ce qu'il savait ? interrogea Valdimar d'un ton sec.

— Il m'a laissé entendre qu'il savait quelque chose.

— Et il ne vous est pas venu à l'esprit d'en parler à la police ?

— Je voulais laisser mon fils prendre sa décision tout seul. Je l'ai encouragé dans cette voie et s'il ne l'avait pas fait, j'aurais fini par venir vous voir.

— Je comprends, répondit Valdimar. Il aurait peut-être mieux valu que… Il s'interrompit au beau milieu de sa phrase. Aðalsteinn m'a raconté que vous lui aviez dit être certaine que Bóas n'était pas à l'origine de ces incendies. Quelle preuve en aviez-vous donc ?

Le visage d'Urður se durcit tout à coup et elle annonça :

— Il existe des certitudes qui n'exigent aucune preuve.

Quand le silence recouvre tout, un cérémonial identique se répète, qui aura les mêmes conséquences. Avec une incroyable patience car il y a peu de chances qu'il soit possible de mettre le projet à exécution cette nuit. Mais voici que la flamme d'un briquet s'approche d'un détecteur, pas celle d'une allumette qui produit une fumée à l'odeur âcre. La réaction est tout aussi rapide que la première fois, si ce n'est plus. Les moteurs s'allument dans le lointain, on entend des gens courir sur la neige, la porte de l'église s'ouvre à nouveau, y laissant entrer le tumulte du monde. Des bruits de chaussures résonnent dans la nef et on se recroqueville au fond de sa cachette. Ils parlent de placer un garde dans l'église, en réalité, cela ne changerait rien à l'affaire. Le détecteur de chaleur situé à portée de main est tellement sensible que la moindre flamme suffit à le déclencher, encore et encore. Et bien que toutes les lumières soient éteintes à l'intérieur, personne ne distingue la lueur qui s'allume, encore et encore. Finalement, il ne s'offrira d'autre choix que celui de débrancher l'alarme à incendie, d'abaisser le bouton d'un mouvement léger. Ensuite, justice sera faite.

Plus tard, on demanda à maintes reprises à Valdimar comment lui était venue l'idée géniale de se cacher dans l'église après la troisième alerte. Il avait été question de débrancher le système qui, d'évidence, était détraqué. Cela ne pouvait plus continuer, il fallait tout de même que les gens puissent dormir en paix ; tous avaient grand besoin de repos après une telle journée.

Valdimar répondit qu'il avait simplement trouvé à tout cela quelque chose d'étrange en ajoutant, ce qui était vrai, qu'une fois que le coupable de l'incendie de l'usine était passé aux aveux, il s'était posé de plus en plus de questions sur le premier sinistre en prenant comme hypothèse qu'il n'était pas sans mobile. Qui aurait eu des raisons de brûler la maison de Þorsteinn et Hugrún ? Et quel était le sentiment qui pouvait les avoir suscitées ? La cupidité, la jalousie, la peur, l'envie, la soif de vengeance ? La liste était longue.

C'étaient là des pensées qui lui agitaient l'esprit et lui suggéraient bientôt des visages. Certes, les hurlements de l'alarme lui semblaient hautement suspects, surtout cette nuit-là. Mais la véritable raison du jeu de cache-cache auquel il s'était livré dans l'église bleue était trop prosaïque pour qu'il puisse la mentionner. En vérité, il s'attendait à d'autres alertes et ne supportait pas l'idée de faire le chemin jusqu'à son hôtel sans son bonnet. Comme il n'avait eu envie d'expliquer la chose à personne, il avait saisi la première occasion pour se faufiler dans les toilettes et y rester jusqu'à ce que les portes de l'église se referment.

Les pompiers continuaient à discuter à l'extérieur au moment où il s'était assis sur le rang du fond. Le sommeil était venu le solliciter et il s'était endormi, allongé sur le banc.

Il est difficile de dire adieu à la vie, même pour celui qui a entièrement dévasté la sienne en apportant à autrui un cortège de souffrances et peut-être de mort. Le glaive de la justice qui s'élève dans les airs pour foudroyer le fornicateur, l'incendiaire ou le trafiquant de drogue s'abat de tout son poids sur le front de l'innocent. Nulle puissance terrestre ne saurait laver la faute de celui qui blesse un enfant. Il devra disparaître dans une mer de flammes en même temps que le temple qu'il a souillé en pensées et en actes.

Il est aisé de penser ainsi, mais moins facile de lever sa main contre son propre corps. La tension devient presque insupportable quand on veut se conformer à une décision qu'on a prise sans pouvoir l'appliquer sans délai. Car qui voudrait achever de vivre dans d'atroces souffrances ? C'est aller à l'encontre de la nature humaine que de le souhaiter.

Un petit bruit dans l'église avait réveillé Valdimar. Chaque cellule de son corps lui semblait en ébullition et il s'était tout à coup mis à trembler. Il avait regardé alentour, en ménageant un espace entre ses deux mâchoires afin d'empêcher ses dents de claquer les unes contre les autres.

Il avait entendu un léger gémissement et reconnu le bruit qui l'avait tiré de son sommeil. Il faisait si sombre que ses yeux ne distinguaient pas la personne agenouillée qui se levait face à l'autel, toute tremblante de froid ou peut-être d'émotion. Pourtant, au fond de lui-même, il savait.

Il était resté entièrement immobile.

— Urður, avait-il dit, en un murmure, afin qu'elle ne sursaute pas.

Elle avait tressauté, porté la main à sa poitrine avant de s'écrouler sur le côté. Un instant, Valdimar avait cru que c'était une attaque. Puis, elle s'était relevée pour se jeter sous l'autel couvert d'une nappe blanche. Elle semblait en proie à une sorte de crise, ce comportement qui consistait à aller se réfugier dans un recoin avait tout de celui d'un dément. Le policier s'était levé du banc, avancé de quelques pas vers l'extincteur et avait appuyé sur l'interrupteur. L'église s'était inondée de lumière.

Il avait alors perçu une légère odeur d'essence et, sautant par-dessus les bancs, s'était précipité vers l'autel tandis qu'Urður se relevait une nouvelle fois. Les bras tendus vers le ciel, elle brandissait un bidon rectangulaire en plastique de dix litres dont le large goulot l'aspergeait d'essence. Sans hésiter un instant, Valdimar avait bondi sur elle pour la plaquer à terre et lui arracher le bidon des mains. Il en avait reçu une bonne giclée sur le visage. Tombé à côté, le jerrican continuait de se vider.

Urður gémissait comme une folle sans toutefois trop se débattre. Il la maintenait au sol de son bras gauche tandis que, de sa main droite, il cherchait son téléphone dans la poche de sa veste. C'est à ce moment-là qu'il avait aperçu le briquet au creux de sa paume, tout prêt à servir, elle avait le pouce posé sur le bouton rouge actionnant les deux roues crantées qui faisaient tourner l'axe d'où jaillirait l'étincelle.

Elle respirait en sanglotant, prisonnière sous son bras. Il avait regardé ses yeux où il avait lu toute sa peur.

Puis il lui avait arraché le briquet.

56

— Bon, commençons par le commencement. Est-ce vous qui avez mis le feu à votre maison l'année dernière ?

Valdimar avait invité Urður à se faire assister d'un avocat lors de son interrogatoire, mais elle avait décliné sa proposition. Elle avait en outre refusé de parler s'il ne l'interrogeait pas lui-même, seul. Peut-être escomptait-elle de sa part une compassion et une compréhension qu'il doutait de pouvoir lui montrer.

— Pourquoi ne m'avez-vous pas permis de mourir ? répondit-elle. C'était là une phrase qu'elle répétait sans cesse.

— Parce que ce n'est pas mon rôle de permettre ce genre de chose aux gens. Avez-vous mis le feu à votre maison ?

— Oui.

— Pourquoi ?

— Je ne supportais plus d'y vivre. J'avais l'impression d'habiter dans un mausolée. Il fallait que je fasse quelque chose.

— N'aurait-il pas été plus simple de déménager ?

— Je l'ai demandé maintes et maintes fois. Je voulais quitter ce village, mais Aðalsteinn ne m'a pas comprise, il prenait cela pour une attaque personnelle.

— Je vois.

— C'était notre maison, nos objets, poursuivit-elle d'un ton buté en évitant de croiser le regard perçant de Valdimar.

— Cela vous donnait-il le droit de les brûler ? Est-ce vraiment ce que vous affirmez ?

Urður baissa les yeux sur la table, sans dire un mot.

— Vous ne voulez pas me dire comment cela est arrivé ?

— Nous étions en route vers Reykjavík. Ragnar nous accompagnait. J'ai dit à Aðalsteinn que j'avais oublié ma Bible sur la table de nuit. D'ailleurs, je ne mentais pas, je l'avais laissée là. Quand je suis allée la chercher, j'ai allumé un grand cierge sur la commode de notre chambre. Il n'y avait rien en dessous, ni assiette, ni napperon. Il était simplement posé à même le bois peint, je n'avais aucun moyen de savoir ce qui se passerait quand il aurait fini de se consumer, il aurait tout aussi bien pu s'éteindre pendant qu'il brûlait. J'avais l'impression de remettre la décision entre les mains de Dieu : voulait-il nous garder, moi et ma famille, prisonniers de cette maison où le deuil et la douleur régnaient en maîtres ? Il s'est trouvé que la maison a brûlé. Je n'en ai jamais remercié Dieu, je ne suis pas téméraire à ce point. Entre autres choses parce qu'Aðalsteinn continuait de refuser avec obstination de se couper des racines, comme il disait. Et je me suis peu à peu persuadée que puisque j'étais encore ici dans ce village, je devais avoir une mission à y accomplir. Je ne parvenais pas à m'arrêter de penser à Baldur, à ce qui lui était arrivé, à cette maudite femme, cette Hugrún qui avait détruit sa vie et, du même coup, la mienne.

— Vous aviez l'impression que ce qui était arrivé à Baldur était la faute de Hugrún ?

— Parfaitement. Il était rentré à la maison, tout tremblant, car elle l'avait sollicité, poussée par son inextinguible concupiscence. Le pauvre garçon était complètement effondré. J'ai réussi à le forcer à m'avouer ce qui s'était passé. Dès le lendemain, tout était terminé entre lui et Drífa ; il était facile de s'imaginer la version que Hugrún avait donnée à sa fille. Si seulement je lui avais balancé la vérité à la figure, ou tout du moins répété à Drífa ce que Baldur m'avait confié… Mais l'épouse d'un pasteur doit faire preuve d'une certaine réserve, elle ne saurait aborder de tels sujets. En outre, la relation que les deux adolescents entretenaient n'aurait, de toute manière, eu aucune chance de survie, une fois que les choses auraient été dévoilées au grand jour. Alors, j'ai attendu l'occasion jusqu'à ce qu'arrive cette catastrophe.

Urður était assise en biais sur la chaise face à Valdimar, les yeux fixés sur la table qui les séparait. Il n'essayait en rien de la forcer à croiser son regard et la laissait simplement s'exprimer.

— Voilà ce sur quoi je méditais chaque jour tandis que cette femme se vautrait dans une sensualité toujours plus éhontée. Elle entretenait maintenant une liaison avec son plus proche voisin, quel scandale ! Peu à peu, j'ai été envahie par le désir de la blesser aussi profondément que possible. J'ai tenté d'étouffer cette pulsion en demandant à Dieu de me donner la force de combattre ces pensées coupables, mais plus j'essayais de refréner ma haine, plus elle grandissait. Elle est devenue la chose qui me maintenait debout au quotidien. La possibilité la plus simple était d'incendier sa maison tout comme j'avais brûlé la mienne, ainsi cela l'atteindrait d'une manière ou d'une autre. Peut-être en tirerait-elle une leçon ? Je ne voulais pas qu'il y ait de morts ou de blessés. Je réfléchissais à tout cela depuis très longtemps quand l'occasion s'est présentée. Et je l'ai saisie sans trop réfléchir aux conséquences. Je pensais être l'instrument de Dieu alors qu'en réalité, j'étais celui du malin. Je le sais maintenant. Voilà pourquoi je devais périr, de même que cette église où est né le projet. Je l'avais souillée d'une manière indicible. Vous n'auriez jamais dû vous opposer à ce que le feu vienne la purifier. Imaginez un peu, maintenant, quelqu'un peut venir s'asseoir à la place que j'occupais tandis que s'engendraient ces affreuses pensées. Il ne faut pas que cela se produise. Il faut que vous m'aidiez, que vous compreniez que…

— Où avez-vous trouvé l'essence pour mettre le feu chez Þorsteinn et Hugrún ?

— Dans mon garage. J'avais fait des provisions.

— Et alors ? Comment vous sentiez-vous après ?

— Comme une loque. Cela ne m'a pas apporté le soulagement que j'avais espéré. Sauf le premier jour. Ensuite, il a absolument fallu que Sveinbjörn tire profit de la situation. Lui, l'amant sans vergogne de cette femme…

— Est-ce pour cette raison que vous avez incendié son domicile ?

— Oui, il me semblait qu'il n'avait pas le droit de tirer ainsi son épingle du jeu.

— Ce n'est pas lui qui a mis le feu à son usine.

— Si, bien sûr que si. Qui voulez-vous que ce soit d'autre ? D'ailleurs, je l'ai vu voler de l'essence…

— Il s'agissait de son fils Oddur.

— Le petit Oddur ? questionna-t-elle, ahurie, les yeux levés vers Valdimar. Ce n'est quand même pas lui qui…

Valdimar hocha la tête avec un air cynique.

— Pourquoi… ?

— Pour des raisons personnelles, comme vous. Mais il ne serait jamais allé mettre le feu où que ce soit si vous ne lui aviez pas ouvert la voie en lui montrant l'exemple. Réfléchissez un peu à ça. Et à la situation dans laquelle le petit Oddur se trouve en ce moment.

Urður baissa à nouveau les yeux, pétrifiée.

— Pourquoi ne m'avez-vous pas permis de mourir? répéta-t-elle une fois de plus. Je sauterai sur la première occasion, vous n'imaginez pas à quel point j'ai hâte.

Valdimar s'accorda une pause dans l'interrogatoire en éteignant le magnétophone.

— Vous êtes lâche, voilà ce qui ressort de vos paroles. Il est facile de s'ôter la vie. C'est une solution de facilité. Un destin tout tracé. Le reste est nettement plus compliqué, il est nettement plus difficile d'affronter les gens en face.

Urður poussa un gémissement.

— Oui, exactement, poursuivit-il. Il peut être difficile d'endosser la responsabilité de ses mauvaises actions, terriblement difficile. Mais bon, vous décidez évidemment de vos actes, après tout, c'est votre vie, ajouta-t-il. Allez, on reprend tout cela depuis le début et dans le détail.

Deux heures plus tard, Valdimar quittait le petit commissariat, physiquement et mentalement éreinté. Tout en sueur, il avait l'impression d'être couvert de crasse même après s'être soigneusement rincé et avoir enfilé des vêtements propres, suite au bain d'essence qu'il avait pris dans l'église. L'odeur lui collait à la peau et lui donnait une nausée qui redoublait maintenant que sa tension nerveuse s'était relâchée. Il appuya son bras sur le coin du mur de la salle des fêtes Herðubreið et se pencha en avant. Il espérait vomir et se débarrasser de toutes les saletés dont il se sentait encombré, mais rien ne venait. Il était effondré. Une voiture le dépassa au ralenti. Il ne leva même pas les yeux.

Il était jusque-là parvenu à contenir l'image d'Elma quelque part à la frange de sa conscience où elle s'attardait, tel un reproche froid et humide. Il pouvait maintenant s'en occuper. La maladie d'Elma et l'intervention chirurgicale prévue lui donnaient d'excellentes raisons de quitter

Seyðisfjörður au plus vite et de laisser les autres boucler l'enquête sur cette lamentable affaire. Debout au coin du bâtiment, à bout de forces, il se remémora le coup de fil qu'il avait reçu de l'hôpital la veille et il lui sembla entendre à nouveau la voix de ce jeune homme nerveux qui avait omis de lui préciser son nom.

Il regarda sa montre et constata que malgré l'obscurité qui couvrait le village, c'était le début de la journée. Il sortit son portable de sa poche et composa un numéro. Il posa une question, obtint la réponse, puis passa un second appel. Une voix féminine rauque décrocha.

— Allô, c'est toi, fichu bonhomme ? Tu n'es pas un peu givré de m'appeler aux aurores, malade comme je suis ?

— Salut, ma chérie. On vient de me dire que tu sortais aujourd'hui. Alors comme ça, ils ont renoncé à cette opération à l'issue incertaine dont m'a parlé ton ami ?

— Tu n'as même pas appelé pour prendre de mes nouvelles, répondit Elma d'un ton accusateur. Je m'imaginais que tu allais sauter dans le premier avion. Tu n'as pas le moindre sentiment pour moi.

— Oui, tu as parfaitement raison. D'ailleurs, je n'ai aucune envie de te revoir.

Sur quoi, il raccrocha avant de se diriger d'un pas lourd jusqu'à sa chambre d'hôtel.

57

J'ai gravi la montagne pour tenter de rassembler quelques forces après mon vertigineux plongeon. Tout autour de moi, il y avait l'eau. J'entendais les ruisseaux chuchoter sous la neige comme les veines d'un corps blanc qui se désagrégeait. J'avais cru avoir un frère spirituel, cru que je faisais partie d'un dessein supérieur, comme le voyant lisant l'avenir dans les flammes. Finalement, ce n'étaient que des élucubrations dénuées de toute signification. Quelle déception!

Quand je suis arrivé assez haut sur la pente, j'ai sorti ma Bible de mon sac à dos. Comme bien des gens, j'ai pris l'habitude d'y chercher des réponses, je l'ouvre au hasard, pose mon doigt quelque part et je lis les paroles qu'Il m'indique. J'étais tellement perdu, il me fallait trouver des réponses. Un frisson m'a parcouru l'échine quand j'ai lu : Le Dieu qui répond par le feu est le seul vrai Dieu.

J'ai regardé le village en plissant mes yeux, alors j'ai eu cette extraordinaire vision : toutes les maisons étaient grises et sombres, plongées dans la nuit spirituelle de ceux qui les habitent. Elles étaient constituées de brume. Sauf une qui semblait irradier, avec des flammes qui s'échappaient du toit. Alors, j'ai compris que, finalement, je n'étais pas seul, que la vieille et ce crétin d'Oddur n'étaient que des instruments. Quel soulagement! Qu'il est bon de ne pas être tout à fait seul. Je garde en mémoire la joie que j'ai ressentie l'an dernier en voyant la maison du pasteur brûler, alors, je me suis dit que le feu était animé d'une volonté.

Désormais, je vois clairement au travers de toute cette médiocrité comme on le ferait à travers la poussière d'une vitre. Il me faut simplement attendre l'occasion. Je sais quelle maison le feu emmènera vers les cieux. Si personne ne provoque le destin, il sera de mon devoir de le faire advenir.

Retrouvez les enquêtes
de Valdimar Eggertsson dans la collection
Babel noir et aux éditions Gaïa.

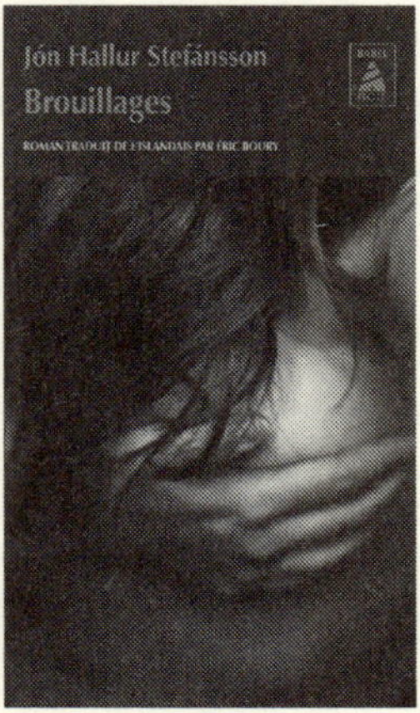

Quand Björn est retrouvé le crâne fracassé derrière la maison d'été familiale, les suspects ne manquent pas, de son fils ombrageux à son épouse à bout de patience, de sa maîtresse deux fois plus jeune que lui à son ancien associé…

BABEL NOIR

Extrait du catalogue

44. PETER MAY
L'Éventreur de Pékin

45. LEIF DAVIDSEN
La Chanteuse russe

46. CORNELIA READ
Champs d'ombres

47. LEIF DAVIDSEN
La Chanteuse russe

48. CARLOS SALEM
Nager sans se mouiller

49. KJELL ERIKSSON
La Princesse du Burundi

50. KEIGO HIGASHINO
La Maison où je suis mort autrefois

51. PETER MAY
L'Île des chasseurs d'oiseaux

52. STIEG LARSSON
Millénium II – La fille qui rêvait d'un bidon d'essence et d'une allumette

53. BEN PASTOR
Lumen

54. LUIZ ALFREDO GARCIA-ROZA
Une fenêtre à Copacabana

55. LALIE WALKER
Les Survivantes

56. LEIF DAVIDSEN
Un Russe candide

57. DAN WADDELL
Code 1879

58. PASCAL VATINEL
Parce que le sang n'oublie pas

59. SÉBASTIEN LAPAQUE
Les Barricades mystérieuses

60. LOTTE ET SØREN HAMMER
Morte la bête

61. CAMILLA LÄCKBERG
La Princesse des glaces

62. MORLEY TORGOV
Meurtre en *la* majeur

63. KYLIE FITZPATRICK
La Neuvième Pierre

64. LOUISE PENNY
Nature morte

65. SEICHÔ MATSUMOTO
Un endroit discret

66. NELE NEUHAUS
Flétrissure

COÉDITION ACTES SUD – LEMÉAC

Achevé d'imprimer en septembre 2012 par Normandie Roto Impression s.a.s. 61250 Lonrai sur papier fabriqué à partir de bois provenant de forêts gérées durablement (www.fsc.org) pour le compte d'ACTES SUD, Le Méjan, Place Nina-Berberova, 13200 Arles.
Dépôt légal 1re édition : octobre 2012.
N° d'impression : 12-3538
(Imprimé en France)